一夜暴富

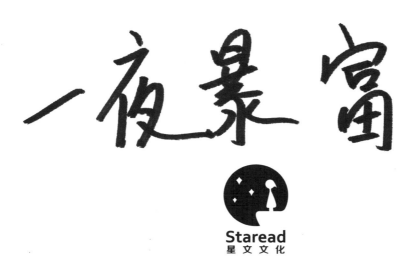

Staread
星文文化

一夜暴富

你看雨时很近

IN PRO OF LOVE

云葭 著

长江出版社
CHANGJIANGPRESS

IN FRONT OF
LOVE

目录

我在一见钟情桥对你一见钟情，
离开的时候，
我却忘了你。

楔　子

　　"你信不信，这世界上有个和你长得一模一样的人？"

　　英俊的小提琴手眼眸深沉，他微笑着，瞳孔中那一点亮光就像是黑夜里海洋上的灯塔，仿佛很远，却又近在眼前。当他用不是很标准的普通话问出这个问题，围坐在桌子四周的女服务生们面面相觑，然后不约而同地发出了哄笑声。

　　"Gary 你又在说笑了吧，怎么可能？除非是双胞胎！"

　　"就是，就是，除非是双胞胎！"

　　Gary 是中德混血儿，他有着蓝灰色的眼睛和高挺的鼻梁。因这英俊的相貌，不仅是这个餐厅的女服务生，很多女客人也经常对他暗送秋波。然而这一次，一向顺着他说话的女孩们全都持不信的态度，她们以为他像往常一样又说笑话逗她们玩呢。

　　"不是双胞胎，是两个完全没关系的人。我亲眼见过。"Gary 的表情看上去不像是在开玩笑，他很认真，"两个女孩，一个亚洲人，一个摩洛哥人，除了肤色和瞳孔颜色不同，她们俩长得几乎一模一样。"

　　话音刚落，又是一阵哄笑。

　　"这就更不可能了。你莫不是做梦的时候看见的吧！"

　　"就知道你们不相信。说实话，要不是亲眼看见，我也不信。"

　　"哦？那你说说看，你是什么时候见到的她们？"

　　五年前，卡萨布兰卡。

　　来过这儿的人都知道，港口有一家由老式双桅船改造而成的餐厅，生意极好，每天下午三点开始营业，一直到凌晨三点，人来人往，络绎不绝。

　　Gary 就在这家餐厅上班。他拿着丰厚的薪酬，只需每天晚上拉几首曲子，运气好碰上大方的客人，还会收到一笔不菲的小费。多年来，他热爱这份工作，过得安逸且平淡，直到有一天晚上，船上来了一对情侣。

是中国人。Gary 一眼就认出来了，因为他的母亲就是中国人，他熟悉中国人的脸部轮廓。

男人的个子很高，英俊儒雅，彬彬有礼，Gary 自认为被他比下去了。那女孩年纪不大，约莫二十出头，一头及腰的栗色长卷发，皮肤白皙，眼睛明亮，唇色和她身上的长裙一样鲜红、耀眼，如花丛中最娇艳的那朵玫瑰。

Gary 盯着女孩，眼神呆滞。倒不是惊讶于她美丽的容貌，而是她长得……

Gary 怔怔地将目光转向甲板——在那里，一位妆容艳丽的摩洛哥女孩正安静地低头喝咖啡。她意识到有人在看她，于是放下咖啡杯，转身。然后，她惊呆了。她也看到了刚上船的中国女孩，那张脸——

"太像了！" Gary 在心中呐喊。

他从未见过如此神奇的一幕，他惊讶得简直不敢相信自己的眼睛！

他的目光在两个女孩之间来回移动，确定自己没有看错！是的，忽略人种的特征，这两个女孩长得几乎一模一样！

简直不可思议！

出乎 Gary 的意料，两个女孩除了初见彼此时的惊讶，并没有做出其他反应，她们似乎都很乐意接受另一个自己的存在，互相点头微笑。

中国女孩的注意力很快回到了男友身上。她亲昵地挽着男友的手，在船舷边找了个位子坐了下来。海边有风，吹乱了她的长发。她的男友非常宠溺地为她整理头发，他看她的眼神是那么温柔，足以让全世界的女人羡慕。

摩洛哥女孩看到了这一幕，喊来服务员，耳语了几句。不一会儿，服务员给坐在对面的中国情侣端上了两杯红酒。

中国女孩很诧异，她抬头看了一眼摩洛哥女孩。摩洛哥女孩眉目含笑，朝她举起杯子。中国女孩露出微笑，也举起了杯子——二人隔空碰杯，饮尽杯中酒。

那个夜晚，卡萨布兰卡有着几年来最璀璨的星空，真是个浪漫的夜晚！

夜深了，船上的音乐越来越温柔。中国女孩和她的男友在船头接吻，他们很专注，很动情，一看就是才坠入爱河不久。

Gary 忍不住多看了几眼，他还听到了他们之间的对话。

"海上的夜晚真安静啊，" 女孩看向远方，"你知不知道，海的尽头是哪里？"

她的男友凝视着她，眼中漾着深情："是明天太阳将要升起的地方。我有这个荣幸邀请你明天一起看日出吗？"

"当然。"

"明天凌晨五点，我们在这里，不见不散。"

"不见不散。"

可是第二天凌晨，女孩失约了。

Gary 就住在船上，他三点半才收工。等他洗漱完准备睡觉的时候，远远地看见那个中国男人出现在港口。

"不愧是和美女约会，来得真早。"Gary 心想。他低头看了一眼手表，才四点半。

Gary 失眠了。

或许是因为见到了两个如此相像的异国女孩，他讶异且纳闷，没有半点睡意。他起床倒水喝。从他房间的窗户往下看，正好看见那个中国男人站在岸边等候心上人。

从天边露出白色的微光，到云层被朝霞染红，到太阳露出金边，到白昼正式来临……男人一动不动地站在原地，等了又等。

女孩始终没有出现。

自那以后，每天凌晨四点半，男人都会准时出现在港口。日复一日，风雨无阻。不变的是，女孩从未出现，她就像凭空消失了一般。

两个月后的某天晚上，Gary 在船上表演。他正深情地拉着一曲《爱之喜悦》，一抬头，看到那个中国男人来了——依旧是坐在他们上次坐的那个位子，只不过他旁边的椅子是空的。巧得很，和他心上人长得一模一样的摩洛哥女孩也在，她也坐在老地方。

摩洛哥女孩照旧给中国男人点了一杯红酒。二人隔空碰杯，一饮而尽，没有一句多余的话。

Gary 心中怅然。他在替那对中国情侣惋惜，看上去那么般配的一对，也不知究竟发生了什么事。

餐厅打烊之际，中国男人主动找 Gary 聊天。他问 Gary："你每天晚上都在这艘船上演奏吗？"

"是的。"Gary 说，"我认得你。你每天凌晨都在这里等一个女孩。"

"是的。不过，我以后可能不会再来了。"

"你要离开卡萨布兰卡了？"

"嗯。"

"什么时候回来？"

"不知道。也许不回来了。"

"噢。"Gary 心头有些苦涩。他不知道女孩为什么一直没有出现，但他肯定，她不是故意失约的，她一定是遇到了什么事。

中国男人也是这样想的。他从衣服口袋里拿出一个水晶发卡，递给 Gary："如果将来有一天你在这里见到她了，麻烦帮我交给她，这是我答应要送她的礼物。"

"如果她没来呢？"

"那就交给你保管吧。"

Gary 正想说些什么，却听他低声喃喃地说了一句："反正，放在我这儿也没什么意义了。"

后来，Gary 再也没见过那对中国情侣。

再后来，因为母亲的关系，Gary 回到了中国，在中国定居了。船上发生的一切就像是微不足道的小插曲，丝毫没影响到他的生活，只不过偶尔回忆起来，他会有一丝感伤。

听 Gary 讲完，一个女服务生的眼中有泪光闪动："好浪漫啊。他一定等了她很多年。"

"女孩一定是遇到什么事情了。"

"我也觉得。也许是生病了，也许是发生意外事故了。"

"希望他们还能重逢。"

女服务生们七嘴八舌议论起来。大家都沉浸在了这个有些悲情的浪漫故事里。

时雨背对着小提琴手和他的女听众们。她端起咖啡喝了一口，似乎并没有被这个故事打动。相较于她的冷静，她的助理叶晓萌倒是感动坏了。

叶晓萌拉着时雨的胳膊，问她："你说，那个女孩是不是真的发生意外了？或者说，她失忆了？"

"一个故事而已。你也信？"

"你是说，他是在编故事？"

时雨拍了一下她的额头："吸引女孩子的手段罢了。这你都看不出来？"

"啊？"

叶晓萌半天没想明白时雨这句话的意思。她回头看了一眼被莺莺燕燕环绕的小提琴手，恍然大悟。这也可以啊！

时雨哑然失笑。她召唤服务员："您好，买单。"

簇拥着 Gary 的其中一个女孩朝时雨走来，看了一下桌角的账单，微笑道："小姐您好，一共消费二百三十八元，请问您怎么支付？现金还是？"

"现金。"

付完钱，时雨起身，拎着包不紧不慢地走出餐厅。她没注意，自女服务员起身找她买单，Gary 就一直盯着她看。

Gary 眉头皱得很紧。他想走近一点，看清楚一点，可餐厅的工作人员已经在催促他了。

“Gary，到点了，你得去演奏了。”

“好，来了。”

不过一晃神的工夫，时雨已经走远了。

Gary 急忙追了出去。他站在门口四处张望，然而，哪里还有时雨的影子，就像是一场错觉。

他眼神恍惚，从口袋里掏出一枚水晶发卡，喃喃自语：“这不可能……”

“Gary！演出马上就要开始了！”

“马上！”

Chapter 1

命运之轮

01.

下午五点，斜阳透过玻璃窗，照进了研究院的大厅，照在叶晓萌的脸上。她伸了个懒腰——时雨去肯尼亚休假了，没有领导给她下任务，她突然从忙碌的状态中抽出身来，还真有些不习惯。

不只是叶晓萌，坐在她对面的几个男同事也懒洋洋的，刚做完资料的他们颇为安逸，几个人凑在一起闲聊开来，不知怎的话题就说到了时雨身上。

叶晓萌绘声绘色地给大家讲她上周在餐厅遇到的趣事："上周五，天鼎建设的小冯让我帮忙约时雨姐出来，结果你们猜怎么着？那个呆子把时雨姐当成我了，当时他对时雨姐说的那些话……啧啧，我都替他尴尬！"

天鼎建设是恒洲市排得上号的建筑公司，小冯之所以千方百计地想约时雨，是因为他们正在跟寰宇集团抢羊曲古镇的旅游承建项目——碧波谷。

羊曲古镇因其古色古香的建筑和安逸的生活方式在网上走红，那一带的旅游业也迅速崛起，成了香饽饽。投资方准备在古镇附近的优选地带建酒店和别墅群，打造豪华度假中心。按照古镇特点，碧波谷项目将启用仿古建筑设计，酒店和别墅也都会带小型园林设计。

时雨在古建筑界颇有威望，月前已被碧波谷投资方聘为特别顾问。他们对她的意见很是看重。因此，天鼎的老板邱易诚觉得，只要搞定时雨，项目到手基本不是什么难事。恰好小冯的女朋友和叶晓萌是高中同学，通过介绍，他们很快就联系上了。

小冯没见过叶晓萌，只在微信上聊过几次。他到餐厅的时候，叶晓萌正好上洗手间去了。他按照叶晓萌提供的座位号找到了时雨，一见面就非常热情地打招呼："是晓萌吧？没想到你本人这么漂亮！怪不得我家那位一直夸你呢。"

　　时雨一脸茫然，刚想开口解释，小冯开门见山："在美女面前我也就不客套了，我直说吧。之前在微信里跟你沟通过，我们邱总是真的非常有信心做好这个项目，希望晓萌你能在时博士面前帮天鼎美言几句。你也知道，那些上了年纪的博士都比较死板，尤其是女博士，我怕我说不动她。"

　　话说到这里，小冯往四周看了看，问时雨："时博士怎么还没到？唉，你觉得，一会儿见了她我怎么开口比较好？"

　　"你直说就行，我和你认识的那些博士可能不太一样，我不死板，还是听得进去建议的。"时雨忍俊不禁，她向小冯伸手，自我介绍道，"你好，我是时雨。"

　　小冯惊了，他像是一尊被风干后簌簌往下掉碎片的石膏像，脸上表情尴尬得难以言说。眼前的美女有一头深棕色的长卷发，雪白的皮肤，性感的红唇，墨绿色的丝绒鱼尾裙将她的身材勾勒得玲珑有致，再加上那双又细又长的美腿……借给他三个脑子他也不会把眼前的这位和"女博士"三个字联系在一起。

　　意识到小冯在打量自己，时雨微微一笑："刚参加完一个活动，是不是穿得太正式了？抱歉，吓到你了。"

　　"不不不，没有，没有，没有。"小冯已经语无伦次了。此刻他脑子里只有一个念头，现在的女人真是了不起，明明可以靠脸吃饭，非要靠才华！

　　回想起当时的情形，叶晓萌还是忍不住想笑："我从洗手间回来刚好撞见他认错人的那一幕，小冯又是个嘴快的，我想拦都拦不住。"

　　男同事们一阵哄笑。

　　"怪不得项目被寰宇集团拿下了。瞧，得罪时雨了吧。"

　　"你可别瞎说，"叶晓萌不乐意了，"寰宇集团能拿下这个项目是因为这几年他们发展快，承建能力确实比天鼎强。咱们时雨姐什么时候给人放过水！"

　　"对对对，你说得对，时雨一向都很公正。不过这小冯的嘴也真是把不住门，说话也不看场合。"

　　"也不怪那什么小冯，谁让咱们时博士年轻漂亮又时尚呢！"

　　"就是，换谁也不会想到大名鼎鼎的古建筑学博士时雨长这样啊。"

　　听到大家的议论，叶晓萌仔细地想了想。那天时雨难得穿得比较正式，性感又优雅，确实不像大众心目中女博士的样子。她也赞同同事们的观点："对，不能怪小冯。"

　　时雨才二十六岁，已经是恒洲市古建筑保护研究院最年轻的博士了。可是她好几次对叶晓萌说，她觉得自己的心已经很老了。因为她深爱着一个人，因为那个人不爱她，因为她阻止不了自己对他的付出。

"聊什么这么开心呢？"时雨推门进来，笑容明艳动人。她今天穿了身短裙，细长的双腿一下子就把大家的目光聚焦了，连女同事都忍不住盯着多看了几眼。

对于她的出现，大家都表示出一万分的惊讶。尤其是叶晓萌，说话声音都飘忽了："时……雨姐，你不是去肯尼亚了吗？"

"有点急事。晓萌、王鑫，你们俩收拾一下，陪我去趟珒曲呗。"

"又去？"叶晓萌和王鑫异口同声，"不是才勘测完吗？"

"出了点意外，需要重新勘测。晚上九点出发，你们准备一下，带上工具。王鑫你记得开车接我们。"交代完，时雨便离开了。

叶晓萌一听她说需要重新勘测，立刻就明白了是怎么回事。她和王鑫对视一眼，显然，王鑫也秒懂了。

时雨休假前一天，他们才从珒曲古镇回来。由于旅游开发在即，珒曲那几座坍塌多年的石桥也被纳入修复计划。其中一座明代石桥保存完好，雕花精美，被当地文物局立为了重点修复项目。时雨所在的古建筑研究院应邀参与此次修复计划，他们对几座石桥进行了非常精密的数据勘测，勘测结果在新来的女实习生罗轻轻手上。

"我们勘测的数据是不会出错的。要说意外……"叶晓萌不屑地动了动嘴角，"只能是数据丢失了呗。"

"罗轻轻一向笨手笨脚，肯定是她把数据弄丢了。不过她的试用期还没结束就犯这样的错，堪忧啊。"

"所以咯，为了自保，有人还不得搬救兵啊。"

听叶晓萌和王鑫你一言我一语，其他人马上也就明白了是怎么回事。有人惊讶地问了句："你们的意思是，时雨刚到肯尼亚又马不停蹄赶回来，就是为了替罗轻轻善后？"

"那不然呢？"

"为什么？她至于吗？跨国航班一来一回，还得转机……她不累啊？"

"谁知道呢！"

王鑫嘴快，口无遮拦地接了句："这还用说？她这么做当然是为了许仲骞啊。我还真没见过哪个女人对情敌能这么宽宏大量的，时雨算是头一个。"

瞬间，大厅里鸦雀无声。

时雨喜欢许仲骞，这在研究院不是秘密，她从不掩饰对许仲骞的感情。可许仲骞偏偏像是瞎了一样，他对这位被称为天才的美女博士时雨无感，反倒是对资质平平的罗轻轻青睐有加。为此，大家茶余饭后时常感叹，这真是一段匪夷所思的三角恋。

叶晓萌一向和时雨亲厚，听大家把话题转移到时雨的感情私事上，她有些不乐意了，瞥了王鑫一眼："行了行了，有些事看破不说破才是硬道理。晚上九点出发，还不赶紧收拾去。"

众人会意，都把话咽到肚子里，各忙各的去了。

叶晓萌去洗手间路过时雨的办公室时，发现门虚掩着，时雨趴在桌上睡着了。

看得出来，她是太累了。叶晓萌心里难受，时雨坐了十几个小时飞机，落了地还没喘口气就急着赶回来，能不累吗？

想到这些，她对许仲骞的厌恶又加深了一分。她是真心不懂许仲骞对时雨的心思。若是爱，为什么不能坦诚相待？若是不爱，为什么不肯放过？

她悄悄推门进去，想帮时雨披件毯子。谁知门一动，时雨立刻惊醒了。

"时雨姐，"叶晓萌感到抱歉，"吵醒你啦？你回家睡吧，在这儿容易着凉。"

"想找点资料，不小心睡着了。"时雨说得云淡风轻。

"如果实在累，要不我们明天早上再出发吧，你多睡会儿。"

"谭教授等着要数据呢，我们必须早去早回。"

叶晓萌看了一眼时雨脚边的行李箱，她感到很心酸，时雨定是从机场直接过来的。

"那你先回家睡会儿，晚上九点我和王鑫去你家接你。"

"嗯。"

时雨知道叶晓萌担心她，自认识许仲骞以来，叶晓萌从未在她面前掩饰过对许仲骞的不喜。叶晓萌曾经问过她："你这么死心塌地对他，值得吗？我看他从来都不知道领你的情。"

叶晓萌不是唯一一个说这话的。时雨也不是没动摇过，可每当许仲骞的面容在她眼前浮现，她的心就立刻变柔软了。如果他都不值得，那这个世界上还有什么是值得的？

叶晓萌心情复杂地离开了时雨的办公室。关门那一刻，她听见里面传来了手机铃声，还有时雨的说话声。

"已经到了，放心。"时雨似乎有些不耐烦，"姐你别说了，我心里有数，我已经不是小孩子了，我知道自己在做什么……好的，我知道了，你也好好休息，挂了。"

电话那头是时雨的姐姐，时年。

叶晓萌早年间在时家见过时年几次，那真是一个极其精致且有思想的女人，每天都把自己的生活过成了诗歌。五年前，像诗歌一样美好的时年远嫁海外，在尼日利亚定居，之后她就很少回国了。这次时雨飞肯尼亚旅行，时年特地去陪妹妹，没想到时雨却来了这么一出。

为了一个许仲骞，真的值得吗？叶晓萌再次叹息，脚步声渐渐远去。

时雨可不在乎这些。就算全世界都不希望她和许仲骞在一起，那又如何？

三天前在内毕罗，时年也问过这个问题：为了一个根本不在乎你的人，这么做值得吗？

当时，时雨才下飞机没多久。她站在窗口发呆，房内空调的温度调得很低，她觉得双臂越来越冷。可是窗外的阳光却灿烂得让人睁不开眼，仿佛盯着多看一眼，瞳孔就会被光芒灼伤。

时年走进房间，将一杯柠檬水放在桌上："你都在那儿站了一个小时了，过来喝杯水吧。"

时雨走过去乖乖把水喝了。

时年又说："小雨，你瘦了很多。"

"是吗？可能工作太忙，累得吧。"

"我知道你平时工作忙，但也要好好照顾自己啊！"

时雨勉强挤出一个笑容，继续回到窗前。

她请了一星期假来内毕罗，本想休息一天去找在当地出差的朋友，她们约好了一起去看动物大迁徙。没想到时年听说她来非洲了，越想越不放心，非要赶来照顾她。

嫁为人妇多年，时年的性子一点都没变，跟小时候一模一样。她看时雨看得很紧，稍有风吹草动就急得不得了。

"你生着病，没事少往外面跑。"时年想了想，特地补充，"还有，许仲骞的电话你少接，我不希望你跟他再有什么牵扯。你也知道，他……"

"我没病。"时雨冷着脸打断时年，"我和许仲骞的事也不用你管。我爱他，我认了。"

时年的表情僵了。她很激动："你认了？什么叫你认了？我就想问你一句，他值得吗？"

"值得。"

"可是他根本不爱你！"

恰在此时，桌上的手机边震边响，屏幕上显示的正是许仲骞。时年转身想去拿手机，时雨几步冲向桌子，抢在时年之前接起电话。当许仲骞的声音传入耳中，她才彻底放松下来。

对时雨来说，许仲骞就是她的太阳。不论身处什么样的境地，只有在许仲骞出现的时候，她才觉得自己的人生是有意义的。

许仲骞的声音一如既往的好听，如海上生明月，留在她心底的是月落以后还来不及带走的最后一缕光辉。

"这两天没见你，出门了？"

时雨撒谎："没有，在我爸这里。有什么事吗？"

"我听说你们刚在珃曲古镇勘测了几座坍塌的老石桥。"

"是啊。"

"勘测数据你那边有备份吗？昨天轻轻把包落在出租车上了，U 盘在包里……"

时雨顿时明白了是怎么一回事。她强忍住喉咙的酸涩，假装自己听到的只是一句普通的问候。她说："我知道了，明天我去处理。你放心。"

"小雨，谢谢你。"

"没事的话，我先挂了。"

这是时雨第一次主动挂许仲骞的电话。

她靠着窗。窗外有风。绿檀的叶子被吹得哗哗作响，那一阵被掀起的林中涛声却远远比不上此刻她心中的澎湃。若不是时年突然开口，她甚至快忘了房间里还有一个人。

时年一脸不可置信："你要回去？你坐了十几个小时飞机，还没来得及喘口气你就要回去？就为了帮许仲骞讨好那个女人？"

"我都说了，这是我的事。"

"小雨，你别这么执迷不悟好不好？算我求你！"

"当年你要死要活闹着要嫁给 Karun 的时候，我也说过你执迷不悟，我也求过你，可是你有听我的吗？"

一切声音在这个时候戛然而止。时年愣在原地，愣愣地看着时雨："你还在记恨那件事？"

时雨口中的 Karun 是个尼日利亚籍华人，也就是时年的丈夫。

五年前，时年不顾家人反对，孤注一掷嫁给了 Karun。Karun 很有钱，他在尼日利亚有着自己的财富王国，在非洲其他地方也有价值不菲的产业，他对时年一家人都很照顾。

可即便如此，时雨还是非常决绝地反对姐姐和 Karun 在一起。在她很小的时候，母亲认识了一位匈牙利富商，她不顾一切地离婚，抛弃了丈夫和女儿，远嫁海外。谁知，历史总是有着惊人的相似。十几年后，姐姐时年和当年的母亲一样，离开家，抛弃了她和父亲，远嫁非洲。

她的母亲和姐姐，都中了一种叫爱情的蛊，一发而不可收。而这一切对她来说，像是一个诅咒，生生地纠缠着她。

时年出嫁当天，时雨没有出席婚礼，她憎恨这样的离别。自那以后她就很少对人笑，人生一片灰暗，又有什么值得高兴的呢？不过是得过且过，数着日日夜夜罢了。

她就这么数了一千多个日日夜夜。然后，许仲骞出现了。她仿佛重新见到了太阳。

02.

每一次见许仲骞时，时雨的心情都是不一样的。譬如此刻，她的目光落在许仲骞脸上，竟心生一种久别重逢的愉悦。

可能是飞了一趟国外，经历了一次时差，有一种好久不见的错觉吧。时雨心想。

她心不在焉地翻着菜单，随便点了几样菜。这家居酒屋是她父亲推荐的，据说这里最受欢迎的不是吃食，而是梅子酒。

她心血来潮："我们喝点酒吧。"

许仲骞的眼神带着疑惑。时雨的酒量并不好，她也从未主动在他面前提过喝酒。可她今天看起来是真的很开心。

"那就喝点吧。"

得了许仲骞的应允，时雨露出了笑容，她招呼服务员："这个，还有这个，一样来一瓶。"

"喝这么多？"

"因为心情好啊。"时雨双手托腮，像个刚得了老师表扬的孩子。她笑嘻嘻地看着许仲骞，"每次见你，心情都特别好。"

许仲骞眼中闪过一丝动容，但他还是努力将这种情绪压了下去："我听轻轻说，你特地跑了一次珏曲镇，重新做了数据勘测。辛苦你了。"

"分内工作而已。"

"小雨，谢谢你。"

时雨有些不高兴："你不用为了她谢我。就算你不找我，谭教授也会问我要这份数据，到时候我还是得跑一趟。"

"我知道。但是害你连着坐了几天飞机，我很抱歉。"

"你怎么知道的？"时雨诧异。该不会是叶晓萌这个大嘴巴说出去的吧？

"轻轻告诉我的。她也是听同事提起才知道你休年假去肯尼亚了，她说很对不起你，又不好意思当面跟你说，她托我向你道谢。"

又是罗轻轻！

时雨怀疑许仲骞是不是故意的。他说请她吃饭作为感谢，可张口闭口提的都是罗轻轻。明明是两个人在约会，她却总觉得房间里像多了个人似的。

从什么时候开始，她和许仲骞的相处变成这样了？好像，就是在罗轻轻出现之后吧。

服务员敲门进来，开始上菜。包间内紧张压抑的气氛才得以缓解。

时雨给自己倒了一大杯酒，猛灌了一口。

　　两年前她认识许仲骞。那么完美的他，足以成为每个少女的梦中情人。然后像很多偶像剧的情节一样，她不可抑止地爱上了许仲骞。

　　她热情、漂亮、聪明。早在上大学时，她就被人冠以"天才少女博士"的称号，追她的男生从来就没断过，唯独许仲骞对她爱理不理。可是没关系，她有信心，总有一天许仲骞会爱上她，就像她爱他一样。

　　和她预想的一样，她很快就和许仲骞成了朋友，关系也越来越亲密。她从未对他开口说爱，但全世界都知道她爱他，他当然心知肚明。她和他，就差捅破中间那层窗户纸了。

　　罗轻轻就是在那个时候出现的，她的到来打破了时雨和许仲骞之间心照不宣的天平。她是时雨的学妹，比时雨小三岁。学古代建筑的女孩本就少，漂亮的更是寥寥无几，时雨和罗轻轻恰好是其中的凤毛麟角。时雨在校读书那会儿虽然不认识罗轻轻，但也听说过她的名字，毕竟漂亮女孩从来就不缺人夸，一夸就会传千里。

　　彼时，时雨肯定没有想到，罗轻轻毕业之后也进了古建筑保护研究院实习，他们三人之间的孽缘也就此拉开序幕。

　　菜上齐了。许仲骞把一个小碟子推到时雨的面前："你爱吃的芥末章鱼。"

　　时雨一脸狐疑地看着他："我什么时候说过我喜欢吃这个？"

　　许仲骞抬眼，迅速掩饰了自己的诧异。他一时想不出该怎么回答，只好沉默地等她的下一句。

　　"我不爱吃味道冲的东西，你记错了。"

　　"以前也不吃吗？"他希望她回答，是她口味变了。

　　时雨把碟子推开："从不吃。"

　　许仲骞盯着眼前的菜，心里翻江倒海。那是他爱吃的菜，也曾是……

　　"该不会是你曾经某一任女朋友爱吃吧。"

　　听时雨这话隐约有了酸味，许仲骞赶紧搪塞："不是。可能是我弄错了吧，上次吃饭谁说过喜欢的，可能是轻轻说的吧。"

　　"今天你约的人是我，能不提别人吗？"时雨放下筷子，这次她是真生气了。

　　"轻轻说，轻轻说，每次都是罗轻轻！许仲骞你没有良心的吗？你如果真的喜欢罗轻轻，就不要给我任何希望。你明知道我喜欢你，你这样会让我嫉妒她。你可以拒绝我，可以不见我，甚至可以把我拉入黑名单，但你不能不尊重我。我是个女人，我也要面子的。你还不如痛痛快快跟我来个了断，让我彻底死了这条心！"

　　"小雨，对不起……"

　　"除了对不起，你就没有别的话想对我说？"时雨眼眶湿热，视线渐渐变得模糊。

　　为什么总是这样？她以为这次见面会好一些，她为他做了这么多，至少他会念着她的好。看来，自始至终都不过是她一个人的幻想罢了。

透过眼前那层水汽，时雨看到了许仲骞高高的眉骨，深沉的眼眸，英挺的鼻梁……真是一张好看的脸，好看到连女服务员进来上菜都会忍不住把他当明星一样偷瞄，好看到令她只见一次面就再也忘不了他了，好像他们很久以前就在哪儿见过似的。

她低着头，一口接着一口地喝酒，似乎只有这样才能减轻心里的苦涩。在这个过程中，许仲骞一言不发，哪怕一句最简单的解释都不愿意给她。可笑的是她还指望他能良心发现，说些好听的话哄哄她。

她就不该对他抱有期望！

忍了好久的眼泪还是掉了下来。滚烫，咸湿，带着绝望的味道。她上辈子一定是欠了他的！若非如此，为什么他会让她这么绝望？

“许仲骞，你喜欢我吗？”认识这么久了，这是时雨第一次问这么直白的问题。

不出她所料，许仲骞眼神凝重，表情迟疑。

“算了，我就随便问问。我们还是喝酒吧。”他不想回答，时雨猜到了，她举起杯子，“这一杯敬我。敬我傻，敬我浅薄，敬我不可救药。”

“你喝多了，小雨。别喝了。”

“我没喝醉。你要和我一起喝吗？不喝我走了。”

许仲骞阻止不了她，只得陪她喝。他们就这么一杯接着一杯，很快，一瓶梅子酒见底了。

几分钟后，酒劲上来了。时雨觉得晕乎乎的，她起身去洗手间。许仲骞伸手扶她，被她推开了：“不用，我自己去。”

“你小心点。还是我陪你去吧。”

“难不成你要陪我进女厕所？”

果然，时雨这么一呛，许仲骞马上不说话了，送她到包间门口就没再继续跟。

时雨脚步飘忽。她的酒量很差，稍一喝多就控制不住自己的情绪。此时她嗓子堵得很，生怕自己控制不住就会号啕大哭，她不想让许仲骞看到她这个样子。

她爱他不假，可她有自己的底线。纵使再爱，她也不能失了尊严。

路过的服务生给时雨指了路，她状态不是很好，绕了半天才找到洗手间。庆幸的是，里面空无一人，她正好借此机会痛快地哭了一场。

水声哗哗，将哭声完美地掩饰了过去。

镜子里的时雨情绪低落，眼睛红肿，一副刚失恋的样子。她对着镜子自嘲：“你看你，这么难看，怨不得人家不喜欢你。"

不像罗轻轻，永远都那么活力四射，光彩照人。

她心中一恸，从挎包中拿出口红，小心翼翼地描了一遍唇。

这样看上去气色就好多了，她稍稍满意。就像时年常说的那样，口红是女人的必备神器，无论多么狼狈，只要抹上口红，气色就立马恢复三分。本来她还准备喷点香水的，刚拿出来，想了想又放回去了。算了，太刻意，现在这样就挺好。

她擦掉哭花的眼妆，整理好衣服上的褶皱，像重新上战场的战士一样，昂首走出了洗手间。她不能让许仲骞看轻她。

才出门，有人喊了一声她的名字。时雨扭头，看到了一张熟悉的面孔。是她父亲的学生，也是他们研究所的合作方寰宇集团的少东，陆西城。

"好巧啊，陆少。一个人？"时雨笑容满面，和刚才号啕大哭的她判若两人。

"约的程子峰。"陆西城上下打量了时雨几眼，"你呢？应该不是一个人吧？"

"一个人吃饭多没意思。当然和我喜欢的人约会啊。"

陆西城没想到时雨这么直白，露出一个意味深长的笑。他指了指身后："我们在旁边包间，你要去和程子峰打声招呼吗？"

相比陆西城，时雨和程子峰更熟悉，他是时雨的高中校友，比她高一届，二人关系一直不错。不过时雨十五岁那年就被保送上了国内最好的大学，之后她和程子峰见面就没以前那么频繁了，他好像刚从国外回来。

时雨揉揉太阳穴："我有点头晕，可能酒劲上来了。你帮我向他问好吧，下次我请你们吃饭作为补偿。"

"也行。你照顾好自己。"陆西城见她状态确实不太好，而且又是和心上人约会，就很识时务地道别了，"改天我去拜访时院长，我们再约。"

"好的，再见。"

二人各自转身。

走了几步，时雨扭头叫住了陆西城："等一下，陆西城，你能不能帮我一个忙？"

"怎么？"

趁现在还清醒，时雨对陆西城提了个要求。陆西城听完，立刻皱起了眉头。他不理解时雨这么做的意义。或许恋爱中的人都是脆弱的吧。谁知道呢？他和时雨不算熟，本不该掺和这些，可她毕竟是他老师的女儿，也是碧波谷这一项目的权威顾问，于公于私他都不能置之不理。

时雨眼神恍惚，步子也越来越虚浮。陆西城权衡再三，还是跟了上去，把她送到了包间门口。恰在此时，许仲骞拉开包间的门，和他们打了个照面。时雨半天没回，他放心不下，刚想去洗手间找她。

此刻这一幕，在任何旁观者眼中都是尴尬的。

时雨没感受到气氛的微妙，她为他们做了个简单的介绍："许仲骞，陆西城。"

真的是简单至极的介绍。没说身份，没说前缀，只提了对方名字。

不过一听"许仲骞"三个字，陆西城就知道他是谁了，时雨的父亲时永忱经常提起他——地理资源研究所的高级研究院里杰出的青年地理学家，科学院最年轻的院士。这么一连串的前缀，听起来应该是一个架着深度近视眼镜，有着花白头发的中年男人，可眼前这个人的样子实在不像个搞科研的。

程子峰曾对陆西城戏言：别看时雨一门心思扑在古建筑研究上，却是个实打实的颜控，她平日里最爱看的就是各种选秀节目。结合程子峰的话，许仲骞这相貌，确实像是时雨喜欢的。看到他的第一眼，陆西城就下了一个定论：他和时雨是一样的人。一样年少成名，一样天赋异禀，还一样有着不属于科研人员的外貌。他们是真的很般配。

陆西城伸手，主动打招呼："许博士，久闻大名。"

"过奖了。"

许仲骞的注意力一直停留在"久闻大名"四个字上。直到陆西城离开，他把时雨扶进房间，他还在想，是不是时雨经常在陆西城面前提起他？她的朋友们，大概都对他"久闻大名"了吧？

时雨还想喝酒，许仲骞拿走了她的杯子。她的酒劲已然上来，脸红红的，眼神也有些涣散。

"小雨，别再喝了。"

"我在你面前，是连喝酒的权利都没有了吗？"时雨去抢杯子，"你给我。"

许仲骞索性喝光了杯子里的酒。时雨抓到了空杯子，负气道："我讨厌你，你为什么从来就不能如我的意？我到底做错了什么，要被你这样对待？"

借着酒劲，她放声哭了出来，身子直发颤。许仲骞拿纸巾给她擦眼泪，被她推开："你走吧。我不想再看到你。"

"小雨。"许仲骞很无奈，"你可以生我的气，但是不要伤害自己。"

时雨慢慢停止了啜泣。她抬起头，直直地看向他，目光像碎了的玻璃片，明亮而尖锐。她含着泪发笑："伤害自己？哈哈哈哈，你这话真可笑。你根本不知道，这个世界上能伤害我的人只有你，只有你一个人……"

他哑口无言。她喝醉了，可她的心却是清醒的。经历了那么多事，她的心早已千疮百孔。如果说这个世界上还有人能伤害她，那就只有他了。

许仲骞怔怔许久。他还是动容了，他的手仿佛不听使唤，慢慢地伸向时雨的脸。她的眼泪还挂在脸上。

敲门声在这个时候响起，他像是触电一般，陡然收回了手。

他以为是服务员，没想到进来的人却是陆西城。

"抱歉，打扰了。"陆西城看了一眼迷迷糊糊靠在椅背上的时雨，表情略微尴尬，"时雨让我九点整把她送回家。"

许仲骞下意识地看了看手腕上的表，正好九点。

这像是时雨一贯的作风。她是个极爱面子的人，尤其是在他面前。她定是不想让他看到她喝醉后的样子。她酒量那么不好，喝多了容易说胡话。

陆西城扶着时雨往外走。此时此刻，时雨已经醉得连方向都分不清了，但她依稀能分辨出扶着她的人是陆西城，还知道向他道谢。

"你这又是何苦。"陆西城说。

"不苦，是甜的。"她说的是酒，"梅子酒很好喝，很甜。"

陆西城不知道该怎么接话，现在对她说什么，估计她明天醒来都会忘记。

时雨一直独居，陆西城担心她到家没人照顾，特地给她父亲时永忱打电话说明了情况。谁知，时永忱听说时雨为许仲骞喝醉了，一点都不意外，只说让他把时雨送回他那边。陆西城这才想起来，时雨好像很多年没回过老宅住了。他不知道的是，时雨现在住的地方就在许仲骞隔壁，两栋楼前后挨着。

自从明确自己对许仲骞的心意，时雨便一心想着离他近点，就算他没那么快喜欢上她，能多看看他也是好的。为此她大费周章折腾了一番，从刚买没多久的大房子里搬出来，住到了许仲骞隔壁不到一百平方米的小户型中。他们见面次数确实变多了，有时候还会在小区偶遇。然而这两年来，他们的关系还是原地踏步，始终没能打破僵局。叶晓萌曾戏谑说，这是一个死局，生生困住了她。

"陆西城，你说，爱一个人是不是都这么难受？"时雨开始说醉话，"还是说，只有我这么难受？唉，我真的好难受啊，心里堵得厉害，我一点都不开心。"

"我不知道。"

"你居然不知道？哈哈，这不可能吧？难道你没爱过人？"

陆西城脚步一滞，陷入了几秒的沉默。

"你不说话，看来你是爱过的。她是谁啊？"

"没有。"

"肯定有。不然你不会迟疑。"

"你不是喝醉了吗？"为什么喝醉了她都能看出他迟疑？

"你不想说就算了，虽然我还是很想知道你爱的人是个什么样的人。应该很漂亮吧，能被你喜欢，肯定很漂亮……"

时雨像是打开了话匣子，比以往任何一个夜晚说的话都要多。陆西城一边照顾她，一边在电话里和司机说方位。他没开车，只能叫专车来接。这一分心，连许仲骞走过来他都没有发现。

时雨问了他一个问题："你是不是觉得我很傻？"

"还好吧。"他想了想，反问，"许仲骞喜欢你吗？"

"喜欢啊。"

"像你喜欢他一样？"

"不。像喜欢妹妹一样罢了。"

如此轻描淡写的一句话，陆西城却听出了她极度的失望。容不得他多想，司机按了几声车喇叭，收回了他的注意力。他回头找车，目光却对上了刚停住脚步的许仲骞。

气氛一时微妙。他们耳边都只有时雨最后说的那一句话——

像喜欢妹妹一样罢了。

03.

司机下车开车门。

陆西城把时雨扶到了后座，他本想和许仲骞打个招呼再走，许仲骞先开了口："陆总，还是我送时雨回去吧。她住在我隔壁楼，我们顺路。"

陆西城愣了一下，这俩人的关系似乎比较微妙，不过他当然乐意成人之美。他扭头看了一眼时雨，时雨闭着眼，安静地靠在椅背上，酒劲上来她就睡过去了，她酒量一向很差，程子峰曾说过她是"两杯醉，三杯倒"。

果真如此。

"抱歉，我不知道你们住这么近，"陆西城解释，"刚通知了时院长，他让我把时雨送到他那儿，他现在应该在等她回去。"

"嗯，送回时院长那儿也好，有人照顾他。"许仲骞犹豫了一会儿，又说了声谢谢。可是连他自己都不清楚，他这是以什么身份道谢。论关系，陆西城是时雨父亲最得力的学生，也是时雨的师兄，比他更有义务照顾时雨。

"我会把她送到家的，你放心。"关上车门之前，许仲骞又补充了这么一句。

陆西城目送车子越开越远。他本不是多事的人，可看到时雨喝醉后的样子，他心里莫名起了波澜。其实她从洗手间一出来他就发现了，她哭过。

而时雨刚才问的那个问题，他之所以迟疑，并非他真的爱过谁，他只是想起了多年前在伦敦遇见的一个女孩。那个女孩爱上了他的堂哥，爱得很隐忍，她和现在的时雨一样，沦陷在感情深渊中难以自持。后来，他再度偶遇她，她在佛罗伦萨街头的长椅上哭得歇斯底里。想到那个女孩，再想到在洗手间掩面而泣的时雨。他沉默了一会儿，转身离开。

都是因为爱情。

时雨悠悠醒来，翻了翻身子，又继续闭上眼睛。司机专注地开着车，许仲骞低头看手机，车子里异常安静。

"刚才我问你的问题，你还没回答我呢。"时雨没发现坐在他身边的人是许仲骞。

许仲骞也没点破，顺着她说："什么问题？"

"你有没有爱过一个人？像我一样，傻乎乎地爱一个人。"

"有。不过那已经是很久以前的事了。"

"我就说肯定有，你还不承认。她漂亮吗？"

"漂亮。"

"你们是怎么认识的？"

"她从桥上走过，我在河边拍照。看到她的第一眼我就知道，我爱上她了。"

"真浪漫。"时雨感叹，"可你为什么还没恋爱，她不喜欢你吗？"

"喜欢。"

"像你喜欢她一样？"

"是。"

"那你怎么没跟她在一起啊？"

许仲骞没有回答，他再次陷入那段回忆。初见时，她穿了身玫瑰红的长裙，捧着一束洋甘菊从桥上走过；他和她乘坐同一辆马车，在那座童话小镇中穿梭，身边路过无数行人；他们在曼陀罗树下的约定，他送她的树叶，她对他的誓言……明明每一个画面都很清晰，可他总觉得，那个人离开他足有一个世纪那么久了。

为什么没有在一起？或许是天意吧。

许仲骞回过神，时雨已经睡着了，他喊了一声她的名字，她没有听见。

时雨家的老宅不在主城区，车子开了很久才到。

许仲骞把时雨抱下车的时候，时永忱已经在门口等着了。他正抽着烟，看样子像是等了有一段时间了。

"时院长。"许仲骞主动打招呼。

　　时永忱掐灭烟头。他看了一眼许仲骞怀里的时雨，脸上没什么表情变化："给你添麻烦了。帮我把她送回房间吧，在二楼拐角，靠阳台那间。"

　　刚才陆西城在电话里都跟他说了，所以看到是许仲骞送时雨回来，他没觉得意外。

　　他看着许仲骞抱着时雨一步一步上楼梯，神情有些恍惚，抽出一支烟想点上，又默默放了回去。女儿对许仲骞那点心思，他知根知底。可明眼人都看得出来，许仲骞的心不在时雨身上。

　　他曾试图劝说过时雨。可惜，她充耳不闻。

　　许仲骞把时雨放在床上，给她盖上被子。收回手时，时雨忽然抓住他的袖子，似呓语嘟囔了几句："送我回去……别让他看到我喝醉的样子，喝醉了我肯定会哭的……"

　　即便是喝醉了，她心心念念的人还是他。

　　他拉开她的手，轻轻放在了被子下面。这样的她让他于心不忍，可他实在不想在这个时候动恻隐之心，这对他们来说都不是什么好事。

　　离开前，他扫视了一圈时雨的房间。许是因为长时间不在这里住，房间布置极其简单，除了床和书桌，还有一个连着衣柜的书架。书架上没有书，却放了很多古建筑模型。这么单调乏味的陈设，和那么美丽慧黠的她，真的一点都不配。

　　他关灯，小心翼翼带上门。灯灭的那一刻他蓦地有种感觉，从明亮到灰暗，他们像是被隔在了两个世界。

　　他走到楼梯口，时永忱从书房走出来，邀请他进去喝杯茶。他猜想，多半是要聊他和时雨的事。这几年来，他一直很避讳这个话题，尤其他面对的人还是时雨的父亲。可眼下的情况，这次谈话他是避免不了了。

　　书房的桌上放了两杯刚泡好的红茶，混合着陈年松木书架的味道，还有纸张的香味。这种感觉，许仲骞仿佛回到了在国外进修期间天天泡在老图书馆查资料的时光。

　　书架和天花板齐高，他看到其中几本书，眼睛一下子亮了："时院长，能问你借几本书吗？这书架上有几本是我跑遍各大图书馆都没找到的绝版书。"

　　"当然可以，需要哪本你自己取就行。"时永忱站起来，从书架上取下一本泛黄的册子，"这些书，最老的是我爷爷收藏的，我父亲也保存了一批，都是非常珍贵的文献。"

　　"我听时雨提过，她家有很多关于古建筑的藏书。现在看来，比我想象的还要多。"

　　提到时雨，时永忱的眼神变得柔和起来。他缓缓开口："时雨这孩子从小就没什么女孩子的爱好，别人家的姑娘放学都去上兴趣班，弹琴、跳舞、画画，她却喜欢一个人在这里看书。我经常问她，这么生涩的东西，能看懂吗？她说，就是因为不懂才要学。"

　　"时雨很聪明。"

"是很聪明。她学什么都快，有些东西她甚至能过目不忘。这书房里的书，她看过并记下的东西可比我多多了。"

"时雨很像您，三年前……"许仲骞恍惚了几秒，意识到时永忱对他和时雨三年前的旧事是知情的，他才放心继续说，"三年前我在宁城遇见她的时候，他们都对我说，时雨是个天才。"

天才少女——这是时雨自小学起就有的外号。她学任何东西都比普通人要快，上初中和上高中都跳过级，十五岁保送最好的大学，十八岁保送研究生，二十二岁拿到了博士学位，而后顺理成章进入古建筑保护研究院工作。她的成长和蜕变，在一般人看来只能用"不可思议"来形容。

遇见时雨之前，许仲骞是他的世界里的天才，有学识，家世好，样貌好，女孩们对他趋之若鹜。他比旁人聪明，也比旁人努力。后来时雨来到了他的世界，他发现，时雨可以比他更轻易做到旁人怎么努力都做不到的事，她才是名副其实的天才。

认识他们的人都说，他们是天生一对。

"天才……"时永忱沉思了几秒钟，点头，"或许吧。我听说，天才都比普通人孤独。如果真是这样，那她遭的罪或许是注定的。"

许仲骞语塞。时雨所遭的罪……时永忱是指他吧？不过，这一次他没有猜对。

时永忱缓缓开口："时雨不到两岁的时候，我就被派去了柬埔寨，参与吴哥窟的修复工作。在那里，我一待就是四年。时雨的妈妈对我意见很大，说我不关心两个孩子，和我闹了几次离婚。我呢，运气也不太好，快回国的时候碰上了柬埔寨新一阶段的内战，差点死在那儿。我经常想，如果我当时真的死了，就不会发生后来的那些事，时雨也就不会那么难受了。她妈妈和她姐姐的事对她打击太大了，要不然，她也不会变成现在这样。"

现在这样？现在怎样？

许仲骞斟酌了一下时永忱的意思。在不知道时永忱对当年的事了解多少的情况下，他不敢贸然接话。只能含糊回应："时院长你别这么说，很多事情是不可控的，如果你出了事，时雨一样会很难过。"

时家的那些往事，许仲骞多少是知道一些的。可是听时永忱亲口说，还是头一次。

"时雨妈妈嫁给我这么多年，和守活寡没什么两样。我不在的那几年，她和一个匈牙利人在一起了，但我没有怪她，这不是她的错。我只是没想到那件事会闹那么大，时雨到现在还恨着她妈妈和她姐姐，我不知道该怎么跟她解释。"

许仲骞垂下眼睑："这种事，还是等她自己慢慢想清楚吧。"

"她妈妈走了之后，她和我生疏了很多。我的工作又忙，基本没什么时间和她相处，平日里也都是时年在照顾她。除了时年，能陪她的就是这间书房里的书了。我听时年说，时雨几乎把这里的书都看了个遍，她记性又好，大概都记在脑子里了。"

"她对我说过，姐姐是她最亲的人。"他们第一次见面，她就对他说过这句话。

"她妈妈走的时候，她们姐妹俩一个上小学，一个上高中。时年又当妈又当姐把她带大，她对时年的感情比对我要深多了，不然当她听说时年要嫁到非洲去，也不会有那么大的反应，她是想起她妈妈了。"

"后来时年也走了。时雨的性格越来越孤僻，每天把自己关在书房看书。我说了她几次，她不听，干脆就搬出了这栋房子。"

说完这些，时永忱好似一下子苍老了许多，他已经很多年没提过这些旧事了。

"我听晓萌说，时雨前段时间搬到你隔壁楼去住了。她也没跟我说这些，这孩子本不是感情用事的人，我琢磨着她应该是真对你上了心的。她那么强烈地反对她姐姐那段孤注一掷的感情，可她自己又何尝不是这样呢？"

"小许啊，跟你说这么多，我没有别的意思，你也不要有心理负担。作为一个不合格的父亲，这些年我对时雨的关心太少了，可是她心里有多苦，我是知道的。我希望她能遇到一个真正对她好的人，在未来的日子里好好照顾她。"

"时院长，我……"

"先听我说完，"时永忱打断了许仲骞，"当年的事是我对不起你，我不该阻拦你。但是希望你能明白我作为一个父亲的苦心，对我来说，没有什么比时雨的健康更重要。至于你和时雨能不能走到一起，我不强求，这是你们之间的事。我只想你对她公平一些，至少别再让她大半夜为你醉成这样回家。我的意思你明白的，希望你能答应。"

许仲骞点头。时永忱的意思，他真的明白，他又何尝不希望时雨能过得好呢？

"时院长，我也有个请求。"

"你说。"

"如果时雨问起，能不能不要说是我把她送回来的？"

"你这又是何必。"时永忱眼中尽是了然，"罢了。你们俩的事，我不掺和。"

"谢谢您。"

时永忱抬手看了看表："不早了，我就不多留你了，你想借哪几本书自己取就行。早点回家休息吧，改天有空再来家里坐坐，我给你泡工夫茶。"

"好，下次一定登门拜访。"

许仲骞捧着书走出书房，经过楼梯时，转身看了一眼时雨的房间。他的这一系列动作都被时永忱看在了眼里。

时永忱摇摇头，重重地叹了一口气。就像他刚才对许仲骞说的那样，天才或许真的比普通人要来得孤独。这怕也是时雨和许仲骞两个天才之间的爱情博弈吧。

到了他这个年纪，加之他又经历过苦难和生死，感情的事他已经看得很淡了。相比她的感情，他更关心她的健康，他想看到她每一天都健康、快乐。

他由衷地觉得，他是真的老了。

04.

时雨醒来，只觉得一阵头晕目眩，后脑勺仿佛有千斤重。她在床上挣扎了许久才爬起来，而她清醒后的第一反应便是不知自己身在何处，眼前的环境让她感到陌生又熟悉。她环顾房间许久才意识到，这是她父亲的家，也是她以前的家。她已经很久没回来住了，房中空空如也，书架上的书也全被她搬走了。

昨晚她喝断片，记忆最后的画面是陆西城把她送回包间，和许仲骞打了照面。然后，她又接着喝了不少酒。

但愿她没在许仲骞面前出丑。

她从床头找到了手机，屏幕显示有十几条未读消息。其中一条是陆西城发来的，嘱咐她早上起来喝点蜂蜜水解酒。她猜，陆西城一定是担心她喝醉没人照顾，所以把她送回了父亲家里。

她往下翻未读消息，一直翻到最后都没看见许仲骞的名字，她不由得一阵失望。昨晚她喝得那么醉，许仲骞就眼睁睁看着别的男人把她带走，事后连一句关心话都没有？

"这个男人，真可以说是铁石心肠了。"几天前，时年这样评价许仲骞。

时雨耳边蓦地回想起时年的这句话，她由衷地赞同。可是许仲骞无情，她也不是第一天知道。相识两年，他对她总是这样。若即若离，忽远忽近，态度极其暧昧。

她晃晃悠悠地下了床，从柜子里翻出一件很早以前穿过的家居服，去浴室冲了个热水澡。洗完澡后的她清醒多了，但酒劲还没完全退去，头还是晕乎乎的。

时永忧在厨房煮面，时雨一下楼就闻到了香味，上一次吃到他做的菜已经是十几年前的事了。父亲年轻时工作比现在还要忙，在家的日子屈指可数，平日里都是时年下厨。

"起来啦？"时永忧从厨房走出来，解下围裙放在一边，"把蜂蜜水喝了吧。我煮了面，你尝尝看。小时候你可是很喜欢吃我煮的面的。"

时雨一看，桌上果然放了一杯蜂蜜水。一看就是刚冲的，还冒着热气。

她想对时永忧说点什么，一开口，胃里那股酒气又泛了起来，她赶紧端起杯子喝几口水，好不容易才压住那股反胃的感觉。

"爸，你先吃吧。我不太舒服，没什么胃口。"

"你喝了那么多酒，能不难受吗？以后没事少沾酒，你的酒量你自己又不是不知道。"

"行了爸，我知道了。"时雨打住话题。她父亲这样的老学究，要么不说话，要说就说个没完，她可不想跟他继续聊下去。

"我给你煮了一碗面，多少吃点吧。不吃你会更难受。"

"嗯。"

时雨努力扒了几口，不得不说她爸的厨艺比当年长进了不少，奈何她实在没胃口，闻着食物的香味反而更不舒服。就在她对着碗里的面发愁时，家里来客人了。

听到门铃声，时永忱去开门，不一会儿就把陆西城和程子峰领了进来。他们二人看到时雨穿了一身家居服坐在餐桌前吃面，不约而同地都愣了一下。时雨平时打扮得非常精致，无论见不见人都要化妆，美得一丝不苟。而现在……

"嗨，时雨。"程子峰打招呼。

"你们怎么来了？可真是稀客了。"

"你来这儿的次数应该不比我们多吧。"

"……"

好像还真是。

二人坐下。陆西城说明来意："碧波谷的开发项目，我这边有个方案需要请教一下老师。还有，你昨晚……"

"我没事，你看我多精神！"时雨特地转了个圈，只为了展现她的"精神"。

程子峰说："昨晚在居酒屋没好意思打扰你，听西城说你喝多了，我顺道来看看。你没事就好，少喝点酒。"

"以前也没见你这么热心肠啊，程子峰。上学那会儿多少女孩子为你心碎啊，你也没分她们多少爱心，我还一度担心你找不到女朋友呢。"

"……"

闲聊了几分钟后，时永忱带陆西城去书房查资料。他们前脚刚一离开，时雨就凑过去跟上，压低声音对程子峰说："看不出来啊，陆西城看着挺高冷的，我都不知道他这么痴情。"

程子峰一脸茫然。

"我刚刚才想起来，昨晚我问他有没有爱过的女孩，他说有，还是一见钟情！他和那个女孩互相喜欢，可惜最后没有在一起。"

"陆西城说的？"

"对啊。"

"你确定？"

"你别以为我喝多了记性就不好？我肯定没记错。"

"不可能吧，他怎么会跟你说这些？而且……"

时雨的八卦细胞被激活，宿醉后的不舒适感也立马消失了。她追问："而且什么？"

"没什么。"

"你貌似知道点什么嘛。来，快跟我分享一下。"

"以前怎么没看出来你这么八卦啊？"

"快说说，快说说。"多听点别人的爱情八卦总是好的，尤其是陆西城这种油盐不进的钻石王老五。这样一来，她心里也会平衡一些，至少不是她一个人在受感情的煎熬。而且那可是陆西城啊！

"他从来不提感情的事。认识他这么多年了，据我所知，他的感情生活可以说是一片空白。他唯一喜欢过的那个女孩，好像并不怎么在乎他。"

时雨不信。陆西城喜欢的女孩，怎么可能会不喜欢他？！

程子峰看出了时雨的疑惑，强调："那个女孩喜欢的另有其人。"

欸？这跟她获得的信息不太一样啊！不是说互相喜欢吗？

"是个什么样的女孩？"

"一个很特别的女孩。"

时雨绞尽脑汁回忆了昨晚的零星片段，她纠正程子峰："估计你说的跟我说的不是同一个女孩。陆西城昨晚送我回家，他在车上亲口跟我说的。他在河边拍照，那个女孩从桥上走过，他们一见钟情。"

接下来的剧情大概就是海誓山盟你侬我侬，谁知突然发生一件什么事，他们两人分道扬镳，再也不见。

嗯，一定是这样的！

"你们在聊什么？"时永忱下楼。陆西城跟在他后面，手上拿了几本书。

时雨摆摆手："没什么没什么，瞎聊。"

"看你这样子，现在应该没有不舒服了吧？"

"……"

什么啊，她就是苦中作乐而已。

陆西城扬了扬手中的书，向时雨告别："你没事就好，我公司还有点事，先回去了。老师说这两本书是你的，我借走看看。多谢。"

"是我谢谢你才对。昨晚的事，算我欠你一个人情。以后你有什么需要我的地方尽管说。噢，对了，下个月我也要去珏曲跟项目，到时候见。"

说完，时雨又看了看程子峰，一副没聊够的样子。程子峰朝她笑："你先休息好，我们改天再约。"

出了时家大门，程子峰没忍住，问陆西城道："听时雨说，昨晚送她回去的路上，你……"

"昨晚不是我送她回来的。"陆西城打断他，"是许仲骞。"

"时院长常提的那个许仲骞？时雨惦记了两年的那位？"

陆西城点头。

回想时雨刚才说的那些话，程子峰意识到，他无意中知道了一个好大的八卦。

这是一个阴天，天上有厚重的云层。

时雨坐在阳台的地毯上发呆。她房间的阳台是全封闭设计，地上铺了一层毛绒毯子，还有一个最大号的靠枕。搬走之前，她喜欢像现在这样，没事就靠着晒太阳。可惜，今天没有太阳。

从阳台往外看，楼下是一个花坛。几个小孩坐在花坛边玩，偶尔有争吵，有个大一点的孩子给大家分糖果，他们又笑作一团。

小孩子的世界就是这般单纯，就算有多少不开心，给一颗糖就能抛到脑后。时雨很羡慕他们，她也想回到一颗糖就能收买心情的岁月。小时候时年就是这么哄她的，屡试不爽。

乌云涌动，慢慢地，雨水密密地落下。有大人过来喊，小孩子们便散去了。霎时间，眼前一片安静。时雨顿时觉得，世界安静得好像只有她一人，若非这漫天细雨，她甚至会以为时间已经静止了。

时雨盯着雨出神。她是在二十四节气的"雨水"那天出生的，父亲说，好雨知时节，所以给她取了"时雨"这个名字。两年前初遇许仲骞，他对她的名字评价很高。

许仲骞说："时雨，好雨知时节，一听就很温婉。"

在时雨的记忆里，她和许仲骞第一次相遇，是在两年前科学院的一次聚会上。很无聊的聚会，来往的大多是上了年纪的学者，大家聊天的话题要么是某个科研项目，要么就是谁家的孩子如何。

当时跟着一起来的叶晓萌表示很后悔，为了排解寂寞，她变着法子跟时雨聊天。她用眼神示意时雨看左手边一个高高瘦瘦的老教授，说："看，这是标准的科学家长相。我跟你说，科学家大多数都长这样，一副操劳过度的样子。"

"照你这么说，我爸还算是气色好的。"

"那肯定啊，时院长年轻的时候可是标准的帅哥，你应该感谢自己遗传了他的优良基因。不然你哪能长得这么好看。"

"你这是变着法子夸我呢？看不出你嘴这么甜啊。"

"这可不是我说的，王鑫他们私底下都这么说，你的眉眼跟时院长简直是一个模子刻出来的。"叶晓萌语气一转，"不过呢，其他搞研究的可不一定有时院长这么好看。"

恰在此时，许仲骞从远处走来。时雨一看到他，心里某个地方就被戳了一下，有种很奇怪的熟悉感。她鬼使神差地问叶晓萌："那么……他呢？"

"谁？"叶晓萌四处观察，看到高大帅气的许仲骞，她立刻明白了时雨指的是谁。她红着脸，一副娇羞的样子，"按照男性世界'高智商低颜值'的现状来看，他肯定不是搞科研的。嗯……没准是某个科学家的儿子，来蹭吃蹭喝的。对，一定是！"

叶晓萌相当肯定。她的声音并不大，孰料，许仲骞竟然听到了。他转身，递了一张名片过来："你好，地理科学与资源研究所高级研究员，许仲骞。很高兴认识二位，幸会。"

叶晓萌面红耳赤，不知道该怎么接话。她悄悄捅了捅身边的时雨，时雨倒是一脸坦然。

"二位怎么称呼？"许仲骞又问，"按照女性世界'颜值和智商成反比'的现状来看，二位是科学家的女儿吗？不会也是来蹭吃蹭喝的吧？"

时雨学他，马上掏出一张名片递过去："你好，古建筑保护研究院高级研究员，魏晋寺庙学博士，时雨。"

许仲骞并不惊讶，他盯着时雨看了几眼，似笑非笑地接过名片。

时雨补充："当然，你没说错，我也是科学家的女儿。幸会。"

就那么简短的几分钟交谈，时雨就再也忘不了许仲骞了。她从未爱过人，可她知道那就是爱。她就像是中了邪一样，脑子里时不时会浮现出许仲骞的面容。偶尔睡觉前想起他，她会幸福地躲在被窝里傻笑。

说来也奇怪，她明明只见过他一次，却像是上辈子就相识似的，他的眉眼和笑容都刻在了她的心里。她把这种感觉说给叶晓萌听，叶晓萌诧异："你这种情况多久了？之前没有任何征兆吗？"

时雨摇摇头。

"那你是什么时候发现你对他……"

"当时他回头看我，我看到他看我的眼神，我就知道，我完了。"

叶晓萌非常肯定："这绝对是一见钟情！"

"然后呢？那我该怎么办？"时雨对爱情还真是懵懂，毕竟这是她的初恋，她不像叶晓萌，刚上大学就有了优秀的男朋友，感情稳定，就差一张结婚证了。

叶晓萌看她这样子，恨铁不成钢："我伟大的时雨姐，你是把智商都用在学习和工作上了吗？多简单的事啊，你喜欢他就追他啊！女追男隔层纱，你这么美，他肯定逃不出你的五指山。"

"真的？"

"假不了！"

"当初你也是倒追的蒋铭韬？"蒋铭韬是叶晓萌的男朋友。

"当然不是！你别跟我比啊，我们情况不一样。再说了，你又漂亮又能干，你勾勾手指，我就不信许博士不动凡心。"

叶晓萌这么一说，时雨特地照了照镜子，她的容貌她一向很自信。没错，他肯定会爱上她的！

那个时候的她，真的是天真啊。她怎么就没想过，或许她根本就不是许仲骞喜欢的类型？不是说男人都喜欢软萌乖巧的小女生吗？程子峰曾经还委婉地提醒过她，男人好像都很忌讳找女博士当另一半。

"女博士怎么了？"时雨很不服气。不过冷静下来想了想，她好像也没资格说别人。

她还没读博士的时候，一个师兄狂热地追求她。师兄方方面面条件都好，可她从不拿正眼看人家，师兄很受打击。连她父亲都觉得可惜，觉得她错过了一段好姻缘。父亲问她原因，她理直气壮地说："我不喜欢同一领域很厉害的人，这样就没办法突出我的厉害了！"

然而没过多久，她爱上了同一领域很厉害的许仲骞。真是啪啪打脸。

一阵电话铃声打乱了时雨的回忆，手机屏幕上显示"许仲骞"三个字。

哼，这个时候知道打电话给她了？早干吗去了！

"怎么想起给我打电话了？"时雨说话酸酸的，半开玩笑半讥讽，"是罗轻轻又遇到麻烦了？"

许仲骞的声音却异常平静："你好些了吗？"

"还行。活着呢。"

"周末在家好好休息吧，别乱跑了。"许仲骞声音很软，像是在哄小孩。

时雨奚落道："现在知道关心我了？昨晚眼睁睁看我跟别的男人走了，你就一点都不担心？"

"陆西城是你师兄。"

"师兄怎么了？万一人家对我有非分之想呢？"

"……"

电话那头忽然安静了，若非能听到许仲骞轻微的呼吸声，时雨还以为他没在听。

她也安静下来。想起这两年来的种种，她鼻子酸涩，声音低了几分："对不起，昨晚是我不好，不该冲你发脾气。但是许仲骞，我说的话都是认真的，我对你的感情不需要我多说，你心里其实都明白。"

"嗯。"

"你喜欢罗轻轻吗？"

许仲骞沉默。

"你不说话，我就当你不喜欢她了。"

又是一阵沉默。

时雨咬着嘴唇，努力憋出一句话："如果你还没开始喜欢别人，那就给我们一个公平的机会行吗？"

"时雨……"

"别打断我，听我说完。"时雨鼓起勇气，"我不是要求你非得喜欢我不可，只希望你别总是对我若即若离，你这种暧昧的态度让我很难受。这就当是我对你的请求吧，将来有一天，如果你有了喜欢的女孩，而那个人不是我，记得告诉我。那个时候，我一定不会再执着。"

想了想，她又补充了一句："不过，有句话我不知道该不该说。"

"你说。"

"你总不至于是喜欢男人吧？"

"……"

隔着屏幕时雨看不见，许仲骞脸色很不好看。她怎么会这么想？他看上去像是喜欢男人的人？真是让人头痛。

"不是。"他回答得毫不犹疑。

"那我就放心了。"

"你别胡思乱想。好好休息，明天下午我去看你。"

"真的？"时雨激动地坐直了身子，"不许骗人。"

"嗯。"

"那说好了啊，不见不散。"

"好。"

05.

有生之年，时雨第一次宿醉。她庆幸这样的宿醉发生在周末，不然她都不知道该怎么撑着还未完全脱离酒精的身子去研究院。

叶晓萌总说，睡眠是最好的解酒药，这次时雨是真信了。从父亲那儿回来，她闭门不出，蒙头睡了一整天，醒来觉得勉强恢复了八九分。

"再也不喝酒了！"时雨一边放洗澡水一边发誓。

酒虽醒了，她的肠胃却还是不舒服。她预计自己至少一周没法好好吃东西了，原本和叶晓萌约好了今晚吃九宫格火锅，也因此不得不改期。

叶晓萌一接到电话，听说时雨伤了胃，心疼坏了，此刻正在家热火朝天地给她煲粥。在叶晓萌心里，时雨是研究院的宝贝，少了谁都不能少了她。

浴缸里的水微烫，冒着热气，窗台上的香薰蜡烛散发出温柔的香味。那是时雨最喜欢的香薰品牌之一，每次泡澡时她总喜欢点上，再来一杯热咖啡，满身的工作烦恼都会被洗净。

看到香薰蜡烛，时雨忽然想起她随身带着的香水不见了。昨天在日料店涂口红的时候还见过，估计是落在出租车上了。

"只能再买一瓶了。"她自言自语，脱了衣服小心翼翼地走进浴缸。

水漫过胸口，肌肤燃起一阵灼热感，不过慢慢地，她的身体适应了水温，渐渐放松了下来。以往工作忙的时候，她也像现在这样，把泡澡当成享受。她靠着浴缸壁，脸上贴着湿漉漉的面膜，旁边窗台上放了一杯冒着热气的美式咖啡和一本书。这本书是她从旧宅书房带回来的资料书。

昨天看到陆西城借走几本书，她才想起，关于祥曲古镇的两个项目，有些资料她还得再翻书核实一下。可是她找遍书房的每个角落，都没发现那本《地理环境与历史发展关系》。她打电话问时永忱，时永忱说那本书前天刚被一个学生借走了，不确定什么时候能还回来。她只好退而求其次，找了这本有部分相似内容的《人文地理和历史学探究》。

水汽氤氲，时雨慵懒地放下咖啡杯，随手翻书。这一翻，她先是看到了一片干巴巴的红叶，不是枫叶，看着像是爬山虎的叶子。她迟疑了几秒钟，依稀想起这是她五年前在布鲁日捡到，随手夹在书里的。

时雨的好朋友童鸯在布鲁塞尔上大学，兴趣使然，她在布鲁日开了一家花店。那时候她还在读博，应童鸯邀请去布鲁日小住了一段时间。

布鲁日就像是童话中的小镇，河流交错，房屋错落，植物欢快生长，沿河的房子从墙壁到房顶都被爬山虎掩盖着。到了深秋，那些爬山虎就变成鲜红的颜色，和闻名遐迩的香山枫叶比，一点都不逊色。

时雨记得很清楚，为了在飞机上打发时间，她特地带了这本《人文地理和历史学探究》。至于是什么时候捡到的红叶，又是什么时候夹进书中，她还真没什么印象。或许就是一时兴起吧，她也确实没少干这样的事。

同样在她记忆中模糊掉的，还有她脚上的疤——她双腿架在浴缸上，右脚脚踝处有一道约三厘米的疤痕。经过时光的洗礼，它已经不像当年那么触目惊心了。秋季的布鲁日多雨，她坐马车在镇上闲逛，下车时脚底打滑，磕在公园的栏杆上，那道伤疤就是这么来的。

记忆还在，可时雨至今想起仍会觉得奇怪，她当时哪来的闲情逸致去坐马车？那是小情侣喜欢的把戏，她一向对这些很不屑的。就连童鸢都忍不住打趣她，怎的突然生出了少女心？

旁人都知道，读博期间的时雨有一颗和她年纪完全不符的御姐心，她凡事都很要强，不争第一誓不罢休。

而这片红叶……

时雨刚从书中抽出叶子，手不自觉地一抖。叶子从指间滑落，漂在水面上，随着水波晃动几下便静止了。

门铃在这个时候响了。时雨算了下时间，猜想应该是叶晓萌熬好粥送过来了。她披上浴袍，一边系腰带一边往外走。谁知，门一打开，出现在她眼前的竟然是许仲骞。

时雨尴尬得表情都僵了。她一只手还放在腰带上没收回来，浴袍宽松，领子一直开到胸口，几滴水珠挂在脖子上，活脱脱一幅美人出浴图。

许仲骞目光停留在时雨白皙的脖子上，等他反应过来，赶紧转过身去。

"你怎么现在就来了，不是说下午吗？"时雨忙不迭地拉好衣领。真是失策，开门前她怎么就忘了先从猫眼中看一下来的是谁呢！

"下午临时有事，所以提前过来了。忘了跟你说一声，抱歉。"

"先进来吧。"

许仲骞将手中的纸袋放在茶几上："这是给你带的粥。时院长说你胃口不好，不过你也别饿着自己。"

时雨站着没说话，仔仔细细地看了许仲骞一眼又一眼。

"怎么？"

"没什么，就是忽然觉得很幸福。"时雨眼中全是笑意，她往许仲骞身边一坐，狡黠地问他，"你是不是还是很关心我的？"

"别闹。趁热把粥喝了。"

"不，我要你说。你关心我对不对？"

"嗯。"

听到想要的答案，时雨心情甜得像是喝了蜜一样，先前发生的所有不快在那一瞬间烟消云散。在许仲骞面前，她永远都是这般没骨气，可偏偏她很享受这样的感觉。

"现在可以吃东西了吗？"

"我吃就是了。"

在时雨低头喝粥的时候，许仲骞环顾了一下四周。虽然他们住隔壁楼有一段时间了，平日在楼底下也没少打照面，但他还是第一次进到时雨的家里。她家的摆设和他想象中的差不多，她从来都不是个擅长布置的人，又或者说，她是懒得布置。

客厅是简单明亮的装修风格，唯一的装饰大概就是墙上的两幅画，还有几盆绿植，其中长得最好的是落地窗前那盆发财树。

"你这棵发财树长得挺好。"

"可我的财运并不怎么样。"时雨说，"养着玩罢了，这还是朋友送我的。"

以前她不住这里，童鸢去看过她几次，嫌她家太寡淡，就给她送了一批绿植，琳琅满目摆满了整个阳台。客厅放的倒是不多，除了最好养活的琴叶榕，还有一盆兰花和一棵据说可以改善运气的发财树。可惜没过多久，兰花被她养死了。搬家的时候她把活着的绿植一起带了过来，又添置了几盆新的。

"今天阳光不错，可以把窗户打开透透气。"

许仲骞拉开落地窗，余光瞥见了隐藏在阳台角落处的一盆植物，他像是被钉在原地，时雨在身后跟他说什么，他浑然未觉。

那不是寻常见到的家养盆栽。多浆植物，叶子大而肥厚，边缘有很多对生的小叶，小叶下面还有须根。

"这是？"

"落地生根，又叫不死鸟，很好养的。"

见许仲骞半天没说话，时雨追问："怎么？有什么问题吗？"

"也是朋友送你的？"

"不是啊，这是我自己买的。"

"怎么想到养这个？"

"偶然在花店看到，觉得顺眼就买了。"时雨大为不解，"你今天很奇怪啊，我养这个很奇怪吗？"

许仲骞笑着摇摇头："没什么，想到了一些事。几年前我送过一盆不死鸟给一个朋友。"

"女朋友？"时雨开始酸了。看许仲骞的反应，十有八九是前女友，说不定还是位让他刻骨铭心的前女友。

果然，许仲骞沉默了。

噢，那就是了。

时雨心里不是滋味。自认识许仲骞以来，她甚少打听他的过去，她可不想找罪受。像许仲骞这么优秀的男人，怎么可能没有过去？喜欢他的女孩子怕是一抓一大把吧？如果说他没谈过恋爱，那才不正常呢。

"真的是女朋友？"时雨重复了一遍。

她希望听到他说不是，可是她失望了，他点了点头。

"她是个什么样的人？"

许仲骞仔细回忆，很肯定地告诉时雨："一个和你很不一样的人。"

是的，他记忆中的 Freya 和现在的时雨很不一样。时雨热情主动，Freya 冷静理性；时雨身为众人口中的天才女博士，却拥有一颗能时刻保持欢乐的少女心，Freya 当年小小年纪却总是摆出一副不合时宜的高傲姿态……她和她不一样的地方，实在太多了。

"她非常理性，连她自己都没意识到，这种理性有时候很伤人。"这是许仲骞第一次主动开口对时雨说起他的过去。这一说，便半天都没停下来。他聊到了他和 Freya 在国外的初遇，还有他们的热恋。

Freya 很漂亮，他和她第一次见面时，她穿着玫瑰红的长裙，一头栗色卷发长及腰间，漂亮、耀眼。看到她的第一眼他就知道，她将会是他这辈子最大的追求。或许 Freya 心里也是这样想的，所以在第二次见面的时候，他们相爱了。

那时的 Freya 才二十出头，正是爱玩的年纪，她最喜欢挽着他的手臂四处闲逛，看到什么都觉得新奇。在异国他乡，他们是彼此唯一熟悉的人。她对他笑的时候，他听到自己心跳加速的声音。所以他丝毫不怀疑，这辈子，就是她了。

在一起的第三天，他发现了她的新特点——像高傲的贵族猫一样让人捉摸不透。比如，前一秒他们还如胶似漆地说着情话，下一秒，他们在路边看到一对情侣吵架，她扭头就对他说："Martin，如果有一天你不喜欢我了，或者是喜欢上别人了，一定要告诉我。"

他极为不解："好端端的，怎么突然说起这些？"

"你看他们。"Freya 指了指那对情侣，"他们可能曾经也很相爱，但现在呢？我突然想到，我现在也很爱你，可我很难想象你不爱我的时候会是什么样，我可不想跟你闹得那么难看。我觉得，相爱就好好爱，不爱就好好分开，体体面面的对谁都好。"

分开，那么悲伤的一件事，她却说得如此轻描淡写，甚至脸上还带着灿烂的笑容。

"傻瓜，你别想那么多。"

"我就随口一说。"Freya 抱着他亲了一口，"不过，万一哪天你真的不喜欢我了，我一定会头也不回地走掉。"

不知为何，他心里空荡荡的。

许仲骞安静地叙述着，声音平缓而低沉。时雨看出他有些心不在焉，或许他是在回忆过往吧。可不知为何，他的表情很奇怪，似乎并不情愿提起这些往事。她心里不是滋味，他不愿意提，她就愿意听了？若不是太在乎他，她才不想听他和别的女人的故事呢。

她问："后来呢？她真的就这样头也不回地走掉了？"

许仲骞避开这个问题，他将视线从那盆不死鸟上面移开，转过身看时雨："不说这些不开心的事了，都过去很多年了。进去喝粥吧。"

时雨哪里还有心情喝粥。她只能努力安慰自己，既然许仲骞肯主动说出这些事，说明他真的已经放下了。再说了，谁还没有个过去呢！他能特地出门给她打包吃的送过来，说明他心里有她的一席之地。她也就只能这样安慰自己了。

时雨低头看了下自己的浴袍，用眼神示意许仲骞去沙发坐："你先坐，我换件衣服就出来。咖啡机在厨房，想喝自己动手。"

许仲骞点头。等时雨进屋，他随意走了走，看了看房子四周。不得不说，时雨虽然懒，品位还是很好的，她选的家具和装饰给人一种很舒服的感觉，明亮、干净、温馨。尤其是浴室的装修，看得出花了不少钱。

他的眼神落在浴缸中，水是满的，上面飘着一片红叶。他不由自主地捡起了那片叶子，仔细凝视，眼神有了细微的变化。

时雨换好衣服出来，看见许仲骞站在浴缸边，脸一红。她赶紧从许仲骞手上抢过叶子，那上面还沾了她泡过澡的水。

"这是书签，我夹在书里的，挺好看的就夹在里面了，刚不小心掉出来了。"她语无伦次地说道。

"这是什么叶子？不太像枫叶。"

"不是枫叶，是爬山虎的叶子。"

"爬山虎的叶子有这么红？"

"有红色爬山虎啊。"时雨抽了几张纸巾将叶子上的水擦干，递给许仲骞，"好看吗？这是我在布鲁日捡到的，一直夹在书里，都五六年了。刚才查资料翻到这本书，我半天才想起来。"

许仲骞沉默了几秒钟，他的眼神始终落在那片红叶上。

"怎么了？"时雨察觉到他的眼神不对。

"没什么，继续喝粥吧。"

再耽搁下去，粥就真的凉了。

这是他特地绕了很远的路去研究院附近的粥铺买的，时雨习惯每天去那儿吃早餐。她特别挑食，不精致的食物她一向是不吃的，她这个毛病他一直都记着。

"很香。"时雨心满意足地尝了几口。

这一刻，时雨觉得很幸福。认识许仲骞这么久，这是她唯一一次有自信，他或许是在乎她的。粥是她最熟悉不过的味道，她感受到了他的心意。也正是因为如此，她忍不住问出了刚才一直憋着的问题。

"她和罗轻轻像吗？"

许仲骞摇头。

"那你为什么对罗轻轻这么不一样？"到嘴边的问题，生生咽了下去。这种时候她不该多言的，说多了惹人厌。

她尽可能让自己看上去不那么在意，平静地解决掉了大半碗粥。等她伸手去拿矿泉水，许仲骞很自然地接过去，帮她拧开盖子。

今天的许仲骞很不一样，时雨想。她甚至能感受到水瓶上残留的他手掌心的温度，这种微妙的感觉让她不知怎的生出了勇气，她身子慢慢前倾，在他反应过来之前，靠在了他的怀中。

这一幕，她等了太久了。尽管她觉得这样做不太矜持，也不太符合她一直营造的形象。

算了，管不了那么多了，她闭上眼睛。反正她对他那点心思，他一清二楚。奇怪的是许仲骞并没有推开她，甚至连动都没动，就这么任她安静地靠着。时间一秒一秒地过去，他们像是两尊纠缠在一起的石像，但他们都知道，彼此的心里肯定都不像表面那么平静。

时雨的心跳越来越快，呼吸也变重了。她隐约闻到了许仲骞身上有股淡淡的香味，而且这个味道……好像有些熟悉。

她还没来得及思考这是什么香味，门外响起了开锁的声音，她慌忙坐回原处。可惜已经晚了，门被打开的那一刹那，叶晓萌看到了。

叶晓萌表情呆滞，不知所措地站在原地，拎着的餐盒也差点掉在地上。

"时，时雨姐……我，那个……"她局促极了，完全不知道该说什么话救场，索性快速走到客厅，将餐盒往桌上一放，"给你熬的粥，趁热吃，你们继续，我走了，拜拜。"

话一说完，叶晓萌飞似的逃了。

这一切发生得太快，结束得更快。时雨尚在尴尬中没缓过神来。由于她经常出差，她给了叶晓萌一把家里的钥匙，想着家里那么多植物需要人帮忙浇水。她怎么就不记得，叶晓萌是可以自己开门进来的呢！这下完了，叶晓萌该不会跟其他同事乱说吧？

许仲骞漫不经心地看了时雨一眼："你还会脸红？"

时雨伸手摸自己的脸颊，好像是有点发烫。

"我刚才……"

"晓萌也给你熬了粥？"许仲骞将话题转移了回来，语气戏谑，"看来都知道你昨晚喝多了。"

"你快别说了。我发誓以后再也不这么喝了，丢人丢大了。我都不敢问陆西城，昨晚他送我回家的时候我是不是说了什么不该说的。"

"你什么都不记得了？"

"有点儿印象，好像跟他聊了会儿天。"

"聊什么了？"

"聊他喜欢的女孩啊，真看不出来，陆西城平时一本正经不苟言笑的，倒是个用情很深的人。"

许仲骞像是很认真地在听，脸上看不出什么表情。时雨也没怎么关注他的表情变化，她自然不会想到，昨晚她听到的那段爱情故事出自她深爱的许仲骞之口。

话题还没展开，时年的电话又来了，她每天都会打电话问候时雨的情况。时雨一如既往的不是很耐烦，随口敷衍了几句。

"姐你别说了，我知道，我最近工作忙，有时间再去看你吧。"

"别光顾着工作，你病还没好，多注意休息。"时年一开口就各种叮嘱，"我知道我说这些你肯定不爱听，但许仲骞和那个女人的事你就别掺和了，你总是这样，爸爸也会担心的。"

"我心里有数，爸爸不知道这些，你别告诉他。"

"你有空多去看看爸爸，他其实很疼你，他……"

时雨打断她："姐，我知道了。我还有事，晚点我给你回电话吧。"

电话挂断，世界顿时清静了。不知从何时起，她这个姐姐变得啰唆了，以前时年虽然也很紧张她，但也不至于事事过问。她把手机扔在一边，松了口气。

"刚才打电话的人是你姐姐？"许仲骞眼睛里充满了不可置信，"时年吗？"

时雨点点头。

"她说了什么？"

"她说了什么你不是都听到了吗？"时雨并没打算瞒他，她手机声音开得大，时年在电话里说的话，他肯定听得一清二楚。

"时雨，你还好吗？"

看到许仲骞这样的反应，时雨觉得莫名其妙。她好吗？她做了什么让他觉得她不好了？

"我有什么不好的？我姐这不冷不热的态度又不是一次两次了，她一向反感我跟你来往。不过你别往心里去，她就那样，其实她很疼我的。"

"你确定你是在跟时年通电话？"

时雨不明所以："不然呢？我还有几个姐姐？"

"我记得你跟我说过，时年辞去了恒洲中心医院的工作，加入了无国界医生组织，在非洲帮助被疫病困扰的穷人。后来……"

"对啊，后来她就嫁在那边了。她老公是个尼日利亚籍华人，叫 Karun，人是挺好的，但我不喜欢他。要不是因为他，我姐也不会这么孤注一掷地留在那边。"

"可是时年不是已经……"许仲骞忽然打住。他想了想，决定把后面的话咽回去。

时雨发现他的表情有点不对劲，确切地说，是很不对劲。

"你怎么了？"

"我还有一些论文资料没整理完，先回去了。你好好休息。"

"等一下。你再陪我待会儿行吗？"时雨拉住他的衣服不让他走。

他很轻易就拒绝了她："真的有事，改天吧。"

脚步声远去，关门声响起。就那么十几秒钟时间，世界重新陷入死寂。时雨呆呆地看着门口，她甚至还没来得及消化这一切。

窗外的阳光逐渐偏移，照在了沙发上，还有沙发旁那棵琴叶榕上。琴叶榕的叶子一片片舒展开来，它们很欢乐地享受着阳光。明明是那么温馨的画面，时雨心里却一阵冰凉。

她就说嘛，许仲骞那么冷血无情的男人，怎么可能会忽然转了性！若非桌子上的粥还冒着热气，她甚至要开始怀疑，刚才发生的种种全是她的臆想。

Chapter 2
隐　者

01.

　　研究院的办公大厅，人声鼎沸。已经到了中饭时间，累了一上午的他们都迫不及待地想离开座位，约着去饱餐一顿。时雨坐在她单独的办公室内，透过玻璃安静地看着不断从眼前经过的同事们。她很羡慕他们，随时都有好胃口，不像她，这一阵子她几乎没怎么正经地吃过饭。她已经快一个月没见过许仲骞了。自从给她送粥那日后，他匆忙离开，他们便没有再联系过。

　　时雨不想主动联系许仲骞，这种未知的主动，她也差不多快厌倦了。本以为经过那日的亲密相处，许仲骞对她的态度会有所改变。看来她还是太天真，她一点都不了解许仲骞。又或者说，正如时年说的那样，许仲骞根本就是一个不把感情当回事的人，她对他的一片至诚，不过是他情感经历中一段锦上添花的谈资罢了。

　　可是，她真的好不甘心啊！

　　时雨将手中的纸揉成一团，攥在了手心里。等她意识到那是叶晓萌刚交上来的数据勘测报告，又赶紧打开，摊平。幸好她没有一怒之下撕了，不然叶晓萌又得对着她唠叨半天。

　　敲门声响了，时雨抬头一看，门口站着的是罗轻轻。她轻声细语地冲时雨微笑："时雨姐，谭教授让我把这些资料交给你。"

　　罗轻轻并非让人看一眼就觉得惊艳的美女，论容貌她不及时雨，可她胜在温柔可人。二十出头的小姑娘，皮肤光洁白嫩，五官姣好，说话总是软绵绵的，是个男人都会心生怜惜。

　　时雨的眼神在罗轻轻脸上停留了几秒，她心不在焉地接过资料，随意翻了几页，皱眉："寺庙废墟？这是哪里的？"

"谭教授带着我们在珥曲古镇采集数据，听附近村民说山里还有一座废弃的破庙，就去看了一眼，做了一些基本勘测。"

"你也去了？"时雨不敢相信，"就这破天气，你跟着他们去山里多遭罪啊，身体没事吧？"

"我没事，其实不远。不过那片废墟也没什么好看的，只剩几堵破墙了。谭教授说，资料照例还是要交给您一份，需要您入档存放。"

"知道了。去吃饭吧。"

罗轻轻刚准备走，时雨叫住了她。她这一反应太过仓促，显然是下意识的举动。一时间，二人面面相觑，竟不知道该说些什么。

"时雨姐？"

时雨年纪并不大，因上学期间经常跳级的缘故，她是研究院这一代最年轻却也是资历最深的博士。可她偏偏喜欢装老成，怕镇不住手底下的人，就让大家都喊她姐。久而久之，研究院的年轻人不管是不是比她岁数大，都习惯喊她时雨姐。外人不知道的，甚至以为时雨博士是位架着眼镜的中年阿姨，也难怪上次小冯会一口一个"上了年纪的女博士"。

"时雨姐？"罗轻轻见时雨不说话，又喊了一声。

时雨温和地笑了笑，问她："轻轻，你喜欢许仲骞吗？"

"我……"

"你别紧张，我就随便问问。"

因许仲骞的关系，时雨平日里对罗轻轻一向是照顾有加的，而且她性格好，罗轻轻在她面前基本不会遮遮掩掩。这次也一样，不出她所料，罗轻轻红着脸，点了点头。

"为什么喜欢他？"

"师哥他……"罗轻轻想了想描述词，"他让我觉得似曾相识，很亲切。我总觉得像是在哪里见过他一样。"

罗轻轻和时雨、许仲骞三人是大学校友，许仲骞大了她们俩好几届，在校期间他们彼此都不认识，但罗轻轻还是习惯称呼许仲骞为师哥。这一点时雨很羡慕，她可不好意思这样叫许仲骞。

"有时候真的很羡慕你，许仲骞他对你很好啊。"

"不是你想的那样，他对我就像是对妹妹一样。"

对妹妹一样？时雨忍不住想笑。多么熟悉的对话，曾几何时她不也是这样对陆西城说的吗？许仲骞喜欢她，就像喜欢妹妹一样。

呵，他还真是博爱，对身边女孩都像是对妹妹一样？

许是看到时雨眼神中的落寞，罗轻轻补充："其实我才羡慕你呢。师哥他一直敬重有学识的人，可能因为他自己就是这样的人吧。在我们看来，只有你和他才是最般配的，而我……"说到这里，她忽然停住了。

时雨等着她的下文。

半晌，她幽幽开口："我太渺小了，我配不上他。"

"真正的喜欢跟适不适合无关，跟配不配得上也无关，跟他喜欢不喜欢你有关。"

反正许仲骞喜欢的人不是她，她没资格干涉他喜欢谁。而她也从来没讨厌过罗轻轻，尽管在研究院所有人的眼里，罗轻轻是她的情敌，可是在她心里，她们不过都是因为迷恋许仲骞而被他伤害的傻子罢了。说到底，她们是一样的人。

罗轻轻离开后，时雨对着玻璃窗发呆。刚才那一番谈话，倒是让她回忆起了初见许仲骞时的心情。原来罗轻轻和她都是如此，对许仲骞的爱情，始于莫名的心动。

仿佛似曾相识。仿佛，很久之前她就爱过他。

时雨没什么信心戒掉这份感情，她的父亲时永忱曾多次委婉地提醒过她，时年就更不用说了，几乎每次打电话都要规劝半天。然而这一切对她来说都是无用功，她仍旧我行我素，孤注一掷。

"怎么还不去吃饭？"时永忱推门进来。

"不想吃，没胃口。"

"从小到大都是这个毛病，心里一有事就不吃饭，你看你现在都瘦成什么样了。"时永忱把一叠厚厚的资料放在时雨面前，一副懒得说她的样子，"说正事吧。"

资料最上面是几张彩打的图片，时雨一看就知道是垟曲古镇待修复的几座石桥。和之前不同的是，坍塌下来的每一块石头上都编上了号。

"完成了？"时雨欣喜，比她想象中要快啊！

她重新勘测提交数据后，时永忱手底下的几个学生迅速进行了比对，谭教授根据这些数据，带着修复组的同事守了好几天，反复检测，这才顺利编完了号。而后，他们只需按照编号数字进行组合修复，不出十天，几座石桥都能恢复八九成原貌。

"谭教授在其中一座古桥上发现了碑文，由于损毁比较严重，看不出碑文的完整文字，还得需要你亲自走一趟。"

时雨得意道："怎么，觉得这种时候还是由您女儿亲自出马比较靠谱？"

"你这丫头！"时永忱瞥了她一眼。

他嘴上没承认，却是打心眼里为时雨感到骄傲，这才是他女儿应该有的样子。堂堂古建筑保护研究院院长的女儿，被大家称为天才女博士的时雨，怎么能轻易地为一个男人跌了士气？

他不赞同时雨和许仲骞在一起，不只是因为他担心许仲骞会伤害时雨，还因为时雨的前程。时雨将来可是要继承他衣钵的，她应该把精力放在研究上，而不是用在那些明知不会有结果的小情小爱上。

"行了，你收拾一下，后天下午出发吧。带上晓萌，还有仿古建筑规划部的张锴。石桥的事完了之后，顺便去看看碧波谷的设计方案。"

一说到碧波谷的设计，时雨马上想到了，陆西城此刻正在瑸曲。据说寰宇集团的员工已经完全接手并入驻了碧波谷设计部。有陆西城在，她不至于太无聊，毕竟她这一去，短时间内是回不来的。

那么，她和许仲骞短时间内自然也就见不到了。

时永忱拍拍时雨的肩，出门之前，他意味深长地看了她一眼。

前几日，叶晓萌半喜半忧地告诉时永忱，她看见时雨和许仲骞在家中独处，甚是亲密，看样子像是要确立关系了。

叶晓萌虽不喜欢许仲骞，可时雨喜欢，她也就事事都站在时雨的角度去考虑。嫁给许仲骞，是时雨生平最大的愿望。

"时雨姐靠在许仲骞身上，许仲骞的手，就像这样，"叶晓萌比了个手势，学着许仲骞当时的样子，"他就这样隔空放在时雨姐肩膀上方，停了好一会儿呢。他可能是不好意思抱她，但是我敢肯定，他是想抱她的！唉，只可惜时雨姐还不知道，我得找个合适的时机告诉她。都怪我当时撞见了，要不然他们没准就抱上了。"

为此，叶晓萌可得意了。整个研究院的同事，上至修复组的老教授，下至勘察组的实习生，那么多人一起做了时雨和许仲骞两年多的吃瓜群众，谁能猜得透结局？没想到被她撞见这么刺激的一幕。

没错，亲眼所见假不了！她敢用自己的美貌发誓，许仲骞对时雨绝对是有那么点意思的。或许还不止一点！

听完叶晓萌绘声绘色的描述，时永忱非但没有释然，反倒露出担忧的表情。他思忖了半分钟，神色凝重地叮嘱叶晓萌："这事你就别告诉时雨了，当作不知道吧。"

"为什么啊？"叶晓萌不解。那日她太匆忙了，还没说上话，扭头就走。事后想想，她应该第一时间告诉时雨的，不然时雨还傻乎乎以为一切都是她的一厢情愿呢！

"有些事糊涂一些比较好。"时永忱的声音沉下了几分，"不知道，比知道要好。"

叶晓萌显然没有明白时永忱这句话的意思。她沉浸在自己的小心思里，嘟囔着："都不知道院长您怎么想的，时雨姐若是知道，一定会很开心的。整个研究院谁不知道她对许仲骞那点心思啊，您又何必要断了她的念想。"

"他俩的事，你们谁都别掺和。时雨犯傻，你也跟着一起傻？"

"可是院长，时雨姐她……"

"你还是多操心你的工作吧。我让你跟着时雨，是希望你多学点东西，而不是成天操心一些不相干的事。"似乎察觉到自己过于严厉，时永忱把语气缓和了一些，"晓萌，你别怪我对你太苛刻，以我和你爸爸的交情，我一直是把你当女儿看待的，你和时雨对我来说都一样。眼下你的初级研究员资格还没审批下来，你应该把心思放在工作上。"

"哦。"叶晓萌还是不太甘心，但是院长的话她不敢不听。

自她进研究院的第一天起，时永忱就把她派去给时雨当助理，让时雨手把手教她。转眼，她入职快三年了，时雨把她从懵懂的新手逐渐带上了研究员的岗位。而她除了日常的工作和学习，还有一个很重要的任务就是随时向时永忱汇报时雨的情况。这一点，时雨并不知情。用一个不太恰当的比喻来说，她就像是时永忱安插在时雨身边的眼线。

至于时永忱为什么要这么做，叶晓萌猜不透。她只知道时永忱对时雨的身体状况很不放心。事实上，时雨相当健康，并且一有空就去健身。

这一天时雨格外忙碌，她暗自揣测，父亲在这个节骨眼上打发她去珥曲，不仅仅是让她去帮忙做碑文修复那么简单，他是想让她离许仲骞远一点。几个月不联系，应该能割舍了吧？若放在旁人身上，这样无望的感情或许轻易就能被斩断。

忘记一个人，有时候很难；而忘记一个人，有时候又很简单。只可惜父亲还是不够了解她。他毕竟常年在国外，女儿家的心思，他那样的老学究又能看透多少呢？她若是因为如此便能做到断舍离，那这两年的痛苦也就不用承受了。

时雨拎着挎包，风姿绰约地走出办公室，离开办公大厅，朝电梯走去。所经之处，留下一片赞叹声。新来的实习生们纷纷看了一眼时雨，然后悄悄议论着，时博士长得这么漂亮，天天窝在办公室做研究实在太可惜了，她这样的美人天生就应该接受大家的瞩目。

这样的声音时雨几年前就听过，她却从未以此为骄傲，对于她这么感性的人而言，得不到所爱之人的心，再好的皮相都是虚的。

她心有所思地下了楼，脑子里飞过各种念头，双手却牢牢抱着时永忱给她的资料。在去珥曲之前，她必须得挤出时间把这些资料全看完。

想事情想得太入神了，勘察设计部的同事小赵跟她打招呼她也没听见。小赵又喊了一声，她才反应过来，一脸歉意地笑："抱歉，刚才想工作呢。怎么了？"

"我也准备回去了，顺路，需不需要送送您？"小赵努了努嘴，示意她看手上的资料，"万一路上弄丢了。"

"好啊。"

得亏蹭了小赵的车，时雨在小区门口看见了许仲骞。他难得这么早下班，居然还被她给碰见了。

"小赵，谢啦，明天请你喝咖啡。"她和小赵道别，匆匆追了上去。

许仲骞像是有心灵感应似的，在时雨距他还有五六米的时候，转身了。隔了一个月相见，二人的眼中都有些许迟疑。

"你今天下班这么早？"许仲骞看了一眼时雨手里的资料，"回家加班？"

"我爸让我去珲曲出差，这两天我把资料再看一遍。你呢，最近忙什么，好久没见你了。"

那日他像逃避什么一样，突然从她家离开。再后来，她怀疑他是故意躲着她，这个小区不大，他们单位离得近，下班时间也差不多，没有理由一个月连一次都碰不见的。

"去宁城出差了，刚回来。"

"出一个月差？"

"一周。"

哦，那就还是躲着她呗。时雨有些生气，没错，她是喜欢他不假，可她又不是洪水猛兽，他至于这么忌惮吗？对她没意思就直说，她决不纠缠。

"我要回去看资料了，回聊。"她的语气一下子冷淡了许多。

"方便看看吗？"

"嗯？"

许仲骞指了指她手里的资料。

时雨大方地送到他面前："看吧，也不是什么机密，几座古石桥的勘测结果。"

他们勉强算半个同行，许仲骞对这些东西感兴趣，她一点都不意外。她意外的是，他对这些资料比对她耐心多了。他翻阅的时候，她跟着扫了几眼。先是看他的表情，再是看他关注的内容。

这一看不打紧，她猛地发现自己好像拿错资料了。那几张彩打的编号图她落在了办公桌上，被错拿回来的是她在西北出差时画的某座清代石桥的结构图。

"糟了糟了，我得回研究院一趟，有资料落在办公室了。"正好找借口离开，她现在一点都不想看到许仲骞。

"小雨，我有点事想跟你说，你这两天有空吗？"

时雨诧异："什么事？"

许仲骞没想好怎么说，斟酌了会儿："几句话说不清。最近我一直在想，我应该找个机会跟你好好谈谈。之前是我考虑不周，有些事我不应该单纯地去回避。"

时雨一时没消化他这几句话的意思。见她没反应，许仲骞又说："你有空了跟我说。我先回去处理点工作。"

眼看着许仲骞的背影消失在单元楼入口，时雨还站在原地发呆。他突然这么严肃，想跟她说什么？想着怎么拒绝她吗？看来他总算是准备跟她坦白了，她求之不得呢！

直到有人喊她，她才回过神。

跟她打招呼的人她认识，是天鼎集团董事长的儿子邱同钧。邱同钧是大她两界的校友，也是她爸曾经的学生。以前在学校，她跟他有过几面之缘，他的名字更是如雷贯耳。

邱同钧和时雨一样是学校的风云人物，只不过时雨是以学霸身份闻名，邱同钧则是因为太过招摇，十足的纨绔子弟做派，除了脸长得好，据说一无是处，可偏偏有一大帮痴情少女为他前赴后继，"死"而后已。

"学妹，还记得我吗？我可是跟你上过同一个老师的课哦。"时雨还没开口，他马上自己回答，"肯定记得，对吧！"

"你倒是挺自信。"

"那是，我对自己的颜值一向很有信心。"

"嗯，见之不忘呢。"时雨不怀好意地补了一句，又问他，"你怎么在这儿？"

"找个人，你肯定认识，"邱同钧不怀好意地反击，"地理科研所的许仲骞许博士，他住几号楼来着？"

时雨和许仲骞的事在这个圈子里本就不是什么秘密，天鼎集团又多次向时雨抛过橄榄枝，对于他们俩的绯闻，邱同钧早就心知肚明。

他一提许仲骞，时雨表情微变，先前那股子戏谑也收敛了许多。她指了指许仲骞住的那栋楼："十二楼，1201，刚见他上去。"

"我就说学妹你肯定知道。不过，你怎么也在这儿？"

时雨假装凶巴巴："我住这儿，不行吗？"

"行，当然行。正好见着你，我就一块儿说了吧，我爸想找你合作呢，具体事宜我改天找你聊啊。"

"你爸想找我合作？合作什么？"

邱同钧刚开口，他手机就响了。也不知道电话里的人说了什么，他左顾右盼，慌慌张张，挂了电话就要走。他边跑边说："我挺急，先走了，改天我约你哈。"

"我后天出差去了。"

"那就明天。明天见啊，学妹。"

被邱同钧这么一打岔，时雨差点忘了她要回研究院拿资料，朝单元楼走了几步又掉头往回走。最近事情太多，她容易心不在焉，也就走了十几步，就被迎面走来的人撞了个满怀，手里的资料也掉了一地。

"抱歉。"那人赶紧蹲下来帮她捡资料。

时雨也跟着蹲下来捡。

"你是搞建筑的？"

时雨抬头，这才看清撞她的人的长相，可以说是个标准的帅哥，眉宇间带着贵气，乍一看似乎还有点眼熟。

"对，我在古建院工作。"时雨礼貌回复，接过他递过来的资料。散落一地的纸全都捡起来了，应该没落下。

"这图是你画的吗？"他指了指那张清代石桥结构图。

"嗯。"

"遇到同行了，我也是学建筑的，西方建筑。方便跟你认识一下吗，或许以后有机会合作。"

这么明显的搭讪，时雨内心是拒绝的。他是长得帅不假，可她心里已经装了许仲骞了，多看别人一眼的工夫都没有。

她正飞快地酝酿借口，看到那人递过来的名片，脑子一下子卡壳了。上面写着：天鼎集团 CEO，邱易唯。

原来他不是来搭讪的……幸好她没急着说话，不然丢人丢大发了。

时雨迅速回忆了一遍叶晓萌给她科普的，天鼎集团掌权人邱家的主要人物关系。天鼎集团的董事长，也就是邱同钧的父亲，叫邱易诚，他有两个弟弟、一个姐姐和一个妹妹。给她递名片的这位邱易唯先生看样子也就三十多岁，应该是邱易诚的幼弟。难怪她觉得这人有些面熟，他的五官和邱同钧还是有几分相似的。

想到邱同钧刚才匆匆忙忙离开的样子，时雨猜测，他应该是在躲他这位小叔。

"幸会。"时雨也掏出一张名片递给邱易唯。

邱易唯颇感意外："你就是他们一直说的时博士？没想到这么年轻，怪我眼拙，你好。"

"您客气了。我看您好像有急事，就不耽误您了。有机会，改日再约。"

邱易唯这才想起来，他确实有急事。

时雨走后，邱易唯拨通了他秘书的电话："那小子不见了，刚看他进来的，我停了个车人就没影了……嗯，需要，你再帮我盯着他点……对，看看他这两天的行程，约了什么人……也不是没有收获，我碰见了古建院的时雨博士。"

02.

时雨拉开百叶窗，阳光匆匆漏进来，洒在了她的办公桌上。

这一天的阳光非常好，她喝着咖啡，一页一页滑动电脑屏幕上的资料，难得有这份心情去享受工作。明天她就去珴曲了，该交代的事她得在今天下班前查漏补缺完毕，以免她不在的时候有什么闪失。

叶晓萌敲门进来，拿了个快递给她，说是国外寄来的。她一看，心想应该是她代购的香水。上次那瓶不知道遗失在哪儿了，国内没有这个牌子的专柜，偏偏她对这款香水的味道情有独钟。

叶晓萌帮她拆开："呀，你又买了瓶运茶船啊。"

"运茶船"是这款香水的名字。叶晓萌身为时雨的助理，自然是知道她的喜好的。

"嗯，之前那瓶丢了。"

时雨打开香水，朝耳后和手腕喷了几下。叶晓萌取笑她："你这爱臭美的样子，跟刚坠入爱河的少女似的。"

"我倒是想坠入爱河，可惜现在等着我坠入的只有工作的海洋。"

"稳住，你不是一个人！你一坠入，我不也得坠入吗？这叫舍命陪美人！"

"就你会说话，还不快去工作。"

叶晓萌笑着出去。

几分钟后罗轻轻进来了，手里拿了一叠文件。她也闻到了时雨身上的香水味，夸赞道："很好闻啊时雨姐，刚喷了香水吗？"

时雨拿起香水晃了晃："这个，我很喜欢的香味，安利给你哦。"

"谢谢，下次我也试试。"罗轻轻把文件递给她，"时雨姐，这几份是我们部门需要你签字确认的资料。"

时雨瞄了几眼，都是一些常规资料，可能考虑到她马上出差，就想让她先签了。

罗轻轻离开后，又陆续来了几个需要她处理工作的同事。差不多过了一个小时，办公室才重新恢复宁静。

得了空，时雨才想起昨天许仲骞约她见面的事。她赶紧给他拨了个电话过去。

"晚上有空吗？你说有事找我聊的。"

许仲骞想了想："晚上恐怕不行，我小姨下午的飞机到恒洲，我爸让我接待一下。"

"噢，那中午呢？明天我就出差了，挤不出别的时间。"

"中午可以，不过要稍微晚一点，十二点半你方便吗？我还有点事情没处理完。"

"方便啊，那就在这附近找家店见吧，我下午也有事。"

"好，我找找吃饭的地方，一会儿发你手机上。"

挂了电话，时雨兴奋之余又有些忐忑，她很好奇许仲骞会跟她说些什么。她不会想到，此时此刻，相隔不远处的地理科研所，许仲骞忐忑地在办公室踱步。

许仲骞的电脑屏幕上是一封打开的英文邮件。前阵子他特地托人在国外查阅了新闻，只为了确认一件事。而这封英文邮件给了他简单却言之凿凿的回复：援助非洲的无国界医生时年深入疫病暴发区救治病人，不幸感染疟疾，经多次抢救无效，遗憾离世。

新闻是三年前的。

时年三年前在非洲死于疟疾，这件事在国内没有报道，鲜有人知。碰巧许仲骞的发小也参加了那年的援非计划，他和时年不在一个医疗队，但对时年的事有所耳闻。他知道许仲骞和时永忱认识，偶然提过一句。

时年出了这么大的事，时雨不可能不知道。一直以来，许仲骞在时雨面前都很谨慎，避免提到和她家人有关的话题，生怕勾起她的伤痛。然而那天在她家，他却亲耳听到了她跟所谓的"时年"通电话，她似乎完全相信，电话那一头的人就是时年。

离开时雨家，许仲骞心不在焉了好几天，他想弄清楚这到底是怎么一回事。时雨以为时年还在世，时永忱知道吗？她一个多月前还在肯尼亚见过"时年"，那他没有理由不知道。既然知道，为什么他从未点破？

许仲骞陷入了一个死局，这也是为什么他这一个月来不敢面对时雨。哪怕到了此刻，他还是不确定自己该不该戳破时雨给自己编织的善意谎言。

他对着报纸发呆，反复思考了一番，决定先去找时永忱聊聊。他是时雨在这个世界上唯一的亲人了，时雨的情况他比任何人都清楚。

因时雨的缘故，研究院上下对许仲骞都很熟悉，他一进门就成了焦点，所有人纷纷上前打招呼。

"许博士好。"

"许博士，好久不见了。"

……

见到许仲骞的人跟他打完招呼，就开始窃窃私语，猜测他究竟是来找时雨还是罗轻轻。

谁知，许仲骞开口却问："时院长在吗？我找他有点急事。"

"在，在的。"

众人你看我，我看你，一副失望却又并不意外的样子。地理科研所和古建院离得近，近期也有合作项目，他来找时院长一点都不奇怪。只是可惜了他们看八卦的心。

恰好罗轻轻从时雨办公室签完字出来，和许仲骞打了个照面。她的笑容一下子变得明朗了，快步走上前。

旁观者刚熄灭的八卦之火又重新燃烧了起来。王鑫从桌底下踢叶晓萌，提醒她快看热闹。叶晓萌瞪他，让他别多管闲事，自己却忍不住竖起耳朵听罗轻轻和许仲骞的对话。

"师哥，你怎么过来了？"罗轻轻言语欢快。

"我找时院长有事。"

"噢，这样啊。院长在办公室呢。"罗轻轻有一点点失落。

"晚上七点，别忘了。"

"嗯，那你先忙吧，晚上见。"罗轻轻的语气又恢复了一丝喜悦。

叶晓萌捏紧了手里的笔。啧啧，敢跑到这里来约人，真当他们都是死的吗！她正要发作，看了一眼四周，觉得场合不对，万一被时雨看见，又得骂她了。算了，她忍！

许仲骞前脚一走，叶晓萌低声骂了句："渣男！"

四下安静，她这自以为很小声的吐槽，却被大家都听了去。其中也包括罗轻轻。罗轻轻低着头，一声都不敢吭。

时永忱这会儿正好有空，助理就直接把许仲骞领进去了。他见到许仲骞，略有些惊讶："小许？"

许仲骞开门见山："时院长，抱歉没提前约您就直接来了，有件比较着急的事想找您商量。"

"是私事。"他补充。

听说是私事，时永忱立马猜到了，许仲骞要说的事肯定跟时雨有关。

"来，这边坐。"他给许仲骞沏了杯茶，"我上个月出差，在山里买了些野茶，特别香。试试。"

"谢谢院长。"

"你来找我是为了小雨吧？"

他开了这个头，正好省去许仲骞的顾虑。许仲骞便不再犹豫，他打开手机，把那封邮件递给时永忱看。

时永忱脸色乍变，拿着茶杯的手一抖，杯子应声掉在地上，摔得粉碎。许仲骞起身去拿扫把，被他阻止了："不碍事，一会儿让他们收拾就行。"

毕竟是经历过风霜和苦难的人，不过片刻，时永忱已经恢复了平静。他扶了扶眼镜框："抱歉，刚才失态了。"

"该说抱歉的人是我。"许仲骞有些自责，"院长，我不是故意勾起您的伤心事。只是事关时雨的健康状况，我实在没办法置若罔闻。看您的反应，时雨的事您应该是知道的。她为什么一直觉得时年还活着？"

时永忱叹了口气："三年前有媒体找过我，他们想做一个时年的专题报道，以纪念她在非洲所做的一切。我拒绝了。其实早在他们找我之前，我就跟时年参加的无国界医生组织联系过了，希望低调处理。所以当时在国内，除了我和时雨，很少有人知道这事。"

"小雨她知道？"

"知道，受了不小的刺激。"

许仲骞顿时想起了什么。他脑子里闪过当年发生的种种，忽然明白了："院长，三年前我第一次见您的时候，您千方百计想瞒住的就是时年去世的事吧？"

时永忱点点头。

"您一直瞒着时年的事，是怕时雨从别人那儿知道真相？"

"虽然对时年来说有些不公平，但我已经失去一个女儿了，不希望另一个再出事。"

"时雨她这是……"

"创伤后应激障碍。"说出这几个字，时永忱也松了一口气，"抱歉，瞒了你这么久。时年去世后，我把时雨送去疗养，后来又带她去北京看了最好的医生，没什么用。医生说她根本不愿意相信时年去世的事实，她给自己编织了一个理想世界，只要她不想打破，别人就强迫不了。"

许仲骞大概听懂了，他想起了时雨那天接的电话，电话那头是个男人，普通话不太标准，说话时还会夹杂着几个英语单词。

"时雨在电话里喊姐姐的人是 Karun 吧？"

时永忱点点头。他很无奈，连连叹气："时年刚结婚的时候，时雨很讨厌 Karun，表面上虽然客客气气，心里却不愿意承认他这个姐夫，尽管 Karun 对她像亲妹妹一样。时年一走，她情绪崩溃了，半是内疚半是因为病情，一见到 Karun 就喊他姐姐的名字，跟他聊天就像是时年生前她们姐妹交心的样子。Karun 猜到了她的情况，没有点破，而是把自己当作时年，延续了时年给她的情感寄托。这三年若不是他一直在精神上安慰、迁就小雨，我都不知道小雨会怎样。"

事情发生后，时永忱去问了时雨的医生。他说他以前也遇到过这样的病例，病人只是需要一个寄托情感的载体，把这个载体当作现实世界和她心中理想世界的连接点。对于时雨而言，这个载体就是 Karun，她愿意相信 Karun 就是时年，只要时年还在她身边，她的世界就没有崩塌。

听完这些，许仲骞沉默了。他明明早就猜到了，可一得到时永忱的证实，他反而不知道如何面对。

"除了这件事，小雨她还有没有别的症状？"

时永忱摇摇头。时雨一切都很正常，她这三年完成的项目无不让院里的教授们交口称赞。她是大家眼中的天才，没有人发现，也不会有人相信她的心理有如此大的障碍。

"我明白了。您放心，如果您觉得隐瞒这件事对时雨更好，我不会跟她提的。"

许仲骞起身离开。刚出办公室门，他想起了什么，又折回去。

"时院长，您是不是没说完全部？"他很肯定，"时雨的病，不是从时年病逝后开始的。"

"你怎么知道？"

"所以，我说的是对的？"

时永忱默认。因为觉得没必要，他并没有把事情的始末说完整，许仲骞想知道的无非是时雨的病况。

"她七岁就有了这个情况。"他说，"从她妈妈去世那天开始的。"

许仲骞一惊。时雨的妈妈去世了？不是说嫁到了国外吗？

"您的意思是，时雨她妈妈并没有去国外？"

时永忱意识到自己说错话了。在时雨的认知中，她妈妈的确是狠心抛弃了她们姐妹，嫁到国外过逍遥日子去了。可事实上……

他斟酌再三，还是将其中隐情告诉了许仲骞。

这一上午时雨的工作比较多，几乎没出办公室，她也是整个研究院唯一不知道许仲骞来过的人。若不是出门前想去洗手间补个妆，她恐怕还不知道自己又成了八卦的中心。

要不说在洗手间千万别瞎议论别人呢，电视剧都是这样写的，洗手间里议论人，大概率是会被话题的主角听到的。就像此刻，她刚要推门进去，一听到许仲骞的名字，手不听使唤地停了下来。

两个女同事聊得忘我，丝毫没有控制分贝的觉悟。时雨听得一清二楚。

同事甲说："罗轻轻可真有本事，许仲骞那么一本正经的人，居然会打着来找院长的旗号约她吃晚饭。"

同事乙说："我觉得许博士可能是真的找院长有事。"

"那可不一定，他和罗轻轻的事情都传了多久了，有鼻子有眼的，能是空穴来风？我要是时雨姐啊，早放弃早解脱。就凭她的颜值和智商，想找什么样的找不到，干吗非得在许仲骞身上干耗着！我承认，虽然许博士确实很帅。"

"你小声点，时雨姐不喜欢别人议论她和许博士的事。"

"我没议论她，我议论罗轻轻呢。当时我恰好从许仲骞旁边经过，亲耳听到他对罗轻轻说晚上见的。叶晓萌都气得直骂渣男了，她那么维护时雨姐，听到这些得有多生气啊！"

"你说，晓萌会不会告诉时雨姐？"

"不知道，应该不会吧。时雨姐明天就去出差了，听到这些哪还有心情。她应该不会去添这个乱。"

"那就好。哎，你说这罗轻轻也真是的……"

时雨掉转头，默默走开了。许仲骞说晚上要招待他小姨，原来是骗她的。还是说，他要带罗轻轻去见他小姨？

她攥着口红，自己都没意识到手心已经开始冒汗。原本对中午这场见面的期待逐渐变成抗拒，她害怕从许仲骞口中听到拒绝的话。

他昨天怎么说来着？有些事不应该单纯地去回避……所以他是准备不再回避，彻底跟她摊牌了吧。

也好，那就来个了断吧。无非就是失去，反正她也从未拥有过。

一路上时雨的脑子里都在天人交战，她从来不知道，除了工作，她还能为某件事费这么多脑细胞。进餐厅前，她已经做好了最坏的打算，为自己这场一厢情愿的失败感情画上句号。

不过许仲骞似乎并没有要跟她摊牌的样子，远远看见她进门，站起来挥了挥手，脸上带着笑。

这是什么操作？想拒绝她之后继续跟她做朋友？门都没有！

时雨表情僵硬，一副破罐子破摔的态度："有点工作，迟到了。对不起啊。"

"没事，坐吧。"许仲骞把菜单推到她面前，"想吃点什么？"

"你随便点几个吧，我没什么胃口。"

许仲骞见她兴致不高，只好代劳。

"遇到什么不开心的事了？"

"没。工作上的事。"她实在不是会掩饰情绪的人，嘴上说没有，脸上的表情已经完全出卖她了。

许仲骞没想点破，给她倒了杯柠檬水。

"说吧，你约我来，想跟我聊什么？"

尽管做好了心理准备，听到时雨问这个问题，许仲骞的心还是沉了下来。他本来打算单独与时雨聊时年的事，可是和时永忧交谈一番后，他放弃了这个念头。以时雨的情况来看，现在绝对不是告诉她真相的时候。

他不想骗她，如实说："还是以后再聊吧。是我考虑不周，有些话现在说可能不太合适。"

时雨真想翻他白眼，她生气地说道："你每次都这样，磨磨叽叽拖拖拉拉，一句话能说清楚的事非要想半天。你是水瓶座吗？我记得你是金牛啊。"

"……"

他的确是金牛座，时雨对他的事一直记得很清楚。可她此时说起星座，颇有揶揄的意味。他不知道该怎么接这话，只好换个话题："你这次去珘曲，估计要待很长时间。那边条件有限，有什么需要可以随时跟我说。"

"这不像你啊许仲骞，以前怎么没见你这么热心？"时雨打量他，"你该不会是有什么瞒着我吧？"

"想起你要出差，正常关心罢了。"

恰好服务员来上菜，打破了尴尬的局面。菜很快上齐了。许仲骞默默给时雨夹菜，似是对她刚才的问题心有余悸，此刻不敢贸然开口。

时雨见他这样，气也消了一些，又问："难不成你约我出来，是打算拒绝我？"

"不是。跟我们的事无关，你别胡思乱想。"

"真有意思，你自己不说清楚，又让我别胡思乱想。你这样遮遮掩掩，我能不胡思乱想？"

许仲骞自认理亏："今天确实是我不对，你想我怎么补偿都行。"

"补偿就算了，你要是真有心，我去珒曲出差的时候，你抽空来看我呗。"话说出口，时雨有些后悔，觉得这样说太直接了。不过仔细想想，在许仲骞面前她就没怎么委婉过。

许仲骞点了点头："好。"

这么痛快？时雨一脸不信。

"听说你上午去找我爸了，是不是他跟你说了什么？还是说，我姐让我爸跟你说了什么？"

"我和时院长只是聊工作而已。"

许仲骞不是会撒谎的人，听她提到时年，眼神中迅速有了异样。这就令时雨更加肯定，是时年让时永忱跟许仲骞说什么。至于时年会说什么，她基本能猜个十之八九。她决定放过许仲骞，不再追问。

一顿饭，两个人各怀心事，味同嚼蜡。

临出门前，许仲骞叫住了时雨："珒曲天气多变，你到了那边好好照顾自己。我不忙的时候去看你。"

他很少会去重复一件事，他特地这样说，说明他真的是这么想的。

时雨故作坚强的心再次变得柔软。数不清这是第几次了，在和许仲骞的对垒中，就算勉强不输给他，她也永远赢不了他。

"走了。"她加快了脚步，不想在他面前失态。

许仲骞看着她渐渐走远，心底浮现的却是时永忱那句话：时雨患上创伤后应激障碍，不是因为时年的死，而是因为她母亲的死。

若不是时永忱告诉他，他恐怕永远都不会猜到，时雨母亲远嫁国外的事，背后还有一段隐情。

时雨的母亲曲晓曼非常漂亮，身边从来不缺乏追求者，她骨子里有着对浪漫和自由的渴望。和时永忱办完离婚手续后，她压根没考虑要带走两个女儿中的任意一人，而是迅速收拾完她的行李，准备和男朋友去国外结婚。

那天时雨恰好肚子疼，赖着没去学校。她看见妈妈拎着箱子要出门，想都没想就冲上去抱住了她，又哭又闹，哀求她不要走。曲晓曼着急赶飞机，一开始还耐着性子哄了时雨几句，但见她怎么都不肯撒手，情急之下用力推开了她。

时雨的头磕在了墙上，她哭得更大声了。在三楼打扫卫生的保姆阿姨听到哭声，匆匆赶了下来，然后她看到了这样一幕：曲晓曼拎着大行李箱下楼，时雨追过去拉她，她转身想推开时雨，拉扯之间她脚底一滑，连人带箱子从楼梯滚了下去。等保姆反应过来，曲晓曼已经晕倒了，身下是一大摊血。时雨吓得尖叫，当场晕了过去。

救护车很快来了，但曲晓曼滚下楼梯的过程中头部多次受到撞击，失血过多，刚进手术室就已脑死亡，回天乏术。

时雨是在两天后醒来的，她的记忆停留在了曲晓曼下楼前那一刻。她睁开眼睛看到时永忱，抱着他大哭，说她没能留住妈妈，妈妈拎着大箱子去坐飞机了，她要跟一个蓝眼睛的叔叔去国外，再也不会回来了，也不要她和姐姐了。

时永忱觉得奇怪，带她去看了精神科。医生说时雨身体没有大碍，只是磕到头的那一下太严重了，再加上受了那么大的刺激，有了创伤后应激障碍的前兆。

那时的时雨只有七岁多，她无法承受母亲死在自己面前的绝望，而她正是这场灾难的源头。因此，医生建议不要太早告诉她真相。比起被母亲抛弃，亲眼看着母亲死在自己面前更可怕。

好在时雨的病情并不严重，除了母亲死亡记忆的缺失，她没有别的症状。时永忱以为，她的创伤会随着时间淡去，他可以在她长大后，找个合适的时机把真相告诉她。

可是，这一天永远不会到来了。他没有料到，时年的命运轨迹跟她母亲如此相似，这对时雨来说简直是致命的打击。

许仲骞当时听时永忱平静地陈述完这段旧事，困扰多年的谜题终于有了答案。他没有告诉时永忱，时雨的情况远比他知道的要严重得多。

03.

下了班，时雨不紧不慢地出了研究院。今天的工作量并不大，和她以往出差前相比，可以说是小菜一碟。但她今天心情起伏太大了，这令她非常疲惫，她几乎是拖着步子走到了公交车站。

站台广告栏上的女明星笑容甜美，活力四射，和此刻的她形成鲜明的对比。她不由得多看了几眼，上面写着某某品牌代言人：夏蓝蓝。

夏蓝蓝这个名字，时雨有些印象，叶晓萌正在追的那部都市爱情剧就是她主演的。

"年轻有活力就是好啊。"时雨心中感叹。就像夏蓝蓝那样，就像罗轻轻那样，她们的状态才是属于这个年纪的。

公交车迟迟不来，时雨有些累了，靠着广告牌站了一会儿。

这是一个老公交站，车站背后就是研究院的围墙，从这儿一抬头就能看见院子里伸出来的那棵泡桐树。时永忱对她说过，他刚来研究院工作的时候，这棵树就在了。经年累月，如今树干已经有三人合抱那么粗了。

每次经过公交站，时雨都忍不住抬头看一眼这棵树。她记得童鸢曾说，泡桐是一种非常有趣的植物，明明属于木本，它的叶子却可以比一般的草本植物还要苍翠，且随着岁月越长越大，亭亭如盖，更甚者都快赶上池子里的荷叶了。

可是今天这个时候，时雨却没有像往常一样习惯性抬头看一眼这棵树。她的目光落在了对面，那儿有个人正对着她笑，似乎还有点面熟。

"时博士好，又见面了。不知道您还记不记得我，天鼎建设的冯巍。您也可以和晓萌一样叫我小冯。"小冯快步走向时雨。他笑得很灿烂，仿佛他们是相识多年的老友。

时雨微笑点头。她当然记得，不就是那个还没见面就给她定义为"上了年纪的女博士"的小冯嘛！

不待时雨开口，小冯又说："上次的事实在抱歉，时博士您大人有大量，就别跟我一般见识了。我就长话短说，不耽误您的时间。是这样的，我们小邱总久闻您在古建筑界的大名，想邀您吃个便饭。他没有您的联系方式，就让我来等您下班。不知道时博士肯不肯赏这个脸啊？"

"小邱总？"天鼎集团董事长是邱易诚，那么小冯口中的小邱总，难不成是邱易唯？

"是我们邱董的独子，邱同钧。"

哦，原来是邱同钧。那邱易唯就是大邱总咯？时雨猜测，那他们管邱易诚叫什么，邱董事长？

小冯的话正好为时雨答疑解惑："小邱总已经接管了集团的部分工作，为了区别他和他的叔叔邱易唯，我们公司的人都这样称呼他。说来也巧，小邱总出国留学前上过时院长的课，也算是时博士您半个同门师兄呢。时博士，要不咱们去餐厅聊？"

时雨爽快应承："行啊，什么时候？"

"就现在。您看，小邱总来了。"小冯指了指前方。

顺着小冯示意的方向，时雨远远看见一辆白色跑车向这边行驶而来。她看不清那车是什么牌子，但气势十足，一看就是阔少泡妹子最爱开的车。

邱同钧见时雨在看她，移下车窗，探出半个脑袋朝她挥挥手，蓝色墨镜在还未来得及落山的夕阳余晖中泛着银光，痞气十足。

时雨走近，邱同钧迅速下车，做了一个"请"的姿势："学妹好啊，又见面了。我说今天约你就绝不食言，看，准时吧！”

每次跟邱同钧聊天时雨总忍不住想笑，她点头："嗯，准时。"

"那我们走呗，边吃边聊。"

三人上车，邱同钧踩下油门，扬尘而去。

刚下班的实习生们聚在公交车站等车，看见这一幕，开始交头接耳。罗轻轻也在其中，她表情不是很自然，低头看了一眼手机，走到路口拦了一辆出租车。

昨日见面，邱同钧就大致提过他找时雨的目的。时雨心里有数，八成为了其他项目，天鼎集团实力雄厚，这次丢了一个碧波谷承建项目，不代表以后没有合作机会。谁知邱同钧比她想象中要大胆得多，他一边开车一边跟她说了自己的计划，时雨听完以为他疯了。

"天鼎集团旗下的公司鼎峰设计，听说过吧？鼎峰目前是我在带领，我想把鼎峰百分之五的股权免费送给你，交换条件很简单，加入我们天鼎集团，当我们的终身顾问。"邱同钧说出这句话，就像他只是在邀请她共赴一顿无关利益的晚餐，"学妹，你要不要考虑一下？"

时雨打量了他几眼，等着他的下文。她实在想不出该怎么接话，这位大少爷的纨绔她是知道的，可她不知道他会这么乱来。天鼎集团财力雄厚，鼎峰虽然是其子公司，但近几年也参与了不少市内的重点楼盘项目，实力不容小觑。邱同钧就这么轻易地，说送股权就送股权？

见时雨不接话，邱同钧接着说："我爸说了，无论如何让我说服你。可我实在想不出来你缺什么，美貌、智慧、名声，该有的你都有，好像你也不缺钱。"

"百分之五的股权，听着挺诱人的，像是你邱大少爷的手笔。"时雨哭笑不得，"不过这么大的馅饼砸在我身上，不值当，也没必要。"

"这你就不懂了吧，我既然来找你，肯定是有所准备的。"

如今仿古热潮盛行，时雨又名声在外，投资商们排着队想跟她合作，她随便接一两个项目赚的钱就够花几年的，确实不差钱。邱同钧为了请这尊神，专门找人调查过她。本想找点什么突破口，结果不查还好，一查他就发现，时雨在非洲还有不菲的资产，是她姐姐时年留给她的。

这就尴尬了！

于是，邱同钧不得不使出他的撒手锏。

他踩下刹车，将车子稳稳停在会所门口，一字一句开口："我爸刚接了宁城一个别墅群开发项目，你说巧不巧，这个项目是和地理科学资源研究所合作的，咱们校友许博士负责周边环境勘测。"

果然，时雨的表情变了。

邱同钧早就料到她的反应，一脸志在必得："天鼎百分之八十的业务都是大型建筑类，未来和地理研究所的合作会越来越多，你和许博士都是最优秀的人才，你们珠联璧合，我们天鼎的股票才能更值钱。我舍鼎峰百分之五的股权算什么，这笔买卖划算得很！"

"听着好像有点意思。"时雨露出笑容，"行，聊聊呗。"

二人各自开门下车，邱同钧做了个"请"的动作："我已经让他们准备好晚餐了，咱们餐桌上说。"

小冯安静地跟在后面，默默为自己捏了把汗。他事先并不知道邱同钧要以股权为筹码说服时雨，这事若是被邱易诚知道，指不定会闹出什么事端来。邱同钧二世祖的名头果然不是说着玩的。

"真是个多事之秋。"小冯内心忐忑，摇了摇头。然而，今天的事远比他想象的要复杂得多。

服务员引他们去了包间。刚进门，邱同钧的脚步一滞，背也挺直了。他避之不及的小叔邱易唯坐在沙发上，正好整以暇地看着他，像是在此等候多时了。邱易唯的秘书梁朱槿毕恭毕敬地站在一旁，看见邱同钧进门，朝他笑了笑。

邱同钧调整好了面部表情，挤出微笑："小叔，你什么时候回来的？真是好巧啊，哈哈哈哈。"

"我什么时候回来的你能不知道？"

邱同钧装傻："真不知道，我以为你还在国外呢。早知道你回来了，我怎么也得约你吃个饭啊！"

邱易唯懒得戳穿他拙劣的谎言。

邱同钧自幼顽劣，花钱大手大脚，做事没心没肺。邱易唯则完全相反，他处事精明，手上进出的每一笔账都清晰明了。也正因为如此，叔侄关系一直不怎么和睦。好在邱易唯高中便出国留学了，前两年又一直在德国进修，直到今年年初才回国接任天鼎 CEO 一职。长久以来，这二人正面交锋不多，省去了邱易诚不少麻烦。

邱易唯掐灭烟头，眼神在邱同钧和时雨身上来回。两个小时前梁朱槿向他汇报，说邱同钧在这里订了包间请人吃饭，他想都没想就过来逮人了。不承想，邱同钧邀请的人居然是时雨。

见叔侄俩这阵势，小冯内心忐忑，一脸生无可恋。

邱同钧同样生无可恋："你怎么知道我在这里？有什么事咱们明天说吧，我跟学妹好久没见了，好不容易聚一次。我还有重要的工作要跟她谈呢，不信你可以问我爸。"

时雨下意识瞥了邱同钧一眼。这人真是的，出了事就拿她当挡箭牌！

话题既然引到了她身上，她也不好意思装傻，邱易唯看向她，她也礼貌性地回以一笑。

邱同钧赶紧介绍："我介绍一下，这位是我的学妹，古建筑保护研究院的时雨博士。学妹，这是我小叔，知名建筑设计师，也是我们天鼎集团新任 CEO。旁边这位美女是他的秘书，梁朱槿小姐。"

"邱总好，梁小姐好。幸会。"时雨懒得跟邱同钧解释她昨天就见过邱易唯了，于是假装是第一次见面。

谁知，邱易唯朝她伸手："时小姐好，又见面了，真是有缘。"

时雨机械地握了握手。

邱同钧慢了半拍，想起邱易唯刚才那句"又见面了"，愣了愣："你们见过？"

"见过。"邱易唯说。

他又回头看时雨，时雨满脸写着"我不知道，别问我"。她一点都不想掺和这叔侄俩的事。

邱易唯问时雨："时小姐，不介意的话，我能留下来蹭这顿晚餐吗？"

"当然。"

难不成她还能说不？

服务员优雅地布菜。席上每一道菜非奢华即精致，时雨只觉索然无味，勉强提筷子吃了几口。在工作场合中，她是一个习惯能掌控全局的人，像这种充满未知而又不可控的聚餐，她不喜欢甚至不适应。

邱易唯端起红酒杯，眼神示意邱同钧。邱同钧立马狗腿地端起杯子："小叔，寿比南山！哎呀不对，是欢迎回国！"

"我才去了不到一周，你欢迎什么？"邱易唯知道他故意插科打诨，懒得多说。他看向时雨，"时小姐，借花献佛向你赔个不是，这本该是你们的私人聚餐。我这个侄子毛病太多了，我急着找他谈事情，可他玩心重，一时又很难找到他的人，我也是好不容易才查到他今晚在这儿。不承想，打扰了你们的约会。"

邱同钧喝了一口红酒，差点喷出来，急忙解释："这你可不能乱说啊，时博士是什么样的人？那可是国内数一数二的古建筑学专家！她能看上我？"

邱易唯："？"

"呸呸呸，我的意思是，我俩纯属工作关系，我爸让我邀请时博士加入我们研究组，当天鼎的顾问。我是特地请时博士来这儿谈公事的，谁知道你怎么突然跑来搅局。"

听邱同钧简单说完事情的来龙去脉，邱易唯狐疑："看这样子，你是办妥了？"邱易诚有意向时雨抛橄榄枝的事，他有所耳闻，却不相信邱同钧能搞定。

邱同钧成竹在胸："我爸交给我的事，我什么时候办砸过？自然是办妥了！"

"哦？我很好奇，你是怎么说服时小姐的？"

时雨眉头微皱，小冯更是心里开始打鼓，要是让邱易唯知道邱同钧的方法，那今晚这顿饭怕是要凉凉。

邱同钧毫不避讳，骄傲地说："我用鼎峰百分之五的股份换时博士加盟，时博士肯跟我来吃这顿饭，我当然有十足把握。"

这二世祖一开口，小冯脸都绿了，恨不得马上找个地方把自己藏起来。他心惊胆战地看着邱易唯，等着他发火。以他对邱易唯的了解，当场翻脸那是轻的，说不定和时雨的关系也会搞僵。

然而邱易唯的表情并无变化。他思考了几秒钟，继而抬眼打量了时雨几圈。比小冯更了解邱易唯的梁朱槿颇感意外，她看了看邱易唯。"能让同钧亲自当说客，还以这么大的诚意相邀，时小姐必定有过人之处。"邱易唯的笑容异常和气，他举起杯子，看向时雨，"时小姐，那么，欢迎加入天鼎。未来，就请你多指教了。"

时雨笑了笑，不置可否："邱总您怕是弄错了吧，我可什么都没承诺。"

邱易唯杯子干举着，却也不觉得尴尬，他自饮一口，笑道："鼎峰百分之五的股份可不是一般数字，时小姐真的不考虑？"

"我学妹可不缺钱，你还真是太小看人了。"

邱易唯瞪了邱同钧一眼，他赶紧闭嘴。

小冯一个字都不敢开口说。他看见邱同钧脸上的表情很精彩，那绝对是他这辈子最难忘的表情。

半晌，邱同钧又说："小叔，让我跟时博士单独谈吧，你就别给我添乱了。要不你先回去？我保证，回家马上找你谈那笔款的事，我一定一五一十交代清楚！"

邱易唯置若罔闻，继续问时雨："我听说，时小姐最擅长的是魏晋时期的寺庙建筑学？"

"嗯。邱总若是有兴趣，我们下次可以交流。"

"有机会一定向时小姐详细讨教。不过我倒是好奇，挺枯燥的一门学问，像你这样的女孩子能沉下心来学这个，很难得啊。"

"我父亲是研究古建筑学的，我从小耳濡目染，就上了心。"

"我对国内古建筑文化不太了解，略知皮毛而已。恕我直言，可能因为我在国外久了，我觉得西方国家古时期建筑似乎更大气，不知时小姐怎么看待中外古建筑的优劣？"

邱易唯说出这么一番话，邱同钧的脸色立刻变了，更别说小冯了，他简直巴不得立刻飞奔回家向老婆吐苦水：这个饭局，真真比鸿门宴还可怕！

小冯的老婆和叶晓萌是同学，因这层关系，他对时雨曾有所耳闻。以时雨对中国古建筑爱到痴迷的程度，她又岂能容许别人当着这么多人的面下这种根本没有依据的判断，还要人做这样的比较！

场面再次出乎小冯的意料。时雨只是笑笑，示意邱易唯继续说。

邱易唯侃侃而谈："我这么说似乎不妥。我得先向时小姐道个歉，毕竟你是学中国古建筑的，我不该这么冒昧。"

"言重了。邱总为什么会有这样的见解，我能请教一二吗？"

"请教不敢，那我就班门弄斧，简单说一下我的看法吧。"邱易唯忽略了邱同钧试图阻止他的眼神，继续说，"几年前我曾去过一处古罗马建筑遗址，看得出来，在几百年前那是一座规模不算大的城市，但是每一处建筑的规划都井然有序，浑然天成。从遗址来看，有法院、磨坊、澡堂、工业作坊、政府工会、集市……让我觉得最奇特的是，这座城市是斜坡式规划。"

"我问了研究当地建筑文化的人，他们说，斜坡的制高点有一处水库，每隔一个月开闸。到开闸日那一天，城市的居民会将手头上的工作都停止，等水库的水缓缓流向整座城市，他们会着水流开始清扫，以保持城市的整洁。我当时被这样的创意惊艳到了，五六百年前他们就有了这样的智慧。当然，我刚说的只是这座城市其中的一处匠心，还有澡堂的设计、作坊的设计、磨坊的工作原理等等，都让我叹为观止。

"我说句不太恰当的话，至少在我的认知中，中国古代的城市规划和西方相比，或许更雅致，但是实用性可能没有这么强。东方人只追求精美，但凡王公贵族的宅院，无不是飞阁流丹、雕梁画栋。"

时雨点点头："您刚才描述的确实让人很向往，如果有机会我也想去看看，不过我可能我没办法赞同邱总你的结论。我研究中国古建筑多年，即便是在几千年前，古人的智慧仍旧让我佩服。论防御，有长城和烽火台；论守卫，有嘉峪关城楼；论信仰，有莫高窟和各地寺庙……其中最久远的长城始建于秦朝，嘉峪关也可追溯到六百多年前，无论从时间轴还是实用性来看，都不输你刚才举的例子。当然，我说的是众所周知的案例，还有数以万计的，可以用设计精妙来形容却并不知名的其他古建筑形态，邱总如果想深入了解，改天我们详细探讨。今天是小邱总的局，我就不在这里喧宾夺主了。"

邱易唯右手食指轻叩桌子，若有所思。他这一表情让邱同钧有些慌张，他这个叔叔平日里"诡计多端"，每次做这个动作，脑子里肯定在想什么不好的事，他曾中招多次。他赶紧眼神示意小冯。

小冯心领神会，腾地从椅子上站起来："两位邱总，呵呵，这房间有点热啊，我们，那个，我们开窗透透气？"

见大家没有反对，小冯紧绷的心弦稍稍放松了些。他走到窗前，玻璃窗被推开，一阵优雅的唱曲声从隔壁间传了过来。

"是昆曲。"邱易唯眼前一亮。

隔壁确实有人在唱昆曲。那声音轻缓、悠扬，饱含深情，却又极具穿透力，即便是对此一无所知的人也能感受到，唱曲之人功底不俗，何况邱易唯是自幼耳濡目染长大的。

邱同钧的奶奶，也就是邱易唯的母亲，是昆曲界资深票友，闲来没事经常会在家哼上几段，他们叔侄俩对昆曲都不陌生。邱易唯受母亲影响，更是沉迷于此，就连前女友也是个昆曲演员。

大家见邱易唯听得认真，不敢打断。时雨看了邱同钧一眼，邱同钧凑过去跟她耳语了几句，说明其中缘由。

曲声还在继续，时而迟缓，时而婉转。时雨凝神倾听，不确定地说："这唱腔，是叶玉芳老师吧？"

邱易唯眼前一亮，叶玉芳这个名字他一点都不陌生，著名昆曲艺术家，也是他母亲最尊敬的人。几年前他曾陪家人去看过叶玉芳的表演，记忆尤深。只可惜叶玉芳已经很久不上台了，为此母亲很是遗憾。

经时雨提醒，邱易唯也慢慢感觉到了，好像真的是叶玉芳在唱。

"叶老师已经很久不上台了，没想到有幸在这里碰见。"

时雨皱眉："我好久没听叶玉芳老师唱戏了，只是觉得有点像。"

"你们确定吗？"邱同钧不太信，"都说叶玉芳老师隐退了。没准是个票友，模仿得很像而已。"

"如果是模仿的，只能说这个人功底不俗，我倒是想见见。"

"瞧瞧，你这霸道总裁的性子又来了。"邱同钧对他这个小叔嗤之以鼻，同时不忘揭短，他八卦兮兮地冲时雨道，"他就好这一口。他那前女友就是这么得来的，可惜在一起没多久就分了。"

邱易唯给了他一个不闭嘴就弄死他的眼神。

邱同钧无所谓，小冯却紧张了，生怕这叔侄俩又节外生枝。今晚这顿饭他可真是吃得战战兢兢，食不知味，早知道他就不该跟来。他不停地向梁朱槿使眼色求救，梁朱槿只是笑笑，并未说话。她做邱易唯的秘书有一阵子了，知道什么时候该说话，什么时候该闭嘴。

庆幸的是，关键时刻曲声停止了，邱易唯起身出门。

邱同钧叫住他："你去哪儿？"

"去隔壁看看。"

"你可别乱来，万一不是呢！"

"是不是，不看看怎么知道。"

"喂——"

不待邱同钧阻拦，邱易唯已经开门出去了。邱同钧冲时雨耸耸肩，表示很无奈。一行人只能跟着出去。

04.

偌大的世界，人与人相遇的机遇能有多少？这个问题的答案，时雨不知道，可她能肯定的是，她和许仲骞的孽缘和这样的机遇有着莫大的关系。就好比此刻，邱易唯敲开隔壁包间的房门，她看到的第一张脸就是许仲骞。

她的表情有一刹那的僵硬。

许仲骞也看到了跟在邱易唯身后的时雨。出于礼貌，他很快将视线收回，继而转到邱易唯身上："请问？"

"许博士，是我是我。"邱同钧不知从哪冒出来的，开始抢答，"我们在隔壁吃饭，听到有人唱曲，时博士说这唱腔听着像她很喜欢的叶玉芳老师，我们就冒昧过来看看。"

他们昨天刚见过，聊得还挺愉快，邱同钧自认为许仲骞对他印象很好。本来他还担心邱易唯贸然敲别人的门不礼貌，见到是许仲骞他放松多了。

许仲骞回以微笑："原来是小邱总，好巧。"

看到邱同钧，许仲骞对时雨为什么会出现在这里也就不觉得奇怪了。昨天邱同钧跟他提过，想争取时雨加入天鼎顾问组。

"真是不好意思，打扰你雅兴了。我介绍一下，这是我小叔邱易唯，德国回来的建筑师，也是天鼎的新任 CEO，你们今后肯定会有机会合作呢。至于时博士，就不用我介绍了吧，你们是老熟人了。"

最后一句，邱同钧话中有话，听得懂的人都明白是什么意思。这种场合时雨不便发作，也不好意思再装旁观者，她主动打了招呼，没说多余的话。

许仲骞把门敞开了："进来一起坐坐吧。刚才我小姨兴致好，开了个嗓。"

他话还没说完，时雨就看到了坐在包间里侧的叶玉芳，还有她身边正帮忙倒茶的罗轻轻。联想前因后果，时雨心中了然，原来许仲骞说要宴请他小姨，不是骗她的。那么，这场原本属于他仨人的聚会，算是家庭聚餐？

时雨心里一阵发酸。

许仲骞从没对她提起过，他小姨是大名鼎鼎的昆曲艺术家叶玉芳。时永忱闲来无事会听昆曲，那个年代的人，但凡对昆曲有所爱好的，多多少少都会崇拜叶玉芳，就像现在的小年轻追星一样。时雨不算票友，只是因父亲的缘故，对叶玉芳的唱腔耳熟罢了。

刚才邱同钧那番说辞，时雨原本没往心里去，可是一看到罗轻轻和叶玉芳，她心虚了。在这种场合听到这种话，不知道罗轻轻会做何感想。都怪邱同钧，他是巴不得她和许仲骞多一些剪不断理还乱的关系，他不就是想借着许仲骞之名，拉她加入天鼎吗！

时雨忍不住去瞪邱同钧。邱同钧莫名其妙，一脸无辜。

本来是特别官方的工作晚餐，突然多了个插曲，氛围发生了各种微妙变化。

许仲骞挨个介绍了每个人。邱易唯很客气地向叶玉芳致歉，说是在隔壁听到她唱曲，特地过来拜见的。叶玉芳非常随和，并没有介意自己的私人聚会被打扰，甚至即兴为大家唱了一段。

最坐立不安的当属小冯了，他心里不停地打鼓。邱董交代的任务能不能完成还是未知数，先是邱同钧自作主张允诺给时雨那么多股份，再是邱易唯不请自来，叔侄俩关于账目的"战争"不定什么时候会爆发，现在倒好，连许仲骞也掺和进来了。他听邱同钧提起过，时雨对许仲骞一往情深。可是不对啊！看这情形，许仲骞好像是带着别的姑娘在见家长？许仲骞可是邱同钧用来说服时雨的撒手锏，现在这又是哪一出？

苍天呐！

小冯给梁朱槿发了个微信，他在桌子底下踢她，提醒她看手机。梁朱槿不理他，完全把自己当成了工具人。小冯很羡慕她的淡定和置身事外，他也好想拥有这样的技能。

小冯自然不知道，在场和他一样紧张的，还有一个人。

罗轻轻站起来："时雨姐，叶老师刚到恒洲，师哥招待她，让我推荐附近好吃的餐厅。我也是……"

"轻轻，让服务员过来添几个菜吧。"许仲骞轻描淡写地打断了罗轻轻的话，"两位邱总，小雨，不介意的话一起用餐？"

叶玉芳附和："是啊，一起吃吧，人多热闹，我好久都没跟这么多年轻人一起吃饭了。"

时雨没有任何胃口。罗轻轻想解释她出现在这里的原因，许仲骞不让她解释。他这一举动意味着什么，她心里清楚得很。

有什么好对她解释的呢？她才是多余的那个人。

她把情绪掩饰得很好，不了解他们关系的人根本无法从她脸上看出任何不愉快。她很礼貌地向叶玉芳道别："叶老师，今天有幸听到您唱现场，特别惊喜。我爸爸很喜欢您，我也很想再跟您多聊聊，可是我明天要去外地出差，还有一些工作资料没整理好，我可能得先回去了，实在不好意思。"

"没事，工作要紧，下次有空来家里玩。"叶玉芳表示理解，扭头向许仲骞，"仲骞，你快送送人家啊。"

许仲骞刚起身，时雨婉拒："不用了，门口很好打车，我自己走就行了。"

"天黑不安全，我送你上车吧。"

"真的不用了。"

"时雨姐，要不我送你吧。"罗轻轻也站了起来。

"一起吧。"许仲骞顺手接过了时雨的包。

时雨别无他法，只得在众人的目送下，跟着许仲骞和罗轻轻出了包间。

"时雨——"邱易唯叫住她，"你刚才阐述的中国古建筑形态让我受益匪浅，改天我想单独向你请教。"

时雨笑了笑，算是默认。不过她明天就要去琈曲了，这一去不知道什么时候才能回来，请不请教也是后话了。

她不知道自己是怀着什么样的心情上的车。原以为做好了心理准备就不会那么难受，看来都是假的。天知道她是中了什么邪，竟一次又一次栽在许仲骞手上。

罗轻轻和许仲骞并肩站在原地，目送时雨的车子远去。

"你这是何苦。"罗轻轻叹气，"她会恨你的。"

"那就让她恨吧，最好是恨得彻底一些。"

罗轻轻摇摇头，转身先走一步。

许仲骞点燃一根烟，抽了几口，又掐灭在垃圾桶里。

"恨我，总好过忘了我。"

有些话他没法对时雨说，甚至没法对任何人说。

时雨没有回家，而是找了家餐厅吃晚饭。刚才在会所，她几乎没吃什么东西，那样的场合，再精美的食物都勾不起她的兴趣。

这家餐厅以简餐为主，上菜速度很快，不一会儿服务员就端上了牛排和咖啡。时雨点的是一杯美式，或许是豆子的原因，她觉得咖啡格外苦，抿了一小口就忍不住皱起了眉头。苦味随着味蕾刺激了鼻腔，又刺激了泪腺，她顺着这苦味开始流泪。

"小姐，你没事吧？"服务员贴心问候。

时雨随手拭去了眼泪，挤出笑容："没事。咖啡太苦了，呛得人想流眼泪。"

服务员有些意外："这是波奎特产的豆子，叫瑰夏，它的醇厚度和酸度比例比较高……好像客人们都说还好。不过小姐您如果觉得苦，我让咖啡师给您换一款豆子吧。"

"不用了，我喜欢苦的，就这个吧。"

"好的，需要帮助的话您再喊我。"

离开之前，服务员见时雨情绪不太对，又从隔壁桌拿了几张纸巾给她。

时雨心里有些暖。上次叶晓萌约小冯在这儿谈事情，她才知道这家叫秋舍的餐厅，当时她都没留意，原来这里的服务员如此贴心。她又试着喝了一口咖啡。其实咖啡不苦，苦的是她的心情，她只是需要一个哭的借口而已。

成年以后她很少哭，身边的人都知道，她是个坚强的人。可是这短短一个多月，她却为许仲骞哭了两次，上一次是在日料店。

想到许仲骞，心底的委屈又加深了一分，涌出的眼泪也多了一倍。

真是太丢人了，以后不能再这样丢人了！她发誓，这是最后一次在公共场合哭。

"时博士？"有人喊她。

时雨很想假装没听见，她眼眶还是红的，这种时候不管碰见谁都不是什么光彩的事。

她脑子正混乱，那人又唤了一声："时博士？"

时雨不太情愿地抬起头来。站在她面前的男人高大帅气，戴着一副细边眼镜，和她记忆中见过的某个人的长相慢慢重合。

"付总？"

付熔岩，国内青年景观设计师中的佼佼者。时雨是在三年前一次业内活动上认识他的，俩人互相留了微信，后来就没再见过了，也没联系过。但她对付熔岩的印象很深，不是因为他外貌出众，而是他年纪轻轻就已经是公司高管兼高级景观设计师了。她在很多刊物上看到过付熔岩的专访，他这几年给国内很多一、二线城市的市内公园和顶级楼盘做过公共区域规划设计，在极短的时间内声名鹊起，各个社交平台账号的粉丝高达几百万。之前她听过叶晓萌他们聊八卦，说付熔岩魅力之大，女粉丝们前赴后继给他发私信求认识、求交往。

"需要帮忙吗？"付熔岩话中带着迟疑。他不知道时雨在哭，从他的座位往这边看，隐约认出是她，又见她伏着身子好像不太舒服，就过来打招呼了。

"不用。"时雨三两下把眼泪擦干净，"我没事。这么巧，你怎么在恒洲？"

"刚到，接了个新项目。正好约了人在这儿谈事情，他堵车迟到了。你呢，一个人？"

"嗯。"

"是不是不太舒服？怎么没见许仲骞？"

时雨纳闷，付熔岩也认识许仲骞？他们认识倒不奇怪，毕竟工作圈有重合。可他怎么知道她和许仲骞认识？看他这问候的语气，像是知道些什么啊。

见时雨不可思议地看着自己，付熔岩略尴尬，心想自己是不是说错话了。他解释："抱歉，我是不是失言了？你们现在不在一起了？"

"我们？我和……许仲骞？"

付熔岩语塞。他不是话多的人，要不是一早就知道时雨和许仲骞是男女朋友关系，也不会有此一问。可是时雨的反应不太对，他不知道该不该接她的话。

"你认识许仲骞？"

"三年前宁城植物园竣工的庆功宴上，我和你，还有许仲骞，我们是同时认识的。你不记得了？"

时雨茫然。不对啊，三年前她在宁城植物园的庆功宴上认识了付熔岩不假，可当时没有许仲骞！她明明是在两年前科学院的聚会上认识许仲骞的。

"付总你是不是记错了？"时雨纠正付熔岩，"我那会儿不认识他。"

付熔岩陷入了回忆。三年的时间不算短，但也没有长到能让人把一件事忘干净的地步。

三年前的夏天，宁城植物园竣工，首席设计师付熔岩是庆功宴上当之无愧的焦点。当时他在业内已经颇有名气，不少圈内人士争相结识他，有的甚至当场就和他约定了项目合作。但是，给他留下印象最深的人是时雨和许仲骞。

时雨是一位姓罗的老教授引荐给付熔岩的。罗教授是景观设计圈内的泰斗级人物，他和时雨的父亲时永忱是旧友。很巧的是，时雨在宁城参与的仿古园林项目是罗教授主导，就被他拉来参加这个聚会了。

"你们都是这一辈中最出色的年轻人，看到你们做出成绩，我们也开心。"罗教授笑容满面，侃侃而谈。

气氛被罗教授带得很好。有了这样的开场，付熔岩和时雨也慢慢熟络起来，他们交流了很多各自领域的学术知识。时雨听说付熔岩最擅长植物景观设计，非常惊喜，说她闺蜜就是学植物的，耳濡目染下她对植物的感觉很亲切。就在他们相谈甚欢时，时雨感觉到有人在看她。她抬头，看见了二楼露台的许仲骞。

庆功宴的举办地是在团队中某位设计师的私人别墅，酒水和茶点摆在别墅一楼的庭院内，不过为了方便抽烟的客人，主人很贴心地在露台辟出了一块吸烟区，上面也摆了水果和茶点。许仲骞和几位同行在露台交流了许久，他走到栏杆旁抽烟，一眼就看到了时雨。

付熔岩和许仲骞在宴会刚开始就打过照面，他见许仲骞居高临下看着他们，问时雨："认识？"

时雨摇头。

"地理科学资源研究所的许仲骞许博士，业界名人。"

付熔岩刚介绍完，许仲骞就下来了。他径直走到他们身边，用探究的眼神打量了时雨几眼，想说什么却又不知道该怎么开场。

"我们是不是在哪里见过？"时雨先开口了，"许博士看着很面善呢。"

"你认识我？"

"付总刚跟我介绍过。你好，我是时雨，恒洲古建筑研究院的研究员。"

许仲骞脸上的表情极其复杂，在时雨自我介绍之后，他有几秒钟处于走神状态。

"你好。"这两个字,许仲骞说得非常艰难。

很快,庆功宴的高潮来了,二人初见的暧昧被大家的热情淹没。

几天之后,付熔岩去机场送罗教授。罗教授做完手头这最后一个项目就退休了,他准备回老家颐养天年。在机场,付熔岩又碰到了时雨,不过他没有跟她打招呼。因为她和许仲骞在一起,两人正拥抱着,有说有笑。他还看见许仲骞亲了时雨。

付熔岩一点都不意外,早在他们看彼此第一眼的时候,他就知道,他们会走到一起。

"付总?"

时雨的声音把付熔岩从回忆里拉了回来。

付熔岩笑了笑:"抱歉,想起了一些事。"但他并不打算跟时雨细说这些事,看她的状态,好像跟许仲骞处得并不好,至少现在不太好。他不想多此一举。

"我等的人来了。"付熔岩看向门口。

时雨回头。进餐厅的这个人她认识,是陆西城的部下,寰宇集团设计部的总经理谌竣。

"你新接的项目不会是碧波谷吧?"

"你知道碧波谷?"

"巧了,我们古建院正在和寰宇集团合作这个项目,明天我就去珲曲出差了。"

付熔岩很高兴:"那我们应该能在珲曲碰见。三年前我就觉得,我们一定会有机会合作的。"

"我也期待。"

谌竣匆匆走近,他向付熔岩连连道歉:"付总,实在抱歉,路上太堵了。让你等这么久,真是不好意思。"说着话,他余光看到了时雨,诧异道,"时博士,你也在这儿啊?"

时雨微笑。

谌竣做出邀请:"既然二位认识,要不一起用餐吧。"

"不了,我助理一会儿就来接我。我得回家收拾一下,明早还要赶高铁去珲曲见你们陆总呢。"

"这样啊,那……那我就不留你了。路上注意安全,我们珲曲见。"

"回见。"

时雨朝他们挥挥手。他们回到自己的座位上,聊起了工作。

大约过了半个小时,叶晓萌发消息说她马上到了。时雨去餐厅门口等她,临走时又去跟付熔岩还有谌竣道了个别。

叶晓萌刚把车停稳,她移下车窗,抛出一连串问题:"我听几个实习生说,你和天

鼎集团的小邱总一起走了啊。你们没一起吃晚饭？怎么一个人跑秋舍来吃了？事情谈得
不顺利吗？"

"哪来那么多问题。我就是想来这儿吃点东西不行吗？"

"你该不会是惦记那位帅气的小提琴手吧？"叶晓萌暧昧一笑，"他叫什么来着，
Gary？好像是叫这个名字。长得是真帅，混血就是有基因优势啊。"

时雨开门上车，懒得接她这不正经的话。

"他在店里吗？有没有碰到他？"

"没有。你要是惦记人家，自己去问。看你们家蒋铭韬的飞醋会不会泼天而下。"

听到蒋铭韬的名字，叶晓萌赶紧闭嘴了。时雨说得没错，蒋铭韬还真是个爱吃醋
的人。

车子掉转头，叶晓萌远远看见 Gary 背着小提琴朝这边走来。她激动地戳了戳正低
头回微信的时雨："快看，说曹操曹操到，原来他今天上晚班啊。哇，看上去比上次更
帅了，这大长腿！这蓝眼睛！"

时雨充耳不闻，继续埋头给陆西城回微信。大概是谌竣跟他说了在餐厅碰见她，陆
西城便给她发来消息，问她明天什么时候到珥曲。

或许是叶晓萌激动的样子引起了 Gary 的注意，他朝这边看了一眼，微笑挥手。

被帅哥注意，叶晓萌心都化了。她憋着兴奋劲儿，等 Gary 走远了才说："他对我
笑了！还跟我打招呼呢！"

"瞧你那点出息。"时雨揶揄她，却也耐不住好奇往窗外看了看。嗯，确实挺帅的。

车子开出几米远，Gary 才后知后觉想起什么，回头看了一眼。车里坐着的人，他
隐约觉得有些眼熟。

走到半路，时雨想起付熔岩说的事。她问叶晓萌："你还记不记得，我和许仲骞是
什么时候认识的？"

"怎么不记得？能不记得吗！"叶晓萌调侃，"不就两年前科学院那次聚会？你一
见到人家，魂都跟着飞走了！还好意思取笑我见到帅哥犯花痴。"

"我就说嘛！"时雨加了重音。

叶晓萌奇怪："怎么突然问起这个？"

"刚才在餐厅碰见付熔岩了，宇林集团的副总。"

"我知道，我知道！"叶晓萌抢答，"就那个，很高很帅的景观设计师，女粉丝
很多的那位。你见到他了？怎么不早说，我还没近距离见过本尊呢，早说我就进去打个
招呼。"

"别打岔，说正经的。付熔岩跟我说，他三年前在宁城植物园竣工的庆功宴上见到

了我和许仲骞，说我那时就认识许仲骞了，还说……"

"还说什么？"

"还说我跟许仲骞当时在一起。"

"怎么可能！"叶晓萌发自内心地不信，"他一定记错了。我亲眼见证了你和许仲骞的世纪会面，明明是两年前！许仲骞当时那样儿，哪里像之前就认识你？你们还互相递名片来着。他不是还调侃你吗，说颜值和智商成反比，你顶多只能是科学家的女儿。"

叶晓萌说的那一幕，时雨记得很清楚，她这辈子应该都不会忘记。

"再说了。"叶晓萌补刀，"就以你对许仲骞的迷恋程度，要是三年前在宁城就认识并成功拿下了，回来还不得把我耳朵都叨叨穿孔啊。"

"你闭嘴！开好你的车，看路。"

"还不让人说啊，哼。"

叶晓萌婉拒了时雨上楼喝杯茶的提议，把时雨送到小区门口就回去了。明天一早就要去出差，今晚她怎么也得和男朋友过个浪漫的二人世界。

时雨看着叶晓萌急匆匆回家找男朋友的样子，居然有些羡慕。她如今的生活中就只剩工作了。

今晚月色很好，柔和地洒了一地。时雨慢悠悠在楼底下走着，深呼吸几口。趁着空气好月色好，她围着池塘散了会儿步。巧的是，之前时永忱跟她提过，她住的这个小区，园景规划就是付熔岩公司做的。小区随处可见高大的树木，池塘边有一片不小的草坪。春日里草坪上开满了黄色和蓝色的小花，夏日夜晚还能听到昆虫的鸣叫声，像极了她儿时记忆中的景象。

走了不到半圈，时雨停住了。她看到不远处的海棠树下，有人正站着抽烟。那侧影她再熟悉不过，匆匆一瞥就能分辨出是谁。

许仲骞好像有心事，烟圈吐得极慢，像是在沉思着什么。抽完最后一口，他把烟头踩灭，转身扔垃圾箱。刚一回头，他看见了时雨。

四目相对，却相顾无言。

空气凝固了几秒钟后，许仲骞才低声开口："怎么才回来？"

"有点事。"时雨走近一步，"你呢，特地下来抽烟？"

"随便走走。"

"抽烟对身体不好。"

"我知道。"

"那你少抽点。"

说完这几句话，二人再度沉默。

一想起今晚会所发生的事，时雨觉得尴尬。他都带罗轻轻见他家人了，她再傻也不至于不知道这意味着什么。

"我先回去了。"她说。

"等一下。"

时雨回头。

"明天几点的车？"

"嗯？"时雨不知道他问这个干吗。

"我送你去高铁站。"

"不用，晓萌开车来接我。"

"嗯，那你早点回去休息。"

走了几步，时雨再次回头："你还记不记得，我们是什么时候认识的？我是说第一次见面。"

"怎么突然问起这个？"

"你先回答我。"

许仲骞想了想，很肯定地回答她："两年前，科学院聚会。"

时雨点点头："知道了。那我先上楼了，晚安。"

许仲骞目送她进了单元楼。他以为她会回头看一眼，可她走得那般若无其事，像是下定决心要远离他一样。她以前不是这样的，应该是今晚发生的事让她心里生了嫌隙。他一时竟不知，事情发展成这样究竟是好还是不好。

还有她刚才问他的问题……她怎么会突然问这个？是她想起什么了？不对，肯定是有人跟她说了什么。

许仲骞莫名有些不安，即刻给他助理吴克飞打了个电话。下班前汇总工作，吴克飞跟他说，省里很重视珅曲古镇的旅游开发项目，下了文件让他们地研所随时准备配合，只要当地有这个需要。

"既然是重要的工作，如果那边有需要，我亲自去一趟吧。"

吴克飞为难："可是咱们和天鼎的合作也……"

"时间上不冲突，稍微赶赶工就行。"

许仲骞想了想，补充："把我近期的工作也压缩一下，下个月我可能要请几天假。"

吴克飞以为自己听错了，许仲骞居然也会请假？挂了电话，他马上把许仲骞刚才的叮嘱都记了下来。

Chapter 3

愚　者

01.

上午九点，阳光穿透玻璃窗，不偏不倚地照在了时雨脸上。她皱着眉，揉揉眼睛，半梦半醒地看了一眼窗户。昨天睡太迟，她忘了拉窗帘。

她懒洋洋地从被窝中坐起，猛不丁地打了个喷嚏。

好冷！

床头的手机微信里弹出一条消息。叶晓萌："时雨姐你起床了吗？今天降温啦，还刮大风，出门一定记得穿厚点哦。"

时雨来珲曲已经有一周了，眼下已是十月中旬，这里比恒洲市里冷得多。叶晓萌天生畏寒，昨天去山里采集数据，她裹了一件到脚踝的羽绒服，为此时雨还嘲笑了她半天。没想到，才隔了一天，温度就骤然降了下来。

原本研究院安排时雨他们几个住在碧波谷的员工间，正好和寰宇集团的人住隔壁楼。但是碧波谷离镇上太远了，开车至少四十分钟，时雨嫌麻烦，索性在镇上租了间临时公寓。最近她又要配合谭教授做石桥修复，又得去山里做寺庙废墟的建筑纹路拓印，忙得像打转的陀螺。往返路途若是太远，着实会影响她工作的心情。

叶晓萌作为时雨的助理，自然也跟着搬了出来，二人就住隔壁。时雨目测接下来两个月她都得在这住着，她把这空间不算大的公寓布置得很温馨，颇有家的感觉。

她给叶晓萌回了消息，慢悠悠地起床换衣服。她一边换一边在心里夸自己，真是太有先见之明了，住得近就是方便，早上还能多睡一个小时。而且陆西城给她找的这个公寓地理位置非常好，临河、靠山，打开窗户就能看见一片杨树林，空气很新鲜。

诚如叶晓萌所说，今天起风了。

风将杨树的叶子吹得哗哗作响，树叶反射着阳光，闪闪发亮。这种斑驳的光亮映在时雨眼中，她莫名觉得心情特别好，哼着小曲去卫生间洗漱。

一打开水龙头，几滴水落了下来，骤然停止。时雨这才想起来，昨晚上房东阿姨提醒过她，镇上大面积维修水管，早上六点到下午一点都会停水。她昨天太忙了，忘了接备用水。

她忙给叶晓萌拨了个电话过去："你昨晚有没有接备用水？分我点刷牙洗脸。"

叶晓萌："有是有，不过我不在公寓。"

"你在哪儿？"

"谭教授回去了，今天休息，你忘啦？"

"我知道，我问你在哪儿，快回来救我的狗命，不然我蓬头垢面的怎么出门。"

"我和张锴他们来山里摘柿子了，看你昨晚睡太晚就没叫你。我现在回去至少得两个小时，远水救不了近火啊。"

"那我怎么办？"时雨欲哭无泪。

叶晓萌给她出了个馊主意："别担心，下午就来水了。要不你去睡个回笼觉，下午再起来？"

时雨："摘你的柿子去！"

猪队友就是猪队友，尽出坏点子！

时雨无精打采，拎着洗脸盆和杯子下楼，准备找住在一楼的房东阿姨蹭点水。

陆西城出现的时候，时雨正蹲在水沟边刷牙。她穿着睡衣，头发随意在头顶扎了个丸子，手里拿着水杯，嘴里叼着牙刷。

陆西城："……"

时雨赶紧吐掉一嘴的泡沫，漱了个口，含糊不清解释："我家停水，叶晓萌和他们摘柿子去了，没人管我。"

"哦。"

"你找我干吗？"

"酒店和别墅屋檐的样式，我和设计部方老师有不同的看法，想听听你的建议。"陆西城看了一眼周遭，"碰上挖路修水管，我开了一个半小时车才到。"

言下之意，是说她住得太远了。

时雨瞟了他一眼："大哥，'臣妾'也是没办法呀！那不然我还得每天开车来镇上，停了车还得徒步去山里，我多遭罪啊。"

陆西城见她如此，眉眼舒展了一些。

在时雨印象中，陆西城是很少笑的，她至今都不太明白，他年纪不大，为何看上去总是心事重重。不像许仲骞，虽然投入工作的时候冷静得像朵高岭之花，私下相处却是很随和的，经常眉眼带笑。

"等我，我把东西放回去，换件衣服就跟你去。"

路面上的工程已经撤了，陆西城车技娴熟，不到一个小时就赶回了碧波谷。下了车，时雨在那片只建到一半的房屋之间来回走动，足足半个小时。

在来碧波谷的路上，陆西城跟时雨简单交流了他和方老师各自对屋檐设计的想法。他们各有坚持，所提出的方案也各有优劣，而时雨是投资方聘用的顾问，她的意见尤为重要。

不过时雨一点都不着急定设计方案，她提议："我记得山后面有条河是吧？逛逛去呗。"

"你穿得不多，不怕冻着？"

"这里的地势比镇上低，四周都是山，勉强算是盆地地形，没那么冷。"

时雨提到地势，陆西城蓦地明白她为何提议要去河边走走了。他和方老师都考虑到了投资方对建筑外形的需求，还有雨季屋檐的排水功能，却忽略了地势对气候的影响。

珒曲镇所处的位置很特殊，这里比城区地势高，但碧波谷选址在珒曲镇地势最低处，又位于迎风坡，四周多山，山中多树，有河流绕山而过，因而降水量比周边其他县城甚至是镇中心都要丰厚，风向也会受山地影响。如果要多方考虑降水、刮风等天气，屋檐的整体设计还真不能草率。

陆西城不由得佩服时雨心细如发，她多半是想观察观察周边地貌，再做下一步规划。近几年，她在古建筑界的声望越来越高，这样的名声自然不是白得的。而她那些关于地理方面的知识，多半来自许仲骞。

他和时雨相识已久，十几年来，时雨何曾为感情的事皱过眉头。可偏偏在许仲骞身上，她次次马失前蹄。能让她这般心心念念惦记的人，他不由得生出了好奇心。

从碧波谷到山后，陆西城一路都在为这份好奇心出神，他一时没忍住，问了句："许仲骞是个什么样的人？"

"没什么特别的，正好对我胃口罢了。"

"就这样？"

"不然你以为呢？"时雨开玩笑，"他能多个鼻子还是多张嘴啊？"

陆西城哑然失笑，没办法反驳她。

河流近在眼前，水声潺潺，两岸树木倒映在水里，水面荡漾着波光，还有远山，还有山中影影绰绰的柿子林。

时雨伸了个懒腰："天气真好，这里果然一点都不冷，比镇上暖和多了。"

"你看起来心情不错。"

"岂止不错，简直太好了。"

时雨目眺远方，深深吸了口气。她从地上捡起一个石子，往河里一丢，扑通一声，河面上溅起一片水花，却又很快被水流覆盖。

"看在我心情很好的分儿上，那就满足一下你的好奇心，跟你讲讲我为什么那么喜欢许仲骞吧。"她笑了，"我第一次明白爱情是什么，是在五年前，在卡萨布兰卡。"

五年过去了，昔日卡萨布兰卡海边的画面却历历在目，仿佛就发生在昨天。

回忆的序幕拉开，她眼前浮现的是卡萨布兰卡港口的湛蓝，湛蓝的天空，湛蓝的海水；她耳边回荡的是海浪翻腾的声音、海风吹动船上旗帜的声音；她嗅到了风中夹杂着海水咸湿的味道，还有若有若无不可明辨的花香——她身后有两棵足有一人高的曼陀罗花树。

"那个时候我博士在读，除了写论文基本没什么重要的事可做。我闺蜜童鸢心疼我每天都把自己埋在资料堆里，非得让我去布鲁日陪她住一阵子。跟她通完电话，我立刻就买了一张机票。你知道的，我做决定一向干脆。一如之后的某天晚上，我在布鲁日某家咖啡厅闲坐发呆，店里的投影墙上在放《北非谍影》，我安静地看完，然后买了一张飞往卡萨布兰卡的机票。"

《北非谍影》的故事，就发生在卡萨布兰卡。

时雨很喜欢这座城市，街道上电车的车轨，别有特色的建筑，咖啡馆的音乐，还有港口的路边张扬着生命力的曼陀罗，都令她赏心悦目。她本以为这只是她众多说走就走的旅程中非常普通的一次，谁知，那天晚上她接到了时年打来的电话。她们大吵了一架，她的记忆由此被烙下深刻的印记。

时年在电话里告诉时雨，她要结婚了，新郎是尼日利亚籍的年轻华人富商 Karun，婚后她将随 Karun 搬到尼日利亚生活。她爱他，她想时时刻刻和他在一起，一分一秒都不想分开。

听时年冷静地陈述完，时雨不可抑止地在电话这一头尖叫。她号啕大哭，歇斯底里地喊着不可以，她不同意，她坚决反对！她求时年不要抛弃她和父亲，她怪她执迷不悟，她恨她像母亲当年一样自私，她甚至不惜以不再做姐妹为要挟。

然而，这一切都是徒劳。时年说她在打这个电话前已经做好决定了，不论旁人怎么反对，她都会坚持自己的选择，绝不后悔。

"现在想想，当时我真是傻啊，我姐那么执着的人，她做出的决定我怎么能撼动得了呢？而且这是属于她的爱情，我在其中根本没法扮演任何角色。"

　　说完这些，时雨扭头看了陆西城一眼："至于我为什么孤注一掷地反对时年嫁到非洲，我爸应该跟你提过吧。"

　　陆西城犹豫怎么接话比较合适。他看着天边涌动的云层，好几次欲言又止，但最终没开口。这是时雨的心结，她一向不喜欢别人去戳这个伤疤，他也不想伤害她，哪怕是无意的。

　　谁知，此刻时雨一反常态，自己揭开了伤口。

　　"我妈是个冷漠的人，我爸不在的日子里，她从来不管我们姐妹俩。即便那个时候我还小，我还是能感受到，她只是对家人冷漠罢了，她对她那个匈牙利男朋友可多情了。"她嗤之以鼻，"为了贪图一时的富贵和欢愉，她抛弃丈夫，抛下了我和姐姐，头也不回地走掉了。可笑我还抱着一丝期望，想着她能偶尔回来看看我们。呵，一次都没有。够狠心了吧！"

　　"我爸也差不多，他骨子里和我妈一样，冷漠得很。对于我妈的出走，他无动于衷，也从没想过再婚。或许你比我更了解他，他一心扑在研究上，满脑子只有他的吴哥窟。从小到大，我能依赖的人只有时年。看见同学有家人呵护，我就自我安慰，没什么好羡慕，有姐姐关心我也是一样的。"

　　时年的心态和时雨如出一辙，她从不提母亲，和父亲关系疏远，唯独对妹妹关怀备至。她们曾互相打气，不管别人怎么对她们，她们姐妹俩都可以彼此依靠，一起慢慢地变强大。

　　她们确实都做到了。时雨一直是旁人眼中的天才少女，后来又被保送最好的大学；时年医学博士毕业，进了恒洲最好的市中心医院工作。

　　在时雨紧锣密鼓准备读博的那年，时年先分手后辞职，离开了恒洲中心医院。她当时的男朋友也是个医生，叫利文森，曾经给时雨看过病。时雨对他印象很好，也不知道时年为什么突然跟人家分开了。

　　离职后，时年马上加入了无国界医生组织，前往非洲帮助当地被疫病困扰的穷人。她和 Karun 就是在那个时候认识并相爱的，Karun 是其中一场慈善活动的资助方。

　　时雨得到这个消息，非常震惊，一度没法静下心来学习。她不停地说服自己，姐姐只是在异国他乡寂寞了，需要人陪伴而已，她是不会像她们那个不负责任的妈妈一样，不管不顾离开家人的。

　　"可她还是离开了我。"时雨无奈地耸耸肩。时隔多年，她早已从那场悲恸中走了出来。可当时的那种绝望和无助，她始终没有忘记。

　　陆西城见她脸上全然没有难过的神情，这才接了话："听时院长提过一次，时年的婚礼你没有参加，你一直不肯原谅她。"

"谈不上原不原谅吧。是我自己钻牛角尖，没走出来。不过那个时候我真的挺难受的，和时年打完电话，我在酒店哭了一整夜，眼睛像核桃似的，隔了两天才彻底消肿。"她自嘲，"是不是很难想象，我这么没出息？"

"还好。"

"还有更没出息的呢。之后的一周，我在酒店房间闭门不出，服务员会把一日三餐送上来。我每天会喝一瓶红酒，喝醉了就睡，睡醒了就继续吃，继续喝。"

"就你那点酒量？"

时雨笑着摇摇头："都是黑历史。我酒量太差了，一天一瓶红酒足够让我醉好几次。"

"后来呢？"

"大概一星期之后，我有点缓过来了。我把自己收拾得勉强像个人样，在那座陌生的城市四处游荡。走到海港附近，正好碰上一帮船员上岸。我就坐在路边的椅子上，看他们和家人团聚的画面，太温馨了。船长的妻子是个中国人，我在卡萨布兰卡第一次遇见同胞，一时兴起和她搭讪了几句。她是个作家，因为丈夫工作的缘故，常年居住在卡萨布兰卡。"

漂亮的女作家邂逅年轻英俊的异国船长，一同坠入爱河，这本身就是个美丽而浪漫的故事。基于对同胞的亲切感，女作家把她和丈夫相识的点点滴滴说给了时雨听，并给予时雨最好的祝福，愿她也能邂逅这样的爱情。

夕阳来临，女作家和时雨分别，挽着丈夫的手离开了海港。

在这个不算大的港口，每一天都有船到达，每一天都有船离开。这也就意味着，每一天都有人和家人团聚，每一天都有人和家人分别。然而对于看不到这一幕的人来说，船只到港和离港，不过就是入耳的几声鸣笛而已。

时雨渐渐释然，她在女作家的身上看到了时年的影子。也就是在那一刻，她忽然明白了什么是爱情，尽管彼时她还没遇见过爱情。

时年婚礼当天，时雨没去参加，不过她给她发了祝福短信。

之后的两年里，她们姐妹的关系慢慢修复了。可时雨始终不明白为什么，她心里仍然鲠着一根刺，总觉得缺少了什么东西。看不见，却很重要的东西。

又过了一年，许仲骞出现了。她才恍然大悟，她缺少的是对时年和 Karun 那段爱情的感同身受。因为许仲骞，她理解了时年，也原谅了时年。

"不过很好笑的是，我姐特别讨厌许仲骞。"时雨笑着对刚才的回忆做了最终总结。

陆西城不解："为什么？"

时雨望向远方："她觉得许仲骞不是个东西。确切地说，她觉得伤害过我的人都不是什么好东西。"

陆西城顺着她的目光看去。远处山坳里，炊烟袅袅，慢悠悠地在林子上空飘着。绿色的树林里有星星点点的红色。柿子已经成熟了。

这就是秋天的正午，明媚而温暖。

"走吧，一起吃中饭去。"

他们着急跟设计部开会，就没出门找餐厅，而是在食堂吃了顿简单的工作餐。一荤两素，像大学食堂的配置，口味却差得有些远。

时雨嫌难吃，挑了几口蔬菜就放下了筷子。反倒是陆西城一点都不挑食，把餐盘里的饭菜吃了大半。时雨对他刮目相看，她听程子峰说，陆西城平日工作也很拼，比起他爸当年有过之而无不及。看来在国外上学那几年，他真的改变了许多。

她调侃："几年不见，你跟我记忆中那个含着金汤匙长大的陆少不太一样了。"

"你记忆中含着金汤匙长大的人应该是什么样？"

时雨想了想："邱同钧那样的。"

二人对视了一眼，同时笑场。与此同时，远在恒洲某高级写字楼中认真办公的邱同钧打了个喷嚏："谁在骂我？"

"笑什么呢？这么开心。"方老师和几个寰宇的员工从旁边经过。

时雨赶紧站起来问候。她和方老师有过几面之缘，对他一直很敬佩。之前她开过陆西城玩笑，说他能挖到方老师这样的业内泰斗当顾问，怪不得能从天鼎手里抢走碧波谷项目。

方老师见时雨餐盘中的剩饭，笑道："这里饭菜太一般了，小雨啊，改天空了我给你露一手。"

"方老师还会厨艺？"

"厨艺谈不上，做几道菜还是绰绰有余的。"

"那我就不客气了，坐等您老的拿手菜。"

方老师笑着应承，其他人也跟着笑，说见者有份。能改善伙食，谁不偷着乐呢！

陆西城说："过几天食堂的伙食应该能改善。大家再坚持几天。"

"怎么，陆少是准备请大厨来坐镇？"时雨不信，"不至于吧。"

"到时候你就知道了。走吧，先去开会。"

"对了，西城啊，"方老师想起个事，"我有个学生过几天来看我，不过她在天鼎旗下的鼎峰设计上班。如果你觉得不方便，我……"

"方便。"陆西城一口答应下来。

众人意外。天鼎毕竟是寰宇的竞争对手，天鼎的员工在寰宇新项目启动初期来现场，陆总居然毫不介意？

"只要我们业务能力足够扎实，就不用担心同行相轻。碰巧，我也有个朋友改天来这里。"陆西城说，"也在天鼎工作。"

时雨："……"

众人："……"

陆总敞亮。

会议比时雨预想中结束得早。方老师对她提出的地势因素深表赞同，祥曲的地理位置比他们以往参与的任何一个项目都要特殊，先前他们确实忽略了这一点。既然意见达成一致，接下来就等设计部出图纸了。

为表谢意，陆西城主动提出请时雨喝下午茶："今天本该是你的休息日，大早上把你拉来开会，就当是投桃报李了。"

"那你可够小气的，一顿下午茶就想打发我？"时雨开玩笑。

"改天我再让秘书准备一份谢礼。"

时雨笑出声来："你们直男都这么无趣的吗，一会儿投桃报李，一会儿又是谢礼，跟你开玩笑的啦。走，喝杯咖啡就行了。开了半天会，正好我渴了。"

他们一前一后走到停车场，时雨看见了一辆熟悉的 SUV，仔细一看车牌，果然……

门开了，许仲骞迈着大长腿从车上下来，朝他们打了个招呼。

02.

许仲骞出现在这里，完全在时雨的意料之外。

"你？你怎么……"

时雨本来想问他是不是来找她的，又怕她自作多情，于是把话咽了下去。没准人家也是来工作的。

她这点小心思，许仲骞一下就猜到了。他笑笑："最近休息，过来看看你。"

时雨错愕。所以，他真的是来看她的？

"许博士，又见面了。"陆西城象征性招呼了一声。

他不是傻子，这种情形他若是再待下去就是个巨型灯泡了。他意味深长地对时雨笑了笑："看来下午茶的钱我能省下了，你们聊。"

看到许仲骞车牌号的那一刻，时雨心里就已经波涛起伏，再加上陆西城刚才那句似有似无的暗示，说能继续保持冷静那是自欺欺人。她其实特讨厌自己在许仲骞面前这么没出息的样子，像才开始怀春似的。奈何总是改不了，一看到许仲骞的脸她就没办法克制这种心情。人长得帅真是致命！

时雨半天不说话，许仲骞主动邀请："去喝下午茶？"他是在接陆西城刚才的话。

时雨点点头。

许仲骞打开副驾的门，时雨刚要上去，发现座位上放了一个纸袋子。看袋子上面的字，里面装的应该是她经常买的那个牌子的甜点。

"给我的？"她问。

"不然呢？"许仲骞把纸袋子放到她手上，"你爱吃的。答应过来看你的，我没食言。"

"你食言的次数比不食言要多。我有点不习惯。"

话虽这样说，时雨还是很给面子地打开纸袋子，里面有蛋黄酥、毛巾卷、慕斯蛋糕，满满一袋子。她拿出蛋黄酥咬了一口，熟悉的味道瞬间包围着她的味蕾。之前她加班的时候，经常让叶晓萌给她买这家的蛋黄酥。

"我能理解为你这是在赔罪吗？"

"赔罪？什么罪？"

"许博士，您的脑子那么好使，还跟我装蒜？"时雨轻笑，"我来珧曲之前，你惹我不快也不是一次两次了吧。"

"如果能让你心情好点，那就算是吧。"

"既然你专程跑一趟，那我就大人不记小人过了。你什么时候走？"

"明天下午回去。"

时雨脱口而出："这么快！"说完她就后悔了，她又不矜持了……

好在许仲骞没多想，问她："你对珧曲比我熟悉，镇上有没有不错的咖啡厅？"

"你真当我是来度假的啊？我来了一周了，除了晚上睡觉，其余时间都在忙工作。"

"那去我住的酒店吧。"

时雨噎住，剧烈咳嗽起来。许仲骞赶紧拿了瓶水，拧开盖子递给她："你慢点吃，怎么呛着了……"

时雨瞪他一眼。他突然明白为什么她会呛住了，硬着头皮解释："我住在云都酒店，一楼大堂有咖啡厅。"

"嗯。"时雨含糊应了一声，心想你还不如不解释呢，一解释更尴尬。

许仲骞也是这么想的，可是不解释他又觉得时雨会想歪。两个人心里打着各自的小算盘，没人说话。

就怕空气突然安静。

"走吧。"许仲骞踩下油门。他特地移下了车窗玻璃，风灌进来，吹在脸上冰凉冰凉的。

时雨打了个喷嚏，她往上拉了拉围巾，却没有提出让许仲骞关窗。这种时候，他们还是一起吹吹冷风比较好。

诚如时雨所说，她来珱曲之后还没来镇上好好逛过。平日坐车经过也只是随意望几眼，觉得珱曲发展还不错，高楼林立的。今日她才后知后觉发现，珱曲虽是个镇，基础设施却比一般的三线城市都要好。比如许仲骞住的这个云都酒店，单看大堂环境也够得上五星级了。

"搞旅游业果然烧钱。"

许仲骞明白时雨的意思，接了句："这里经济发展很好。"

"确实，有钱。"时雨深表赞同。作为新兴起的网红旅游地，珱曲的经济当然不会差，要不然也不会大兴土木修建碧波谷了。而且这里有着诸多的天然旅游资源，未来发展不可限量。

许仲骞点了杯拿铁，又按照时雨的口味给她点了一壶手冲咖啡。他放下酒水单，发现时雨走神了。

"在想什么？"

"我在想，陆西城这下赚大了。碧波谷招商合同有一条，承建方在项目中是可以占股的。虽然我不知道他占了多少，但是按照珱曲现在的知名度还有发展速度。嗯，目测他得请我吃饭。"

咖啡很快端上来了。时雨对许仲骞熟知她的喜好很满意，一闻着香味就是她爱喝的。她倒了一杯，果然很香。

她喊来服务员："请问这是什么豆子？很醇啊。"

服务员展示了标准的微笑服务："女士您好，您点的手冲是本店新品，这款豆子是原产于波奎特的瑰夏。"

时雨差点没一口喷出来。

"怎么了？"许仲骞看出了她的表情变化。

"就是觉得好喝。"她谢过服务员，"我随便问问，您先忙吧，谢谢。"

波奎特的瑰夏，这不就是她来珱曲前一天在秋舍餐厅喝过的那款豆子吗……那天她还跟服务员吐槽说味道太苦来着，一边说苦一边还哭了，估计人家觉得她脑子不正常。看来真是心情影响了味觉。

"明明一点都不苦。"时雨自言自语。

许仲骞没明白她什么意思，从她手里接过杯子喝了一口："确实不苦，挺醇厚的。"

时雨目瞪口呆。她刚喝过的杯子，他就这么直接喝？

"又怎么了？"

"没什么。"时雨低下头。她开始怀疑，许仲骞究竟是来干吗的，一反常态啊他今天这是。

许仲骞不知道时雨心里的小九九，他试着引导话题："前天见了一个发小，他是医生，也参加过援非医疗队，他跟我提起了你姐姐。"

"哦，怎么说的？"

"他说时年是一位非常出色的医生，救治了很多无家可归的孩童，深受当地人民的爱戴，他们把时年称为无人区玫瑰。那时候，疫区充斥着各种疾病，黄热、登革热、疟疾……"

他特地加重了"疟疾"两个字的音调，偷偷观察时雨的反应。

时雨面色如常："是啊，时年很伟大，我爸老说她是我们家的骄傲。她和她先生还收养了两个当地的孤儿。"

"她能放弃那么好的工作去援非，确实值得敬佩。等下次她回国，能带我认识一下吗？"

时雨忽然笑了，她用奇怪的眼神打量许仲骞，揶揄他："你不是吧？几天前才带罗轻轻见过你的家人，现在又想见我的家人？就你这种行为，写下来贴网上是要被大家骂渣男的。"

许仲骞满脸问号。时雨这话……没法接。

好在时雨没继续讨伐他，她继续用揶揄的语气说："我记得我跟你说过的，我姐特别讨厌你，你们若是见了面，场面一定会很尴尬。你还想见她吗？"

许仲骞点头："传说中的人物，自然是要见见的。我也想知道，她为什么讨厌我。"

"这个问题你不用见时年，我现在就能回答你。"

这话也没法接。

不过他这次来见时雨，想知道的事已经有了答案。之前时永忱告诉他的时候，他还有所疑虑。现在看来，时雨对时年的死确实没有任何记忆，对她母亲曲晓曼应该也一样。

时永忱说，那些让她觉得痛苦的事，她都不记得了。

痛苦的事。许仲骞反复咀嚼这四个字，脸色变得很难看。

"你不舒服吗？"时雨摸了摸他的额头，又摸了摸自己的，"不会是刚才开窗吹风，发烧了吧。"

"我没事。"

"可你脸色很不好，我还是扶你上去歇会儿吧。"时雨不由分说地去扶他，"你是开车来的，明天还得风尘仆仆开回去，万一真感冒了我可担不起责任。你是你们地研所的顶梁柱，你们主任又那么凶。"

许仲骞笑着安慰她："不至于。我自己走吧。"

两个人站了起来，从咖啡区到电梯，短短几十米路，却迅速成了大堂最亮眼的风景。几个服务员还有酒店前台都忍不住偷偷打量他们。太般配了，这大长腿，这气质……若不是长相陌生，她们真的会以为这两人是来这里拍戏的明星。来祥曲取景的剧组很多，不少明星都入住过云都酒店。

时雨知道有人在看他们，她习以为常了，没觉得不自在。每次和许仲骞出门她都能收获这样的目光，托许仲骞的福，谁让他长了一张和他的职业完全不符合的脸呢。她不就是被这张脸迷住的。付熔岩还说他们三年前就见过，根本不可能！许仲骞是那种日抛脸吗？见一次她肯定能记一辈子。

电梯的侧面是镜子，时雨瞥了一眼镜子里的许仲骞，再次肯定，付熔岩可能提前老年痴呆了。

"你认识付熔岩吗？宇林集团的副总。"

"认识。"

"我也认识他。你们是什么时候认识的？"

许仲骞沉默了一会儿，话说得不太确定："记不清了，应该三年前吧。"

"是不是在宁城植物园的庆功宴上？"

叮的一声，电梯门开了。若不是时雨提醒，许仲骞差点忘了走出去。见他这么心神不宁，时雨更觉得他是身体不舒服。她从包里翻出一包感冒冲剂，前天她在山里冻着了，叶晓萌特地给她装包里的。

她担心许仲骞的身体，很快就把付熔岩的话抛在脑后了。进了房门，她第一时间去找了烧水壶，拧开两瓶矿泉水倒了进去。水开，泡感冒冲剂，搅拌，一气呵成。

她把杯子放在茶几上，许仲骞正要接，被她阻止："太烫，放一会儿再喝。"

"以前不知道，你这么会照顾人。"

"一个人生活惯了。"她叹了口气，"时年去非洲后，我都是自己照顾自己。"

搅拌了一会儿，杯子里的冲剂没之前烫了，她推给许仲骞："喝吧。"

"谢谢。"

许仲骞知道自己没感冒，但这是时雨冲泡的，他硬着头皮也得喝完。他想起刚才时雨的那个问题，酝酿这么久，他想好了答案。

"我和付熔岩是在宁城植物园庆功宴认识的。我听他说过，你也参加了那个活动。"

"原来还真是……"那可能付熔岩只是记岔了，没有提前老年痴呆。时雨惋惜，"那天人太多了，我走得早。看来我是错过了提前认识许博士的机会啊。"

许仲骞松了口气。

时雨又说："不过你可能不知道，在那之前我就认识你。"

许仲骞手里的杯子差点掉地上。他抬头，对上时雨温柔的目光。她像是在回忆一件很美好的事情，面带微笑，语调柔软："我认识你，但是你不认识我。"

"我有订阅地理杂志的习惯，每一本我都会认真看的。几年前有一期高原沼泽专题，文章中提到了屡禁不止的盗猎现象，你和你的助理吴克飞救了一只受伤的黑颈鹤。它的翅膀被子弹擦伤，没有办法跟上同伴的迁徙，你们救治了它，直到它的伤口愈合。"

许仲骞想了想，好像是有这篇文章，但那已经是六年前的事了。他差点忘了，时雨记忆力惊人，她对看过的文章几乎能做到过目不忘。可现实就是如此讽刺，能记住那么多枯燥文献的她，却偏偏忘了生命中最重要的一些片段。

原来在六年前她就知道他了。命运真是爱开玩笑。

"你怎么不说话？是有这么一篇文章吧？"时雨追问。

"嗯，有的。"

"看来我没记错。那时候我就觉得你们的工作很有意义，我们的国家疆土广袤，地貌多变，能去不同的地方看山川景色是一件很幸福的事。"时雨感慨。

没聊多久，时雨放在桌上的手机接连弹出七八条信息，她盲猜是叶晓萌发的。

"有工作？"

"没，今天休息。"时雨打开微信，果然是叶晓萌，他们从山里摘柿子回来了，问她在哪里。

除了叶晓萌发的两条，剩下的信息是李副院长发来的，通知她叶晓萌升职一事已经正式通过了，需要叶晓萌准备一下相关资料。

"太好了！"她心情愉悦，一时没控制住，"晓萌的升职院里已经批了，我现在还真得回去一趟。明天如果不忙我请你吃中饭吧，先走了。"

"我送你。"

"不用，你不舒服，还是休息吧啊。"

许仲骞无视时雨的拒绝，拿了车钥匙跟她一起出门了。时雨心想，他若是早有这样的觉悟，这两年他们也不至于处得像半个仇人似的。

云都酒店到时雨住的公寓很近，最多也就十分钟车程，不过许仲骞坚持要送，她心里当然欢喜。曾经就算她主动要求，他也未必会这么殷勤。

到了公寓楼下，时雨叮嘱了许仲骞几句，让他回去好好休息。她走到楼道口，一回头，见车子还在原地，车窗移下了一半，许仲骞正在看着她。

"怎么还不回去？我都到了。"

"看你平安上楼我就走。"

时雨一滞。如果她没记错，这应该是许仲骞对她说的仅有的一句还算甜蜜的话吧。今天的他就像转性了一样，开了几个小时车来详曲看她，特地买了她爱吃的甜点，贴心地送她回家，还说了她爱听的话。

"但愿这次不再是昙花一现。"她笑了笑，朝许仲骞挥挥手，上楼。

许仲骞没听懂她话中的意思，但起码她是开心的。他盯着楼道口看了一会儿，神色如常，眉宇间却比刚才多了几分凝重。熟悉他的人都知道，他很少有这样的表情。他是地研所公认的年轻一代的翘楚，工作上再大的难题到了他手里都能迎刃而解。他的同事们总说，没有什么问题是许博士解决不了的。他觉得，那是他们不够了解他，认识时雨这么多年，他却没能解开他们之间的死结。

他点了根烟。抽了两口，又掐灭，拿出手机拨了付熔岩的电话。

"Martin？"电话那头，付熔岩一脸意外，"找我有事？"

"嗯，很重要的事。"

门虚掩着，几个同事聚在叶晓萌房中，喝啤酒的喝啤酒，嗑瓜子的嗑瓜子，十分热闹。时雨一进门就被客厅的杂乱震惊到了，他们把摘来的柿子堆在一边，满满几篮子，还有几个滚到了地上。

叶晓萌第一个站起来，拉时雨坐下："时雨姐你怎么才来，给你打电话也不接。快坐，我们买了些吃的。"

茶几上零零碎碎放了很多零食，应该是他们用来下酒的。

"可以啊，哥几个都喝上了啊。"时雨拍了叶晓萌的脑袋，"明天还有工作呢，小心醉成烂泥。"

"我就喝一听。再说了，明天的事明天说呗，我们来琲曲都一周了，每天累得不想说话，难得能放松一下。"

"拿去吃吧。"时雨把纸袋子递过去。她只吃了个蛋黄酥，袋子还是满的。

叶晓萌打开一看，眼睛都亮了："琲曲也有这家店？我怎么没看到？"

"琲曲没有，从恒洲带来的。"

"谁带来的？"

"许仲骞。"

正在嗑瓜子聊天的众人马上安静了，这间屋子就像被按了暂停键。他们愣愣地看着时雨，等着她的下文。

时雨不明所以："有问题吗？"

"问题当然是没有，好事倒是有不少啊。"叶晓萌笑得很暧昧，"你很可以嘛时雨姐。"

"别瞎说。"

"时雨姐，了不起哦，看来真的有好事哦。"张锴附和。其他人也跟着起哄。

时雨嘴上说了他们几句，心里却比纸袋里这些甜点还要甜。她当然希望能如他们所说，她和许仲骞能安安稳稳的，别再出什么幺蛾子，可直觉告诉她，她想得美！

　　她掩饰得很好的喜悦还是被大家捕捉到了。张锴和叶晓萌交换了一个眼神，叶晓萌很得意。

　　时雨回来之前，叶晓萌跟大家开玩笑提到，如果用物件来比喻时雨，那她一定是俄罗斯套娃，打开一层里面又是一层，每一层都不一样。刚认识她的人看到的是她的表面——一个年轻漂亮却心无旁骛只想做研究的睿智女博士；相处久了就能发现她的第二层，她热情主动，爱开玩笑，言语中透着大多数女人都有的少女心；熟悉一点的人会知道，藏在她热情和笑容下的，是她骨子里的执着、坚忍。然而，这些加起来还不够，还不能组成完整的她，她只有在许仲骞面前才会展现最柔软的一面，那么独立的她，其实比大家感知到的还要渴望他的关心和爱。

　　叶晓萌沉浸在自己对时雨精确的分析当中，正得意扬扬。时雨说道："你的升职院里正式批了，恭喜你啊，叶晓萌研究员。"

　　"真的？"叶晓萌眨着大眼睛，"你没逗我？"

　　"逗你对我有什么好处？李副院长刚发我的，你自己看。"时雨打开微信，在叶晓萌面前晃了晃。

　　叶晓萌激动地叫了出来，表情夸张，又蹦又跳，恨不得把地板跳出一个洞来。张锴拉她："你小声点，小心楼下的人上来骂我们！"

　　"我这不是开心吗！"

　　大家七嘴八舌调侃叶晓萌。

　　"恭喜晓萌，今天真是值得庆祝啊！"

　　"晓萌最近运势真不错，爱情事业双丰收呢！"

　　"爱情丰收？她不是一直有男朋友吗？难不成换了？"

　　"瞎说什么，人家晓萌姐从珘曲回去就要订婚啦。"

　　"是吗？哇，那是真的值得庆祝，来，大家干个杯！"

　　"恭喜晓萌，记得请客哟。"

　　"干杯！"

　　叶晓萌心情极好，难得大家调侃她她也不反驳，乐呵呵地照单全收了。碰完杯，她去拿了个柿子给时雨："尝尝新鲜的柿子，我们刚摘的，特别甜。"

　　时雨尝了一口，果然很甜，"这么冷的天，难为你们还跑去山里。"

　　"这叫忙里偷闲，享受生活。我们这工作你又不是不知道，一忙起来几天没得休息。谭教授说了，明天要加急把碑文上的字拓印下来发到院里，估计又是早起晚归的节奏。"

　　"明天就要？这么急！"

　　"你不知道？两个小时前谭教授刚在工作群发的消息，你看看。"

时雨点开一看，心情凉了一半。许仲骞好不容易来看她一趟，她却要加急工作，真是不凑巧。

"时雨姐？时雨姐！"叶晓萌伸手在时雨面前晃了晃。时雨反应过来，从地上拎了最小的一篮柿子出去了。

背后传来张错的声音："你去哪啊时雨姐，记得一起吃晚饭啊，给晓萌庆祝一下。"

"你们吃吧，我有事出去一趟。"

"刚回来，怎么又走了……"张错嘀咕。

叶晓萌取笑他："说你是钢铁直男你还不承认！这都看不出来？明天要加急赶工作，她肯定找许仲骞去了呗。"

张错恍然大悟，仔细一想，又问："不对啊，你不是总吐槽许博士是渣男吗，时雨姐去找他，你怎么一点都不担心？而且好像还挺开心？"

叶晓萌继续取笑他："是不是渣男有关系吗？我们时博士喜欢，你拦得住？"

张错摇摇头。

"所以啊，拦不住就只能微笑祝福。旁人说什么都没用，哪一天撞破南墙了，她自然会回头的。"

张错竖起大拇指："不愧是我院第一情场高手，看得就是比我们透彻！"

"好说，哪天等你有心仪对象了，我也可以帮你分析分析。"

"咦——"

"啧啧啧……"

哄笑声此起彼伏。

03.

时雨起了个大早，八点没到就赶到了古石桥修复现场。珜曲最近天气迅速转凉，工作给她带来的最大困难就是几乎每天都要早起，比在恒洲上班的时候还得提前一小时。早上之所以没迟到，得益于她的先见之明——她定了三个闹钟。昨晚她和许仲骞一起吃了晚饭，又去附近夜市逛了一圈，回到公寓差不多十一点了。加上她心情亢奋，躺在床上翻来覆去到半夜都没睡着。这也是她今天顶着黑眼圈来现场的原因。

叶晓萌嘲笑她熊猫眼，但她心里开心，熊猫眼就熊猫眼吧，无所谓。反正许仲骞已经回去了，再丑也丑不到他面前。

想起和许仲骞相处的半天，时雨眼底的笑容渐渐浮现，她的眼眸也变亮了，宛如烟火瞬间点燃夜空。

昨天她拎着一篮柿子出现在许仲骞面前，他竟然没觉得意外，好像猜到她会去而复返。他用带着关心的语气问她："怎么又回来了？"

"到家之后觉得还是想见你，就回来了啊。"时雨狡黠一笑，举起手中的篮子，"顺便给你送点水果，算是对你千里迢迢来看我的感谢。这叫投桃报李，礼尚往来。"

"可惜我现在没有什么能报你的了。"

"不用报了，请我吃晚饭就行。"她解释，"明天有加急的工作，我可能出不来了，也送不了你了。"

"那就好好工作，我在恒洲等你回来。"

我在恒洲等你回来。就是这句话让她甜了一晚上。沉默死板不苟言笑的许仲骞，居然会说这样的话，这是她以前想都不敢想的。而这句话，正是对她说的。

叶晓萌看着时雨一脸甜蜜地发呆，叹了口气，摇了摇头。她替时雨数着，这已经是她今天第八次神游了。这么重要的工作现场，她以前从来都是聚精会神，严肃得不得了，更别提开小差了。

"爱情使人麻木。"叶晓萌小声嘟囔。

好在时雨前期工作做得很细致，布置任务也仔细，大家的工作效率很高。到了日落时分，第一座石桥的修复工作顺利完成。

叶晓萌嘴里哈着冷气，却兴致勃勃，像个等待夸赞的孩子一样，激动地看着时雨。时雨看了一眼夕阳，开始分配新一轮工作："我们开始拓印吧，速战速决，争取早点完工回恒洲。"

"啊？"叶晓萌都快哭出来了，她本以为可以休息一会儿，喘口气。

看时雨这兴奋的样子，接下来一个多月他们有的受了。她真不该因为时雨一时间陷入爱情就默认为工作任务会松懈一些。研究院谁人不知呢，时雨可是出了名的工作狂！偏偏一大早时永忱在工作群发了通知，珘曲古石桥修复项目的原负责人谭教授临时被借调去了北京的一个项目组，珘曲的所有工作全权交给时雨。

"嘤嘤嘤嘤，时雨姐，能不能歇会儿？人家腰好酸啊。"叶晓萌讨饶。

时雨给了她一个"你说呢"的眼神，没再搭理她。此刻，张锴正对修复好的石桥进行最后的检查。时雨拍了一张照片发给时永忱确认，时永忱还没回复。

夕阳打在桥边的石碑上，光影交错，仿佛重现了旧日时光。时雨盯着看了半天，她上前几步，轻轻抚摸上面的字感慨道："原来是明朝嘉靖年间建的，立在这儿都几百年了。"

石碑原本已经四分五裂了，她花了好大的工夫才拼凑起来的，经过岁月的洗礼，文字断断续续，很多字都磨损得看不清了。幸运的是，虽然石桥整体损毁比较严重，但部分雕刻图案还是保留了下来，难掩匠人的良苦用心。尤其是其中几处保存比较完好的石柱子上，牡丹花和荷花的图案非常明显。

时雨视若珍宝，她拿着拓印工具小心翼翼地在花纹上扑墨。撇开面对许仲骞时她有难得的柔情，也就是在这种场合她的眼睛里会有光。她最珍视的两样东西，一是许仲骞的爱，一是她的理想。

天边云蒸霞蔚，夕阳即将落山。

"你们去那边，加快速度，石碑上的字一定要拓印清楚。还有桥底下的铭文，一字不漏全拓下来。"时雨一边扑墨一边指挥，"天黑之前争取全部搞定。我知道大家都很辛苦，就差这最后一点工作了，再坚持一下。明天上午给你们放半天假，大家好好休息。下午我们去山里看看，那边寺庙废墟中有几块石头上的雕花跟这个很像，有可能出自同一个工匠，我们去拓印下来，再研究研究。"

听说明天上午可以休息，叶晓萌眼睛亮了，其他人也提起了干劲。半分钟前倦意满满的一群人像是重新回了血，继续开启埋头干活模式。

一时间，四周静寂，只剩溪水潺潺声和众人扑墨拓印的声音。

过了几分钟，叶晓萌发出几声咳嗽，很突兀。见大家不理她，她清了清嗓子，又咳了几声。其他人还是没任何反应，时雨比较了解她，抬头看了一眼。

在看清影像的那一刹那，时雨睫毛抖了抖，以为自己眼花了。不知何时，石桥边多了一个人，竟是此刻本应该在研究所做寺庙文献整理的罗轻轻。

她怎么来了？

"轻轻，"时雨倍感意外，"你什么时候来的？"

听到这个名字，所有人几乎同时抬头，他们看了罗轻轻一眼，又几乎同时埋头继续干活。由于时雨和许仲骞剪不断理还乱的关系，还有许仲骞对罗轻轻暧昧不明的态度，研究院中但凡年纪轻点的同事都不太喜欢罗轻轻。

在普通人的认知里，一段感情总归是有先来后到之分的。因此，他们理所当然把这段复杂的三角关系的错误根源归在了罗轻轻身上。

罗轻轻知道大家都不喜欢她，在同事面前她总是小心翼翼的，生怕说错话。时雨问她，她回答的声音也很小："我昨天到的。"

时雨眉头一拧，她涌起一种很不舒服的感觉，好像有什么东西在扯着她的心脏。这么巧，许仲骞也是昨天到的。

其他人没想到这一层，有的爱答不理，有的悄悄看好戏。叶晓萌是第一个冒出头的，她不冷不热说了句："罗轻轻，你该不会又是来取资料的吧？我昨晚已经发到公共邮箱了，吃一堑长一智，这次我们可不敢再冒险了。"

罗轻轻脸一红，刚到嘴边的话噎住了。她当然听得出来，叶晓萌是在揶揄她上次丢U盘的事。

　　看她拘束的样子，时雨瞪了叶晓萌一眼，叶晓萌轻哼一声，一边忙活去了。这些细节罗轻轻看在眼里，她心怀感激。研究院所有知情者中，只有时雨不敌视她。

　　"是我爸让你来的？"时雨问她。

　　罗轻轻点点头。

　　"他有工作交给你？"

　　"院长说资料不用我整理了，让我多实践。谭教授说你们在这边，让我直接过来就行……"她声音很小，明显很不好意思。她知道自己天资有限，院长说让她多出来实践，可能也是不太愿意带她。

　　时雨听了，脸上没有过多的表情变化，她直接把手上的扑墨团子递给了罗轻轻。罗轻轻愣了一下。

　　"不是想学习吗？这块石柱你来拓。"

　　罗轻轻眼中瞬间有了光芒，她使劲点头，从时雨手中接过了工具。

　　这下叶晓萌可不乐意了，她丢下手里的东西，风风火火地把时雨拉到了十几米开外的地方。

　　"你又怎么了？"时雨责备道，"天马上要黑了，有什么话不能回去说吗？"

　　叶晓萌嘴都快噘到天上了："等不及了，我都要被你气死了。就没见过你这样的！"

　　"我怎样了？小姑奶奶，你这又抽什么风呢？这么一堆工作没结束，你就别添乱了行吗？"

　　"我抽风那还不都是因为你，罗轻轻对许仲骞动的什么心思你又不是不知道，我们一群人同仇敌忾替你抱不平，你倒好，竟然跟她姐俩好去了。"

　　时雨哭笑不得："我是她领导，你不让我给她分配工作，难不成我要赶她走？"

　　"我又不是这个意思，谁让你赶她走了，"叶晓萌心虚道，"我只是生气，要不是她横插一脚，没准你和许仲骞的孩子都能打酱油了！我们大家都不喜欢她，你却处处维护她。你这样显得我们多没格局啊！"

　　时雨扑哧一声笑了出来。

　　"你笑什么？"叶晓萌不解，"有什么好笑的。"

　　"你跟了我快三年了，我的性子你还不知道？我一向对事不对人，更不容许任何人在我眼皮子底下动歪心思。但是晓萌你告诉我，罗轻轻有歪心思吗？你真觉得我和许仲骞之间有问题，是因为她插足？"

　　叶晓萌被问住了，她努力回想了这几年发生的事，一声不吭。时雨说的这些好像还真没有。

　　"罗轻轻来研究院之前，许仲骞有说过喜欢我吗？

　　"罗轻轻有明确对许仲骞表示过爱意吗？

"罗轻轻有做过什么破坏我和许仲骞关系的事吗？

"许仲骞有说过他喜欢罗轻轻吗？

"许仲骞对罗轻轻有过任何亲密举动吗？"

时雨这一连串的问题扔过来，叶晓萌直接蒙了。她愣了好半天，六神无主地摇摇头。

"既然都没有，那我为什么要排挤罗轻轻？"时雨的语气忽然变得悲凉起来，"她的确对我承认过，她仰慕许仲骞。可是她的这种心思我也有，我和她是一样的，我们只不过是犯了女人最常犯的错误——不计后果地爱一个人。就因为这种错误，我们就要被人所憎恶吗？"

"如果我因此讨厌她疏远她，那我就是是非不分，以私废公。我还有什么资格做详曲这个项目的负责人？我以后怎么在研究院建立威望？本来院里几个老教授就不看好我，就因为我年纪轻，因为我是院长的女儿，因为我的资历还不足以独立带队做项目。

"晓萌你告诉我，如果我是这种小心眼的人，你当年还会激动地告诉我，你很崇拜我吗？"

叶晓萌哑口无言。她记得，她进研究院工作，对时雨说的第一句话就是："我很早就听说过您，真的非常非常崇拜您，希望能一直跟着您学习、成长。"

从前，她只道是时雨年轻气盛名声在外，又有时院长手把手教着，没有人不认可她，却没想到她和普通人一样，也在负重前行。

还有罗轻轻……

叶晓萌仔细咀嚼了时雨刚才的话，确实，罗轻轻好像真的从没做过哪怕有一丁点不利于时雨和许仲骞关系的事。他们大多时候的打抱不平，不过都是因为许仲骞偶尔显露出的对罗轻轻不同寻常的关心罢了。

"反正我觉得许仲骞不是个东西。"为了挽回面子，叶晓萌吐出这么一句话，悻悻地回去干活了。

时雨伫立在原地，她缩在袖子里的手紧紧攥成了一团，半晌，又松开。

她长长地舒了一口气。困扰她许久的心结，似乎也在这一刻打开了。若不是叶晓萌提起，她还真没意识到，原来她已经想得这么透彻了。而她刚才对叶晓萌说的这番话，也是她平日里用来说服自己的。

若说她对罗轻轻一点嫉妒之心都没有，那是自欺欺人，但那种微妙的心思仅仅存在几个星期便烟消云散了。和罗轻轻越是熟悉，她越有种惺惺相惜之感。别人可能不知道，但身为局中人，稍一留心她就能发现，罗轻轻和她一样，陷在了对许仲骞的爱与求而不得之中，或许更甚。而那个让她们痛苦的根源，她猜，也许是许仲骞曾对她提起的女孩，Freya。

夕阳逐渐落下山头，属于这一天最后的阳光，也即将远去。

　　时雨坐在一旁支起的工作椅上等大家收工，和她隔了不到二十米处，罗轻轻内心的澎湃丝毫不亚于她。

　　就在时雨被叶晓萌拉着聊天的时候，罗轻轻的手机振动了，她本想找个没人的地方接电话，却无意中听到了她们的对话。从来都只抱着"尽力就好"心态的她，第一次生出了悲凉。她心不在焉地回到石桥边，拿起工具继续干活。

　　时雨不知道罗轻轻听到了她和叶晓萌的对话，回到工作现场，她身心已然轻松。不过想起心中的疑虑，她还是没忍住。犹犹豫豫好几次，她问罗轻轻："许仲骞今天刚从恒洲回去，是他送你来的？"

　　话一说出口，时雨就知道答案了，因为她看到罗轻轻身子僵了僵。

　　"时雨姐，其实……"

　　"没事，我随便问问。"时雨走开了。她不想听理由，归根结底这事跟罗轻轻没关系，过分的人是许仲骞。

　　她打开微信，找到许仲骞的头像，拉黑了他。

04.

　　石桥修复工作收尾的那天凌晨，珲曲下雪了，不过持续时间很短，半个小时后雪花就停止了飘落。早晨七点，太阳照常升起，灿烂耀眼，好不容易积起的那一层薄薄的雪白很快就融化了，没有留下任何痕迹。

　　时雨收工晚，下班回家的路上她在路灯下拍到了下雪的场景，欣喜地发了条朋友圈：有幸遇见今年的第一场雪，立冬快乐！第二天早上起来，她习惯性打开朋友圈看了一眼，发现收到了上百个赞，还有一条奇怪的留言。

　　邱易唯：立冬快乐，如果早起看到这条消息，来碧波谷一起吃早餐吧。

　　时雨回复三个问号。

　　邱易唯给她发来了一段微信语音。他说他是前天半夜到的珲曲，未来半个月会留在这里，参与碧波谷项目。

　　时雨更惊讶了，回了个一脸蒙的表情包。碧波谷项目不是被寰宇集团拿下了吗？如果她没记错的话，邱同钧好像说过，邱易唯是天鼎的新任 CEO，而寰宇集团和天鼎集团是竞争关系。

　　不过她又想起了前几天陆西城说过，他有个在天鼎工作的朋友会来珲曲参与一阵子碧波谷的工作。这个朋友不会就是邱易唯吧？可他又不是天鼎的员工，人家是 boss 好吗！

　　就在时雨揣测这些的时候，邱易唯打了个电话过来。

"时小姐，早上好。"邱易唯似乎心情不错。

"邱总早上好。你怎么来祥曲了？"

"西城没跟你说吗，我和他在德国念书的时候是校友，他是这次碧波谷项目的总负责人，我特地拜托他让我参与的，和天鼎集团无关，纯属个人行为。"

"陆西城是提过有个朋友要来，可谁能想到是你啊。"

"上次听你提起中国古建筑的历史演变，我很感兴趣，就当是来观摩学习了。西城说你是这个项目的特别顾问，正好我有一些不懂的地方想向你请教。"

时雨刚想说点什么，想了半天又不知道该说什么好，于是只好闭嘴。

电话那头的邱易唯兴致勃勃说了半天，见她没说话，调侃道："上次见面还把我说得哑口无言无力反驳，现在怎么又不说话了？"

她能说什么？她戏谑："邱总觉得开心就好。"

怪不得邱同钧跟她吐槽，说他这个叔叔其他什么都好，就是好胜心特别强，不允许自己在任何方面输给任何被他当成对手的人。这么说来，她是被邱易唯当成对手了？

草草聊了几句，时雨挂了电话，慵懒地去换了身衣服，化了个精致的妆。既然已经被邱易唯当成对手，那她只能选择应战了。

不巧得很，在好胜心这一方面，她和邱易唯特别像，就连许仲骞也曾被她当成竞争对手。想到许仲骞，她的心又是一颤。

昨天晚上许仲骞给她打过电话，问他为什么被拉黑了。她说话夹枪带棒："还需要我点破吗？我以为你心知肚明，许博士。"

"是因为轻轻？"

"看来你真的是心知肚明啊。"

"我只是顺路捎她一程。"

"那这路可真顺。"她气上心头，"我拜托过你的，千万不要再在我和罗轻轻之间徘徊了，你伤害我无所谓，反正我已经习惯了。别再惹人家小姑娘伤心难过了行吗？她对你的心思你敢说你不知道？"

"对不起。我以为经过这次，我已经不会再让你感到患得患失了。"许仲骞的语气跟他平日待人接物的样子一样生硬。

她知道，他一直是这样的人，不会说好听的话，不会做浪漫的事，就这一点来看，他真的很像个博士。长得帅有什么用，还不是个钢铁直男！

"不想说了，我觉得我们都需要冷静几天。"她说。

吵了这一架，她心里没那么堵了，顺便把许仲骞从黑名单放了出来。他肯主动打电话来问这事，说明他还是在乎的，她也不是那么小肚鸡肠的人。不过，她暂时还是不想理他。

初冬的清早很安逸，镇上没什么车辆，仅半个小时时雨就赶到了碧波谷。她按照邱易唯在电话里说的，直接去了餐厅。

和她想象中不太一样，邱易唯没有像上次一样用剑拔弩张的局面迎接她，相反，呈现在她面前的是一大桌子丰盛的早餐。有中式的，也有西式的。油条、豆浆、米粥、咖啡、吐司……

见时雨走进餐厅，邱易唯立刻放下手中的杯子，愉快地和她打招呼。他身后站着正在拆早餐盒子的陆西城。

"天啦！"时雨问，"今天是什么日子？你们这是把镇上的早餐店承包了吗？"

陆西城说："邱总挑剔，吃不惯这里的饭菜，特地从恒洲调了个厨师过来。未来半个月如果想改善伙食，你可以搬来这边住。"

"邱总真是金贵。"

邱易唯没有理会时雨这句不知是感叹还是揶揄的话，做了个"请"的姿势："时小姐请坐，一会儿该凉了，我们先吃吧。"

"叫我时雨就行。"

时雨道了谢，不客气地开动了。在他们吃饭的同时，邱易唯像个课堂上勤学好问的学生一样，抛出了一个接一个的问题。

她就知道会这样！

"一直想找你请教，西城之前提起，你不住这边？为什么你成天往山里跑啊？"

时雨喝了口白粥，尽量耐心地回答："我工作量大，除了碧波谷项目，还有镇子周边几座古石桥需要修复。前不久我们同事在山里发现了古寺庙废墟，柱子上的雕花和我们正在修复的一座石桥有可能是出自同一个工匠之手，院里比较重视。"

"国内的寺庙都建在山里？"

"也不全是，不过挺多的。"

"这是什么原因？"

"因为'深山藏古寺'。"

邱易唯似懂非懂，又道："西方的教堂一般都在闹市区，倒是个挺有意思的区别。不过最近我有翻阅一些典籍，中国古代建筑的种类比我想象中的要多，寺庙、园林、城墙等。"

"还有宫殿、祠堂、陵园、佛塔、祭坛、古民居……当然，这是按用途分，如果换个区分方法，还有更多类别。改天有空我们可以再交流，现在还是好好吃饭吧。"

"看来我这次是来对了。"邱易唯很开心，"那我们先吃饭吧，等你有时间我再详细讨教。如果方便的话，下次你们去山里勘测寺庙，我可以随行吗？"

"当然，欢迎指教。"

"指教可不敢当，我是抱着学习的心态来的详曲。"

饭吃到一半，时雨停下筷子，她忽然想起罗轻轻也住在这里。院里同事都不太喜欢罗轻轻，估计也不乐意带她一起吃饭。

"你们先吃，我出去一会儿。"

"你去哪儿？"陆西城问她。

"喊我同事下来一起吃点。反正我们也吃不完。"

碧波谷目前还是个半成品，基础设施不太完善，因此除了工作人员之外没其他人入住。一大清早，时雨独自走在楼道里，整条走廊有种空荡荡的寂寥感。

罗轻轻的房间靠近楼道尽头。时雨敲了两次门，无人应答，她猜想罗轻轻可能还在睡觉。最近一阵子详曲项目组工作强度很大，小组成员几乎没怎么休息。

就在时雨转身准备离开的时候，门开了。罗轻轻素面朝天，一脸憔悴地出现在门后，跟她平日里神采飞扬的样子大相径庭。

"时雨姐？"看见时雨，她惨淡的脸上总算出现了一丝表情，"你怎么在这儿？"

"陆西城他们项目组新来了人，带了专门的厨师。你要不要下楼跟我们一起吃点东西？"

"谢谢时雨姐，我有点不舒服，就不去了。"

"生病了？"时雨刚才就注意到了，罗轻轻气色很差，说话声音沙哑。

"小毛病，我休息会儿就好。你先回去吧，我怕传染给你。"

时雨摸了摸罗轻轻的额头，好烫。

"你去床上躺着，我让人给你买退烧药。"

"真的不用了时雨姐，"罗轻轻低下头，"谢谢你还愿意关心我，我已经很开心了。"

"别说傻话，你是我的组员，在外工作期间我得对你们所有人负责的。"

她语气一加重，罗轻轻不好意思再拒绝，只得听命令，乖乖躺了回去。

时雨给叶晓萌打了个电话，简单嘱咐了几句，交代该买些什么药。叶晓萌一听这药是给罗轻轻买的，老大不情愿，却也不敢违背时雨的意思，而她在电话那头抱怨的那些话，罗轻轻一字不漏全都听到了。房间安静，针掉在地上都能听得见。

"时雨姐，你明知道我喜欢师哥，为什么还对我这么好？"忍了半天，罗轻轻还是没能藏住这句话。可一问出来她就后悔了，她可以预料到，这个问题会把原本属于同事之间正常的关心蒙上另一层色彩。

她以为时雨会搪塞，或顾左右而言他。然而没有，时雨的回答很平静："看到你，就像看到了两年前的自己。有时候又觉得我们都很可怜。不是吗？"

这个反问令罗轻轻一时答不上来，那日不小心听到了时雨和叶晓萌的对话，她太清楚时雨所谓的可怜是什么意思了。时雨说得对，她们俩都一样，不过是犯了'不计后果去爱一个人'的错罢了。可时雨跟她又不一样，时雨得到的远比她要多得多。

"你跟我不一样。"罗轻轻叹了口气，声音低沉、沙哑，似乎还有些幽怨，"你对师哥来说是特殊的存在，不然他也不会偷偷把你的香水藏起来。"

时雨一惊，她很快想到了她那瓶不知道遗落在哪里的香水。照罗轻轻这么说，难道在许仲骞那儿？

"我记得那个香水的名字，叫运茶船。你说你喜欢那个味道，弄丢之后你很快又代购了一瓶新的。那日在你办公室，你给我推荐，我就记下了。所以后来在师哥家里闻到那个香味，我第一时间分辨出来了。"

"而且你知道吗，你的那半瓶香水就放在他的床头柜上。在那样一个有特殊意义的地方，只要一躺下就能闻到。"

时雨怔怔然："什么时候的事？"

"就在你来珺曲的前一天。那日你和师哥不欢而散，他心情不太好，不过还是强颜欢笑陪……陪叶玉芳老师吃完了晚饭。现在想来，他是真的很在意你啊，不然也不会心不在焉到把文件夹落在了餐厅。我担心那是他急用的资料，送完叶老师就去了他家送文件。结果，你猜他在干什么？"

时雨摇头，竟不知还有这一出。她只记得那晚她在楼下碰见了他，他站在海棠树下抽烟，似乎有什么心事。

"他一个人在家喝闷酒。我到的时候他已经醉了，茶几上放了瓶喝了近一半的威士忌。我还是头一次见他这样。"

罗轻轻一边说着，眼前闪现了当晚的每一个画面。

她把许仲骞扶到了床上。当时她的手都在发抖，又期待又害怕。可谁能想到呢，许仲骞就算喝醉都不忘他的君子作风，始终和她保持距离。她心里是失望的，可是不觉得意外。许仲骞从来都只把她当妹妹，她不该生出这种心思。

她帮他盖上毯子，黯然离开。临走时她闻到了熟悉的香水味，她知道这款香水的名字——运茶船。而她之所以觉得熟悉，是因为时雨平时只用这款香水，就像是时雨的个人标识。

她环顾四周，果然在许仲骞的床头看到了半瓶运茶船。瓶盖开着，好似它的主人刚刚心情好打开闻了闻，忘了盖上盖子。可她知道真相不是这样的，一闻到这个香味她就明白了。

她不知道这半瓶香水是怎么跑到许仲骞这儿来的，可他非但没还给时雨，还像捡到好东西想据为己有的孩童一样，偷偷留了下来。

她很清楚，许仲骞想留住的不是香水味，是时雨的味道。这个秘密一直压在她的心头，她以为她会让它烂在肚子里。

听完罗轻轻说的这些，时雨有些错愕。那瓶香水是她约许仲骞吃日料那天丢失的，她特地打电话问过居酒屋的总台，确认没有被遗忘在他们吃饭的包间。她也问了一圈同事，是否落在某个办公室。却不知，竟是被许仲骞捡到了。

"师哥是在乎你的，虽然我始终不明白，他为什么要对你装出一副拒人于千里之外的样子。"罗轻轻说，"我以为你们之前是有什么误会，可我问过他几次，他都否认了。"

"不重要了。"时雨不想再聊这个话题。她起身，"我去给你拿点吃的来，不能空腹吃药。"

"你知道 Freya 吗？"

时雨的腿瞬间僵硬，定在了原地。她当然知道，许仲骞对她说过那个名字，那是他的初恋，他心中抹不掉的白月光。

05.

时雨靠在走廊的栏杆上抹眼泪。楼下花园的植物郁郁葱葱，而她哭得凄凄惨惨。她在罗轻轻面前满不在乎的样子也就维持了十分钟。即便只有十分钟，她依然掩饰得很艰难，一离开那个房间她就绷不住了。

原来罗轻轻也知道 Freya。

时雨第一次听说 Freya 这个名字，是在她宿醉生病的第二天，许仲骞去她家探望她的时候。从许仲骞口中，她知道了那个叫 Freya 的女孩是个什么样的人，知道了他们相处的片段。她还知道，Freya 长得很美。

罗轻轻告诉时雨的，她不曾听说过的另一段过往。就像是才被翻开的旧画报，华美，却也沾了尘埃。

在罗轻轻的陈述里，Freya 和许仲骞是在卡萨布兰卡相爱的。他们一见钟情，爱得浓烈、沉醉，全世界的美景仿佛都只配做他们爱情的陪衬。他们携手走过了那座城市的每一寸土地，一起看过日落，喝过酒，跳过舞，看过星空，唯独漏了一场日出，因为 Freya 突然失踪了。没有人知道她去了哪里。她对许仲骞来说就像一场猝不及防的流星雨，那么美地出现在他生命中，与他相恋，给了他希望，许了他未来，然后迅速又彻底地消失得无影无踪。

"就像从不曾存在过。"罗轻轻如是说。

时雨惊讶，追问许仲骞是什么时候和 Freya 交往的。罗轻轻的答案让她大为震惊。世界上就是有这样的巧合：许仲骞和 Freya 在卡萨布兰卡相恋的时间，和她在卡萨布兰卡宿醉的那段日子，居然是重合的！

或许某一天，她曾和他们在某一株曼陀罗花树下擦肩而过，看过港口同一群海鸥，听过同一艘离港的船的鸣笛声。不同的是，他们沐浴在爱河，而她沉沦在泥沼。彼时，时年的婚讯让她痛苦得不像个人，还有比那更糟糕的事吗？她以为没有了。后来她才意识到，她低估了命运对她的不公。

想起罗轻轻提起的许仲骞和 Freya 的过往，时雨愈发伤心。她曾经以为她和许仲骞之间最大的阻碍是罗轻轻，原来不是，她只是输给了一段回忆。

她走到楼梯口，从包里拿出刚买没几天的那瓶运茶船，眼睛都不眨就扔进了垃圾桶。回到栏杆边，她伏在上面继续哭。许是很久都没发泄过了，情绪一打开，她根本收不住。

许仲骞对她是什么样的心思，不管是不是罗轻轻说的那样，她都不在乎了。如果他只是因为走不出对 Freya 的回忆，从而不敢面对她，这样的他根本不值得她爱。

"真可恶。"她哽咽着，一不小心就把心里话说了出来。

有人马上接话："谁真可恶啊？应该不是我吧？"

时雨回头。竟是邱易唯。

"怎么哭了？"邱易唯递上一包纸巾，"我说怎么一跑出去就没再回来，早饭也顾不上吃。原来是在这儿偷偷哭呢。"

"没偷偷哭。"时雨抽出纸巾，抹了抹眼泪，"是光明正大哭。"

"谁惹你生气了？不会是你好心请人吃早餐，被撅了回来吧？"

"你别瞎说。"

"那不然你生这么大的气？这一瓶香水还没怎么用呢，说扔就扔。"

邱易唯手里正拿着她刚扔进垃圾桶的那瓶运茶船。她夺了过来，朝楼下扔去。只看见香水没入一片树丛，连声响都没听见。

"怎么了这是？"

"不喜欢，腻了。想换个新的。"

邱易唯皱着眉头思考了半分钟。问她："那你现在喜欢什么味道的香水？"

"你问这干吗？"时雨反问他，"难不成邱总想送我？"

"也不是不可以，所以，你喜欢什么香味？"

时雨反应过来，她刚才这话好像有点僭越了，她怎么能管邱易唯要香水！不过话已经说出口了，再收回反而显得很假。她随口说："随便吧。"

"别随便，随便最难了。我这么要面子的人，万一不小心买了你厌恶的，你岂不是要嘲笑我的品位？"

时雨想了想："那就买一个闻了之后让人觉得无欲无求的吧。"

邱易唯有点后悔说这句话了。香水本就是一种欲望，还有哪种香水能让人闻着觉得无欲无求？

"我尽量。"他说。

时雨眼角的泪渍已经干了，邱易唯在一旁看着，她尴尬，之前的情绪都收了回去。不过她也不知道该说些什么，她和邱易唯本就没那么熟。

邱易唯见她不说话，问她："心情好点没？"

"还行。"

"那就回去享受早餐吧。还有一大桌子吃的，别浪费粮食。再说了，你哭了这么久，应该耗费了不少体力，得赶紧补回来。"

时雨忍俊不禁。这人……

"有力气笑，看来吃饭的力气也有了。走，下楼吃饭。"

有这么一段插曲，原本应该吃得很开心的一顿早餐，时雨食不知味。陆西城不是话多的人，他看出时雨有心事，没怎么和她搭话。起初邱易唯还想调节气氛，说了一堆他在德国的趣事，陆西城和时雨都爱答不理的，他只得作罢。

来珲曲之前，邱易唯分别向邱同钧和小冯打听了一些时雨的事。在恒洲的建筑设计圈和文化圈，时雨和许仲骞的虐恋是众所周知的秘密。所以看到时雨哭得那么伤心，邱易唯一下子就猜到了原因。他作为一个异性旁观者，这种情况他还真没法安慰。

陆西城要赶设计稿，吃完早餐先离开了。他走之后，邱易唯委婉地套过几次时雨的话，时雨装傻不理他。

时雨不是不想跟不熟悉的人聊许仲骞，而是根本不想提起这个人。好在叶晓萌及时赶到，时雨找到了回避的借口："邱总，失陪一下。我同事病了，我去看看她。"

邱易唯微笑，挥挥手。

叶晓萌敏锐地捕捉到了邱易唯的表情。走远了一些，她八卦兮兮地问时雨："这位邱总好像很在意你。"

"他都把我当对手了，能不在意吗？"

"对手？什么对手？"

"邱易唯，天鼎集团 CEO，西方古典建筑狂热粉。"

经时雨这么一点拨，叶晓萌明白了："敢情是想跟你比拼事业啊。那他输定了！"她是时雨的事业粉，对时雨的业务能力她从不怀疑。

　　"别贫了。让你买的药呢？"

　　"给，都在这儿。"叶晓萌打开袋子，"还买了一些其他的常用药。万一用得到。"

　　"挺机灵嘛。"

　　"那是！给你干了快三年的助理了，我还是有眼力见儿的。"

　　比起电话里提到给罗轻轻买药时的抵触，叶晓萌现在的态度好多了。她不能理解时雨为什么对情敌那么好，却也无法反驳那天时雨说的话。她一直在努力说服自己，她虽然不喜欢罗轻轻，但人家罗轻轻确实没做什么坏事，同事一场，算了。

　　时雨对叶晓萌的态度转变很满意，推了一下她的额头："你啊，刀子嘴豆腐心。回餐厅打包点吃的一起带过去吧，刚想起来，空腹吃药对胃不好。"

　　罗轻轻吃完药躺下，气色稍微好些了。一碗热气腾腾的粥下肚，多少还是有点用的。

　　时雨把退烧贴贴在她的额头上，嘱咐："睡醒了如果还是不舒服，换一个继续贴。中午我让晓萌再给你送点吃的过来，你有什么想吃的也可以跟我们说，晓萌会去买的。"

　　叶晓萌一听又让她买，内心是拒绝的。她不敢说话，用眼神表示抗议。还好罗轻轻识相，知道叶晓萌不喜欢她，马上说："谢谢时雨姐，不用不麻烦晓萌了，中午我叫个外卖就行。"

　　叶晓萌问她："大小姐，你知道碧波谷离镇上多远吗？这附近有什么外卖？东南风还是西北风？"

　　罗轻轻立刻闭嘴了，她一向惧怕叶晓萌。身为时雨的头号粉丝，叶晓萌对她的敌意从来就没消失过。即便是在研究院这样严肃的工作场合碰见，她也会灰溜溜地躲着走。

　　"时雨姐问你话呢，中午想吃什么？"叶晓萌凶巴巴的，"不过你也别太挑嘴，我们吃什么你就吃什么吧。爱吃不吃，不吃拉倒！"

　　这个转折完全出乎时雨和罗轻轻的意料，她们都听出来了，叶晓萌这话看似不耐烦实则委婉地给了罗轻轻一个台阶下。

　　罗轻轻很激动："都行，我都可以的，我不挑食。"

　　"行吧，那我就勉为其难。"

　　"谢谢晓萌。"

　　叶晓萌和罗轻轻能和平相处，时雨也了了件心事。没过一会儿，她的手机响了，她拿出来一看，发现是许仲骞打来的，又塞回包里。她对罗轻轻说："石碑的文字复原快完成了，我们先去看看，做些准备，文物局的人明天会过来。你快休息吧，有什么需要记得联系我们。"

　　罗轻轻应了一声。她听着时雨包里还在继续响的手机铃声，犹犹豫豫开口："时雨姐，是不是师哥打来的？"

"嗯。"

空气忽然变得沉重了。时雨不以为意，罗轻轻欲言又止，叶晓萌眼神在她们二人之间瞟了几个来回，没敢说话。她还是第一次见时雨对许仲骞如此冷漠，换作以前，早就高兴地去一边接电话了。

"你还是接吧，别生帅哥的气了，他真的很在乎你。"罗轻轻舔了舔因为发烧而干涩的嘴唇，"其实……他对我这么照顾，不是因为他对我有所偏爱，而是受人所托。"

说到后面，罗轻轻的声音越来越低。她自己都愣了，她居然会对时雨说这些。

时雨没听明白："受谁所托？"

"就是你见过的，叶玉芳老师。师哥的小姨叶玉芳，是我的舅妈。"

时雨："？？？"

叶晓萌："！！！"

怪不得那次许仲骞在会所招待叶玉芳，点名让罗轻轻作陪。她们都以为许仲骞是带罗轻轻见家长……

"对不起，我应该早点告诉你的。可是出于私心，我一直害怕你知道这件事。"

秘密一说出口，罗轻轻反而变轻松了。她看向时雨，眼神真挚："你那么优秀，无论是以前在学校，还是现在在研究院，你都是最耀眼的存在。我曾经非常嫉妒你，因为我知道，不管我怎么努力，我永远都比不过你。舅妈是我最大的底牌，她的存在让师哥对我和别人不一样，我把这种不一样当作能赢过你的唯一希望。现在看来，这些根本都没用，他那样的人太难琢磨了，我没有能走进他心里的捷径，我以后也不会再自欺欺人了。"

时雨和叶晓萌反复咀嚼罗轻轻这番话，她们完全没反应过来。这么说来，许仲骞放低姿态找时永忧说情让罗轻轻进研究院实习，罗轻轻犯了错，他找时雨帮忙善后……这一切只是因为，他答应了叶玉芳要好好照顾罗轻轻？

叶晓萌想起罗轻轻进研究院以来，她把她当时雨的情敌，讨厌她，孤立她……现在罗轻轻告诉她，这是一场乌龙。所以她才是那个最大的笑话？

她偷偷看时雨的反应。可是时雨根本没什么反应，诧异了几秒钟，她就镇定自若了。

罗轻轻继续说："师哥他就是把我当作拒绝你的幌子，他明明那么在乎你，却一直狠心拒绝你，旁人看不懂，但是我能明白。他那么费心思，说明你对他来说是不一样的。时雨姐，你别跟他置气了，不如开诚布公跟他谈谈。窗户纸捅破了，你们的问题才能真正解决。"

"我知道了。"时雨还是没接电话。她沉默半天，找了个借口先走了。

叶晓萌就像是听了个神话故事，她一脸懵懂地问罗轻轻："你说的是真……真的啊？"

罗轻轻点头。

"我的妈耶……"

06.

叶晓萌心不在焉了一整天，她反复咀嚼罗轻轻说的话。罗轻轻这次抖出来的可是个天大的秘密！从大学毕业进研究院开始，叶晓萌在工作时间几乎寸步不离时雨，她亲眼看着时雨一步步对许仲骞泥足深陷。

如果罗轻轻说的是真的，按照时雨的性子，她应该很开心才对。可是——

时雨像是失去了那段记忆一样，有条不紊地指挥大家工作，仿佛她的世界里从未有过许仲骞这个人。

时雨越是坦然，叶晓萌越是觉得她心里有事。从早上开始，叶晓萌的心思就没放在工作上，她一边应付着时雨吩咐她干的活，一边观察时雨的言行。可惜，直到太阳落山，她都毫无收获。

张锴实在看不下去了，他把叶晓萌拉到一边，小声敲打："你干吗呢，这一下午怎么心不在焉的？你的升职刚批，可别掉链子啊。"

"嘘——"叶晓萌拍掉他的手，"你别乱说话，我在观察时雨姐呢。你有没有发现，她今天有哪里不对劲？"

"我看不对劲的人是你吧，时雨很正常啊。"张锴不以为然。

"嗷！"叶晓萌懒得跟他一般见识，不知情的人没资格评判！不过她真的很好奇，时雨如张锴所说，一举一动都相当正常。这可不像她。

这一天的工作量非常大，紧锣密鼓的，时雨根本没时间考虑私人问题。

从石桥收工，珘曲项目组的同事们都没回去休息，而是在碧波谷的临时会议室守到了后半夜。资料整理完毕，他们又和研究院的领导们视频会议。参加会议的除了谭教授和时永忱，还有珘曲所在市文物局的工作人员。

凌晨四点，这一趟的古石桥修复工作总算圆满结束。石碑上目前能看清楚的文字，还有桥底的铭文，都已经被翻译成了简体汉字。可惜，由于年代久远，石刻损毁非常严重，能供解读的文字内容有限。

时永忱对这个结果已经很满意了，石刻损毁属于历史进程中的不可抗力，他们也无能为力。他让大家先去休息，改天再开会商量，看有什么办法能最大化地汲取碑文和铭文留下的信息。

视频会一结束，他特地给时雨打了个电话，嘱咐她晚上在碧波谷的员工宿舍住下。他听当地文物局的人说，最近镇上发生了几起抢劫案，虽说都是些抢包抢手机的小事故，但是从碧波谷到镇上太远，女儿独自出门他不太放心。时雨在镇上租了公寓的事，他一早就知道。毕竟有叶晓萌这个眼线在她身边，他对她的事了如指掌。

时雨也正有此意，明天早上她可以去蹭邱易唯的豪华早餐，下午他们去山里处理寺庙废墟的收尾工作，邱易唯会跟去，她还能顺便再蹭个车。一举两得。

结束一天的工作，叶晓萌重新燃起八卦热情。回到宿舍她就憋不住了，缠着时雨追问："时雨姐，我觉着好奇怪，罗轻轻说的那些你怎么没反应啊？"

时雨反问她："那你希望我有什么反应？"

"不是我希望，是你应该有啊……你对许仲骞情根深种的，现在知道他冷落你是有难言之隐，你怎么能这么平静？"

"我说叶大小姐，你觉得我现在还有时间考虑这些吗？文物局的人明天就来了，再过几天我爸也要来了，我得在最短的时间内把珒曲项目的资料交给他们。到目前为止，我们只修复了一座石桥，还有好几座更残破的等着我们呢。这么一大堆工作没理清头绪，我要是再伤春悲秋，我爸还不得弄死我！"

叶晓萌无力反驳。时永忱对工作的热情比时雨还要高得多，他要来珒曲，难怪同事们这两天都很拼。

时雨又说："而且，我想那么多也没什么用。我姐说得对，许仲骞那样的人，他的心思光靠猜是猜不透的。既然明知道猜不透，我何必胡思乱想。"

"嗯嗯，姐你说得对！特别有道理。"面对时雨这一串枪林弹雨般的话，叶晓萌无力招架。她贴好面膜，打开手机发微信。

"又给你家蒋铭韬发消息呢？"

叶晓萌甜蜜地点点头。蒋铭韬几个月前就向她求婚了，他们约好了，等她结束珒曲的工作回去，他们就办订婚仪式。为此，他们还有很多事要商量。

时雨笑她："自己爱情都还没经营成熟呢，还天天操心我！你忙你的去吧，我先洗澡。"

浴室门一关，水声哗哗响起。叶晓萌在外面喊了几句什么，瞬间被水声盖过去了。

第二天清早，时雨是饿醒的。昨晚入睡前她就在脑子里盘算了一遍吃什么，越想越饿，最后不知是太困还是太饿，迅速就没了意识。

邱易唯走进餐厅，看见旁若无人啃油条的时雨，远远地朝她打了个招呼。言下之意，今天她怎么这么早光顾他的地盘。

时雨吃着东西，说话含糊："我昨晚开会到后半夜，在这儿住的。饿死了。"

"这么拼？看来收获不小，给我说说呗。"

时雨指了指碗里："你这厨师不错，米线太好吃了，你可以去搞一碗。"

邱易唯见她顾左右而言他，以为她不愿意透露，尴尬地笑笑，走开了。也对，这是研究院的内部资料，虽说都在垟曲古镇办公，但是古建筑修复和碧波谷承建不属于同一项目，人家当然不乐意说给外人听。等他端着米线回到座位，时雨把手机掉了个头推给他："都在这儿了。邱总您掌眼。"

邱易唯哑然。她非但没有不乐意分享，还直接找了资料给他看。是他以小人之心度君子之腹了，她之前答应带他去现场参观的，又怎会计较这些小事。

"可以看？"他再次确认。

时雨瞥了他一眼："又不是什么机密，都是基础信息。要真是机密的话，这些资料我也带不出来。"

邱易唯这才放心大胆地拿过来看。

几分钟后，邱易唯放弃了。看了等于白看，全是文言文，而且断断续续，基本没有完整的句子。

"这是什么？"

"第一段是桥头石碑上的文字，第二段是桥洞底下的铭文。"

"我一句都看不懂。"

时雨想起他在国外上的学，那就难怪了，他的文言文功底肯定很差。她解释："损毁太严重，只留下这么点。第一段石碑文字的大概意思是，垟曲水灾，木桥经常被冲毁，有富商捐钱建了这座石桥。石桥在县城东边，捐助者姓彭，百姓称它为彭桥，用以感谢和纪念。落款时间是明嘉靖十三年。铭文内容要多一些，说的是这位彭大善人呢，经常做善事，他早年还捐钱修缮了两座古寺庙。一座在县城西南部十五里外，叫普济寺，始建于魏晋。另一座位于石桥以东的十里。按照距离判断，我们在山里发现的寺庙废墟是其中之一，寺庙名字不得而知，后面的文字磨损了，信息缺失。"

"就这么几个字，能得出这么多信息？"邱易唯诧异。

"文言文，言简意赅。有些断句也可以根据上下文理解。"

"普济寺还在吗？十五里外倒是不远，我们可以去看看。"

"啧啧，邱总您还真是不食人间烟火。同样是在垟曲，以前的县城和现在的县城地理范围是不一样的。要想找到普济寺的位置，首先得判断出嘉靖年间垟曲县城的范围。没错，现在的垟曲只是个镇，明朝时期垟曲却是个县城。这么高难度的工作，我哪做得到。何况垟曲县有山有河，几百年过去了，地势肯定也发生了不小的变化。碑文上还说垟曲闹水灾呢，你看现在，像是会闹水灾的样子？"

通过珥曲的地形和河流水量判断，除非下一个月大暴雨，不然不可能有水灾风险。不过以珥曲现在的气候状况，别说一个月了，连着下一周都难。

邱易唯思考一番，点头赞同："有道理。你这么一说我倒是想起来了，上个月邱同钧拉我去听了个关于人文地理和历史变迁的讲座，有提到河西走廊发掘的古墓，壁画砖上画着耕田和采桑的场景。"

"你说的是那几座魏晋古墓？"

"你怎么知道？"

"我去年受邀给其中两座还没对外开放的古墓画剖面结构图，墓室中的壁画砖我很熟悉，确实有不少画的是百姓田间劳作的画面。在几千年前，河西走廊一带真的有大片的塞上江南也不一定。或许和现在的江南水乡一样，家家耕织，户户桑麻。"提到这些，时雨的眼睛里有光芒闪动，她对自己所爱的事业永远都能投入最大的热忱。

邱易唯痴痴地看着她，他忽然明白了，为什么他那么喜欢听她聊工作。这个时候的她才是最动人的。

他听过很多人夸时雨漂亮，他对她的第一印象的确也是漂亮。她有着白得发光的皮肤，浓密的长卷发，性感的薄唇，双腿又细又长，几乎满足了女生对外貌最大的幻想，说她是明星也不夸张。可那又怎样呢，他见过的漂亮女人多得去了，再美好的皮囊也不能轻易打动他。他欣赏的是她的内在美，她有着同龄人所没有的博学和睿智。何况，她长得还漂亮！

时雨完全没注意邱易唯的表情变化，她沉浸在对河西走廊的畅想中，过了会儿她才想起了什么，问邱易唯："你刚才说的是谁的讲座？"

邱易唯笑笑，不说话，眼睛里写着：你懂的。

时雨没懂："谁？"

邱易唯："Martin。"

Martin 是许仲骞的英文名。

联想到邱易唯的表情，时雨立刻猜到了，他肯定从哪里打听到了她和许仲骞的事！这个人还真是爱八卦！

邱易唯求生欲上线，赶紧转移话题："如果能判断出明朝时期珥曲县的大致范围，说不定能找到普济寺的遗址。"

"这就不是我该操心的事了。何况这也超出了我的能力范围，我又不是搞地理的。"

"昨晚你们研究院开会，没人提出这个需求？"

"没啊。"

两人聊得正投机，寰宇设计部的方老师笑呵呵走了进来，身后还跟着一位身材姣好的女孩。这女孩时雨看着觉得面生，不像是陆西城带来的人。

　　方老师看见时雨，眉开眼笑："你们又在聊什么呢，这么开心。"

　　"方老师早上好，我和邱总随便聊聊。您过来吃早餐吗？"

　　"是啊。"

　　"今天的早餐很不错，您可以多吃点。"

　　邱易唯伸手和方老师问好。方老师机械地握手，想了半天眼前这人是谁。

　　"邱总？是天鼎集团的……邱易唯邱总？"

　　"方老师太客气了，叫我名字就行。"

　　老师恍然大悟。之前陆西城跟他提过的，说邱易唯要过来，只不过他这几天太忙，把这事抛脑后了。他赶紧道歉："不好意思，刚才没想起来。瞧我这记性，老了，真是老了，越来越不中用了。"

　　"老师您太谦虚了，您要是不中用，我们可怎么办！"说话的是他身后的女孩。

　　方老师这才想起被他忽略的学生，赶紧把她拉到前面："邱总，我介绍一下，这位是我的学生邱漓，昨天下午特地赶过来看我的。说来也巧，邱漓和你同姓，在鼎峰设计上班，也算是你半个下属。"

　　邱漓表现得落落大方，她先和时雨打了招呼，又向邱易唯鞠了个躬："邱总好。老师刚才没完全说对，我不仅是您的下属，还是老乡呢。我听小邱总提过，他祖籍是鹭城，我也是在鹭城出生的。"

　　方老师意外："哦？这么说来，你们祖上没准还是亲戚呢。"

　　有了轻松的开场，餐厅的气氛一下子活跃起来。

　　时雨悄悄打量了邱漓几眼，她记得方老师提过有学生要来看他。这个邱漓长得浓眉大眼，有着健康的小麦色皮肤，好看是好看，不过跟她以往见过的肤白貌美的漂亮女孩有点不太一样。她身上张扬着一种野性的美，仿佛她从来都无拘无束，活得自在、舒心。

　　四人在同一张桌子坐下，一会儿聊吃的，一会儿聊新闻，丝毫没提到工作。这是时雨近一个月来吃得最轻松的一顿饭，她不用再去考虑除了吃饭以外的任何事。

　　半个小时后，时雨接到了叶晓萌的电话。叶晓萌说，罗轻轻已经离开祥曲了，不过在房间给她留了一封信。

Chapter 4

月 亮

01.

游泳池边只有时雨一个人，她冲了两杯咖啡，都是给她自己的。长时间熬夜工作使她依赖上了咖啡，哪天要是不喝，工作状态都会变得很差。上次许仲骞带她去云都酒店的咖啡厅，她爱上了那里的手冲咖啡，后来干脆买了些豆子回来自己手磨。

"太依赖咖啡对身体不好。"明亮的女声从身后传来。

时雨回头看见邱漓，笑了笑，算是打招呼。

"时老师怎么一个人躲在这儿喝咖啡，"看到有两个杯子，邱漓又说，"看来我运气不错，能分给我一杯吗？"

她语气和善，时雨没有拒绝的道理，点点头。

博士毕业后她的朋友越来越少了，一来她不是爱交朋友的性子，二来研究院的工作烦琐，局限了她的交际圈。邱漓是面善的长相，虽然算不上特别漂亮，但胜在甜美，笑起来有两个酒窝，很难让人有防备之心。

"别叫我老师了，我们差不多年纪，这样称呼怪难为情的，叫我时雨就行。"

邱漓见她这反应，知道她没有排斥的意思，便欣喜地坐了下来："老师说你们昨天开会到后半夜，下午还要去山里考察，我就想，这两杯咖啡应该是用来提神的吧？偶尔这样可以，时间长了不好呢。我以前也跟你一样，后来改了。我有个朋友是身体调理师，他经常告诫我，熬夜容易变老。"

她这一番拉家常似的话，倒让时雨语塞了。时雨只好应承："嗯，我尽量注意。"

"我经常听同事提起你，一直很崇拜呢，没想到在这里遇见了。哦对，我还买过收录了你画的古建筑图纸的书，见到本尊真是又意外又惊喜。可惜一会儿我就要回恒洲了，不然真想跟你好好学习学习。"

末了，邱漓小心翼翼加了句："我可以加你微信吗？"

时雨笑着点头，打开微信二维码递给她。

估计没想到时雨这么快答应，邱漓先是一愣，随即开心地掏出手机扫码。

"你是在邱同钧手底下上班吧？"

"对啊，小邱总是我们鼎峰的 CEO，鼎峰是天鼎旗下的公司。天鼎集团很大，子公司也很多，竞争激烈，小邱总对我们要求也非常严呢。"

这些时雨自然是知道的，之所以问邱漓这个问题，是因为她想起一个事儿。邱同钧知道她和许仲骞那些破事，邱易唯也知道，偏偏那天她发现好像连小冯都知情。莫不是在他们整个天鼎集团，这事不是什么秘密？

时雨想了好久措辞，才勉强表达出了她心中所想。

果不其然，邱漓一脸天真，点头承认："听说过啊。许博士跟天鼎集团有合作，我去天鼎开会的时候听他们那儿的人说起的。许博士长得那么帅，公司那些单身女孩肯定惦记着，早就把他的料挖了个底朝天。"

这……

时雨觉得她快崩溃了。

"不过这有啥的，我没听说许博士搭理过别人。除了他那个学妹，他就跟你走得近。"邱漓笑嘻嘻的，"我站你和许博士的 CP，你们多配啊！都是高智商高颜值的学霸，简直就是天作之合！"

邱漓口中的学妹必定是罗轻轻无疑。时雨感到震惊，原来不止她被八卦了，连罗轻轻都没能幸免。天鼎究竟是个什么公司啊？简直就跟他们的老板邱易唯一样，无八卦不欢！

想到罗轻轻，时雨好不容易恢复的心情又开始低落。罗轻轻是一大清早走的，她留下的信中说，她觉得凭自己的真正实力不足以在古建筑研究院工作，这段时间时雨对她的特殊照顾她很感谢，她决定辞去实习生的工作，回去准备考研。

那封信没几个字，时雨看完却觉得心里空荡荡的。她曾有多少次偷偷想过，如果罗轻轻不横在她和许仲骞身边该多好啊！现在愿望成真了，罗轻轻离开了。那么，她就能得偿所愿了？显然不能。真正横在他们中间的，或许是 Freya，或许谁都不是。

时雨走神这么一小会儿，邱漓的咖啡杯已经见底了。她猜到时雨心里有事，没打扰，自己安静地坐着。这个小举动让时雨觉得挺温暖，她对邱漓的好感度又加了一分。

"不过时老师，哦不，时雨。"邱漓纠正自己的称呼，"我倒是觉得，就算你跟许博士真的有缘无分也不打紧。你长得那么好看，还是古建筑界赫赫有名的人物，喜欢你的人肯定多得去了，你又何必为了一棵树放弃一片森林！优秀的男人到处都是，我们小邱总就很好啊。还有邱易唯邱总，他也是大帅哥一枚。他们俩跟你关系都挺好的，你真的不考虑一下？"

时雨笑出声来。她摇摇头："感情的事不能这么算的。"

"那是怎么算？我如果有你的外貌和出身，我才不会在一棵树上吊死呢！"邱漓一句话道破她的心思。

时雨感叹，果然啊，她年纪虽然不大，心却已经很老了。邱漓和她岁数相仿，她的想法才是年轻小姑娘该有的：只要自己足够优秀，何愁没人爱，才不要在一棵树上吊死！

真羡慕。她要是有这样的觉悟该多好！只可惜两年过去了，她还是没能说服自己，勇敢决绝地从许仲骞这个泥沼中走出来。

时雨不知道的是，在她羡慕邱漓的同时，邱漓对她的羡慕又岂止十倍百倍。

邱漓的出身普通得不能再普通了，她老家在鹭城的乡下，父母都是农民，家里还有个正在上大学的弟弟。比起大部分"扶弟魔"，她的家庭已经算不错了，家人自给自足，不需要她做太多努力。可她从来都不想跟不如她的人比，她骨子里流淌着的就是要强的血液。她想要的是一份前途灿烂的事业，一个优秀且爱她的伴侣。如果能拥有更多，她非常愿意付出更大的努力。

她用渴慕的眼光看着时雨。

时雨问："你呢，有喜欢的人吗？"

邱漓脸一红，低头。

看来是有了。而且，应该还没挑明。

"是个什么样的？"

"很优秀的人。"

时雨灵光一闪："不会是你们小邱总吧？那我可得劝劝你了，你们那个小邱总最爱拈花惹草了，在学校的时候就谈过不少女朋友，光我知道的就有三四个了。"她伸出右手，掰手指算给邱漓听，"Cindy，Miki，Vivian……还有个叫什么来着，忘了。"

她可没乱说，这是邱同钧为了跟她拉近关系，自己爆料给她的。

邱漓大笑，摁下她的手："哈哈，你别数了，不是小邱总，更不是邱总。我们公司确实有很多女孩惦记小邱总，但不包括我。我有自知之明，也不爱幻想小说里的情节发生在我身上。他们这种有钱公子哥，一般只会娶门当户对的白富美。"

时雨对她刮目相看，觉得她是个头脑清醒的人。这下她更好奇了："那你喜欢的那位，到底是个什么样的人？"

"我告诉你，你可不能告诉别人哈。"

"这你就放心吧。我在研究所天天青灯古卷，就跟生活在庙里似的，也没人可以告诉。"

"其实就是个普通人。他比我大两岁，在鼎峰合作的一家建材集团上班，我们是在工作中遇到的。他长得很帅，很高，而且非常风趣，会逗人开心。"提到心上人，邱漓的脸更红了。

"他知道你喜欢他吗？"

"应该知道吧。"

"什么叫应该啊？你没表白，他也没表白，窗户纸就没捅破啊。"

邱漓不好意思，低下头抠手指："就……就拉过一下手，没干其他的。"

时雨明白了，应该是在即将挑明的暧昧期。叶晓萌说过，这种暧昧期是比正式恋爱更甜蜜的过程。而这样的过程，叶晓萌有过，邱漓有过，她没有。

时雨觉得自己像是吃了柠檬。恰在此时，叶晓萌来喊她，说邱易唯在碧波谷大门口等着，他们该出发去山里了。

碧波谷没外人，空荡荡的。时雨走在回廊，只能听到自己的脚步声。

叶晓萌加快脚步赶上时雨，向她表达了自己的醋意："刚才那女的谁啊？我好久都没见你跟除了我以外的人聊这么开心了。真是只见新人笑，哪见旧人愁啊，唉！"

"那是邱同钧的下属，方老师的学生，而且人家一会儿就走了，你吃哪门子飞醋啊。对你们家蒋铭韬，都不见你酸成这样吧？"

"蒋铭韬要是敢跟别的女人亲近，我弄不死他！"

"你也就嘴上厉害吧。咱们研究院谁不知道你对男朋友好得没话说。"

几句话光景，大门近在咫尺。

邱易唯移下车窗："上车吧。"

时雨坐了副驾驶，叶晓萌坐后座，她就着刚才的话题补了一句："我不只对男朋友好得没话说，我对你更好！照我说，你未来的男朋友也未必有我对你这么好！"

多了个邱易唯，再聊女生常聊的感情话题，时雨顿时卡壳了。谁知邱易唯没头没尾接了叶晓萌的话："不一定，那得看她男朋友是谁。"

非常微妙的一句话，看似无关痛痒，又像是话中有话。看她男朋友是谁……嗯，是谁呢？这下不只时雨，叶晓萌也蒙了。她隐约猜测，这位邱总怕不是对时雨有意思？妈耶，又是一个天大的八卦，她得赶紧找机会报告给时院长。

一个小时后，车子开到了镇上，瞬间涌进无数人间烟火气。很不巧，今天是周五，也是垟曲惯有的每周一次的赶集日。路上车多，人更多，好在小地方红绿灯少，不至于堵很久。邱易唯慢悠悠开着，生怕碰到来往穿梭的电动车。

珺曲古镇多年来一直保持着最淳朴的民风，早起卖柿子，夜晚吃烧烤，白天下河捞鱼，饭后沿河散步，都是随处可见的景象。镇子四周有大片的农田和果蔬种植园，在发展旅游之前，农业收入是这里唯一的经济来源。

十几年前，前来珺曲旅行的一位外籍摄影师把他拍摄的一组照片放到了网上，引起了广泛关注。珺曲也从籍籍无名的小镇一跃成为大家最向往的旅行地之一。游客越来越多，意味着后续会有更可观的收入。这也是为什么，天鼎和寰宇争破头也要抢碧波谷的承建项目。早在项目启动之前，资方就准备好了橄榄枝，承诺对承建公司开放一定份额的优先投资权。

一番激烈的角逐后，天鼎惜败寰宇，没拿到这个项目。可是对邱易唯来说，一次失败不代表一直失败，若是不亲自来这儿看看，他永远都不会甘心，也永远不会知道，和陆西城比，他输在哪里。

"邱总别走神啊，专心开车。"时雨提醒他，"我们的身家性命都在你手里呢。"

邱易唯及时打了方向盘。很快，车子开过最拥堵的路段，光明大道近在眼前。按照这个速度，再过十分钟就到他们修复彭桥的地方了。

时雨猜测，时永忱应该正带着市文物局的人在那儿交接工作。她拿出 iPad，翻出了修复后的彭桥的照片，还有之前拍的寺庙废墟的图片，一张一张审视过去。

叶晓萌说："这些图你都看了几百遍了，就算你把屏幕看穿，也不会有什么新花样的。"

时雨顺势把 iPad 递给她看："你看，这两张照片上的雕刻花纹，风格像不像？"

"我记得，你上次说过，这两处石刻可能出自同一位工匠之手。不过这不奇怪啊，虽然石桥是嘉靖年间修建的，但是按照桥底铭文记载，出资修建石桥的人同时修缮了寺庙，那他找的工匠很可能也是同一批。不管寺庙是哪一年建的，修缮的时候，总允许人家添点啥不是。"

是这么个道理。

专心开车的邱易唯听到她们的对话，扭头扫了一眼，表示赞同："确实像。"

"像也没用。"叶晓萌向时雨抱怨，"那里就留了几堵破墙，几个石墩子，能提取的可用信息太少了。要不是因为彭桥要入选保护建筑，时院长让我们顺道去看一眼，你都没必要专门跑一趟。已经入冬了，山里多冷啊。"

"就你懒，我们不就是做这个工作的吗！偶尔跑趟山里算什么，我爸在吴哥窟一待就是那么多年。你没去过柬埔寨你不知道，那里热得跟蒸笼似的，我每天洗三四次澡才能勉强保持精神。"说到这儿，时雨扭头去问邱易唯，"邱总，你去过吴哥窟吗？"

"没有，只看过照片。听你的意思，时院长当年也参与过吴哥窟的修复工作？"

"是啊。"

　　邱易唯沉思。他们学建筑的，像金字塔、长城、吴哥窟等等，都是经常会被提及的典型案例。他虽然没去过柬埔寨，但是对吴哥窟的历史了如指掌。

　　吴哥窟被发现，得追溯到元朝时期周观达写的一本游记，叫《真腊风土记》。那个时候，柬埔寨叫真腊，周观达在书中详细描绘了他在这片土地上的见闻，这也是现今为数不多的关于柬埔寨的文字资料。

　　十九世纪，《真腊风土记》被法国人雷穆沙翻译成了法文，在法国流传开来，并引起轰动。再后来，法国生物学家亨利·穆奥来到了柬埔寨，他根据文字记载成功寻找到了吴哥窟的遗址。那一刻，他被这伟岸的建筑群惊呆了。他在游记中评价说，"此地庙宇之宏伟，远胜古希腊、罗马遗留给我们的一切，走出森森吴哥庙宇，重返人间，刹那间犹如从灿烂的文明堕入蛮荒"。

　　像是心有灵犀一般，时雨也在这个时候提起了亨利·穆奥的这段文字："'走出森森吴哥庙宇，重返人间，刹那间犹如从灿烂的文明堕入蛮荒。'这是第一个发现吴哥窟的人，法国生物学家亨利·穆奥对她的评价。所以我一直想着，总有一天要去亲眼看看。"

　　"听说吴哥窟刚被发现的时候，隐藏在一片密林之中。柬埔寨气候湿热，林中植物疯狂生长，它们的种子落入地里，汲取了水分和阳光，破土而出，从地底下，从墙壁中挣扎出来，把一栋栋建筑撑得开裂、破碎。"

　　第一次去柬埔寨的时候，时雨还很小。母亲带着她和时年去探望驻扎在吴哥参与修复工作的父亲。只消一眼，她就被眼前的建筑震撼了。这也更加坚定了她的决心——长大以后要从事和父亲一样的职业。

　　邱易唯时刻都能感受到时雨对她这份工作的热爱。他不得不承认："说真的，时雨，我挺感谢你的。你让我重新开始审视东方建筑，无论是我们刚聊的吴哥窟，还是你提到的国内的其他古建，都让我有强烈的想一探究竟的渴望。以前是我太狭隘了，我觉得我有必要多开阔眼界。"

　　"邱总你这就折煞我了，术业有专攻而已，我何德何能啊！未来一个月你多让我蹭几顿饭就行。"毕竟在这个她不熟悉的地方，吃顿好的不容易。

　　时而严肃时而轻松的聊天中，他们已经抵达彭桥。

　　"到了。"

　　和时雨想的一样，时永忱和七八个人围着彭桥，正在讨论什么。他见时雨一行人过来，笑着介绍："小雨，这是市文物局的葛主任，也是我的老朋友。我们正在商量彭桥的情况，刚提到你。修复工作是你主持的，你比较清楚，后续工作由你和葛主任这边的人对接一下。"

　　"没问题。资料我已经全部整理归档了。"

　　"这位就是令爱，时博士？"葛主任看向时永忱。他的反应和大多数初次见到时雨的人一样。时雨声名在外，又是博士，人人都以为她年纪不小了。

见时永忱点头，他忙走过来和时雨握手："久仰大名，时博士，真没想到你这么年轻。"

"葛主任您太客气了，我是晚辈，叫我时雨就好。彭桥的事您看看让谁负责对接，我让助理把资料拷过去。当然，如果有别的问题，您可以随时找我。"

客套了几句，葛主任指派了手底下一个戴眼镜的男生交接工作。又说有时间一定去恒洲拜访，参观参观研究院。

时永忱说时雨短时间内不会离开珤曲，让他有事随时吩咐。葛主任很意外："暂时不离开？彭桥的工作还没结束吗？"

"不是呢，彭桥的工作已经结束了。"时雨笑着回答，"我有幸参与碧波谷项目，所以未来一个多月我都会在这儿。"

葛主任想起来，他好像之前听说过，为了迎合当地旅游需求，碧波谷会按照珤曲古镇的整体风格来设计，其中不乏一些仿古的亭台水榭，而这方面正好是时雨擅长的。

理所当然，接下来免不了又是一番夸赞。

在时雨和葛主任聊天的同时，叶晓萌把她"眼线"的身份发挥到了极致。她把时永忱叫到一边，绘声绘色地描述了邱易唯如何如何有来头，又是如何如何对时雨动了心思。在她看来，邱易唯可比许仲骞解风情多了，时雨若是能跟他在一起，肯定比跟许仲骞在一起好。

"到时候就让许仲骞后悔去吧。"她幸灾乐祸地补了一句。

时永忱瞪了她一眼："你这丫头，工作的地方别乱说话。都是些没影儿的事，我看他们就是普通的工作关系。"

话虽这么说，但他还是赞同叶晓萌的观点。因为他也觉得，时雨跟任何人在一起，都会比跟许仲骞在一起幸福。

他回头偷偷看了一眼邱易唯。刚才光顾着和葛主任聊工作了，都没注意到时雨身后还有旁人。嗯，小伙子挺帅的，看着也精神，如果他真像叶晓萌说的那么优秀，确实比许仲骞适合时雨。他这个工作狂女儿，也是时候该有个人照顾她了。

02.

几辆车停在山脚一块空地上，众人下车，沿着山路徒步而上。山路不算陡峭，却蜿蜒曲折，像山歌里唱的那样，每一段路仿佛有十八个弯。

叶晓萌走得头晕眼花，她很后悔为了多赖几分钟床而没去吃早餐，上次来她都没这么狼狈。好在她听时永忱和时雨聊天，说今天是最后一次进山了，就是为了带市文物局的人去现场检查一遍，看看是不是有什么遗漏的部分。父女俩边走边说，神色如常，气都不带喘的。

由于工作关系，时雨经常去一些偏僻的地方，上山下乡是常事，她习惯走山路叶晓萌不觉得奇怪。可是连邱易唯这样的大少爷都健步如飞，这就着实出人意料了。

"晓萌你要不要喝口水？"时雨回头问她，"很快就到了，你再坚持会儿。"

叶晓萌摇头："不渴，就是有些饿，没吃早饭。早知道我就和你一起去餐厅了。"

时雨从包里拿出一块巧克力扔给叶晓萌。她看得出来，叶晓萌是真的走累了，面无血色嘴唇干燥，像饿了好几天似的。

"爸，你和葛主任先走。晓萌有点累，我陪她歇会儿。"

"行，你们注意安全。"

转眼，时永忱一行人消失在拐角处。

时雨嘲笑叶晓萌："丢脸不，体力还比不过我爸他们那群老干部。走个山路而已，又不是让你上刀山。"

叶晓萌无力反驳，努力想拉一个人下水："邱总，你怎么也不累？这山路多绕啊，简直就是十八弯九连环，望也望不到头。"

"我是登山俱乐部的。"

"……"

"不过，"邱易唯朝着远处山头做了个瞭望的手势，"这寺庙的选址也确实够偏僻，离镇上本就不近，还得走这么远的山路。"

时雨觉得他大惊小怪，说道："早就跟你说是'深山藏古寺'了，这有什么稀奇的。中国古代的寺庙，选址从来都不避形煞，越是幽静陡峭越好，不然怎么会适合出家人修行？国内有不少悬空寺，顾名思义，就是贴着悬崖峭壁建的。跟那些悬空寺相比，这座寺庙已经不算偏僻的了。"

"照你这么说，古代寺庙选址的依据是什么？难道是不走寻常路？"

"风水。"

"怎么分辨？"

"我哪知道。我是学古建筑的，又不是研究风水的。"

"我以为你无所不知。"

时雨笑了："原来我在你眼中这么神通广大啊。"

"这叫情人眼里出西施。"叶晓萌嘴不把门。

不过，说完她立马后悔了。但她也不知道该怎么把话圆回来，傻愣着看着眼前一脸蒙的两个人，内心已经做好准备，等时雨骂她。

邱易唯略有尴尬，但是没说话。时雨先反应过来："怎么着，有力气说风凉话，看来是不累了？把巧克力吐出来。"

叶晓萌露出假笑，指指天空："天气预报说傍晚会下雨，我们快走吧，速战速决。"她撂下话，健步如飞。

若不是正好有电话打进来，邱易唯估计会更难堪。他接通电话，随便应了几声就挂了，显然有心事。

时雨不小心看见了来电显示的名字，是他的秘书梁朱槿。她在会所碰见邱易唯那次，梁朱槿也在场，她有印象，是个娇小的漂亮女孩，皮肤白净，一看就很乖巧。

时雨猜想，莫不是因为她在，邱易唯不方便跟人家女孩子说话？邱同钧说过，他这个小叔身边莺莺燕燕环绕，一个个恨不得扑上去。也不知道梁朱槿和邱易唯是什么关系，若是她不小心破坏了人家的氛围，那就罪过了。

"我回避一下？"她问。

"不用，不是什么重要的事。走吧。"

时雨先走一步了。

邱易唯见她就要走远，鬼使神差说了句："是助理打电话通知会议日程。"他也不知道为什么要跟时雨解释这个，他自己听了都觉得有些此地无银三百两。幸好时雨没多想，只说了句好巧，陆西城也有重要会议，昨晚刚回的恒洲。

好不容易到了目的地，邱易唯终于明白，为什么叶晓萌一直说这里没啥看头。他原以为，能让这么多人特地来考察一趟，好歹会有个房屋的雏形。然而入眼的真的是一片废墟：几堵破墙，几根石柱，散落各处的零碎破砖块，还有几个鼓状的石墩子。

他指着地上的石墩子，问时雨："这是用来做什么的？"

"柱础，垫在柱子和地面之间承压用的。也可以用来防潮，避免柱子腐烂。"

在中国的古建筑中，柱础的出现概率非常高。时雨大学本科那年专门写过一篇几万字的文章，分析了从秦朝到清朝的建筑中，柱础的形态变化。他们眼前的鼓式，还有覆盆莲花式，都是最常见的柱础样式。不过和普通的鼓式柱础不一样，这座寺庙的柱础上多了牡丹花纹的装饰，不知是原本就是这样设计，还是修葺时添加的。

时雨多次跟叶晓萌讨论过的，和彭桥石柱上相似的雕花，就是这鼓式柱础上的牡丹花纹。不只柱础上有，雕栏石柱上也有。相关的推测她和时永忱也提过，只可惜这里留下的东西太少，按照目前的可用信息量，多半是记录归档，然后尘封。研究院需要勘测和修复的古建筑太多，凡事都会按照重要性来分轻重缓急。

时永忱带着葛主任四处走了一圈，简单介绍了此次勘测的发现。葛主任的意见和他一样，损毁太严重，可用信息太少，暂时达不到需要进行下一步研究的标准。全国像这样的古建筑遗迹太多了，他们需要把精力花在刀刃上。

　　就在大家准备收工返回时，张锴匆匆忙忙跑过来，跟时永忱汇报了一个情况。他刚才去后面的树林解手，无意中发现一块石砖残片，上面雕刻的花纹跟其中一根石柱上的一模一样，初步判断也属于这片寺庙遗迹。

　　时永忱过去看了一眼，表情起了变化。他赶紧喊来几个年轻男人，让他们围绕石砖残片，在四周挖一挖，看有没有什么新的发现。

　　时雨跟了过来："爸，怎么了？"

　　"小雨你看，"时永忱指着石砖残片，"这个，是不是不太像普通的建筑用砖？"

　　时雨皱了皱眉，她将石砖拨动几下，反复检查一遍才下结论："是不太像。"普通的石砖不可能有这么大，而且厚度也比这差远了。

　　时雨让叶晓萌取工具对石砖进行了数据采集，并拓印了表面花纹。这样的花纹时雨很熟悉，是南北朝时期大量用于碑刻边饰的卷草纹，恰好也是她某篇论文里写过的。

　　有了这一新发现，原本六点之前回碧波谷的计划搁置了。时雨和方老师通了电话，把碧波谷屋檐设计效果讨论会改在了明天晚上。陆西城不在，索性等他回来再一起商讨。

　　"时雨，有事跟你说。"邱易唯朝她走来，"我明天要回趟恒洲，有个很重要的会议，快的话三天应该能赶回来。你有没有什么需要带的东西？"

　　时雨想了想："暂时没有，等我想到了再跟你说吧。"

　　"行，你想到了给我打电话。"

　　"我挺好奇的，你在垟曲没什么要紧事，这也不是你们天鼎集团的项目，你至于跑这么勤吗？偌大的天鼎还等着你这个 CEO 回去领队呢。再说了，碧波谷听着高大上，实际上连半成品都不是，只有其中一栋楼设备齐全，充其量就是个条件好点的员工宿舍，你能住得惯吗？"

　　邱易唯哈哈大笑："第一，虽然我是天鼎名义上的 CEO，但公司的业务目前是由我大哥亲自把控的，不像陆西城，名义上只是总经理，可他爸把摊子都丢给他了，他事事都得亲力亲为，比我忙多了。这第二呢，有句话叫作'知己知彼，百战不殆'，碧波谷承建项目竞标，天鼎输给了寰宇，这个结果我是服气的，不过我想知道，我们到底输在哪里。还有这第三，你别以为我和邱同钧那小子一样，娇生惯养，我在国外可是连八人间都住过的，那儿的条件可远不如这半成品都算不上的碧波谷。"

　　"八人间？"时雨好奇，"什么时候的事？"

　　"随登山队进山的时候，大概是在两年前吧。山脚下那些青旅条件很一般。没办法，离市区太远了，硬件设施跟不上。"

　　"那你又是为什么喜欢登山？"

　　"人生在世，总得有个爱好不是！"邱易唯反问时雨，"你呢，有什么爱好？"

"工作就是我最大的爱好。"

"我以为你会说，你最大的爱好是 Martin 呢。"

轻描淡写的一个玩笑，时雨却怔住。她笑了笑，竟然承认了："这么说也没错，他确实是我的求而不得。看来，全世界都知道我对他一片痴心死心塌地至死不渝了？我丢人都丢到你们天鼎去了吧？"

"时雨，喜欢一个人不丢人。相反，我觉得这是一件值得骄傲的事。有多少人穷其一生都找不到自己心爱的人。这么说来，你还是很幸运的。"

时雨笑容满面，灿若朝霞："还是邱总会夸人。你这么一说，我忽然觉得自己挺幸运的。"

他们聊了不过一小会儿，其他人已经如火如荼地开启挖掘工作了。半个小时之后，叶晓萌跑来汇报，她兴奋得手舞足蹈："时雨姐时雨姐，挖到啦！下面真有个地下室。好酷啊！耶！"

时雨赶紧跑过去查看。

不知道是不是因为地质变化，他们挖了五六米深才找到一个类似地下室入口的地方。上面盖着残缺的石板砖，露出脸盆大小的洞口。石板砖上刻着卷草纹，和张错发现的那块残片的图案一模一样。

"快，把石板搬开。"时永忱眼中迅速燃起光芒，他已经迫不及待了。可惜挖掘结果有些对不起他的反应。

大家都以为会有什么意外收获，然而挖出来的地下室很小。目测五个立方大小的空间，地上凌乱地躺着七八个破损的瓦罐器具，有酒坛形的、水壶形的，还有一个看起来像是掉了色的漆器。

这也是邱易唯第一次如此近距离接触挖掘现场，虽然这严格意义上来说只能算是古建筑学院一次普通的考察。事先谁也没想到，地下居然还藏了这么一层空间。

时雨自告奋勇下了地下室。几个工作人员用绳子吊着她，她踩着土坑一点一点往下走，一同下去的还有文物局的小陈。

叶晓萌赶紧把工具箱递了过去。时雨戴上手套，打开手电，把地下室上上下下、里里外外全检查了一遍。出来的时候，她神色严肃："爸，我们可能得回去开会讨论。"

"怎么了？"时永忱抑制不住地兴奋，"还有别的发现？"

"地下室四个角落的石砖保存得非常完整，分别雕刻了不同的花纹。"

这下连葛主任都动容了，他推了推眼镜，吩咐随行的工作人员把相机拿过来。保存完好的雕花石砖，又是常年在地底下的，还真不能忽视。

03.

会议是在晚上十点半结束的。

从山上下来，研究院和文物局驻扎在徉曲的所有人员一同去了碧波谷，紧锣密鼓开始这次挖掘的后续工作，饭都没顾上吃。后来还是时雨打发张锴开车去镇上买了一些盒饭，草草解决了大家的晚餐问题。

散了会，叶晓萌照例跟男朋友煲电话粥去了。时雨觉得自己在房间待着会妨碍他们聊些亲密的话题，找了个借口下楼，在一楼沙发上坐着发呆。她百无聊赖地打开手机，在开会的这几个小时，微信右上角的数字显示有几十条未读消息。她闲着没事，一一回复过去。

有一条是许仲骞发来的，问她睡了吗。她想了半天，不知道该怎么回。这还是她把他从黑名单里放出来后，他第一次给她发消息。她打出了"还没睡"三个字，想想又删掉了。她没做好心理准备，上次罗轻轻的那番话让她很迷茫，她不敢轻易面对许仲骞。

剩下的都是些无关紧要的群消息和推送。她慢慢滑到底，看见有一条是邱漓发来的。邱漓说她状态很好，这次休假回去不仅升了职，她喜欢的人也给了回应，今晚是他们第一次约会。

"看来脱单就在眼前了。恭喜你。"时雨回复。

她是发自内心祝福邱漓，毕竟不是谁都有这样的运气，能找到一份可以得到回应的爱情。你爱的人也爱着你，算得上是世间最幸福的事了。她想到了自己。许仲骞之于她，是幸还是不幸？

她又翻到许仲骞的微信，回了一句：没有，睡不着。

希望许仲骞那块木头能看懂她话中的意思，哪怕陪她闲聊几句也行。然而十几分钟过去了，手机异常平静，没收到任何信息，连一条公众号推送都没有。

时雨心里不是滋味，思忖着他是睡了还是在洗澡？或者在接重要的电话，没看见？也有可能是睡了吧，都快十一点了，许仲骞一向早睡早起。这么想着，她舒服多了。

就在这时，一条微信消息弹了出来。紧接着，又是一条、两条……

时雨转悲为喜，几秒钟内脑子里已经幻想了许仲骞可能会给她发的各种内容。可是一打开微信，发现全是邱漓发的。

"谢谢啦，相信你也会很快找到属于自己的幸福。"

"我见过许博士几次，儒雅博学的长腿帅哥，人也特别好。他值得你付出。"

"当然，我们邱总也很好啦。"

一连三条，还有一个微笑的小猫表情包。

时雨哭笑不得。邱易唯就算了，她跟他连熟悉都谈不上，他也不是她喜欢的类型。

她喜欢的人，得有着渊博的学识，有着与众不同的人格魅力，就像……许仲骞那样的。

"跟谁聊天呢，这么开心？"邱易唯从电梯走出。

时雨以为自己看错了："你不是去睡了吗？"

助理给邱易唯订了明天最早的高铁回恒洲，他从山里回来就说明天要早起，先去洗澡休息。时雨以为，这个点他应该在梦里。

邱易唯很无奈："唉，就是因为睡太早了，做了几个梦，又醒了。"

时雨看了看手机，提醒他："已经过十一点了，你明早不到六点就得起床。现在回去的话，差不多能睡七个小时。"

"我知道。"邱易唯微笑，"可是睡不着啊。"

"所以你是准备把这么宝贵的休息时间浪费在除了睡觉以外的事上？别忘了，你明天下火车就得去公司开会，没时间补觉。"

邱易唯眼中的笑意更深了："谢谢你的善意提醒，你倒是算得清楚。"

"快去休息吧。爬了一天山，我也腰酸背痛呢，准备洗个澡躺下了。"

"有没有兴趣去做个全身按摩？"

时雨眼前一亮，她下山的时候就幻想着做足疗。可是……

"全身按摩？珒曲有吗？"

"珒曲虽然只是个镇，但好歹是旅游区，足浴按摩这种必备的产业链，你觉得会没有吗？"

他说得很有道理。可惜她没怎么留意，近来光顾着工作，就连唯一一次外出喝咖啡，还是许仲骞带她去的。

"今天堵车的时候正好看见一家，是个挺有名的连锁品牌。走吧。"

半个小时后，车子停在了一栋高楼门口。时雨探出头一看，果然有一家眼熟的足浴店。灯带字幕滚动着：推拿、按摩、精油开背等各种服务。

"邱总果然观察入微，值得我等学习。"她兴冲冲下了车。

她来珒曲时间不算短，但没有怎么出来走动过，除了在公寓附近的几家小餐厅吃饭。在她的印象里珒曲就是个小镇，应该没什么娱乐场所。

事实证明，邱易唯说的才是对的。这里毕竟是旅游区，怎么可能没有相关产业链？远的不说，从她下车的地方往四周看去，KTV、火锅店、蛋糕房，等等，一应俱全，而且都是眼熟的连锁店，就连星巴克和肯德基都有！

"我算是越来越明白，为什么你们天鼎要跟寰宇竞争碧波谷项目了。"时雨感叹了一句。珒曲古镇确实未来可期，从在网上走红到现在，也就短短几年，镇上的各类设施远比她想象的要齐全。

　　午夜十二点，足浴店依然有不少客人，单人间竟然还需要排队，工作人员说至少要等四十分钟。时雨想着反正她也就泡个脚按个肩，没必要非得单人间，于是妥协："双人间也没关系，给我们安排女技师就行。"

　　见时雨这么好说话，接待员乐呵呵去安排了。她看了邱易唯一眼："不介意吧？反正就泡个脚。"

　　"当然不。"

　　几分钟后，两位技师端着泡脚的木桶进门。时雨把脚放了进去，顿时觉得浑身轻松。他们选的是肩颈加足部按摩的套餐，技师建议先泡个脚再按摩肩颈，最后按脚。她想着是这么个道理，得先放松一下。

　　"姑娘别紧张，您肩膀的肌肉很硬呢。"女技师提醒她，"深呼吸，放松。"

　　时雨吃痛，叫唤了一声。女技师赶紧抱歉，说她再轻点。

　　"姑娘，我其实都没用力呢。俗话说，痛则不通，您这一块是堵塞了，所以我轻轻碰一下你就觉得疼。平时都是对着电脑低头工作的吧？"

　　时雨应了一声。

　　得到她的肯定回复，女技师很有成就感，用了足足五分钟时间给她科普了颈椎病对身体的危害，如果不多按摩，将来有可能会因为后脑供血不通畅而引起半身不遂。

　　时雨："……"

　　这话着实夸张了，虽说她肩颈是不怎样，但也没到一不注意就瘫痪的地步吧？她大概猜到，女技师接下来要给她推销办会员卡了。以前她去美容院做补水，没少被推销，那些美容师还有按摩师，说的话换汤不换药，基本都会把后果说得很严重。意志不坚定的她也着实办了不少会员卡，她家附近那些汗蒸馆、美容院、足浴店，她统统都是VIP。然而大半年下来，她去的次数屈指可数。

　　不出时雨所料，女技师开始推荐了："姑娘你听说过我们足疗中心吗？我们是连锁大品牌，口碑一直很好的，姑娘你在任何大城市都能看到我们的店呢。你看你的肩膀这么硬，可以考虑办张我们的VIP卡，多来按几次啊。"

　　"不用了，我来出差的，过几天就回去了。"

　　"没关系的呀，"女技师非常热情，"我们是连锁品牌，会员卡全国通用，您在任何一家分店只要报上姓名和手机号，就能享受我们最优质的服务。"

　　时雨无奈，心想给邱易唯按摩的技师怎么不跟他推销，专门对着她一个人做工作？邱易唯看着可比她有钱多了！难不成她看上去这么好说话？

　　不行，她不能心软。

　　"不用了，我有很多美容院和足疗店的会员卡，太多了也用不完。"

女技师不放弃："我们的 VIP 跟别家可不一样，它不仅仅是一张卡，还是尊贵身份的象征。我们全国有几千家连锁点，走进任何一家店，只要您报上姓名和手机号……"

接下来的几分钟时雨完全没听女技师说话，她都能想象她会说些什么，她也懒得再接话。反正不管她怎么拒绝，人家还是能接茬继续推销的。

她本以为，只要她不回话，女技师就会消停。没想到消停了不到两分钟，女技师换了个话题："姑娘你长得真好看，这位先生也是一表人才。冒昧问一下，你们是情侣吗？"

如果回答不是，这位大姐会不会又要给她介绍男朋友？上次她在某美容院做脸，就发生过这样的情况，帮她敷面膜的小姑娘非要把一个据说很厉害的表哥介绍给她。

时雨一怵。她不能拒绝，更不能承认，干脆装死吧。她就不信了，这种隐私问题，人家还会追着问。

她笑了笑，学隔壁的邱易唯，也开始闭目养神。

见时雨笑笑不回答，女技师以为她不好意思，顿时笑逐颜开："你们看上去就很般配，郎才女貌，将来生的宝宝一定也会很好看。"

时雨一个激灵，这下连邱易唯都被炸醒了，二人面面相觑，还没来得及反驳，女技师又开始自说自话了，完全不给他们开口解释的机会。

"姑娘，我说个题外话哈，你别介意，就当大姐跟你闲聊了。你知不知道，为什么有的宝宝爱哭，一天到晚闹个不停，而有的宝宝爱笑，一点都不闹？我跟你说啊，这跟妈妈的身体是有直接关系的。妈妈身体好，生的宝宝才会漂亮健康。所以啊姑娘，你这个肩颈，如果不好好调理，是会影响身体健康的，也会影响你们未来要宝宝的。"

"……"

时雨尴尬得耳朵都在发烫，她相信邱易唯比她好不到哪去。开开玩笑说很般配就算了，她可以左耳进右耳出的。可是，怎么连生孩子都扯上了？是可忍孰不可忍。再这样下去她不知道这俩大姐会说出什么话来。她决定主动出击，先堵住她们的嘴。

她问女技师："大姐，您有几个孩子？"

"两个。"

"多大了？"

"一个上高中，一个还小，刚上幼儿园。"

"是在琝曲吗？"

"不是，在老家呢，离得有些远。"

时雨惊讶，一连抛出几个问题："哎呀，那你的孩子多可怜啊，是不是很长时间都见不到妈妈了？是家里老人在看孩子吗？大姐您多久回去看一次孩子啊？"

"不忙的话一个月吧，如果忙，可能半年都回不去。"女技师眼睛开始泛红，"我和孩子爸爸都在外面打工。我在琝曲，他在隔壁县城。唉，也是没办法啊，都得养家糊口，找份工作不容易。我们要是不出来打工，怎么供得起孩子上学呢。"

　　大概想起了远在家乡的孩子，女技师说着说着就开始流泪。给邱易唯按摩的大姐本来想安慰她，结果这一安慰，触及思乡之情，两人一起抹起了眼泪。

　　时雨于心不忍。她见邱易唯一副看好戏的样子，瞪了他几眼。她本意是想借此转移话题，免得她们再说什么情侣啊、孩子啊。眼下这情形出乎她的意料，但不管怎么说，她们暂时没空再推销她办卡了。

　　临走前，时雨分别扫了两位技师大姐的二维码胸牌，给了打赏红包。把她们弄哭，完全在她的意料之外，她挺内疚的。小时候她是半个留守儿童，父亲常年出差，母亲很少回家。她和她们，也算是同病相怜了。

04.

　　邱易唯离开当天，连着晴了两个月的珧曲古镇迎来一场大雨。他给时雨发微信说，因为这场雨来得太大太突然，他乘坐的那班高铁延误了半个小时。

　　珧曲并非处在降水丰厚的地区，只因这里地势特殊，又多山地，每年都会迎来几场时间不怎么固定的地形雨。而且今年全国大多数地区的降水量均高于往年，就连敦煌以西的戈壁滩都因雨水的滋养，长出了一大片沙地植被。

　　这场雨连着下了三天，也没有要停的架势。古建院在珧曲的工作被迫暂停了，包括剩余几座石桥的修复，还有寺庙遗址考察。

　　时永忧两天前回到了恒洲，叶晓萌和张锴也被他召回去做这次资料的整理了，只剩时雨一人留在镇上。她每天除了去碧波谷开会，剩余时间就在公寓看书、睡觉。

　　这种生活，时雨觉得既充实又无聊。充实是因为她不至于没事做，哪怕坐在窗前发呆看下雨也挺惬意的。无聊呢，则是因为她这几个月不知不觉习惯了有人在耳边聒噪的日子，世界忽然变清净，她总觉得少了点什么。陆西城说他下周才能回来，邱易唯归期未定，叶晓萌则完全听院里安排，不出意外最快也得到下周。

　　"唉，连个饭友都没有。"时雨打开窗户，叹了口气。

　　窗一开，雨声瞬间放大，哗哗不绝于耳。

　　不知是不是心里的念叨起了作用，她听到有人敲门。按理说，这个时候是不可能有人找她的，她在珧曲认识的人屈指可数，且都住在几十里外的碧波谷，谁会吃饱了没事干冒雨来这儿！

　　"谁啊？"她提高了警惕。

　　叶晓萌临走前再三叮嘱说，前不久镇上那几起抢劫案还没告破，她一个女孩子在家得格外注意，晚上千万别出门，也不能轻易给人开门。她从床头拿起叶晓萌留给她的防狼电棍，小心翼翼走到门口。

敲门声又响了，在雨声的衬托下显得特别瘆人。她握紧电棍，又问了句是谁。

"小雨，是我。"

浑厚、低沉，略带沙哑，是她熟悉的声音。虽然不敢相信，但她还是带着希望，缓缓拧开门锁。门缝一点点扩大，出现在她面前的正是她思念而又害怕见到的那张脸。

"你怎么来了？"她惊诧。

许仲骞扬了扬手里的袋子："买了你爱吃的菜，还有云都酒店的咖啡。先吃吧，一会儿凉了。"

时雨侧身让他进门。她发现，许仲骞背上已经湿了一半，头发上也沾了一层细细的水珠，在昏暗中泛着白光。

这雨可真够大的。

时雨不是爱幻想的人，此时此刻，此情此景，她却还是忍不住偷偷猜测，许仲骞可能是为了她来的。自从上次把他拉黑，她就没怎么搭理过他，也不知他是不是良心发现，亲自来道歉了。

"总不至于是为了罗轻轻来的吧？"她在心里暗自揣测，"不太可能，罗轻轻都已经回去了，他不应该不知道吧？"

时雨仔细打量许仲骞。才十几天没见，他消瘦了，或许是工作太累的缘故，他眉间有了倦意，不再是以往意气风发，一聊起工作就两眼放光的模样。

他们面对面坐在餐桌两边，边吃边闲聊，仿佛从未有过嫌隙。许仲骞用非常简短的几句话交代了他来珤曲的目的。

山里的寺庙有了新发现，文物局顺理成章接管了后续工作，经过他们的鉴定，地下室那些卷草纹石砖源于魏晋无疑。省文物研究所对这一结果很重视，觉得有必要勘测寻找彭桥碑文中提到的另一座寺庙——位于古珤曲县西南侧的普济寺。

在地理勘测方面，古建院和文物局都是外行，他们找了地理资源研究所协作，大家一开会，一拍即合，许仲骞就这样被派来了珤曲。

听完来龙去脉，时雨不免失落，原来许仲骞不是为了她来的。他昨晚给她发消息也不是想跟她道歉，只是为了告诉她，他要来珤曲了。

不过时雨一点都不觉得意外，为了她抛下工作来珤曲不是许仲骞的作风，谁不知道他是个标准的工作狂呢！除了工作，只有罗轻轻能叫得动他。上次她就自作多情过一次了，她以为他专程开几个小时车来给她送甜点，结果人家是为了送罗轻轻。

"轻轻从古建院离职了，你知道吗？"她问他。

"知道。"

"我猜你也应该知道了，她肯定会第一时间告诉你。她跟我说，她想继续读书考研。我觉得这是好事，她在工作中容易胆怯，不够自信，确实需要再充实一下自己。"

许仲骞笑了笑。

时雨不解："你笑什么？"

"以前你总是说，我跟你在一起的时候三句话不离罗轻轻。现在好像反过来了，是你一直在提她。"

时雨心头一热。她不知道他是什么意思，赶紧解释："她好歹跟了我几个月，又是我的学妹。我作为领导关心一下也是应该的。"

"我没别的意思。"许仲骞把咖啡推到她面前，"快凉了，喝吧。"

时雨接过咖啡。雨声夹杂着她的心跳声，她知道，她心里好不容易沉寂下来的那团火焰又被点燃了。炙热来得如此轻易，而她如此不堪一击。

许仲骞帮她把窗户关上，他说："这里温度比恒洲低，再过一个月怕是要下雪了。你身体不是很好，少开窗。"

"不过十几天没见，你怎么变得跟我姐一样啰唆了。"

听到她提时年，许仲骞的表情立刻变了："你姐姐也是为你好。"

时雨嘲笑他："许博士还真是高风亮节，我姐有多讨厌你，你难道不知道？她可是天天变着法子说你坏话，你倒好，每次都帮她在我这儿做说客。"

她当然知道时年是为她好，这一点何须许仲骞来说。她只是没办法听进去时年那些话而已，就好比时年也不会因为她而放弃嫁给 Karun 一样。如人饮水，冷暖自知。

雨势渐小，水滴从瓦片滑落，滴在楼底下的石板路上，滴答滴答，不绝于耳。

时雨已经三天没好好吃饭了，许仲骞的餐送得很及时，吃了这一顿，她顿时觉得自己又有心情工作了。她主动跟许仲骞聊起普济寺的事，征求他的意见。

许仲骞很保守，他这几天查阅了珘曲的地方志，并没得到什么有用的信息。在过去那个动荡的年代，珘曲也深受战火影响，保存下来的资料不多。为今之计，他只能以珘曲镇为中心，辐射到四周十几公里，把这一代的地势都考察一遍，看看能不能从中找出这几百年生活在珘曲的居民的迁移轨迹。

本来还算浪漫的久别重逢，没过几分钟，迅速演变成了一个工作局。好在二人聊得挺开心，并没有破坏重逢应有的喜悦。这样的独处时光曾是时雨梦寐以求的，她恨不能马上和叶晓萌分享这个好消息。她的感情琐事，叶晓萌是为数不多的知情者，也是唯一的倾诉对象。

叶晓萌像是和时雨心有灵犀似的，时雨一想到她，她的电话马上打来了。

"我最爱的大美女时雨小姐姐，一日不见如隔三秋，人家想你想得紧呢，你呢，想人家了吗？"

时雨笑得差点呛到，回答："想啊，想得不行呢！我爸有说什么时候让你回来吗？"

"时院长这两天忙着呢，没空搭理我。不过也好，我和蒋铭韬两个月没见了，他暂时离不开我，这几天我得好好陪陪他，给他做几道拿手菜。干我们这一行太不容易了，谈个恋爱都聚少离多。还好蒋铭韬脾气好，我小学同学就因为经常被派去出差，最近她老公一直跟她闹离婚呢。"

得，又开始秀恩爱了。

时雨实在懒得接茬，要不是许仲骞就在她旁边站着，她肯定心里发酸。从小到大她就没感受过恋爱的滋味，偏偏她这位助理是个恋爱脑，平时聊天也是几句话不离男朋友。她一直很想见见，这个蒋铭韬到底是何方神圣，居然能把叶晓萌哄得服服帖帖的。叶晓萌并非没见过世面的单纯小女生，她母亲是恒洲大学的教授，父亲是省物理研究所的科研人员，在这样的家庭长大，她骨子里就有着严谨的基因。

"时雨姐，你在听吗？"见时雨没回话，叶晓萌问了一句。

"听着呢。您还有什么指教？"

"我刚听说个八卦，你有没有兴趣听呀？"不待时雨回答，她自己就很有兴趣地讲了下去，"邱易唯谈恋爱了你知道吗？这人啊，亏我还以为他心里装得全是你呢，结果没几天他就琵琶别抱了。我也是刚看到热搜推送，啧啧，真没想到，他女朋友居然是蒋铭韬最喜欢的女演员！就是那个热播剧《第一次爱上你的时候》的女主角，夏蓝蓝。"

时雨面红耳赤。她什么时候跟邱易唯扯上关系了？邱易唯跟谁谈恋爱关她什么事？出于心虚，她看了一眼许仲骞。

果不其然，听筒声音太大，叶晓萌说的话许仲骞一字不落全听进去了。他好整以暇地看着她，笑得有些戏谑。他一个地研所的博士，从来都是正儿八经的，时雨何曾见他露出过这样的表情！

她不知道叶晓萌的狗嘴里接下来会吐出什么样的象牙，赶紧阻止："第一，我和邱易唯只是工作关系，你别乱给我扣帽子；第二，他跟谁谈恋爱，跟我没有一毛钱关系，你当八卦讲给我听就行了，别瞎发挥你的想象力；第三，叶晓萌同学，详曲的工作还没结束，你是不是该把回来的日子定一定了？别一颗心只想着谈恋爱。"

叶晓萌觉得不妙，时雨这反应似乎有些不太对。可她没弄明白局势，以为她只是错把时雨和邱易唯列为一对，惹得这位小祖宗不高兴了。谁不知道时雨一颗心全系在许仲骞身上呢？

好吧，她将功补过，马上转移话题："好好好，我错了，我知道你心里只有许仲骞那个浑蛋，我以后不开你和邱易唯的玩笑就是了！对了，昨天上午我还见到许仲骞了，我陪时院长去地研所交接工作，听说他们所里好像要派他来详曲。啧，真是冤家路窄！"

"我知道。"

"你知道他要去莝曲？这你都知道？"

"他就在我旁边，你刚才说的话他也全都听到了。"

叶晓萌心里咯噔一下。她努力回想自己刚才说了什么，然而她脑子里一片混沌，什么都想不起来，横竖她没说什么好话就是了。既然如此，她还是赶紧溜吧。

"你们好好聊。我就不打扰你们了。"电话迅速挂了。

时雨又好气又好笑。她向许仲骞解释："晓萌一直这样，心比脑子大，就喜欢乱开玩笑。你别介意。"

"看来我在你助理心中的形象也不怎么样。"许仲骞自嘲。

时雨不敢告诉他，他岂止是在叶晓萌心目中不怎么样，他在整个古建院名声都不怎么样，什么花心萝卜啊，脚踏两只船啊，用情不专啊，可都是扣在他头上的帽子。

二人心照不宣地没有就这事再说下去。时雨摆弄着咖啡杯，许仲骞在书架前踱步，随意拿了一本书翻了起来。

许久没这么跟他独处了，时雨显得有些拘束。她翻开手机，回了几条未读消息，其中有邱漓发来的。邱漓说，她和她喜欢的人已经在一起了。

时雨给邱漓发了祝福，又顺手点开了朋友圈。邱漓半个小时前发了一条：谢谢你出现在我生命里。配图是她和男朋友握在一起的手。

多好的消息啊。像她们这个年纪的女孩，不都应该去享受自由和恋爱吗？只有她天天被困于斗室，和数不清的资料文献打交道。就连她的工作狂父亲都说，她不该太沉溺于工作，耽误了自己的终身大事。

以前她总不以为然，因为耽误她终身的不是工作，而是许仲骞。如果对方不是许仲骞，她宁愿一辈子不嫁人。

不知是不是受叶晓萌和邱漓的影响，她忽然很渴望能像她们一样，坦然享受她应有的生活。不是许仲骞又如何呢？她不该拥有除了他以外的爱情吗？

若是他，当然更好。若不是他，她也应该努力让自己过得好。这些道理，时年早在很多年前就告诉过她。曾经的不以为然，如今的满心赞同，这或许就是成长给予她最宝贵的馈赠吧。

雨势渐弱，却也不算小，仍然能在地上溅起水花。

许仲骞查了天气预报，预计下午四点左右雨会停。他和时雨商量，等雨停了之后再去彭桥附近观察一下，看看那边的地势和植被情况。先前他只是在照片和资料中见过这座已完整修复的古石桥，并未实地考察。而他今天刚下高铁就直接来到时雨的公寓，也没顾上去和文物局的人打招呼。

聊完工作，屋内又是一阵沉默。

时雨试图打破僵局："你怎么不带你助理来？叶晓萌和男朋友小别胜新婚，暂时还不想回珺曲。过两天雨就该下完了，晓萌不在，你身边也没助理，很多勘测工作光靠我们俩是没法做完整的记录的。"

"我助理刚离职。"许仲骞言简意赅。

"为什么？"

时雨认识许仲骞的助理，是个斯斯文文的眼镜男生，叫吴克飞。他跟了许仲骞至少七八年了，当年还跟许仲骞一起救治过被盗猎者伤了的黑颈鹤，两人的情谊非同一般。而他对许仲骞的崇拜，比起叶晓萌对她，简直有过之而无不及。

几个月前时雨还在地研所见过吴克飞。他怎么说走就走了？他就这么一走了之，许仲骞应该很伤心吧？

"国外有个项目给的薪资非常丰厚，他犹豫了很久，还是决定离开。上周刚办的手续。"

时雨唏嘘。在她眼中，吴克飞是一个只要许仲骞不赶他走，他就必定生死相随的人，他说过，他的理想是接许仲骞的班，成为地研所下一个青年科学院院士。可是现在，就因为一笔高薪资，他转头就离职了。这怎么都说不过去。

看到时雨的反应，许仲骞宽慰她："没什么，人各有志罢了，理想和现实不可能一直平衡的。吴克飞其实也不容易，他有他的家庭拖累。你不缺钱，可能不太懂这样的烦恼。"

时雨确实不懂。她的家庭虽然算不上特别富裕，但起码从没为钱发过愁。时年嫁给 Karun 后，他们家生活质量一跃千里，她也是去年才知道，时年在非洲给她留了不少资产。时年这么做无非是希望她能有更足的底气去面对一切，她是她最疼爱的妹妹，从小相依为命，不分彼此。

不过许仲骞有一点说得不对，"钱"之一字的意义，她是明白的。因为在两年多以前，她遇见过一件事。不知出于什么心理，她很想分享给许仲骞："关于这点，我有个经历想分享一下，你有兴趣听吗？"

"当然。"

"几年前我被派去西北，协助做当地古墓葬群测绘项目。我在那儿认识了一对靠种瓜果蔬菜为生的夫妻，他们的瓜田离我每天上班的地方不远，久而久之我们就熟悉了。农人淳朴善良，对我们很热情，他们夫妻俩经常切好西瓜端来慰问我们项目组的工作人员。直到项目结束，我和他们依然保持联系，成了很好的朋友。一年后他们生孩子，我去参加了满月宴。碰上当地丰收，他们会给我寄特产，我逛街看到好看的小孩衣服，也会买来给他们的宝宝寄去，逢年过节还会给红包。我们这种'你来我往，不求回报'的关系，算是很纯粹的友谊了吧？"

许仲骞点头。

"我们相识一年多的时候,孩子的爷爷脑血栓住院,需要一笔不小的手术费。偏偏不凑巧,他们家那片本可以丰收的西瓜地,不知是不是因为夫妻俩平日里得罪了什么人,遭到了严重破坏,地里所有西瓜都被砍了一刀。为了凑医药费他们不得不节衣缩食,四处找亲戚朋友借钱,后来也难以启齿地找到了我。我不忍心看老人和孩子受苦,反正我也没什么需要花钱的地方,就借了十万给他们。"

许仲骞想起了什么:"这事我好像听叶晓萌提过。"叶晓萌为了时雨在许仲骞心中的形象能加分,委婉地把这事说给他听过。

时雨意外,却没感到吃惊:"哦,晓萌去年和我们同事一起去西北出差,她听说过这事。"

"后来呢?"

"我借出的这笔钱解了他们的燃眉之急,夫妻俩多次向我道谢,说一年后一定连本带利还我。我说利息就不用了,能帮到他们就行。

"我忘性大,跟他们联系不算频繁,渐渐地就把这事忘了。今年年初,晓萌提醒我,说他们去西北开会的时候碰上那对夫妻了,他们的生活已经得到了很大的改善,不仅家里老人的病康复了,农产品生意也好了很多,还刚买了一辆代步车。我工作忙,没怎么关注这事,晓萌就以我助理的名义,带着他们给我的借条去债去了。

"谁曾想到,夫妇俩很为难,说他们只是看上去过得不错,其实还欠了不少钱,暂时还不了我。晓萌脾气硬,知道他们是在找借口,于是不依不饶找了他们几次,每次两三万地要。直到我去肯尼亚的前几天,她才把钱全要回来。"

说到这里,时雨满脸无奈。其实她原想着,如果钱真的要不回来,对她来说不算什么大损失,就当是相交一次的付出了。她曾经真心当作朋友的人能过得好,她并不可惜这十万块。

可惜出乎她的意料,那对夫妇却不是这么想的。自从叶晓萌把钱要回来,他们对时雨的态度完全变了。时雨偶尔主动联系,他们爱答不理,态度冷漠,后来干脆拉黑了她。

许仲骞错愕。他猜到了故事的发展,却没猜到结局。

"你说,我又做错了什么呢?刚认识的时候,他们真诚待我,我接受好意,投桃报李。他们有难的时候,我伸出援手,不求回报,一分利息都不需要他们还。等他们摆脱困境,超时一年多却也没想过要履约还钱。这原本就该属于我的十万块,我不好意思开口,我助理帮我要了回来,他们却觉得是我对不起他们。"时雨笑了笑,"就像你说的,人各有志。我们或许不懂钱在一定时机的重要性,但对于很多人来说,钱远远超过了他们内心最初的坚守。"

许仲骞听出来了,时雨是借自己遇见的旧事来安慰他。她说:"很多事本就是无解的。

在这个世界上，并不是所有事都是非黑即白，而且大多数时候人们无法判断究竟是黑还是白。又或者说，根本没有人在乎。"

"没想到勾出你这些不好的回忆，抱歉。"许仲骞自责，他看得出来，时雨对这两个朋友还是很在意的，时隔这么久提起这事，她还是一脸惋惜。

"也不算不好的回忆，相反，我挺感激的，和他们做朋友的那段日子我很开心。我朋友不多。"

故事到这里并没结束。再后来，时雨用办公室的电话给那对夫妻打电话，她想弄明白自己为什么会被拉黑，她没觉得自己哪里做错了，可是得到的答案让她很吃惊。

他们对时雨说："你是文化人，你应该明白，一无所有并不可怕，可怕的是得到以后再失去。我们家穷，好不容易改善了生活，你突然让我们把钱拿出来，我们只能到处去借钱，这让我们又回到了老人刚生病时候的窘迫，刚抬起来的头不得不再次低下！我们都沦落到这步田地了，你觉得我们应该感激你？这十万块钱对你来说根本不算什么，我经常看你的朋友圈，你平时吃的用的都不便宜，而且还有闲钱和时间全世界度假旅行。既然你不缺这个钱，又何必为难我们，非得让我们现在就还呢？再等几年不行吗？我们做了那么久朋友，你觉得我们会赖账？"

听到这番话，时雨竟不知道该说什么。她是真的做错了吗？

许仲骞听她说完，大笑起来。他很少这么爽朗地笑。他摇摇头："你还是老样子，容易钻牛角尖。这些本就不该是你考虑的事，你有没有错不重要，重要的是你不该做了善事还给自己增加负担。"

被许仲骞夸善良，时雨很开心。可她同时又觉得奇怪，她不知道许仲骞那句"老样子"是什么意思。许仲骞对她的了解，似乎远比她想象中的要多得多。

05.

下午五点，雨渐渐停了。许仲骞的原计划是天黑前和时雨一起去古镇周边看看地势，谁知雨停的比他预计的要晚，而这种天气，天黑得比往常更早。出门的计划因此搁置。

二人在客厅没话找话，以工作来掩饰彼此的不自在。一个小时后，房东阿姨来敲门，解决了他们的晚饭问题。

时雨平日里和房东关系处得很好，她家今天包饺子，特地送了一份过来。看见有男人在房里，房东先是一愣，然后眼神变得暧昧，一副懂了的样子。一向遇事冷静的时雨脸竟然红了，这也更加证实了她的猜测。几分钟后，她又送了一大份饺子上来，话都没多说几句，很识趣地赶紧走了。

"你们房东对你挺好的。" 许仲骞笑着吃了一口饺子，夸赞，"饺子包得也不错。"

"嗯，她平时很照顾我和晓萌。"

"听说碧波谷的房子还没修好，住宿条件很一般。你和叶晓萌倒是会享受。不过女孩子在外面确实应该好好对待自己。"

许仲骞这话提醒了时雨，她问："你的宿舍也安排在碧波谷吧？这里过去可不近，吃完你早点回去吧。"

许仲骞放下筷子，很认真地问她："能在你家沙发借住一晚吗？"

"啊？"

"我同事误了火车，明天才能到。我的行李都在他那儿。"

时雨脸一红，略为难："这个，不太好吧……不过也不是不行。"

她答应得很勉强。许仲骞眼角流露出笑意，并未点破她。

时雨瞥了一眼沙发。公寓的沙发是可折叠式的，拉开就是一张床。而最近降温，房东昨日恰好拿了一床备用的被子给她。一切都顺理成章，仿佛老天在策划着，等待着许仲骞的到来。

吃完晚饭，铺好床，不过八点而已。时雨看着墙上的挂钟，心里开始打鼓。从前她做梦都想着能和许仲骞有更多时间独处，真到了这一刻，她竟如坐针毡，也不知自己的心境是从什么时候开始变的。

电视开着，背景音降低了空气中凝结的尴尬氛围。时雨随意把玩手里的遥控器，开始找话说。

"你这次来珘曲，准备待几天？"

"不清楚，应该是工作结束才回去。"

"那估计短时间内回不去。" 她思忖着，"不过也不一定，这方面你是专家，没准过不了几天问题就迎刃而解了。"

"你是希望我能尽快帮你们解决问题？"

时雨被他问住了。若是尽快解决，他就会尽快回去，他们又得有一阵子见不着了。

不对。问题的关键不在这里，而是他为什么会问这么暧昧的问题。

理智把她凌乱的思绪拉了回来。她故作轻松："当然，只有尽快解决，我的工作才能顺利结束。你不知道在这儿出差有多辛苦，每天早出晚归，每周都要进山，爬山。碧波谷的项目我也得兼顾着，经常两地跑。"

"听时院长提过，这里硬件条件不比家里。好像之前镇上还发生了抢劫案？你照顾好自己，凡事注意安全。" 他的眼神沉静、温和，和曾经时刻逃避的样子大相径庭。

时雨心乱如麻。自从罗轻轻告诉她那些事，她发现自己一点都不懂许仲骞。原以为在珺曲的这段日子能让她逐渐想通，或许回到恒洲就好了。谁知，许仲骞竟然也被派到珺曲了。他的到来打乱了她的计划，再加上他这不同以往的沟通方式，她没办法不多想。

她找了个借口："噢对了，谭教授昨天问我要一份和普济寺有关的详细资料，我得去工作了。你随意，如果累了，洗个澡早点休息。浴室洗漱用品都有，镜子后面的柜子里有叶晓萌刚给我买的备用牙刷。"

许仲骞应允。

卧室门关了。不过一门之隔，两个人却是两种截然不同的心情。

没有什么要准备的资料，时雨纯粹是瞎编的。她需要时间冷静冷静，好好想想接下来几天用什么心情去面对许仲骞。

时雨想到了童鸢。童鸢是她的高中同学，亦是最好的朋友。若是在一年前，遇到这种事她第一个要倾诉的人必然是童鸢。然而在经历了一段失败的感情后，童鸢失踪了，她突然离开了常年生活的城市，断了和所有朋友的联系，没有人找得到她。

时雨盯着童鸢的微信头像，她们最后的联系是在去年九月。童鸢选择离开，她选择尊重童鸢，并没有试图去找过她。

"你记得许仲骞吗？我到现在还是处理不好对他的感情。我不知道该怎么办了。"她给童鸢发了一条信息。

不出她所料，童鸢没回复。她摩挲着手机屏幕，思绪万千。

她朋友实在太少了，到了这种时候，她连一个能给她建议的人都找不到。她在脑子里迅速筛了一圈可以说体己话的人。显然，叶晓萌不行。她心里明白得很，叶晓萌虽是她的助理和朋友，实际上还是她爸爸的人。时年更不行，她那么厌恶许仲骞，巴不得他们老死不相往来。

"我真是个失败的人，关键时候连个说心里话的朋友都没有。"她叹气，又给童鸢发了一条过去。

鬼使神差地，她想到了邱漓。她和邱漓认识的时间不长，但莫名觉得投缘。邱漓对她也很友善。

她给邱漓发消息："你说，女追男如果曾经被拒绝，是不是基本不可能了？"

邱漓很快回了三个问号。

时雨有些后悔自己的冲动。不过仔细想想，她和邱漓不熟，说出来也没什么丢人的。在一个对她一无所知的人面前，她反而有充足的安全感。

"你指的是许博士？"邱漓问。

时雨默认。她说："我以前对他表白过很多次，他没有明确拒绝，但是也没做出任何回应，像是在等我知难而退。可他现在的态度又变了，说不出不对劲在哪儿。总之，非常奇怪。"

"我懂。你们这叫友达以上，恋人未满。"

"也不是这样的。我不知道该怎么描述，反正就是很奇怪。"

她把怎么个奇怪法，一股脑儿全吐露给了邱漓，就像第一次在心理医生面前诉说心底秘密的病人。说出来了，也就轻松了，痛快了。

邱漓给出了她的总结。她觉得许仲骞不是不喜欢时雨，而是有心结，不敢接受时雨。至于是什么心结，旁人就不得而知了。

邱漓的这个说法，跟时雨自己猜测的差不多，她一直觉得许仲骞的心结应该是Freya。但是许仲骞自己不说，她再怎么琢磨都于事无补。于是她把手机丢在一边，打开电脑开始看碧波谷的项目书。她得在陆西城回来之前把下次开会的资料准备好。

浴室传来哗哗的水声。不知怎的，时雨脸一阵发烫。

直到水声结束，开门声响起，电视声被掐断，童鸢还是没有回消息。一如既往，石沉大海。

时雨花了一个小时看资料，断断续续，却一个字都没记住。她早就猜到会是这样的结果。文档里密密麻麻写满的字，仿佛都是他的名字，许仲骞，许仲骞，许仲骞……

她放弃了工作的念头，打开微博，想刷刷热点新闻，放松一下心情。不承想，居然看到了她熟悉的名字。国内知名建筑企业天鼎集团的 CEO 邱易唯和当红流量小花夏蓝蓝的绯闻被顶到了热搜第一条。

她这才想起，下午叶晓萌跟她说过这个八卦。

夏蓝蓝的名字时雨经常见到，那张脸她就更是熟悉了，满大街的公交站都挂着夏蓝蓝代言的海报。还有，近期最火的都市甜宠剧《第一次爱上你的时候》，女主角就是夏蓝蓝。她演的是一个单纯善良、父母双亡的孤女，被母亲的好朋友养大，生活虽然拮据但也十分温馨。大学毕业后，她认识了对自己一往情深的男主和男二，两个帅气的男人为了她反目成仇，同时她也逐渐得知，她的真实身份是某大型集团董事长的私生女。甜宠的剧情，煽情的台词，一度让这部剧成为时下最热话题，夏蓝蓝也因此一跃成为国内一线流量小花旦。

"有点意思。"时雨嘴角上扬。熟人的八卦新闻成功分散了她因许仲骞而产生的焦虑。

时雨点开新闻里的照片，仔细打量夏蓝蓝的容貌。她在女明星中算不上特别美，但胜在清纯，没有攻击性，是男性观众最喜欢的长相之一。

时雨记得邱同钧对她说过，邱易唯前女友是个学昆曲的纯情女大学生，相貌也是夏蓝蓝这一类的。

啧啧。时雨心中嗤笑，这么看来邱易唯还真是个专情的人，品位始终如一。

热搜微博的配图中，夏蓝蓝挽着邱易唯的手，二人有说有笑。他们都穿着短袖，照片应该是今年夏天被拍到的，那时候的夏蓝蓝还没爆红，不然他们也不敢这么明目张胆地出门约会。

邱易唯离开的时候说，天鼎最近事情多，他可能会晚几天回来。现在想来，大概事情多的也不只是公司了，什么小别胜新婚，什么一日不见如隔三秋，时雨还是知道的，她笑着放下手机。这一阵子，她身边的人还真是一个接一个地忙着恋爱，就连刚认识的朋友邱漓也是。

手机震了几下，时雨打开看到是叶晓萌发来的信息，兴致勃勃让她快看微博热搜。她对这事的新鲜劲已经过去了，懒得回。邱易唯热度再高，对她来说也只是普通朋友的普通恋情而已。她把手机扔到一边，准备洗澡睡觉。

进浴室前，时雨听到微信又响了几声，她猜测还是叶晓萌发的。这家伙对花边新闻的热情永远比工作高，在这一点上，叶晓萌和罗轻轻比还真是差远了。她其实蛮欣赏罗轻轻的，罗轻轻就像是四五年前的她，对喜欢的实物懵懂，却充满热情，跃跃欲试。

也不知道罗轻轻现在怎么样了。是不是已经重新安排好了学习计划？毕业之后是不是还想回古建院工作？但她不敢轻易联系罗轻轻，生怕打扰她好不容易恢复平静的新生活。

一切都超乎想象却又井然有序，也挺好。

时雨洗完澡，许仲骞还没睡。他关了客厅的顶灯，打开了书桌上的台灯，正认真地看书。

她靠在门上擦头发，不经意看了许仲骞几眼。许仲骞感受到了她的注视，抬头看她，她手一抖，愣了几秒。水珠沿着长发往下滴，落在她胸口，冰凉冰凉的。

天，她傻站在这里干什么！

她赶紧回头，手忙脚乱去玄关拿吹风机吹头发。吹风机本来放在浴室的，昨天出门前她拿出去吹被雨淋湿的围巾，忘了拿回来。

在时雨进行这一系列动作的时候，许仲骞把客厅顶灯打开了。白炽灯的光芒如海平面忽然跃起的朝阳，客厅瞬间被照得亮如白昼。

头发很快就吹干了，路过客厅，时雨不忘向许仲骞道谢："谢谢。我去睡了，灯可以关了，你也早点休息。"

"嗯，晚安。"

今晚的时间过得出奇的慢，从浴室到卧室门口，不过十几步路，时雨觉得像在过地雷区，每一步都带着思忖。就在她刚踏进卧室的那一刻，许仲骞叫住她。

"小雨。"

她转身。

"你过来。"

他让她过去？现在？他想说什么？

她脑子里瞬间飞过千万个猜测，心扑通扑通地乱跳，宛如第一次遇见爱情的懵懂少女，尽管她已经不是二十出头的年轻女孩了。再过几个月就到她二十七岁生日了，程子峰还开玩笑说，像她这个年纪的女性，大部分都已经步入婚姻殿堂。

她走到许仲骞面前。理智告诉她，他只是像曾经发生过无数次的那样，只是有正常的工作要跟她聊而已。或者他可能会说一些无关痛痒却能阻止她多想的话。他就是这样的人啊，他曾经拒绝她无数次，扼杀了她无数次对他萌生的难以抑制的感情。

然而不是。这次不一样。

"对不起。"他说。

"对不起？"她问，"什么对不起？"

"上次让你那么难受，我很抱歉。"他说，"我是真心想兑现承诺，来珲曲探望你的。碰巧轻轻说她要来这儿处理工作，我才捎上了她。"

时雨不知所措，含糊应答："没，没事，都过去了。"

"我知道你已经放下了。但我觉得我可能欠你一个解释。"

他伸出双臂，缓缓拥抱了她。这个动作他做得娴熟，全然没有初次亲密的紧张。不知道的人见了，或许会以为这是一对相恋已久的情侣之间的一个微不足道的拥抱。

"你干吗……"时雨浑身僵硬。这个画面曾在她脑海中发生过千次万次，她不陌生。她只是没想到会这么突如其来。许仲骞拥抱了她？为什么在此时此刻，他拥抱了她？

就在她大脑高速运转，试图弄清楚眼前发生的一切时，她看到了沙发床上那本书——那本许仲骞看到一半的书，《地理环境与历史发展关系》。

那是她的书！书封的一角是被她不小心弄破的，她一眼就认出来了。就在她喝醉酒被陆西城送回旧宅的第二天，她在房间里找了很久都没找到这本书。时永忱说是在旧宅，头一天被他学生借走了。

原来父亲骗了她，借走这本书的不是他的学生，是许仲骞。

她脱口而出："许仲骞，那天晚上送我回家的人是你？"

许仲骞拥抱的动作戛然而止。他慢慢放开时雨，企图从她的表情中找到答案。这个拥抱的画面曾在他脑海中闪过无数次，他一直不敢。刚才不知怎的，眼前一热，便不管不顾了。可时雨这个问题，又在顷刻间把他带回现实。

"怎么想起问这个？"许仲骞不解。

时雨指着沙发上的书："这本书是我的，不信你翻一下看看，里面还有我做的笔记。

你是从我爸爸那里借的吧？"

　　许仲骞哑然。他蓦地明白了，时雨那么聪明的人，只需要一个细节，她就能猜到一切。

　　"为什么不告诉我，那天晚上的人是你？"时雨有些激动，"对我说那些话的人也是你吧？我虽然喝醉了，但没失忆。你说，她从桥上走过，你在河边拍照。看到她的第一眼你就爱上了她……那个她，是 Freya 对吗？"

　　"是。"

　　"两年了。你总是对我若即若离，也是因为 Freya 对吗？"

　　"是。"

　　没想到他承认得这么干脆！

　　"既然你忘不了她，为什么不去找她？为什么总是给我希望又扼杀这个希望？你根本不知道这两年我是怎么过的，我傻乎乎以为只要我坚持，你总会多看我一眼。你根本不懂！"

　　"小雨，不是你想的那样，虽然我现在还不知道该怎么跟你解释。"

　　"我不想听你解释，你是个懦夫，你还不如罗轻轻一个小姑娘！她至少敢爱，敢对爱的人说爱。"时雨说完这句话，空气一下子陷入凝固状态。

　　许仲骞没敢接，他脑子里是空白的。他怔怔地看着时雨，她说的一切他根本无从反驳。

　　时雨见他沉默，又好气又好笑。她是真的累了。他每次都是这样，反反复复，什么时候是个头？她不知道，她这份执着还能持续多久。

　　她身边所有人都觉得她是个傻子，以前她还想辩驳，想说她的坚持并非一无所获。可现在她不得不承认，她就是个彻头彻尾的傻子。

　　"许仲骞，我希望你像个男人一样。"她恨恨地说，"如果你心里那个人是我，我可以等到你放下心结的那一天，但是你起码得告诉我，让我知道我的等待是值得的。如果你还爱着 Freya，请你别退缩，也请你勇敢地拒绝我，勇敢地去找她，告诉她你还在等她。"

　　"……"

　　"睡了，晚安。"

　　时雨没有给许仲骞解释的机会，门砰的一声关了。很响。她已经懒得琢磨许仲骞现在想什么了，管他呢，爱咋咋的吧。

　　她躺在床上，微信右上角十几条未读，她没心情点开，却看见屏幕弹出了微博最新推送：××娱乐致电夏蓝蓝经纪人，对方拒谈此事：不清楚，不回应。

　　没想到睡觉前还能再吃一波瓜。时雨笑了笑，真是个多事之秋。贵圈的事她多少听过一些，拒绝回应十有八九代表此事属实。看来，她需要恭喜邱易唯了。

　　密集地下了几天雨之后，珤曲镇迎来了晴天。只不过雨水过后，山路湿滑，走一段路脚底就会沾上几斤泥，需要时时清理，非常麻烦。时雨陪着许仲骞在镇子周边晃了一天，小有收获。可是看到满身泥点子，她叹了口气，这是她最喜欢的一件外套，她特地找代购从国外寄的，等了两个月才收到。

　　今天时雨起了个大早，她和许仲骞从古镇通往碧波谷的公路段出发，沿着横穿珤曲镇的乾河从上游一直往下游徒步。乾河两岸种满了柿子树和银杏树，每到秋收季节，两岸红黄交织，形成了珤曲镇独有的自然风光。因此这几年来，乾河成了珤曲最热门的景点之一，越来越多的游客赶在秋天来打卡。

　　立冬前，时雨曾和陆西城就在乾河其中一段栈道散过步。那日的风景，她记忆犹新。只不过随着秋天的离去，风光不再，留下的只有一片光秃秃的林子和倔强地仍然挂在枝头的零星几个红柿子。

　　时雨今天的状态不错，昨晚的事她已经想通了。早就知道许仲骞是这样的人，她也不指望能在短时间内从他的言语中得到什么答案。现在这样就挺好的，抛开一切，回到工作本身。

　　这一路走来，许仲骞想到什么就低头在本子上认真地记下来，话很少。时雨偶尔盯着他的侧脸发愣，心里却是满足的。有时候，沉默反而是消除尴尬最好的方式。可她又不甘于整天沉浸在这种沉默之中，就像时年批评她的那样：你是太喜欢他了，这样的你已经失去自我。

　　时年不知道的是，时雨并不喜欢认识许仲骞之前的自己。那时候的她，冷静、理智、孤独，却自私，喜欢用表面的和善与微笑来掩饰骨子里的冷漠。也只有那样的她，才会因为时年远嫁非洲而怒极生悲。时年有什么错呢？她不过是想追求自己的幸福而已。她已经为她的妹妹，为这个家付出够多的了，她有权利选择未来的人生，选择和她爱的人在一起。

　　"小雨？"

　　时雨回神，发现许仲骞正看着她："想什么呢？"

　　"没。你有什么发现？"

　　他记得那么认真，眼睛里洋溢着收获的喜悦，必定是有所发现吧。

　　果不其然，许仲骞很激动，指着东侧的土坡对她说："看出和旁边泥土的差别了吗？"

　　"是不太一样，颜色和土质都不同。再详细的我就看不出来了。"

　　"是洪水冲刷后沉积的痕迹。珤曲这一带的土壤矿物质含量高，所以就像你所说，沉积的地方颜色和土质都和正常土壤有区别。我们刚才走过的这一段路，附近山坡有很多像这样的洪水沉积痕迹，而且每段都不止一处，从高到低，最高的能达到地面十米以上。这说明很久以前的羊曲属于洪水多发地带，至少乾河两岸是。"

时雨点头。这个情况她知道，彭桥的石碑上就有提到，明朝时期羊曲水灾频发。

"除了洪水沉积，乾河下游沿岸多处都有山体滑坡的痕迹。"

许仲骞滔滔不绝讲了很多，他说的大多是专业知识，时雨似懂非懂，不过他话中的意思她大概明白了。

人类自古沿河而居，遇到水灾，也会从下游往上游迁移。有洪水沉积的痕迹，意味着在水灾频发之前，这里可能是人群集中居住地。

"现在的羊曲不属于水资源丰富区域，但是根据文字记载，明嘉靖年间这里多次发生水灾。我回去再检索一下地方志，看看羊曲历朝有关水灾的情况。过几天可能还需要去附近山区看看植被分布，这些都是重要线索。"

看得出来，许仲骞对今天的发现很满意。

时雨意兴阑珊："讲完了？"

"完了。"

"那我们现在可以回去了吗？"

"可以。你累了？"

"能不累吗，走了一天了。"时雨抱怨，"不仅累，我很还饿。中午也没吃什么，你带的面包又干又硬，一点都不好吃。"

许仲骞见她如此，不由得想笑。

"你笑什么？我说错了吗？"

"这才是你应该有的样子。"

"不明白你什么意思，我一直如此，从来没变过。"

"还是变了的，只是你不觉得。"

时雨懒得与他分辩："你说是就是吧。我饿了，想回去吃饭。刚才我已经发消息让碧波谷那边安排人来接我了，我们先回镇上吃晚餐，然后我回公寓，你回碧波谷。"

许仲骞听出了她是在下逐客令。的确，他住在她的公寓多有不便。他也可以想象，昨晚她肯定睡得不好。

她对他的感情，他又如何不知？然而他不能回应。

"走吧。"他扶了时雨一把，"当心脚下。这边路好走些，你走里面。"

时雨不客气，先他一步走了。

她的肚子一直在叫。除了早上那一碗馄饨，她今天几乎没吃什么，许仲骞给的面包片她嚼了一口偷偷扔了，实在太难吃。她记得邱易唯说过，镇上有很多她没发现的美食馆子，好像有个什么来着……

"我想去吃牛蛙锅。"她脱口而出。又嫩又鲜美的牛蛙，想想都好吃。

"嗯，那就牛蛙锅吧。"

想到吃的，时雨加快了步子。山路崎岖，他们好不容易才走到栈道。走到主路上，时雨已经累得直喘气，此时此刻她觉得自己能吃下一整头牛。真的好饿好饿！

不行了，她必须马上吃到牛蛙锅，不然都对不起这一整天的辛劳。她都计划好了，一会儿上车她就给那家餐厅打电话，让厨师提前做好等他们。这样她一到地方就能吃了。

时雨正盘算着点什么菜，一辆牧马人奔驰而来，在他们面前停了下来。司机移下车窗，露出一张笑脸："嗨！"

"邱易唯？"时雨大吃一惊，"怎么是你？你怎么现在就回来了？"

06.

在时雨的想象中，小别胜新婚，邱易唯回了恒洲肯定得多陪陪夏蓝蓝，把人家哄高兴了才能回来。谁知此时他竟然出现在珘曲，着实令人意外。

二人上了车，邱易唯和许仲骞打招呼："Martin，没想到来的人是你。幸会。"

"幸会。没想到你这么快就回来了。"

"我就回去开了个会，没什么特别重要的事。陆西城这个项目我准备全程参与，我得弄明白，这次竞标天鼎和寰宇相比，到底输在哪里。"

时雨见他们絮叨上了，不由得好奇，他们什么时候这么熟悉了？如果她没记错的话，邱易唯和许仲骞的第一次见面，也就是偶遇叶玉芳那次吧。后来，邱易唯说他去听过一次许仲骞的讲座。除此之外她想象不到，他们俩还有什么别的交情。

时雨问他："邱总你还没回答我呢，你怎么现在就回来了？"

"我昨晚不是给你发过消息说我今天回来吗，你没收到？"邱易唯纳闷。

昨晚？时雨打开微信，还真看到了邱易唯给她发的两条信息。只不过昨晚心烦意乱，没看到。今天忙了一天，消息也就沉底了。

她很意外："你怎么不多陪你女朋友几天？我以为你至少还得十天半个月才能回来呢。"

邱易唯失笑："时博士，不会连你也信这些花边新闻吧？"

这话她就不爱听了，什么叫她也信？她怎么了？

"我没乱信花边新闻啊。照片拍得清清楚楚的，你还不认账了？"时雨一脸看八卦的表情。

"照片是真的，文案是假的。"邱易唯解释，"都是些旧照片，去年夏天拍到的。夏蓝蓝是我朋友的表妹，七八年前我们就认识了，那时候她还没进娱乐圈呢。她一直对我有好感，我们也确实交往了半个月，只不过我觉得不合适，就分手了。起初她不同意分手，找了我几次，但我跟她说得很清楚了。这一年来我们都相安无事，谁知道她现在突然爆红，照片就被翻了出来。我也很无奈啊。"

"你跟我解释那么多干吗，我又不是夏蓝蓝的粉丝，不需要你的交代。"

"我这哪里是交代，就是说清楚，免得你们误会。"

"误会什么？"时雨狡黠一笑，"我可是听邱同钧说过，邱总您四处留情，风流史不少呢。"

"你听他乱说。风流史不少的人是他，不是我。"

"照我说啊，你们俩那叫不是一家人不进一家门。你当叔叔的千万别谦虚，别五十步笑百步了。"

邱易唯哑口无言。看得出来他还想解释，只是一时找不到合适的话。

时雨见好就收，没有再提这事。虽说她只想开个玩笑，但她认识邱易唯到现在，头一次见他为某件事感到慌乱。她心里偷笑，怪不得小冯说这叔侄俩是死对头，还真是啊，逮着机会就想互相踩一脚。

邱易唯从后视镜看见时雨眼角的笑，知道她八成是在腹诽自己。他对许仲骞说："回国前陆西城跟我说，国内搞学术研究的博士都很严谨。起初我是不信的，不过Martin，见到你之后我才开始信了。"

呵！时雨听出来了，邱易唯话中的意思，是说她不严谨？

"博士也是人，也要吃饭睡觉的。"时雨回敬他。

"两位博士肯定是饿了吧？"

"那不然呢，我一整天几乎没吃东西。邱总您财大气粗，是不是得好好请我们吃一顿啊。"

邱易唯忍俊不禁："接到你们之前我已经订好餐厅了。我猜，你们忙了一天肯定饿了，所以我让厨师提前准备，到了餐厅可以直接吃。"

因为邱易唯这几句话，时雨刚才积累的那一点点的小情绪，在他说出这句话的瞬间烟消云散。邱易唯太懂她了，他的安排简直跟她设想的一模一样。

她追问："哪家餐厅？"

"就是上次我跟你提过的，你说很感兴趣的那家牛蛙锅，店名叫'听取蛙声一片'。"

时雨还没反应过来，许仲骞回头看了她一眼，他那眼神，好像是在说正好如了她的意。不过邱易唯真的像她肚子里的蛔虫一样，不仅知道她想吃什么，还知道她饿得恨不得吞下一头牛。这样的朋友来一打该多好！

　　她忽然有些悲伤。诚如她对许仲骞说的那样，她朋友并不多，称得上深交的少之又少。就连陆西城、程子峰，也不过是因为她父亲的缘故才会有来往，或许严格意义上他们只能算她的普通朋友吧。没有私交，更没有深交。

　　她想到了失踪已久的童鸢，想到邱易唯，再想到邱漓……她竟然有些渴望朋友。朋友多是件多么幸福的事，她不需要朋友为她付出什么，只需要在她想倾诉的时候，他们有一双耳朵借给她就行。这是件多么简单的事，可是能为她做到这一点的人，好像真的很少。

　　时雨一路上心不在焉，不知不觉，他们已经到达了目的地，那家叫作"听取蛙声一片"的餐厅。

　　他们刚坐下，服务员便端上了一锅冒着热气的紫苏牛蛙，香气扑鼻。在这一刻，时雨觉得忙一整天也是值得的，一身的疲惫感好像都消失了，接下来她只想好好享受美食，什么勘察，什么数据，哪里比得上填饱肚子来得重要。

　　她和许仲骞坐一边，邱易唯坐对面，而她的位置上竟然是没有餐具的。也不知是不是服务员收拾的时候开小差了。她喊服务员过来加餐具，可是就在这么一会儿工夫，许仲骞和邱易唯已经落筷子了。

　　过分！

　　她急了："你们得等我一起开动啊。我餐具还没来呢！"

　　邱易唯赶紧夹起一个牛蛙腿，伸到她嘴边："我没用过这筷子，还是干净的。第一口给你吧。"

　　时雨愣住了。许仲骞也愣住了。

　　"快吃啊。"邱易唯催促，"你可别多想，我就是看你馋了，举手之劳。"

　　他这么说，时雨觉得她若是不吃反倒尴尬。她思绪纷飞，想着反正许仲骞就在旁边坐着，他知道前因后果，也不会误会什么。而且她一直拿邱易唯当朋友，没什么大不了的。

　　她小心翼翼张嘴咬住牛蛙腿，满嘴的香味让她把什么都抛诸脑后了。

　　新的餐具很快就送到了。服务员向她道歉，说刚才这里本来是坐了两位客人的，谁知餐具刚撤走，他们就要求换到吸烟区去了。

　　时雨表示了谅解。这些都是小事，工作之后能有口热饭菜，对她来说已经是莫大的恩赐了。要知道以前去西北戈壁考察的时候，她经常到后半夜都吃不到饭。垟曲的生活条件可比那边好多了。

　　邱易唯很贴心地把他的筷子递给了时雨，又把服务员刚提供的新筷子拿了过去。这一绅士的举动，于他而言是小事，时雨和许仲骞却都看在了眼里，记在了心上。

　　时雨偷偷看了一眼许仲骞。其实，她刚才第一反应是拒绝邱易唯，但她藏不住自己的那点小心思，她就是想看看许仲骞会不会吃醋。哪怕他表现出一丁点儿介意，她都会严词拒绝。可惜结果令她很失望，直到现在许仲骞都浑然未觉，只顾自己吃。

她挑衅地用胳膊推了推许仲骞："味道怎么样？"

"不错。"

"那你多吃点。"

"嗯。"许仲骞一如既往的寡言少语。

真是块木头。他明明是喜欢她的，为什么看到她和别的男人举止亲密，他一点感觉都没有？是因为太自信了吗？自信她心里的那个位置只能是给他留的？

时雨心中浪涛翻腾。她身边的两位男士依旧吃得很开心，全然没意识到她脸上的表情变化。

几分钟后，当时雨已经逐渐融入整个大厅的吃饭氛围中，邱易唯忽然从背后拿出一个小纸袋，递给她："差点忘了，这个是给你带的。"

"什么？"

"你想要的，无欲无求的香水。"

时雨想起来了，她扔掉运茶船的那天，邱易唯确实说过要送她一瓶香水。也是她亲口说的，想要一瓶闻着让人觉得无欲无求的香水。那时候的她心灰意冷，对许仲骞不抱任何期望，可不就是无欲无求吗。

她打开纸袋，原本抱着期望的心情变淡了。这个牌子时雨不陌生，叫阿蒂仙。她以前没少买阿蒂仙的香水，香味撩人得很。此刻她眼前是一个黑色的香水瓶子，乍一看充满了禁欲。

这怎么可能是无欲无求的味道？

然而下一秒，时雨的表情又变了。瓶子上的英文是 Dzongkha，音译过来是宗卡。在藏语中，宗卡代表着神圣的寺庙文化。几年前时雨外出考察，去过西藏和尼泊尔一带，那里分布着大量的宗卡建筑。金色或红色的房顶，僧舍、寺庙，还有庙宇中的缕缕香火气息，可不就代表着无欲无求。

她本以为，香水代表着欲望，香水的气息是不可能无欲无求的。她对邱易唯提出这个要求的时候，也没想过真的让他去找一个这样的香水。谁知邱易唯真的上心了，还被他找到了。

邱易唯见时雨半天不说话，提醒她："我表妹在法国上学，托她买的。她说，这款香水的中文名叫作梵音藏心，也就是无欲无求的意思。不知道你喜不喜欢这个香味，回去你可以试试。"

"邱总有心了。我就是一句玩笑话。"

"可是我没有当成玩笑来处理，你的任何要求，我都会很认真去对待。"邱易唯忽然变得严肃起来，他看着时雨的眼睛，"你那么聪明，我知道你能明白的。"

时雨心底一颤。邱易唯的眼神，还有他的语气，她好像真的明白了。如果这样的眼神她都说看不懂，那就太假，太矫情了。

也不知道怎么搞的，这一刻她心里惦记的，不是该如何回复邱易唯，而是许仲骞会怎么想。

她再次偷看许仲骞。

许仲骞没有任何反应，仿佛在听陌生人聊无关紧要的话题。

"谢啦，"她对邱易唯说，"回去我试试。光听这名字我就觉得很喜欢，梵音藏心，无欲无求嘛，就像我的心情一样。我现在就是无欲无求的。这样挺好，无所求就不会失望。"

看似毫无关联的一句话，恰好代表了她的回复。她自认为拒绝得很明显了，无所求，无欲望。既然如此，也就不会再对其他人动情了。

和聪明人说话有一个好处就是，不用担心他听不懂。时雨非常肯定，邱易唯听懂了，他的表情已经说明了一切。但这种表情很快就消失了，取而代之的，是他固有的轻松笑容。

幸好。这样大家都不会觉得尴尬。

"你准备换香水了？"许仲骞停下筷子，没头没尾地问了一句。

"多尝试总没坏处。况且女孩子爱美是天性，谁不想多拥有几瓶香水。"

"前些天给我小姨挑生日礼物，让同事从国外捎了两瓶香水，她选了一个。我对香味没研究，不知道适不适合你。找机会我拿给你吧，你看看喜不喜欢。"

时雨太了解许仲骞，他越是描述得轻松，越能说明做这件事是下了功夫的。她完全有理由相信，他根本不是为了给小姨带礼物才托人捎带的，更不是捎带之后多出来的，他是特地为她准备的。只不过他内心矛盾，不知道找什么借口送给她而已。

原来要做到无欲无求还真是难。果然啊，她刚才这话也就能骗骗邱易唯。她怎么可能对许仲骞无所求？面对许仲骞，她永远是弱势的那一方，他稍一柔情，她就会沦陷。

她内心激动得很，表面上却佯装镇定："行啊，回恒洲我问你要，你可别食言。"

许仲骞允诺："不会食言的。我去个洗手间，你们先吃。"

眼看着许仲骞起身离开，时雨转过头，往后看了一圈。邱易唯打趣她："怎么，就几分钟，还舍不得人家离开呢？"

"胡说八道什么呢你！我觉得，好像有人在看我们，怪怪的。"时雨狐疑。

刚进门她就有这种感觉了，后来她又说服自己，他们在珧曲也没什么熟人。或许是忙了一天太累了，这里人又多，她才产生了错觉。

邱易唯也这么认为："你可能是太累了，回去早点休息。古建院的事还没结束，过几天碧波谷又要忙起来了，你作为顾问免不了要两头跑。"

"那边是又有什么新的方案？"

"陆西城没跟你说? 他们合作的景观设计公司过几天派设计师来实地考察, 碧波谷园林设计的方案本月就得定, 到时候肯定需要你在场。园子的设计, 像什么亭台楼阁, 回廊水榭, 这些建筑不都得参考你的意见吗! 你居然不知道设计师要来的事?"

时雨想起来了。陆西城还没跟她说这事, 不过早在恒洲的秋舍餐厅, 正主自己说过。

她戏谑: "我当然知道, 来的是个名人嘛, 被誉为最帅景观设计师的付熔岩付总。我认识他, 长得可帅了。正巧, 许仲骞也认识他。"

"付总在业界确实很有名, 我们公司之前也跟他合作过。"邱易唯不忘趁机夸赞时雨一番, "碧波谷这次动静很大啊, 合作的都是业界首屈一指的人物。获得过德国建筑奖的设计师陆西城, 高端楼盘御用景观设计师付熔岩, 还有古建筑界资深专家时雨博士。我们天鼎没能拿下这个项目, 真是损失惨重。唉, 可惜可惜!"

"又打趣我! 你还真像邱同钧说的那样, 没事就爱挤对人。"

时雨嘴上看似埋怨, 心里还是高兴的。邱易唯的话中听, 盘中的食物可口, 口腹之欲和人固有的或多或少的虚荣心, 全都得到了满足。再加上刚才许仲骞话中暗含的在乎……这真是个令人心情愉悦的晚上。

好事和坏事一样, 都喜欢扎堆来。他们高高兴兴吃完饭, 准备离开的时候, 时雨收到了叶晓萌的信息, 说她再过三天就回珲曲。

时雨松了一大口气。这几天叶晓萌不在, 很多琐碎的事她都得亲力亲为, 还真不怎么习惯。她感叹了无数次, 由奢入俭难。刚进古建院那两年, 她的工作量不比现在小, 但是职位没到一定级别, 院里不会配助理, 她也是这么熬过来的, 而且当时没有觉得有多累。

既然叶晓萌快回来了, 接下来几天她就不用那么拼了。顺便还能在镇上好好逛逛, 多发掘几家好吃的餐厅。

这么想着, 时雨的心情越来越好, 竟慢慢有了困意。车子从餐厅开到公寓楼下, 不过十分钟路程, 她差点睡着。如果再给她五分钟, 她可能真的就做梦了。

"真的好累啊, 我要先回去睡觉了。"她迅速下车, "谢谢邱总请我吃饭还送我回家, 邱总晚安。"

然后她又对许仲骞眨了眨眼: "许博士, 晚安。"

看着时雨的背影消失在大门口, 邱易唯扬了扬唇, 对后排的许仲骞说: "她是真的很喜欢你。"

"我知道。"

这个回答在邱易唯的意料之中, 他又说: "我能猜到, 你也是真的很喜欢她。"

"我知道。"

他知道邱易唯看得出来。连邱易唯都能看出来，应该很明显了吧？

邱易唯说："既然我都能看出来，她也不难猜到吧？我不觉得她是个当局者迷的人，她脑子好得很。"

"她知道。"许仲骞打开车窗，拿出一支烟，"介意吗？"

"不介意。抽吧。"

打火机的声音在夜幕下响起，细微的火光亮起，转瞬即灭，烟味随风散去。

"我以为像你这样的人是不抽烟的。"邱易唯打开窗，也点了根烟。

两人抽着烟，半天没说话。等到烟灭了，许仲骞才问："你以为我是怎样的人？"

"不知道，反正不应该是爱抽烟的人吧。"

许仲骞轻轻一笑："说说看。"

"青年博士、高智商、科学家，这么多前缀摆在你的名字前，很难让人把你和烟草味联系在一起。时雨也是，我以前就听说过她，在我最初的印象中，她应该是个戴着黑框眼镜不苟言笑的中年女人。可是她年轻、漂亮、博学，还很有趣，关键是她那种博学一点都不让人觉得乏味。"

许仲骞很肯定："所以你喜欢她。"

"看得出来？"邱易唯不意外，"我今晚表现得确实挺明显的。"

"非常明显。"

"她知道了就行，我不想勉强她答复什么，喜欢她是我一个人的事。我明白，她的心思都在你身上。"

许仲骞默认了。认识他们的人，谁不知道时雨的心在他身上！

"不过话说回来，Martin，你们既然互相喜欢，为什么不在一起？你如果还是这么别别扭扭的，那我可就行使公平竞争的权利了。"

许仲骞还是没说话，闷头抽第二支烟。烟又灭了，他才低声吐出几个字："我和她之间没那么简单。"

"那我就当你不反对了。"

"她活得一向随心，也不会被任何人左右心意，我反不反对都没用。"更何况，他能以什么身份来反对？他连自己对她的感情都处理得一团乱。

邱易唯听出了许仲骞话中的意思。他刚才那番话，本来也不是为了征求许仲骞的同意，不过是想告知一声而已。

他若爱上一个女孩，必定不会遮遮掩掩。他也从未掩饰过对时雨的欣赏。第一次见时雨，她就深深吸引了他。她明明不比他以前接触过的女孩子特别，他也不是不认识其他优秀的女生，但是她不一样。她的内心就像是一汪海洋，广阔、浩渺，仿佛永远都走不到尽头。她聊起她喜欢的东西，眼睛好似在发光，就像漆黑的海面上远远亮着的灯塔。

他知道她心有所属，直觉敏锐的他也很快意识到了，她心里的那个人心里同样是装着她的。既然如此，那就没他什么事了。

从相识到现在，他一直没有对时雨说出心里的那句话。对他来说，这些都无所谓，做不了恋人做朋友也行。无论他们是什么关系，都不影响他对她的欣赏。谁知，今日见了她和许仲骞相处的情形，他觉得这两个人不对劲。

许仲骞说，他和时雨没那么简单。这一点邱易唯早就看出来了，这也是为什么他选择在送给时雨香水的时候，暗示性地戳破他对她的心思。

他们再次点了根烟。这已经是他们在时雨公寓楼下的第三支烟了。两人心事重重，却又都不露痕迹。

很快，他们的烟先后熄灭了。

邱易唯踩下油门："走了。"

Chapter 5

恋 人

进入严冬没多久，珳曲有了短暂的回暖时光。

许仲骞告诉时雨，根据他在气象局的朋友的可靠消息，再过几天珳曲将会迎来今年第二次降雪。而这一次的雪，比立冬那天会大得多。

有多久没见过下雪了？时雨仔细想了想，应该有三年了。她认知中的下雪，是纷纷扬扬落下，在地上积起一层白的那种，立冬当天的零星小雪花根本不算。刚进古建院那几年，她经常被派去西北出差，在那儿倒是经常能见着大雪。不仅下雪，雪山也比比皆是。她还趁着假期去了趟西藏，见过南迦巴瓦，见过冈仁波齐。那么多连绵起伏的雪峰，峰顶的雪经年不化。

"这碧波谷要是规划好了，下场雪肯定好看。"她自言自语，拉开了卷轴图纸。

这是一张碧波谷园景设计图，由付熔岩亲手绘制。付熔岩尤其擅长规划植物景观，除了她手上拿的这张主图，他还画了几张附图，每张图都详细分析了园林中各个区域的植物分布以及规划的目的。主图上关于园林中的建筑景观，他只做了简单的标注，剩下的工作都是留给她的。她在会上允诺陆西城，会在最短的时间内把园内仿古建筑的概念图画好。

她兴致盎然地欣赏着图纸。想起上午会议中付熔岩展示的效果图 PPT，她脑海中已然生成了碧波谷建成后的画面。

叶晓萌从办公室回来，给了时雨几张图："所有附图都在这里了，陆总说你可以慢慢看、慢慢画，他相信你可以一稿过。"

"行。"

"时雨姐，你刚才想什么呢，这么入神？"叶晓萌开她玩笑，"不会是在想许博士吧。"

"在想付熔岩。"

叶晓萌诧异道："你这么快就移情别恋了？"

时雨用卷起的图纸敲了她的脑袋："我说叶晓萌同学，除了恋爱，你脑子里就不能装点有用的东西吗？我是在想付熔岩的设计。"

她耐着性子给叶晓萌科普。上次在恒洲的秋舍餐厅偶遇付熔岩，他就跟她提过，几个月前他就来珏曲考察了，并且先她一步参与了几次碧波谷的会议。这一次出差，他也是十天前就到了，只因彼此工作忙，他们一直没打过照面。

三天前，时雨和付熔岩在会议上碰见，图纸就是付熔岩亲手交给她的。会后他和陆西城一起给她介绍了一遍他们对珏曲旅游规划的建议，她才知道，原来早在寰宇集团接下碧波谷项目前，当地旅游相关部门就已经找了付熔岩合作。

"现在镇上正在动工的这些项目，都出自付熔岩的手笔。我们修复彭桥之前，付熔岩就看中了这几座古桥的旅游价值。你可以去陆西城办公室看看他画的珏曲古镇旅游规划图，上面就有彭桥，还有刚修复好的善桥。"

叶晓萌总结："照你这么说，我们公寓底下每天那吵死人不偿命的挖掘机的作业声，始作俑者是付熔岩？"

"……"

这么说倒也没错。

付熔岩的图纸上，从乾河画了一条支流，引水到两座古石桥处，让其成为珏曲的人行交通要塞和观光点。这条新挖的河不仅为古镇西边那一大片稻田提供了灌溉水源，又能形成新的商业区；沿河造的仿古街用以开设商铺、酒吧、餐厅；新河与乾河交汇处建码头，投放一批木船，供游客乘船游玩，终点就设在彭桥下游；到了丰收季节，善桥下游的农田一片金黄，又形成了新的景观。

修路、凿河，建仿古商铺，这都是目前珏曲正热火朝天进行的项目。以至于时雨来碧波谷开会，天天遇到堵车，是最令她头疼的大问题。可她又不想降低生活质量，搬到碧波谷的宿舍来住。况且，她又不只有碧波谷这一个活，古建院在寺庙遗址那边的事也需要她，两头跑是免不了的了。

听时雨分析半天，叶晓萌若有所思："按照珏曲的气候，秋天肯定是旅游的旺季。怪不得付熔岩在会上说，想在碧波谷种大片银杏和红枫，增加层次感。"

"我原本是想按照江南园林的设计来画这园子里的建筑的，如果园中植物以银杏和红枫为主，得改方案，至少不能偏重假山和凉亭了。"时雨头疼，"走吧，吃完饭你先回去，我去找许仲骞聊聊，看他有没有什么好的建议。"

听到许仲骞的名字，叶晓萌很识趣，没有往下问，时雨肯定是希望能多跟许仲骞独处的。将心比心，她在珏曲这段日子，也十分挂念蒋铭韬。

"你先去餐厅，我打个电话之后去找你。"

"给蒋铭韬啊？"

"嗯。"

时雨笑着瞥了她一眼，先走了。

去餐厅的路上，时雨碰见了付熔岩。他站在一片此刻满是枯萎杂草的施工地前，时而摸下巴时而皱眉。时雨猜想，他应该是在想设计图的事。

她上前打招呼："付总，这么巧。"

付熔岩回头："时雨，你是要去餐厅吧？"

"嗯，准备吃饭。看你这么入神，我来猜猜，是在想这片杂草地未来的样子？"

"见笑了。现在的设计方案，我还有几个地方不是很满意，你有什么好的建议可以给我提。听陆西城说，你在这方面很有审美。"

"他太抬举我了。说实话，我常年接触的大多是古建筑修复的工作，碧波谷这样的项目我是新手，比如之前我就没考虑到气候因素，关于园子里这些仿古建筑的想法就有偏差，看了你的设计图，我由衷地佩服，尤其是您在植物分布上面的见解，非常独到。"时雨好奇，"话说回来，三年前我认识你的时候，你参与的就是植物园的设计。看来传闻是真的啊，付总在植物景观设计领域首屈一指。"

"过奖了，只是感兴趣而已，就多下了些功夫。"付熔岩说，"我邻居是研究植物学的，她给过我很多设计灵感。我觉得植物是有灵魂的。"

时雨有一刹那失神。植物是有灵魂的，这句话童鸢也对她说过。这也是为什么她独居时，童鸢非要给她家里添置一些绿植。

"你这位邻居应该是个有趣的人。"

付熔岩想了想："说不上有趣，有点神秘。"

"我觉得你也挺神秘。我当年就很好奇，你为什么叫这个名字？熔岩……"她把后半句话咽了下去。她本来想说像蛋糕的名字，她就挺喜欢吃熔岩蛋糕的。

"因为我父亲是从事地质研究工作的。"

"哦，地理学家。"这个她熟悉，她身边就有一位。

"准确地说，算地质学家吧。"

时雨脑子里晃过许仲骞的身影，想起了困扰她的那个问题。当初付熔岩为什么言之凿凿，说她和许仲骞在一起过？虽然有些难以启齿，但她还是想弄清楚。

付熔岩似乎早就料到时雨会问这事，笑着道歉："后来我才想起来，是我弄错了。那次庆功宴上，是许仲骞的同事和宁城规划局的一位女设计师在一起了。抱歉。"

"是这样吗？"

"那天晚上就想跟你解释的，后又觉得小事而已，没必要多此一举。"

"嗯，小事。我随便问问，就是一时好奇。"

见时雨不再追问，付熔岩心里的石头总算放下。他来徉曲之前，许仲骞特地打电话拜托过他，如果再见到时雨，务必否认这件事。许仲骞没说缘由，他也纳闷，为什么时雨独独忘了这段过往？

可这终究是别人的事，他并非好奇心旺盛的人。他和许仲骞相交一场，彼此欣赏，朋友的嘱托他没理由拒绝。

时雨和付熔岩没聊多久，叶晓萌匆匆忙忙赶来。她脸色很奇怪，看上去有心事。

"时雨姐，我——"她看见付熔岩，立刻挤出笑容，"咦，付总也在啊。"

付熔岩打过招呼，很识相地找借口离开了。

叶晓萌苦着脸，跟刚才谈笑风生的样子判若两人。时雨调侃她："就这么会儿工夫，蒋铭韬惹你不高兴了？"

"没有，不关他的事。"

"那你是怎么了？"

"我觉得……算了，可能是我自己想多了。"

时雨没懂。

叶晓萌藏不住话，犹犹豫豫，还是一口气倒了出来："我总觉得蒋铭韬不太对劲，以前出差我也每天给他打电话发信息，他回复也挺及的，就算有事也会第一时间给我打回来。可最近这几天，我老联系不上他。他说公司事情多，让我别胡思乱想。刚才给他打电话，半天都没打通，微信也不回。这个时候他已经下班了，没理由不接我电话啊。"

"我还以为什么天大的事呢，也许在忙啊。你就别胡思乱想了。都说女人有婚前恐惧症，你们都准备订婚了，这点小事至于吗？"

"就是觉得怪怪的……"

"先吃饭去吧，别想了。"

走了几步，时雨没忍住，补了一句："不过我个人看法是，当你觉得一个人或者一件事哪里不对劲，或许就是不对劲了，女人的第六感一向很准的。"

叶晓萌停下脚步："那我该怎么办？"

"分什么事呗。如果是因为工作或生活上的事，他不愿意跟你说，说明他觉得他能解决，不想让你担心。如果是感情上的事，那我就没办法了。你知道的，我自己的感情都剪不断理还乱。"

这一点，叶晓萌无法反驳。她认识的人中，没有谁的感情问题比时雨更复杂了。

"走了走了，我饿了，吃了饭再说。也没准真是你对人家一日不见如隔三秋，害了相思病，胡思乱想。"

碧波谷还在筹建中，偌大一片施工区，除了工作人员并无他人，餐厅也因此相对简陋，类似大学食堂。直到邱易唯带了个私人厨师过来，他们的餐饮标准才得到了提高。

叶晓萌告诉时雨，早上她就打听过了，今天晚饭有番茄牛腩。一提到吃的，她眼睛放光，刚才的不开心一扫而空。

二人进了餐厅，时雨一眼就看到了许仲骞，他和付熔岩坐在一桌，正交谈着什么。离他们不远处的另一桌，陆西城和邱易唯也在吃饭。

许仲骞看见时雨进来，朝她挥了挥手："有时间吗，聊几句？"

"你们聊，我去打饭。"叶晓萌一溜烟走了。

许仲骞朝时雨走来。时雨朝四周看了眼，找了个空座。她不指望许仲骞能说出什么她感兴趣的话，他这个人一向死脑筋。此时此刻，许仲骞看上去好像有什么开心的事。

刚坐定，许仲骞开门见山："普济寺离现在太过久远，我们勘测了很久，都没什么重要发现。不过昨天下午我和文物局的人在之前推测的方位发现了一座墓葬，保存得很完整。墓室的墙壁上有文字，显示了墓主名叫彭冕。我们判断，这位彭冕应该就是捐助修缮彭桥的那位明朝富商。"

时雨的兴致一下子被提了起来，这算得上是他们此行最大的发现了。

"后续工作会移交。葛主任说，希望你能帮忙画墓室的结构图。之前你在西北做了不少这样的工作，由你来绘图再合适不过。"

"这个当然没问题，不过，"时雨为难，"我最近挺忙的，碧波谷这边的图文还没搞定呢。如果找不到其他合适的人，你让葛主任等等我呗。"

"我回去跟他商量，你先吃饭。"

"你有没有别的话要跟我聊？"

许仲骞正要走，被她一唤，停住了脚步。他欲言又止，想了几秒钟，只好说："现在聊不太合适，哪天不忙我请你喝咖啡。陆西城说镇上新开了一家咖啡厅，比云都酒店的更好喝。"

时雨满意地点头。咖啡好不好喝不重要，她只是想跟他多待一会儿。明知这样做很打脸，她曾信誓旦旦对叶晓萌说过，不会再对许仲骞抱什么期待，可跟他待在一起的时间越久，她心底的渴望越藏不住。

他心里是有她的。只要有一点希望，她就舍不得放弃。

时年说得很对，她彻底没救了。

几分钟后，叶晓萌端着满满的两份饭回来了。她心情着实不错，除了番茄牛腩，今天还有她喜欢吃的炸鸡排。

"你爱吃蔬菜，我给你打了两素一荤，搭配着吃有营养。"她把餐盘端给时雨，眼神却往许仲骞和付熔岩那桌瞟，"看来你和许博士聊得不错啊，心情好就多吃点。"

"你什么时候这么会察言观色了？"

"当我们时博士的助理，不会察言观色哪行啊，想抢我饭碗的实习生可是排着队呢。"

时雨哭笑不得，懒得理她了。

才吃了几口饭，叶晓萌又打断她，兴致勃勃地拿出手机："对了，差点忘了给你看这个。我刚排队无聊，刷了下娱乐新闻，你快看，够劲爆吧！"

时雨本来没当回事，以她对叶晓萌的了解，多半又是什么桃色花边新闻。谁知一看，她差点背过气去，新闻网页上那张照片不正是她和邱易唯吗！照片清晰度很低，看来是隔了很远拍的。拍摄镜头正对着邱易唯，图虽模糊但还是能辨认出是他本人。她和邱易唯面对面坐着，她只有一个依稀能分辨出性别的背影，邱易唯正拿着筷子喂她吃东西。

时雨立刻回想起来，这是前些天他们吃牛蛙的时候被拍的。难怪当时她总觉得有人在看他们，直觉不会骗人，原来真的有人偷拍！

奇怪的是，那会儿许仲骞明明就坐在她旁边，无论从哪个角度拍照都不可能漏掉他，而这张照片上只有她和邱易唯两个人。这只能说明，写这篇八卦文章的人故意裁掉了许仲骞，好制造话题博大众眼球。

她快速扫了一眼新闻的内容，大概内容就是，夏蓝蓝的绯闻男友邱易唯是个花心渣男，有那么漂亮的女朋友竟然出轨，不知照片上的女人是何许人也，竟敢和当红小花抢男人！

"邱总也真是的，他都有夏蓝蓝了，怎么还到处拈花惹草啊。也不知道这女的是谁，居然这么大魅力，你看邱总亲自喂她吃饭呢！别说，我等吃瓜群众还真有点羡慕。"叶晓萌一聊起八卦，精神就特别好，话也特别多。

听她这么说，时雨稍稍放心了。连叶晓萌这种天天跟在她身边的人都看不出照片里的女人是她，别人更不用提了。

也对，这么模糊的背影，能认出来就有鬼了！

以防万一，时雨再三审视了这张照片，确定没什么纰漏才放下心来。吃饭那天她一大早就跟着许仲骞去考察，为了御寒她穿了件厚重的羽绒服，还戴了顶毛线帽子，武装得很严实。

叶晓萌似乎对此事很有兴致，时雨敷衍了几句，继续吃饭。可叶晓萌一看起八卦就很投入，对她最爱的牛腩和炸鸡排都失去了兴趣，看完新闻，她又津津有味地去微博围观夏蓝蓝的粉丝手撕邱易唯。

"啧，邱总这下有麻烦了，看网友的样子简直恨不得生吞了他啊。谁不知道，夏蓝蓝的粉丝战斗力那是出了名的强！还有那个小三，虽然不知道她是谁，但莫名觉得她有些惨。网友对小三果然是零容忍。"

时雨一口饭呛在嗓子眼，一下子剧烈咳嗽了起来。这都什么跟什么啊……小三？她一个三观那么端正的人，有一天居然被冠上这个称号？不行，她必须找个机会跟邱易唯说清楚，让他去澄清一下事实，不然她真的跳进黄河也洗不清了。

"我最讨厌小三了，网友骂得确实有些过分，但我觉得她活该，谁让她插足上位。"叶晓萌义愤填膺地说道。将心比心，如果有人介入了她和蒋铭韬，她肯定也会疯掉的。

时雨叹了口气。她没办法向叶晓萌解释，事情并非她想的那样。只好劝诫："你忘了我爸教你的了？我们做研究的人最忌讳以偏概全，看待任何事情都不要一叶障目。你怎么确定，你看到的就是真相？"

叶晓萌觉得时雨说得也对，点头赞同。

"以后别再随意抨击别人了，之前你处处针对罗轻轻，我就跟你说过这些话的，可当时的你听不进去。"时雨的语气一点都不符合她的年纪，像是久经风霜之人，"当别人落难，不要轻易落井下石。她若真做错了，不差你这一块石头，可若是多你这一块，也许那会成为压死骆驼的最后一根稻草，造成无法估量的后果。到头来你可能都不知道，最终承受这后果的人是谁。"

叶晓萌没想到自己一句恶意的点评会惹来时雨这么一番教诲，她自知理亏，点头如捣蒜："明白啦，时雨姐你说得对。我以后绝不再轻易说人坏话了，更不会说罗轻轻的不是了。"

时雨见叶晓萌听进去了，又朝邱易唯的方向看了一眼。邱易唯和陆西城有说有笑，完全不知道自己正被无数网友钉在耻辱柱上讨伐。

叶晓萌见时雨在看邱易唯，以为她开始吃瓜了，附和一句："你看邱总多淡定，可能还不知道这事呢。一会儿夏蓝蓝打电话兴师问罪，看他还笑得出来不。"

"饭菜不可口吗？"

被时雨这么一反问，叶晓萌又傻了，不知道该怎么回答。时雨继续呛她："好好吃你的饭，待会儿还有一堆工作交给你。管好自己，少操心别人。"

说完她风风火火地朝邱易唯走去，留下一脸蒙的叶晓萌。

邱易唯和陆西城在聊德国留学的旧事，笑容和今天的阳光一样和煦。他看到时雨走过来，正要打招呼，只见时雨的脸色很臭："你过来，有事问你。"

"怎么了这是？"邱易唯不明所以，脸上还是笑嘻嘻的。

时雨看他事不关己的样子，更生气了。她把他领到偏僻的地方，见四下没人，这才掏出手机翻微博给他看。

"自己品品。你的风流债把我也搭进去了，真是要被你害死！"

邱易唯草草看了一眼，不以为意："我还以为什么事呢，不是没拍到你的脸吗。这些狗仔就爱乱写，我以前也没少被拍过。你放心，网友都是鱼的记忆，过几天他们就该吃吃该喝喝，对别人喊打喊杀去了，不会影响你的。"

"你说得轻巧，万一这事被人拿来做文章我就惨了。"时雨自嘲，"我一个天天在古建院如青灯古佛般做研究的人，有生之年居然还能跟娱乐圈扯上关系，我是该笑呢，还是该笑呢？"

邱易唯见她真生气了，顿时没心思开玩笑了。这是他认识时雨以来，第一次见她生气。她说得没错，他和夏蓝蓝的事本就跟她没一丁点关系，就因为他一时大意连累了她。

"这样吧，我让律师做个澄清的声明。在那之前我会先联系夏蓝蓝，问问她的意见，如果她有好的处理方式就再好不过。我保证，不会再给你添任何麻烦！"邱易唯做了个发誓的动作。

"勉强信你一次，如果再出状况，我就……"时雨想了想，她好像也没什么可以威胁邱易唯的。

"算了，算了，朋友一场，这次我忍了。不过就一次机会啊，你看着办。"

时雨气呼呼地走了，邱易唯看着她的背影，感到有些烦恼。他拨了个电话号码，甜美的女声在耳畔响起。

"就知道你会找我。"

02.

太阳刚升起的清晨，薄雾未散。路上的车子很少，三三两两通过十字路口。街头花坛里有着奇怪的植物，叶子又大又厚，翠色欲滴，叶子边缘长了密密麻麻的小叶子，小叶子下面长着根须。时雨从未见过这样的植物，她蹲下来，用手轻轻碰了一下。

"这是不死鸟。"声音是从她身后传来的。

时雨转身。是一个男人，雾气遮挡了他的脸，看不清楚。他个子很高，声音也很好听。时雨努力想看清他的长相，她一伸手，那人却离得更远了。

"你是谁？"

没有人回答。

船上的汽笛声响起，由远及近。成群的海鸥飞了过来，铺天盖地的，迷了她的眼。等她缓过神来，再去探寻那个声音的时候，本该站在她面前的男人却消失了。

“你在哪？你到底是谁？”

时雨莫名地开始心慌。这时她的手机响了，像是从天外传来。她到处找手机，可此刻她穿了一身无袖连衣裙，连口袋都没有，哪来的手机？

不对，她不是在垟曲吗，垟曲是没有海的。这是哪里？

手机还在响，熟悉的铃声，还有和桌面接触的振动声。她努力撑开眼皮，想找找看手机在哪。

白色的天花板，蓝白色的顶灯，蓝色的印花窗帘……这些景象渐渐清晰，很熟悉，很温馨，好像是她住的地方。

是梦。她想起来了，她正在垟曲出差，这是她租的公寓。

她从床头摸到了手机，迷迷糊糊接听：“喂？”

“还没起床？”

“许仲骞？”时雨不太确定，听声音好像是他。她看了眼手机屏幕，真的是许仲骞。

“起来，拉开窗帘看看。”

公寓的窗帘是半透光的，看这样子天应该刚亮。今天没有紧急工作，时雨本想再多睡会儿，可既然许仲骞亲自打电话叫她起床，她断然没有挂电话继续睡的道理。她揉揉惺忪的睡眼，拖鞋也穿反了，就这么走到窗边。

哗啦，窗帘被拉开了。看着窗外的一切，时雨立刻清醒了。

漫天飞雪纷纷扬扬，在风的作用下几乎是四十五度斜着飘的。地上，树上，房顶上，都已积了厚厚的一层白。看这架势，似乎今天一天都不会停止，造物主仿佛要把多年亏欠的积雪在这一天全部还完。

“好大的雪！”时雨不由自主地发出感叹。

“凌晨四点开始下的，上午十点之前降雪量最大。你喜欢下雪，我想让你也看看。”

“你怎么知道我喜欢下雪？我好像没说过吧。”

“女孩子不都喜欢吗？”

“女孩子？你还认识哪个女孩子喜欢下雪？”

“在我认识的人里面，好像只有你。”

时雨对这个答案很满意。她不是心胸狭隘的人，许仲骞认识的女孩子不少，她并不在乎他曾和哪个女孩子一起看过雪。只要此刻他心里惦记着的人是她，比什么都重要。

“好了，雪也看到了，你再睡会儿吧。”

时雨看了眼墙上的挂钟，才七点一刻，不过她决定不睡了：“我有点饿，有没有兴趣去河边新开的早餐店喝豆浆？”

最近垟曲古镇新开了不少店，时雨工作忙，没来得及一一品尝，这家早餐店还是邱易唯推荐给她的。

邱易唯对食物有执念，但凡是他喜欢的，吃过一次就能记住。原本他想约时雨哪天早起来这里喝豆浆，可惜最近出了那事，时雨一朝被蛇咬十年怕井绳的心态作祟，说什么都不愿意跟他单独见面了。

坐下没多久，老板端了两碗热气腾腾的豆浆上来："小心烫，慢点喝。"

时雨点了一笼鲜肉包，一笼麻辣豆腐包，两碗豆浆，一根油条。虽说比不上碧波谷的早餐丰盛，但是能边看雪边喝点热饮，也是极致的享受。

"邱易唯说这家的豆浆很不错，你试试。"

"我记得你好像更喜欢喝粥。"

"其实我没那么挑食，"时雨说，"我这个工作需要常年出差，各地食物我都吃得惯。"

"都吃过哪些？"

"就拿早餐来说，我尝试过陕西的羊杂汤、云南的米线、湖南的米粉，还有四川的红油抄手。夜宵就更丰富了，东北的烧烤、北京的卤煮、重庆的火锅、福建的沙茶面……不说了，再说更馋了。你快尝尝这个豆浆，味道很醇厚。"

许仲骞低头喝了一口，不由得赞赏邱易唯的品位，上次他推荐的牛蛙锅也是一绝。想到邱易唯，他记起了前几天微博热搜的事，纵使照片再模糊，他作为在场当事人之一，自然知道被拍到的人是时雨。不过时雨不提，他也就假装不知道。

谁知时雨主动提起了。她说："邱易唯那事你应该知道吧？我这几天都没见他，他说会处理好的，也不知道现在怎么样了。我真怕夏蓝蓝的粉丝吃了我。"

"不用担心。"许仲骞不以为意，"总会有解决办法的。"

"怎么解决？万一被人肉出照片上的人是我怎么办？我爸做了一辈子研究，把名誉看得很重，如果东窗事发，他估计得被我气死过去。"

"事情没发生之前，你在这里想一千种一万种结果都是徒劳。我在面对危机时只做两种打算，最好的和最坏的。"

时雨明白他的意思，可她暂时没办法做最坏的准备。她不像叶晓萌，茶余饭后还会刷一下明星八卦，当红明星她都不一定能认全，却莫名其妙地掺和了进去，这种事她是真的有心无力。但她还是接受了许仲骞的提议，事情未必会往最坏的一面发展。邱易唯既然答应她想办法解决，她还是别胡思乱想了。

许仲骞安慰了时雨几句，趁着积雪未深，他提议早点回去。按照气象预报，这场雪会一直下到傍晚。

二人在雪中慢悠悠地往回走，没有打伞，刚喝完热豆浆的身上暖暖的，也没有感觉到寒冷。时雨想起，她好像很久都没像这般惬意地享受了。

走到公寓楼下，时雨恋恋不舍，瞥了一眼许仲骞停在旁边的车："积雪路滑，你小心点。"

　　"嗯。快上去吧。"

　　"你先上车。我反正近,上楼我再睡会儿。"

　　许仲骞点点头,却仍然立在原地。时雨看出来他是想先目送她上楼,心里甜甜的,赶紧走去了楼梯口。如她所想,她回头看的时候许仲骞还站在那儿,朝她挥了挥手,而后才开门上车。

　　公寓三楼,叶晓萌在窗帘后碰巧目睹了这一幕,她拿出手机迅速拍了几张,发给时永忧:"时雨姐和许仲骞的关系好像已经缓和了,许仲骞挺照顾她的,院长您可以放心啦。"

　　她从没觉得时永忧让她随时汇报时雨的情况是什么坏事,天下父母心,况且时雨在私生活方面确实很让人担心。

　　她刚起来上厕所,本想看看窗外的雪景,不承想目睹了这一画面。眼前的景象令她心满意足,她仿佛是目送女儿出嫁的老母亲一般,露出了欣慰的笑。

　　"许仲骞有一万个不是,架不住时雨姐喜欢啊。"她嘀咕着,笑着爬回床上继续睡。

　　时雨睡了个回笼觉,醒来已经是中午十二点,她很久没睡这么死了。拉开窗帘,只见雪比早上下得更大了,在风的作用下,雪花纷纷扬扬地飞舞,似乎正在酝酿属于它们的空中狂欢。

　　叶晓萌发微信问她要不要去吃饭。她早上吃得多,没一丁点儿饥饿感,便婉拒了。她坐在窗前发呆,又想起和邱易唯被拍的事,这就像一根刺鲠在她心里好几天了,怎么想都觉得不舒服。

　　因为害怕,她最近刻意没去关注,此刻打开微博却被吓了一跳,和夏蓝蓝有关的热搜竟然有四五个。她手抖着点开其中一个,标题是"邱易唯疑似出轨"。

　　然而,出乎时雨的意料,被挂出来的人并不是她,而是邱易唯的秘书梁朱槿。

　　时雨记得,那天去寺庙古迹考察,邱易唯就是接了梁朱槿的电话才回恒洲的。放在平日,她或许会相信梁朱槿和邱易唯有什么工作以外的暧昧关系,但她太清楚照片上的人是谁了。平白无故把梁朱槿卷进来,她内心极度不安。

　　事情的起因是,有人在网上找到了一张邱易唯出席商业活动的路透照,梁朱槿陪同在他身边。恰巧,她当时穿的羽绒衣和时雨被拍当天穿的是同款。她身形和时雨差不多,再加上她是邱易唯唯一的秘书,经常陪伴左右,说她是邱易唯的新女友确实合理。

　　或许是出于对偶像的偏爱,也或许是对第三者的厌恶,梁朱槿的个人信息很快被曝光,她正遭受着与此事毫不相干的成千上万人的咒骂。热搜转眼就"爆"了,相关新闻也不断弹出。

时雨慌了，她随便点开几条新闻，评论中的恶毒语言不堪入目，说梁朱槿不要脸抢别人的男朋友，做小三天打雷劈，甚至还辱骂了她的家人。这些评论引起了时雨的极度不适，她可以想象梁朱槿会是什么样的心情。可笑的是，梁朱槿根本就是一个局外人。

时雨心里充满了罪恶感，梁朱槿正在遭受的本该是她承受的，尽管她也无辜。她在客厅来回踱步，手心也开始冒汗。打了几次邱易唯的电话，无人接听。

雪依旧很大，伴随着呼呼的风声。外面应该很冷，可她还是决定亲自走一趟，让邱易唯尽快处理好这事，继续闹大了对谁都不好。而且她不希望梁朱槿替她承受这无妄之灾，实在处理不了的话，大不了她亲自解释。对她来说，被人谩骂总比良心不安要好。

她穿了最厚的大衣和羊绒围巾，把自己包裹得严严实实。

临出门前，时雨看到了放在玄关的香水，邱易唯送给她的那瓶梵音藏心。他说过，这是她想要的无欲无求的香味。

那不过是她的一时气话，说无欲无求只是托词。她对许仲骞始终是抱有渴望的，连她自己都无法估量这种欲望在她心底扎根有多深。然而现在的她却是真的想感受一下无欲无求是什么样的体验，这很符合她现下的心境。

她打开香水，轻轻喷了一下。梵音藏心的气味瞬间将她包围，是她多年前在高原的寺庙感受过的、辽远的、虔诚的香火气息。她仿佛置身高山庙宇之中，内心平静且坚定。

"希望这事赶紧过去。"她默默地祈祷。

邱易唯的房门没关严，时雨刚走到门口就听到里面传来了争吵声。她并非故意听墙根，只是很容易就分辨出了说话的俩人是邱易唯和夏蓝蓝，她作为当事人之一，忍不住停下了脚步。

邱易唯语气不善："你到底想让我怎么做？前几天你答应我会出面澄清这事，怎么现在连我秘书都被卷进来了？"

"我哪知道，你秘书的照片又不是我发出来的。"夏蓝蓝很委屈，"我都亲自来这里跟你解释了。你别生我气了，我也不想闹成这样啊。"

"我不是怪你，只是就事论事。还有，这种时候你跑来祥曲找我，万一被人拍到呢？事情会变得更糟糕！"

"有什么糟糕的，他们骂就骂呗，还不允许我们见面了？"

"现在是非常时期！你不是小孩子了，蓝蓝，你是个公众人物！做任何事你都应该先考虑一下后果。"

"我怎么了？我没觉得我做错事！你都说了这是一场误会，既然那个秘书不是你女朋友，你澄清不就行了吗！你澄清了这件事就过去了，他们也不会再骂你了。"

邱易唯很无奈："要我怎么说你才能明白，我们俩已经不可能了！你让人把那些旧照片散布出去，除了让我们的关系更疏远，没有任何作用！"

"我没有……"

"你不用急着否认，我早就找人查过了，照片是你的团队发出去的。我不说不代表我能容忍，如果你想看证据，我可以马上发给你。"

夏蓝蓝这才慌了："不是你想的那样，易唯哥，我只是……"

"你听我说完，我没有要追究的意思。我们认识那么多年，我印象中的你一直是很懂事的。如今你事业发展得好，有那么多人真心喜欢你，本来是好事。但你作为有影响力的公众人物，任何一个错误的引导都会被无限放大，甚至会让很多无辜的人受伤。听我一句，趁现在还有转圜的余地，好好把这事了结。你们这个圈子有多复杂你比我清楚，没有不透风的墙，我能查出是你做的，你觉得别人查不出吗？有多少人眼红你，想取而代之，你想过没有？"

房内忽然变得很安静。半晌，传来夏蓝蓝啜泣的声音："当初是你答应我的，你说我们可以试试，我真的接受不了这种刚得到就失去的感觉。什么大明星、小花旦的头衔，我根本不在乎，我只是想和喜欢的人在一起。你让我做的事我都可以做，我来这里就是想听你亲口告诉我，我们真的没可能了吗？"

"别哭了，再哭就不漂亮了。"邱易唯语气软了下来，"是我不懂得珍惜你，你值得更好的人，别再把时间浪费在我这样的人身上。你突然跑到垟曲来，你的家人会担心的，先回家去吧。至于这事，如果你不想处理，我可以亲自来。"

对话在这里终止。时雨还在思考这俩人到底是怎么回事，就听见有人往门口走来。她心慌意乱，想都没想赶紧转身，假装抬手要敲隔壁的门。

感受到有人在背后看她，时雨轻轻回头。

夏蓝蓝本人比镜头前要瘦一些，皮肤很白，眼睛肿肿的，显然刚哭过。时雨有些后悔回头看了，她是当红明星，肯定不希望这么狼狈地出现在路人的视线里。

时雨的思维静止了几秒。夏蓝蓝看着她，眼神中像是有什么复杂的情绪。她琢磨要不要说点什么缓和一下气氛，可思来想去，她和夏蓝蓝素不相识，说什么都有欲盖弥彰之嫌。

没想到夏蓝蓝先开口了，她问时雨："你的香水很好闻。能问问是哪款吗？"

"阿蒂仙，梵音藏心。"总算有个话题缓解尴尬了，时雨求之不得。可她没想到的是，听了她的回答，夏蓝蓝的表情更奇怪了。

邱易唯也从房间出来了，他看见时雨，略惊讶："时雨，你是来找我的？"

时雨脑子飞速运转，她该怎么回答？如果说是，她怕夏蓝蓝生吞了她。说不是吧，那她能来找谁？

"噢，我有点事，我其实……"

对面房间的门也开了，三人均是一愣。

许仲骞像天神降临一样出现在时雨面前，他仿佛没察觉到眼前的尴尬气氛，很自然地帮她把围巾往上拉了拉："这么大的雪，你不冷吗？都说让你别过来了，你这样我会担心的。"

时雨心领神会，她扑进许仲骞怀中，假装委屈："是有点冷，但我想跟你一起吃中饭啊。"

许仲骞差点没控制住自己的表情。他眼前像是飞过了一台时光机，闪现出过去的种种回忆。和时雨相识后的每一帧画面像翻书一样迅速掠过，最后落在了空白页上。他的双手摆脱了大脑的钳制，慢慢抬起，重复那熟悉的动作。

时雨听到了她过分剧烈的心跳声。

看到许仲骞抱了时雨，邱易唯并没感到意外，他不知道自己为什么会是这种感受，竟觉得理所当然。

等到他们进屋，邱易唯不好再僵在原地。他走近一步，拍了拍夏蓝蓝的肩膀，想再安抚几句，却被她挣脱了。

夏蓝蓝嘴角撇了个讥笑的弧度："我真是天真，以为你会念及我们的过去，重新考虑我们的关系。没想到你惦记的不仅仅是一个梁朱槿啊。"

"我和梁朱槿没有工作以外的关系，信不信随你。"

"你和梁朱槿没关系，那她呢？"夏蓝蓝瞥了一眼许仲骞的房门，"你买的香水是送给她的吧？"

邱易唯一怔。从他的反应来看，夏蓝蓝几乎确定，他对时雨的心思不一般。因为他没有立刻反驳，这不是他的行事作风。

"可惜啊，人家心里根本就没你。"夏蓝蓝嘲讽的语气更甚了，"邱易唯，现在我们一样了，你总该知道我的感受了吧？我会等着你回来找我的。"

"你什么意思？"

"那得问你啊。"夏蓝蓝甩了甩包，扬长而去。

直到目送夏蓝蓝进了电梯间，邱易唯才明白过来她说的是怎么一回事。不久前他回恒洲处理工作，夏蓝蓝来找过他，她在他办公室见过那瓶梵音藏心。彼时，她并不知道香水是要送给时雨的，拆开闻了闻。她很喜欢这个香味，问能不能送给她。

对于夏蓝蓝的索要，邱易唯婉拒了，连理由都没找。

不曾想到，时雨今天用了这个香水；不曾想到，夏蓝蓝还记得这个香味。

女人的直觉就是这么可怕，一个微乎其微的细节，她们却能敏锐地洞察出什么。他从未对任何人透露过他对时雨的感情，不过是一瓶香水……

　　邱易唯给了自己一个听天由命的苦笑。有些事情或许是天注定，越想避免越是避免不了。

03.

　　房间内很安静，静得能听见窗外并不明显的风声，还有彼此的呼吸声。

　　时雨最近有太多次像这样独自面对许仲骞且处在暧昧状态的经验，她竟习惯了，一点都不慌。她笑嘻嘻地抬头看他："许博士，英雄救美得很及时啊。"

　　许仲骞比她高出一个头，简直是完美的身高差。

　　"碰巧。"他难得调侃，"谁知道你运气这么不好，早不来晚不来，非得这个时候来找邱易唯。他们门没关严，我在房间都能听到吵架声。"

　　"这能怪我吗！换作是你，你能想到夏蓝蓝会在这么尴尬的时候来找邱易唯？我最近真的很背，前几天被拍那事，明明是我们三个人在一起吃饭，那个乱爆料的人生生截了只有我和邱易唯两个人的图，这不是让大家看图说话吗？！"

　　"现在说这些太晚了，他喂你吃菜你可以拒绝的，不吃就没事了。"

　　听他的语气，似乎透着一丝丝酸味。时雨的心里有一丝丝甜，她开玩笑道："怎么，现在才想起吃醋？你的反射弧未免太长了吧。"

　　"吃醋不至于，这点自信我还是有的。"

　　"啧！"时雨鄙夷完才觉得不对劲，许仲骞此刻这态度，跟以前不一样啊！

　　"什么自信？"她问。

　　"你觉得呢？"

　　房间再次陷入寂静。二人对视，时雨这才有了一丝局促。

　　时雨不知道的是，许仲骞内心翻腾得比她还厉害。他本就是个喜怒不形于色的人，想要隐藏自己的情绪，对他来说太简单了。加上这些年来，他在时雨面前说过太多违心的话，说得多了，他自己都快信了，又怎会被她看破。

　　怪她太自以为是，他从来就没认真想过，这样的局面是他希望的吗？他希望她快乐。

　　在决定来垟曲之前，他纠结过很久。他仔细回忆了这两年他和时雨之间发生的种种，也难怪叶晓萌讨厌他，自从他再一次闯入时雨的生活，时雨几乎没有真正快乐过。她总是患得患失，甚至怀疑自我，已然不再是当年那个自信而又洒脱的她了。而造成这一切的始作俑者，正是他啊！

　　那日时雨问她，她无端卷入邱易唯和夏蓝蓝的绯闻，这事该怎么解决。他回答她，面对危机他只做两种打算,最好的和最坏的。这个答案对时雨很受用,也令他醍醐灌顶。身为局中人,他在处理他和时雨的感情问题上,却从未有过这样的果断。细细想来,无论发生什么事,无非就是两种结局,最好的和最坏的。只要他做好面对的准备,就没有什么值得他再踌躇了。

也就是在那一刻,他下定决心,必须结束这种互相折磨的局面。他不想让她再难过了。

"就是你想的那样。"他说。

时雨有一丝忐忑:"我想的……哪样?你的意思是,你自信我心里只有你?"

"不然呢?"

这句反问把时雨的话堵回去了。她尚未弄清楚情况,也不确定这一切是怎么发生的,许仲骞双手托起了她的脸,慢慢凑近。她又兴奋又紧张。可就在他离她鼻尖一厘米的时候,许仲骞停了。

他仔细打量眼前这张脸,她的眉眼、鼻梁,她的每一个表情都是他熟悉的,一如当年。

"其实你的变化并不大。"许仲骞声音低沉,"有些地方一点都没变。"

时雨没明白他在说什么。然而许仲骞没给她提问的机会,趁她分神的刹那吻住了她。她只觉得天旋地转,以她现在的脑子根本搞不清到底发生了什么。

冗长的亲吻结束,许仲骞放开了她。她的世界却还在旋转。她幻想过无数次许仲骞亲吻她的画面,却没想到是在这样突然的情况下。而她竟这般没出息,连坦然面对的勇气都没有。

"你为什么要亲我?"时雨声音颤抖着。她不确定他会不会像以前那样,关系稍近一点马上像弹簧一样弹出很远,好像她身上有病毒一般。她的不自信令她感到害怕,她怕这次也和以前的无数次一样,不会有任何特别。

许仲骞整了整时雨的衣领,神情明显跟以前不一样了,他很坚定,却又带着笑意:"这次来玶曲,我其实想了很久。"

"想什么?"

"想我们有很多不能在一起的理由。以前,我总以为我是为你好,但你好像并不快乐。既然如此,还是在一起吧。"

时雨以为自己听错了:"你说什么?"

"小雨,和我在一起,做我的女朋友吧。"许仲骞重复了一遍,"和我在一起,让我照顾你。从今往后我不会再让你不开心了。我现在说这些会不会太晚了?"

"不晚。"时雨眼眶湿润,"只是我想知道,我们……"

许仲骞等着她的下文。半晌,她摇摇头:"算了,我又不想知道了。"

她本来想问,许仲骞说的不能跟她在一起的理由是什么。可她不想浪费心思再去探究过去的事了，那些都不重要。重要的难道不是她终于确定许仲骞的心意了吗？他是在向她表白啊！

许仲骞喜欢她，她一点都不意外。就算罗轻轻不说那些事，她也是能感觉到的。她意外的是，她居然这么快就等到了许仲骞亲口说出来的这一天。

她调整了情绪，半开玩笑似的反问："我刚才没听错吧，你是在向我告白？别人告白都是很浪漫的，你为什么这么严肃？"

"说再浪漫的话，你也未必记得住。"

"我怎么就记不住了？"

"你记性不好。"

"我的记性在上学时就是出了名的好，全校皆知。你不知？"

他们毕业于同一院校，都属于优秀校友。尤其是时雨，年少成名跳级保送至高校，在她入学那年也是轰动一时的新闻。他怎会不知？

时雨怕他调侃她，又说："我爸书房那些书，我大多只看过一遍，但是我能说出每本书的大概内容。我爸那么严谨的人都夸我的记忆力好，你竟然说我记不住。"

"不是这个意思。"许仲骞笑了笑，拉她到窗边，"雪又下大了。过会儿我送你回去。"

"你不是没开车来珲曲吗？"

"陆西城有车，用他的。"

时雨笑着控诉他："我真是感动，等了这么久终于等来你主动的这一天。不过不用啦，我今天不忙，都来这儿了，我顺便去找方老师商量些事。你要是不忙，晚上我们一起吃饭？"

许仲骞点头。

"我有个问题。"

"你说。"

"怎么突然在这个时候对我说这些话？我以前可是怎么逼你，你都不肯承认的。"

"不是突然想说的，想了很久，没合适的机会。刚才……"

"好了好了，知道了。"时雨联想到刚才她对他投怀送抱的样子，赶紧叫停，"还有个问题。"

"嗯？"

"你是从什么时候开始喜欢我的？"

许仲骞回忆了一下，选择了一个既不算骗她又能略过很多旧事的答案。他舒展了眉头："从第一次见你的时候。"

听了这句，时雨心情复杂。所以许仲骞对她也是一见钟情？可她记得他说过，他对Freya也是一见钟情。这人怎么对谁都习惯一见钟情！

难得他们的关系能走到这一步，时雨不想再翻旧账了，她欣然接受许仲骞的说辞。她印象里，他们的第一次见面是两年多以前的科学院聚会上，她开始回忆那天发生的点滴，企图找出许仲骞对她另眼相看的瞬间。可惜没有，他冷冷地和她打了个招呼就走了。

时雨走神的片刻，许仲骞从抽屉里拿出一个小纸盒，放到了她手上。她还纳闷，许仲骞什么时候变得这么浪漫了，还准备了告白礼物。打开一看，发现是一瓶香水。他们和邱易唯一起吃饭被拍那天，许仲骞提起过，他有一瓶香水要给她。

"你都带到这儿来了！"

他借口说是给小姨带礼物时多出来的，她以为他放在恒洲的家里。

"应该早些给你的。你今天或许就不会用邱易唯送你的那瓶，也不会被夏蓝蓝察觉出端倪。"

时雨猛地抬头："夏蓝蓝察觉出什么了？"

她那么聪明，许仲骞一提点，她就猜到了。她和夏蓝蓝素不相识，夏蓝蓝一个当红明星怎么会第一次见面就问她用了什么香水？她肯定早就知道邱易唯买了那瓶梵音藏心，她问那个问题，是醉翁之意不在酒。

和时雨想的一样，许仲骞很肯定地说："她察觉出邱易唯对你的心意。"

时雨心里咯噔一下。这下完了，夏蓝蓝会不会猜到照片里的人是她？

"别想太多。"许仲骞安慰她，"她知道你对邱易唯没那个意思，不会为难你的。"

时雨凝视着手里的香水，暗暗佩服许仲骞不愧是搞研究的，逻辑太缜密了。不过听了几句墙根，他就猜到夏蓝蓝怎么想的了，所以他选择在这个时候向她表明心意。只要她有男朋友，她就威胁不了夏蓝蓝对邱易唯的一腔深情。

"许仲骞，谢谢你。"时雨靠在他身上，莫名感动。她竟不知，他一直有在为她着想，她却因为自己的小心思，时不时误会他。

许仲骞像安抚小猫一样摸摸她的头顶："以我们现在的关系，你不用再对我说谢谢，任何客气话都不用说。"

这句话对时雨来说很受用，比他告白的那句话还要动听。她当然知道他说的是什么关系，他现在是她的男朋友了。

男朋友，曾经以为很遥远的一个词，得到的比她想象中轻易得多。再想想以前受过的诸多委屈，那些强忍着难受帮他给罗轻轻善后的日子，都不值一提。

她迫不及待地打开新的香水，想试用一下，换换心情。成为许仲骞女朋友的第一天，她要留下他为她挑选的味道。

喷了两下，时雨眉头一皱。这个香味……

"怎么了？"许仲骞问她，"不喜欢？"

"不是。只是觉得熟悉。"确切地说，是非常熟悉。

她看了一眼瓶子上的英文：Rose Of No Man's Land（无人区玫瑰）。

"这是时年最喜欢的香水。"她说。

一如她常年钟爱运茶船，时年常年钟爱无人区玫瑰。时年说，她喜欢这个香水不仅仅是因为觉得好闻，还因为它有着特殊的意义．它之所以叫这个名字，是为了纪念在战乱中无私奉献的医护人员。她热爱她医生的职业，她愿意做贫瘠土地上的玫瑰。

时雨打开了时年的 Instagram（社交应用软件），奇怪的是，上一次更新的日期还是三年多以前。她无暇思考别的，迅速从相册里翻出了时年晒过的香水，找到了那句文案。

"我踏碎所有的冰山，不远万里，去找你，却发现，你早已不在，于是一个人沐浴了阳光，陪伴了岁月。"

这句话时雨也很熟悉，当时她看到，特地打电话问时年是不是失恋了。时年笑她想太多，说这只是香水的广告文案而已。

想起往事，时雨莞尔一笑，把香水放进包里收好。她忽然觉得，她很想时年。

"谢谢……哦不，不能说谢谢了。"时雨勾住许仲骞的脖子，"许博士送的香水我很喜欢。没想到你的审美和时年一致。她要是知道你现在是我的男朋友，肯定不会再说你坏话。我晚上就给她打电话，告诉她这事．"

"时年什么时候回国，带我见见她。"

"是得见见，等我回头约她吧。"时雨心情很好，"我先去找方老师了。你选好餐厅发我，晚上见啦。"

时雨走后，许仲骞的神色变得凝重起来。从时雨打开那瓶香水开始，他就不动声色地观察着她的变化。香水是他特地挑选的，她记得这是时年喜欢的味道，可她已经想不起来时年身上发生的一切了。

三年前宁城植物园竣工宴，他和她再次相遇，他以为能留住她。谁知她一夕之间忘了所有。他开始探寻她的过往，这些年他都在努力，一点点发掘她离开的原因。直到刚才他才确定，时雨当年突然忘记一切，是因为时年的离世。

那日在食堂，付熔岩告诉许仲骞，时雨开始怀疑了。她向付熔岩追问，她和许仲骞三年前究竟有没有在一起过。得了他提前的叮嘱，付熔岩矢口否认。

付熔岩没有主动问许仲骞，为什么让他帮忙隐瞒真相。或许是一个人守着秘密太累，趁着那一刻的追问，许仲骞将事情的原委全说了。

听完缘由，付熔岩竟然没觉得意外。只是对于许仲骞一而再再而三的退缩和隐瞒，他并不赞同。他问许仲骞："如果时雨一直忘记，你就这样一直骗她？"

　　许仲骞被问住了，他从来没想过这个问题，但他认同付熔岩说的。如果她一直忘记，他忍心一直骗她、冷落她，让她难受？与其看她那么痛苦，不如换他来承受。

　　也正是付熔岩的这句话触动了他，他决定了，从今以后他要遵从内心。他甚至做了时雨再次遗忘他的准备。既然爱她，就得让她知道。如果有一天她忘了，那就忘了吧。反正不是第一次了，大不了再来一次。

　　她若是能自己想起一切，那自然是最好的。

　　许仲骞走到窗口，打开窗户往下看，时雨正好穿过园子往对面宿舍走。像是心有灵犀一般，她停下脚步，转身朝他房间的方向看了一眼。四目相对，他们的眼神里都掩饰不住甜蜜的笑。他朝她挥挥手，她开心极了。他已经很久没见过她这样笑了。

　　等到时雨消失在视线内，许仲骞给时永忱打了个电话。

　　电话接通，时永忱有些困惑："小许？进展不顺利吗？是不是遇到什么问题了？"在时永忱心里，排在第一位的永远是工作。就连接到女儿喜欢的人的电话，他首先想到的也不是女儿的事。

　　"没，挺顺利的。"许仲骞说，"时院长，我给您打电话是有事想跟您说，关于我和小雨。"

　　一听这话，时永忱明白了。许仲骞和时雨都在珜曲，他们工作上有频繁的接触，时雨又那么喜欢他，两个人长时间待在一起，还能有什么别的事呢？

　　"你和小雨好了？"

　　"嗯。"

　　得到许仲骞肯定的回答，时永忱丝毫不意外。他太了解自己的女儿了，迟早会有这一天的。早上叶晓萌给他发照片，他就猜到，这俩人应该是好上了。

　　"院长，希望您不反对我们。"许仲骞很诚恳，"以前是我不好，我会弥补。"

　　"我反不反对没用，小雨那性子你是知道的，跟她姐姐一样，倔脾气，执着起来谁的话都听不进去。"提到时年，时永忱的眼眶变得湿热。他赶紧停住，生怕电话另一边的人听出他嗓音的变化。

　　许仲骞已经听出来了，只不过没点破。

　　"你放心，你们的事我是不会干涉的。小雨都快三十的人了，她有资格处理自己的所有事，包括感情。你们既然决定了，我唯有祝福。"

　　"谢谢时院长。"

　　"小许，好好照顾她。"

　　挂了电话，时永忱打开手机相册，又看了一眼叶晓萌发给他的那几张照片。他能看出时雨是真的很喜欢许仲骞，尽管他认为，许仲骞不是时雨最好的选择。他看好的另外几个年轻人，无论是陆西城还是程子峰，或是半路出现的邱易唯，都比许仲骞更适合时雨。可是，什么都比不上时雨心里喜欢。

就像当年怎么劝也不听非要嫁给 Karun 的时年一样，她们是劝不住的，都劝不住的。

时永忱拿下眼镜，擦了擦眼镜片，陷入长时间的沉默。

04.

时雨已经连着三天做奇怪的梦了。梦里面，有时候是她和看不清面容的许仲骞，之所以知道是他，是因为她认得他的声音；有时候是她去了时年在尼日利亚的家里，时年生她的气，不肯见她；有时候是她幼年时期，父亲和母亲吵架，他们双双负气离家，留下她和时雨孤独地相守。

换作以前，这些不愉快的梦势必会让她低落好几天。可现在不一样了，她是有依靠的人了。

思及此，时雨嘴角都是溢出的笑，她忍不住在朋友圈发了张那日清晨的雪景照。她没有配文案，估计没人能看懂。

几分钟后，朋友圈几十个点赞。

邱漓赞完，给时雨发了条微信："雪地上的脚印是许博士的吧？你们在一起了？"

时雨诧异，下意识地从沙发上站了起来。她和许仲骞在一起没几天，这事她还没告诉任何人。碧波谷和古建院两头的工作都很密集，这个时候让人知道他们谈恋爱不太好。邱漓竟然通过一张照片就看出来了，她表现得那么明显？

"这都能看出来？"她问邱漓。

邱漓发了个奸笑的表情，然后连着三条语音。

"别人肯定看不出来，谁让我听过你讲心事呢。

"你不轻易发朋友圈的，发了肯定意有所指。

"我点开，特地把照片放大了看，所以就猜到了。哈哈。"

邱漓说得没错，时雨很少发朋友圈。平均几个月才发一条。

几分钟后，又一条信息跳了出来。

邱易唯："雪地上的脚印是 Martin 的？所以他是成功把你追到手了吧？恭喜你们。"

时雨："……"

邱易唯也看出来了，时雨对此并不惊讶，那天他全都看见了。她很大方地回了四个字：谢谢邱总。

这几天时雨都躲着邱易唯，一是避嫌，一是怕尴尬。她可不敢再惹这位祖宗了，万一夏蓝蓝心情一不好，把气都撒在她身上，她就完了。

那日听到邱易唯和夏蓝蓝吵架的内容，时雨心里立刻跟明镜似的，什么都懂了。他们在牛蛙店被偷拍，照片那么快被发到了网上，加上梁朱槿迅速被网暴，还有之前邱易唯和夏蓝蓝拉手的旧照……这些可能都是这位流量小花的杰作。而她这么做，很明显是用舆论给邱易唯施压，想与他重修旧好。

邱易唯清楚时雨的心思，他很识相，最近都没有联系时雨。借着刚才还算轻松的聊天气氛，他问时雨："有没有时间一起吃个饭？偷拍的事对不起，是我连累你了，想当面给你道歉。"

"道什么歉？我又没怪你，朋友之间不用客气。不过我们最近还是少见面比较好，万一再被拍……"发完这一条，时雨又补了个瑟瑟发抖的表情包。

"嗯，那改天再聚，到时叫上 Martin 一起。"

"好的。"

"邱同钧过几天来珺曲，大家约一起吧，免得你有心理负担。"

邱同钧也要来珺曲？时雨笑了，这真是新鲜事。邱同钧向来和他这个叔叔不和，怎么突然想到要来探望了？莫不是因为邱易唯和夏蓝蓝的绯闻闹得沸沸扬扬，他看笑话来了？以她对邱同钧的了解，她觉得十有八九是的。

时雨走神的工夫，邱易唯又说："蓝蓝答应我了，今天她会发微博澄清。这事就算过去了，以后也不会再节外生枝。"

"过去就好，不然我真觉得很对不起你的秘书。她还好吧？"

"还好，天鼎的公关团队已经把舆论控制住了。我给朱槿放了假，她去国外散心了。"

"夏蓝蓝真的会澄清吗？"时雨莫名感到不安，"我总觉得这事没那么简单。撞见你和夏蓝蓝吵架那天，我本来是想找你说这事的。如果真的没法解释清楚，我愿意以个人名义说明当时的情况，还你秘书一个清白。"

"时雨，你信我一次，我能处理好的。这事要是你出面了，只会更糟糕。"

"为什么？"

"你太低估网友的想象力了，你要是出面说明，他们什么都能脑补出来。比如会说我们有不正当的关系，所以天鼎才会与你签顾问协议等。这是我能想到的，至于究竟会发酵成什么样，谁都没法预测。这事可大可小，朱槿确实很冤，但作为我的秘书有些担子她也得学会去扛，公司看重她，自然不会亏待她的。所以你冷静点，你和我之间是商业合作，我不想把公司层面的事扯进娱乐圈的花边新闻里。"

"我明白了。"

"那先这样。我们改天见面说。"

"好。"

　　听完邱易唯刚才的话，时雨不得不重新思考这件事。既然他承诺会处理好，她就放心了，对梁朱槿的歉意也可以少一些了。回了恒洲之后，她准备找机会结识一下梁朱槿，看能不能从别的方面弥补她。她一向如此，不想欠别人什么，更不想自己内心不安。

　　和邱易唯聊完，邱漓又发了信息过来。她问时雨最近忙不忙，打算过两天来拜曲看时雨。

　　时雨发了几个问号："前几天你才说要调到总部去了，不用交接？"

　　"就是因为要调去总部，我才得赶紧把年假休了呀。鼎峰虽然是天鼎旗下的公司，但是年假是不通用的，离开鼎峰前我得把假期余额利用起来。你就等着我带好吃的去看你吧，顺便祝福你和许博士。"

　　"好的，过几天见。"

　　时雨放下手机，拿起许仲骞昨天送过来的墓葬资料。刚出土的彭冕的墓已经清理完了，她近日工作太忙，还没来得及亲自去现场。可她又答应了葛主任，尽早帮忙绘制彭冕墓室的结构图。

　　彭冕墓的规模不大，从这些照片和图纸来看，跟她以前测绘的那些相比，难度系数不高。她稍稍放心，如此她就不用费太多精力在上面，也不至于影响其他工作。

　　时雨认认真真看了半小时资料。叶晓萌结束工作就回来了，她心情很不好，一进门就缠着时雨给她分析感情问题，前提是她并不知道时雨已经处理好了自己的感情问题。

　　时雨不得不放下资料，半开玩笑半开导道："我认识的叶晓萌以前不是这样的。她自信、漂亮，对工作充满热情，对感情充满期待。到底发生了什么事，让那样一个有活力的小姐姐变成我眼前这位死气沉沉的小怨妇呢？"

　　"蒋铭韬，那个浑蛋，他现在都敢不接我的视频了。以前我们一天视频两次，现在一次都难。"叶晓萌哭丧着脸，"我心情很不好，今天在现场我也没心情工作。张锴他们都说我了，可我真的不是故意的。"

　　"好啦，那就别去想了。既然他冷落你了，你干脆也晾他几天，等回恒洲见了面再好好聊聊。"

　　叶晓萌扎到时雨怀里："只有你安慰我，他们都说我小题大做。时雨姐，以前许仲骞那么对你，你都是怎么熬过来的？你要不传授我几招吧，我也不想被男人牵着鼻子走。可我现在就是做不到。"

　　时雨哑然。她哪有熬，她是根本没那么多时间沉浸在自己的情绪中。院里的事还不够她忙的呢！

　　"你说嘛，你快说嘛。"叶晓萌撒娇。

　　没过几秒，叶晓萌的微信电话响了。时雨瞄了一眼，是蒋铭韬打来的。她推开叶晓萌：

"你心心念念的人找你了，还不快去！"

叶晓萌转悲为喜，赶紧接视频去了，刚才被时雨揶揄的怨妇表情已经荡然无存。

时雨听到了蒋铭韬连连道歉的声音，他一个劲地哄叶晓萌，说公司即将进行季度考核，他能不能顺利升职就看这次了，因此他主动揽了很多业务，让叶晓萌多体谅他。

叶晓萌很吃这一套，她向来敬重工作认真的人，对时雨如此，对蒋铭韬也是。恰好，她也刚经历考核升职，深知其中的艰难。自然，她很快就原谅了蒋铭韬。

蒋铭韬总算放心了，哄完叶晓萌，又说："记得替我谢谢时博士，你心情不好肯定又给人家添麻烦了。"

"我就在时雨姐这儿呢，你亲自说吧。"叶晓萌蹦蹦跳跳地走到时雨身边，将她框进镜头里。

这是时雨第一次见蒋铭韬，虽然是视频，但见到他的长相，时雨恍然大悟，怪不得他把叶晓萌吃得死死的，长得确实不错，是叶晓萌喜欢的痞帅款。

"你好，我是时雨。"时雨礼貌性地问候。

"时博士好，久仰大名，一直想亲自拜访你的，没想到现在在视频里见到了。你比晓萌描述的还漂亮。"

"过奖了，晓萌也一直夸你呢。她小孩子心性，难为你了，以后多照顾她。"

"应该的，应该的，她性子就那样，你也多担待。"

叶晓萌："……"

本是个打招呼的事，这两人却吐槽起她来了。她赶紧找借口挂了视频电话，再说下去该变成批评她的大会了。

时雨继续补刀："你看，人家这不是给你打视频电话过来了吗？说了让你别多想，你不听。以后可不许这样作了，不然把你踢出珺曲项目组。"

"呜呜呜……不要嘛，时雨姐，我错了。"

两人斗了几句嘴，敲门声响了。叶晓萌赶紧收住，哼着歌跑去开门。她以为是张锴来汇报工作进度，没想到开门看到的是许仲骞，而且他居然还拎着一大袋菜。

"许仲……许博士？"叶晓萌的视线在许仲骞和时雨之间游走，暗自揣测这两人是不是事先约好的，也没听时雨说啊。那她岂不是成了灯泡？

许仲骞没跟叶晓萌客气，打了招呼就直接进了厨房。他把袋子放在地上，拿出刚买的牛肉和蔬菜，娴熟地洗了起来。时雨说她这两天肠胃不太好，怀念她在恒洲经常吃的那家潮汕粥铺的生滚牛肉粥。他正好今天不忙，就买了菜过来了，想亲自下厨给时雨做点她爱吃的。

一脸蒙的叶晓萌，不停地用眼神询问时雨。时雨没想瞒她，于是做出邀请："你不是还没吃晚饭吗，一起吃点吧。"

不不不，这……她可不敢！

"我在这儿不太合适吧，嘿嘿。"

"没什么不合适的，你就老老实实在这里待着。"时雨强调，"你走了，我还怕你乱说呢！"

"我是这样的人吗？"

"自信点，你是。"

"……"

叶晓萌听着厨房哗哗的流水声，凑到时雨耳边，低声道："你们这是好上了？"

"嗯。"

"我去！这么劲爆的事你不早说？"叶晓萌可激动了，"什么时候的事，快说说。"

"下次说吧，你管住嘴。项目还没结束，我不想因为我的私事影响工作。"

"知道，知道，我嘴严，你放心。"

听叶晓萌自称嘴严，时雨笑了，都懒得揭穿她。她只说了句："也不需要给我爸打小报告，许仲骞已经都告诉他了。"

叶晓萌再次语塞。许仲骞居然主动汇报，这么说来，这次两人是彻底定了？等等！时雨让她别打小报告，难道她早就知道她偷偷跟时永忱汇报她的情况？

叶晓萌心虚地赔笑脸。

时雨丢给叶晓萌一份方老师刚发来的碧波谷项目进展资料，让她整理，然后继续埋头看彭冤墓的资料。大家都有事可做，房间突然安静了许多。

半小时后，厨房传来阵阵香味，是许仲骞煲的粥。时雨第一次觉得，原来粥的味道这么好闻。她其实没那么喜欢喝粥，她口味还挺重的，无辣不欢，只是偶尔身体不舒服的时候才想吃清淡些。

因房中太过安静，叶晓萌怕她说话许仲骞听得到，给时雨发了一条微信："许博士那双手可是他们地研所的宝贝，是做最精细的测绘用的，那可是金贵得很！你居然让他给你做饭？啧啧。"

"关你什么事，蒋铭韬难道不给你做饭？

"你不是很讨厌许仲骞吗，怎么还关心起他的手来了？"

时雨在微信上回复完，又用眼神警告了叶晓萌一番。

叶晓萌强忍住笑，回复："我不喜欢许仲骞是因为他对你不好啊，如今他为了你，十指都开始沾阳春水了。我决定以后不说他坏话了。

"蒋铭韬也给我做饭。但许博士可是业内出了名的高岭之花，除了搞研究好像对什么都没兴趣，他不应该是不食人间烟火的吗？反正不一样，不能相提并论。"

"有什么不一样的？"时雨脱口而出。

许仲骞在厨房听到声音，马上走了出来。

时雨和叶晓萌面面相觑，异口同声："没事没事。"

"嗯。粥快好了，我炒两个菜。"许仲骞问时雨，"莜麦菜和鸡蛋羹，可以吗？"

"好呀。"

得到肯定的回复，许仲骞又回厨房去了。时雨赶紧跟了过去："我帮你找蒸锅吧，在柜子最里面，不好找。"

叶晓萌看着他们二人的互动，由衷羡慕，比她和蒋铭韬的相处自然多了。

时雨和许仲骞这一路怎么走来的，叶晓萌都看在眼里。虽然充满了坎坷，充满了磕磕绊绊，时雨也好几次被伤透了心，但总归苦尽甘来。他们对彼此的关心太理所当然，一点都不像刚恋爱的情侣。

趁着时雨在厨房忙活，叶晓萌开小差，放下资料偷偷刷手机。这一刷可不得了，主页面弹出一个标题：夏蓝蓝和邱易唯分手。

叶晓萌打开微博，夏蓝蓝的名字已经热搜第一了。她迫不及待地点进去，看到夏蓝蓝刚发了一条澄清微博。

"我和邱先生于去年九月和平分手，现在是很好的朋友。很抱歉因为我的私事占用了公共资源，感谢所有喜欢我的人对此事的关注，我会更努力地工作，用更好的作品回报大家。以后不会再回应此事，再次感谢。"

尽管当事人做出了解释，网友却没有罢休的意思，绝大部分评论都是心疼夏蓝蓝并怒斥邱易唯的。

叶晓萌嫌一个人吃瓜没意思，喊来时雨分享。

时雨被叶晓萌拉着吐槽了半天。最后，叶晓萌总结："是我错怪邱总了，原来他没出轨。"

时雨懒得评价。

叶晓萌独自叹气，惋惜道："还是挺可惜的，邱总和夏蓝蓝郎才女貌，多般配啊！夏蓝蓝也算是国民女神了，他们要是能修成正果，我等吃瓜网友也圆满了。"

时雨心想，你要是知道夏蓝蓝背后干了什么事，就不会觉得他们般配了。不过她不打算搬弄是非，事情过去了就行。

相比邱易唯的风评，时雨更关心网友对梁朱槿的态度。她翻了一下评论区，一目十行地扫过去，连着看了几页，心中石头才落地。网友们之所以这么关注此事，只是因为夏蓝蓝是明星，有流量。既然夏蓝蓝和邱易唯已经分手，他们根本无所谓邱易唯跟谁约会。还有不少网友隔空向梁朱槿道歉，说错怪她了，不该骂她等等。

一夕之间话向扭转，梁朱槿从疑似插足他人感情的第三者变为无辜躺枪的受害者。时雨感叹网络舆论的强大，她也更坚定决心，以后跟邱易唯保持距离，没必要的话绝不跟他在外面单独见面。她清楚得很，邱易唯和夏蓝蓝的事还没完呢，夏蓝蓝是不会轻易放弃邱易唯的。

粥很快熬好了，菜也熟了。

许仲骞从厨房端出砂锅："可以吃了。"

叶晓萌很自觉地帮忙端菜、拿碗筷。时雨打开砂锅盖子闻了一下，十分意外许仲骞手艺的精湛。

Chapter 6

高　塔

01.

　　周三上午，碧波谷项目的例会上，时雨意外收到了一封罗轻轻的邮件。她从古建院离职有一段时间了，可还是保留着用邮件联系的习惯。看得出来，自从那次丢 U 盘事件发生后，她谨慎了许多。

　　时雨很欣慰，就像当初莽莽撞撞的叶晓萌在她的监督下一点点成长一样，她由衷感到满足。罗轻轻选择离职，她不意外，就是有些惋惜。

　　邮件中，罗轻轻只是分享了一些近期的日常。她正在一边备考雅思，一边申请国外的学校。她说想多出去走走，开阔自己的眼界，成为像时雨和许仲骞那样优秀的人。她的字里行间都充满着对他们的羡慕和渴望。

　　时雨回了些鼓励她的话，最后补充了一句，希望她学成后能再回古建院工作。这不是客气话，是时雨内心的真实想法。天赋不够可以学，但是对一门学问的专一和热忱是学不来的。这两样东西，罗轻轻都拥有。

　　回复完邮件，会议正好结束。大家陆续离开了会议室，只剩时雨和付熔岩。

　　付熔岩是最后总结发言的，他正在收拾电脑，见时雨还坐着就跟她聊了会儿天。

　　"明天我就回去了，公司有些急事要处理。有什么情况我们保持电话联系。"

　　"好的，一路顺风。"时雨问他，"什么时候回来啊？"

　　"没定，不过应该没那么快。"

　　"那我们岂不是很久见不到了？我请你吃个饭吧，镇上有不少餐厅，我知道几家挺不错的。"

　　"那我不客气了。谢谢。"

　　话说完时雨才想起，她今天中午和许仲骞有约。不过，付熔岩和许仲骞是认识的，他们应该不介意一起聚。

"付总，我叫许仲骞一起？"

"好啊。"

时雨迅速给许仲骞打了个电话。许仲骞也刚结束会议，他让时雨带付熔岩去碧波谷大门口等一下，他问陆西城借个车，接他们去镇上。付熔岩听她给许仲骞打电话的语气，猜测这俩人应该是和好了。

两人边聊天边出会议室。出了电梯，寰宇集团一位员工来找时雨，说有人找她，在大门口等。时雨诧异，回忆了几秒钟才想起，应该是邱漓来了。昨晚，邱漓给她发过消息，说处理完工作交接的事就来看她，最迟后天到。没想到，她提前到了。

时雨有些为难，许仲骞都去借车了，这个时候跟付熔岩改时间不太好。她只好征求付熔岩的意见："抱歉啊，我朋友来祥曲看我，提前到了。能一起吗？"

"当然。"付熔岩很爽快。

这时候时雨后知后觉地庆幸叶晓萌今天去彭冕墓帮她测绘。可能是邱漓的出现，让她对自己和时雨的友谊产生了危机感，叶晓萌并不喜欢邱漓。时雨想，两人硬凑在一起的话，估计这顿饭吃得会很尴尬。

碧波谷很大，时雨和付熔岩走了十分钟才到门口。隔老远，时雨就看见了邱漓，她比上次瘦了不少。

"时雨，这里这里。"邱漓朝她挥手，很开心。

走近了时雨才发现，邱漓不仅瘦了，气色也变好了。这大概就是爱情的力量吧，她应该过得很幸福。

邱漓说的话和时雨想说的差不多，她拉着时雨的手："你比我们上次见的时候精神多了，果然还是爱情能滋润人啊。"

付熔岩就在旁边站着，时雨不好意思聊这些，应付了几句赶紧换话题："介绍一下，这位是我的合作伙伴，宇林集团的副总——高级景观建筑设计师付熔岩。付总，这是我朋友邱漓，她在天鼎集团工作。"

"付总好，久闻大名。"

"幸会。"

许仲骞开车过来了，三人都上了车。时雨怕邱漓和付熔岩坐一起尴尬，特地把副驾驶留给了付熔岩。

"这位也很帅。"邱漓用口型无声示意。

时雨知道邱漓的意思，笑着用眼神警告。前排两个男人在聊工作，完全没注意她们的小动作。

车子开出没多久，迎面开来一辆路虎，和他们擦身而过。

小冯开着车，从刚才不经意的一瞥中看到了时雨。在他心里，时雨是那种让人一眼惊艳的美人，他是不可能认错的。他激动地对后座低头玩手机的邱同钧说："小邱总，我刚看到时博士了。"

"哪？"邱同钧立刻抬头，"我学妹在哪儿呢？"

"就在刚开过去的那辆车里。"

邱同钧回头看，车子已经开出去很远了。

"看不见了。反正我们后天才走，晚点再找她吧。你查查附近有什么不错的餐厅，让我小叔请客。"邱同钧继续玩手机，顺便给时雨发了个信息，告诉她他到碧波谷了。

"小冯，小冯？想什么呢，我跟你说话呢？"邱同钧觉得奇怪。小冯是个话痨，外号冯多话，怎么突然变这么安静了？

车子在碧波谷大门口停下。小冯回头，一脸狐疑地对邱同钧说："我在想我是不是看错了，刚才那辆车里，和时博士并排坐的人是邱漓。"

"邱漓？哪位？"

"设计部的同事，刚升到总部去了。工作能力还行，不过咱们公司比她强的有不少呢，她能这么快上位，也是总部那边吴经理钦点的，据说职位还不低。"小冯挑挑眉，八卦兮兮，"她是吴经理的那位，你懂的。"

邱同钧没懂："吴经理的老婆我见过，她不是一直在家带孩子吗？"

"谁说是老婆了，是那位——"小冯话里有话，故意把音调拖得老长，"那种关系。"

邱同钧这次懂了："我说你怎么这么来劲呢。工作不够忙是吧，尽琢磨这些。"

"哪有哪有，我工作很认真的，小邱总，昨天你不还夸我吗！我只是奇怪，这邱漓什么时候跟时博士关系这么好了，休个年假还特地来弎曲探望她。"

"你管人家呢！"邱同钧瞪他，"不过吴经理这事你是怎么知道的？"

这位吴经理跟了邱易诚很多年，邱同钧跟他很熟，他在天鼎的口碑素来不错，不像是会搞婚外情的人。再说了，吴经理都快五十的人了，又是脱发又是中年发福的，还有小姑娘看上他？

小冯一说起这种事就激动："总部秘书室的莎莎去一号会议室送文件，打着电话没注意，不小心走进了二号会议室。门一推开，你猜她看到了啥？"

"好好说话，别卖关子。"

"吴经理和邱漓，俩人正抱一起亲呢！莎莎吓坏了，扭头就走，担惊受怕了一晚上。第二天吴经理就找她了，旁敲侧击说了些什么，大概意思就是不让她说出去呗。莎莎胆小，她哪敢乱说。所以这事除了我没人知道。"说到这儿，小冯很自豪。

"那你又是怎么知道的？"

小冯笑不出来了，突然意识到他给自己挖了个坑。

在邱同钧的威逼利诱下，小冯不得不老实交代，莎莎其实是邱易诚的人，公司有任何值得上报的事她都会亲自汇总给邱易诚。照理说像吴经理这个级别的领导，他的事肯定得优先上报。可吴经理和邱漓的这种情况虽然有伤风化，但也是私事。莎莎把握不好标准，就去找小冯出主意。

小冯是邱易诚塞去鼎峰看着邱同钧的，和莎莎同属于董事长亲信，莎莎非常信任他，平日有事都会找他商量。她把来龙去脉跟小冯一说，小冯觉这种风月之事邱董应该不会有兴趣，还是睁一只眼闭一只眼算了，免得得罪人。

小冯交代完，邱同钧来气了："好你个冯巍，原来你是我爸派来的卧底啊！亏我对你那么好！说，你都跟我爸说了我什么坏话？"

"冤枉啊小邱总，我哪敢说你坏话！邱董让我跟着你，也是怕你有难处不好意思跟他开口，这不让我帮忙递个话吗，嘿嘿……"

"少花言巧语，要是被我知道你跟我爸乱说，给你好果子吃！"

"不敢不敢。"

"回恒洲再跟你算账。走吧，找地方停车。"

"谢小邱总不杀之恩！"

邱同钧给邱易唯打了个电话，扬扬得意："小叔，我到了，找停车位呢……知道知道，地下停车场是吧……没想到你也有今天，哈哈，风水轮流转，总算轮到我看你笑话了。"

吃完中饭，许仲骞和付熔岩在餐厅包间聊工作，时雨拉着邱漓去街上闲逛了。

垟曲开发速度快，一周没来街上，又多了几家没见过的店铺。她们买了些水果，又去云都酒店打包了咖啡，回到餐厅已经是下午两点半了。

时雨下午没什么事，问邱漓："他们一会儿回去处理工作，你要是无聊，我陪你再逛逛？"

"不用，你也累了，还是回去歇会儿吧。"

"你住在哪里，需要先把你送回去吗？"

"我跟你们一起回碧波谷吧。都来垟曲了，我得去看看我老师。"

时雨想起来了，邱漓是方老师的学生，她大老远来一趟垟曲，确实需要去拜访一下。

一行人打道回碧波谷。在车里，邱漓告诉时雨她就住在云都酒店，明天她去碧波谷看她，可以顺道帮她带咖啡。

听邱漓提到云都酒店，许仲骞眼睑动了动，神色有细微的变化。

回程的路很通畅，再加上许仲骞开车快，半个小时他们就到碧波谷了。

邱漓拎着水果去了方老师办公室，许仲骞和付熔岩各忙各的工作去了。时雨暂时没什么要紧事，想到邱同钧也来了祥曲，就给他发了个信息，让他有空去她办公室一趟。她正好多带了几杯热拿铁，可以分他一杯。

十几分钟后，时雨戴着眼镜聚精会神看资料，敲门声响了。她以为是邱同钧，说了句请进，头也没抬。进来的人却是小冯。

小冯见到美女，心情很好："是我哟，时博士，又见面啦。"

"邱同钧呢？"

"小邱总在跟邱总谈事，他让我来帮他取咖啡，顺便问问您，有没有时间一起吃个晚餐。"

"好啊。"时雨把咖啡递给小冯，"小心烫手。"

"时博士，没想到你戴眼镜也这么好看。真是禁欲系美女啊！"

"禁欲系"三个字让时雨笑出声来："什么形容词？！"

"这不是夸你有气质嘛！"小冯环顾四周，"怎么没见晓萌？"

"她去山里帮我做测绘了，晚饭我带她一起。"

"好嘞，那我们晚上不见不散。"

时雨应了一声，低头继续看资料。过了半分钟，她察觉小冯还在原地站着，狐疑："怎么还愣着不走？一会儿咖啡要凉了。"

"有个事，不知道当讲不当讲……"

"不当讲就别讲了。"

"……"

"行了，有什么事直说吧，不想说就赶紧送咖啡去！"

"那我说了。"小冯深吸一口气，"这事吧，不太好说，唉！一般人我也不会告诉他，谁让你是我女神呢。"

说之前小冯还特地去确认了一下门外没人，如此小心谨慎，跟时雨印象中他的样子不太符合。等他用严肃的口吻把事情说完，时雨一愣一愣的，不敢相信。

"你确定？据我所知她有男朋友，跟她差不多大，怎么可能是你口中五十岁的吴经理。"

"我哪敢骗你啊！她有男朋友也不代表她之前没跟吴经理……有过那啥关系。再说邱漓一个无关紧要的小喽啰，我没事干吗造她的谣！"小冯抓紧一切机会表忠心，"我也是担心你啊，女神。邱漓这妹子我虽然不熟，但也听公司同事说过几次，她可是个无利不起早的人！她突然跟你交上朋友，我怎么想都觉得不对劲。她傍上吴经理不也是想上位吗，难不成是真爱？"

时雨面无表情："那个，我性取向正常。"

小冯无语了。

"我不是这个意思。我是觉得，她肯定从哪里听说了邱董要聘你为天鼎的顾问，想跟你搞好关系，能往上爬就往上爬呗。"

"唔，这么说就有点说得通了。"时雨挥挥手，"行了，我知道了，你回去吧。"

"女神你别不当回事，要提防她啊，别被人骗了还帮着数钱。"

"知道了，知道了，快去送咖啡。"

小冯走后，时雨的脸色才有了变化。出于对朋友的信任，小冯那些话她本不愿意听，但她觉得小冯确实没理由刻意在她面前说邱漓的不是。如果小冯说的是真的，这里面或许有什么误会也不一定。就像前不久全网痛骂梁朱槿是小三一样，有图有真相，看似抵赖不了，只有时雨知道梁朱槿是无辜的。

时雨揉了揉太阳穴。真是伤脑筋！

02.

有了这么一个插曲，时雨一下午都心不在焉的，工作进展极慢。彭冕墓并不大，在掌握详细测绘数据的情况下，她连墓室的斗拱图都没能画完。

时雨连敲自己的脑门好几下，甚至还想浇盆冷水让自己清醒清醒。就这么放空了许久，许仲骞敲门进来的时候，她已经趴在图纸上了。

"累了？"

时雨从桌上抬头，看着斜倚在隔壁桌案上的许仲骞，心情就像被点燃的烛火，有那么一瞬间的复苏。这一刻夕阳正好从他身后的窗户洒进来，照亮了他的侧脸。他走过来，拿起她放在桌上的咖啡喝了一口，拧眉："咖啡凉了，走吧，带你去买杯新的。"

"不喝了，再喝晚上就该睡不着了。"她快速整理完桌面。

许仲骞看见她画了一半的图纸，以为她是因为工作遇到了问题才这样。他宽慰她："图纸不用急，这不是你的本职工作，葛主任说按照你的进度来就行。"

"这点小事还不足以影响我的心情。"时雨陡然站起来，她勒紧他的领带，眼角一勾，笑得很妩媚，"以前某些人天天招惹我，把我气得半死，我还不是照样如期完成所有的工作，而且还都是很精细的活。"

许仲骞知道她在说他。他托起她的后脑勺，一用力一转身，两人的位置迅速来了个对调。时雨下意识地往后退，腰却被桌沿顶了个结实。

"再动就摔了。"许仲骞笑道，"刚才不是很有气势吗，时博士？怎么这么快就退缩了？"

时雨语塞，好半天才挤出一句："那是因为我以前错看你了，许博士！没想到你是这样的人。"

"怎样？"

时雨上下扫了一眼许仲骞，她想挣脱，刚动了动，额前的头发丝从许仲骞侧脸掠过，许仲骞只觉着脸上痒痒的。他按住她的胳膊，将她抱起来坐在了桌上："都说让你别动了。"

这个高度，时雨稍微抬头正好对着许仲骞的下巴。她盯着他的下巴尖上刚冒出的胡茬看了几眼，狡黠一笑，凑上去蜻蜓点水般亲了他的下唇。谁知，她还没从这一小动作得逞的快意中反应过来，许仲骞顺势抵住她的额头，连绵的吻像夜晚的浪潮，止不住地掠夺着海岸。

许久，许仲骞才放开她。

时雨脸色发烫，微微低下了头："许仲骞，你以前不是这样的！"

"我一直是这样的。"许仲骞勾起她的下巴，不怀好意地笑笑，"以前的你很喜欢我这样。"

"你胡说，我没有。"时雨的脸红到了脖子根。

刚才他们的动作太大，桌上的书和资料全掉在了地上，白收拾了。好巧不巧，这时候敲门声响了，伴随着叶晓萌的声音："时雨姐，我回来啦，我能进来吗？"

"等会儿。"时雨有些慌，"你先去会议室待会儿，我一会儿叫你。"

"好嘞！"叶晓萌很得意。有过两次撞破时雨和许仲骞亲密现场的经历，她现在学聪明了，进时雨的屋之前一定要先敲门，以免再看到什么不该看的。

听到叶晓萌的脚步声远去，时雨松了口气。她从桌上跳下，蹲在地上收拾资料。许仲骞蹲下来跟她一起收拾，看似漫不经心地说了句："你好像有心事。"

"有吗？"

许仲骞扬了扬手上的图纸："中午出门前就在画斗拱了，现在还停留在这里，不是你的行事风格。"

时雨有些诧异他的细心。许是因为工作的缘故，他对任何事都观察入微，只一眼就能看出其中利害。而他又是那么了解她，就像了解他自己一样。这也是她喜欢他的原因，不只是因为他的外貌。

"能难住时博士的问题，应该不是小问题。让我来猜猜？"

时雨发笑："别假装恭维我了，也别猜了。我若是告诉你，你能帮我排忧解难？"

"不知道，但可以试试。"

时雨把小冯跟她说的那些，还有她和邱漓是怎么从认识到成为朋友的，事无巨细地都说给了许仲骞听。她以为许仲骞至少会诧异，可他自始至终都很冷静，倒是符合他一贯的行事风格。

他拍了拍时雨的手背，宽慰道："首先呢，这件事不管是真是假，你都没有责任和义务去承担什么，大可不必困扰自己。我上次就跟你说过，对于他人的事，不要代入到自己身上去思考，这样你很容易失去客观判断问题的理智。"

时雨觉得许仲骞说得很对，问："其次呢？"

"其次就是，我的女朋友这么聪明，我相信她一定能调整好自己的心态。"

"就这样？"

"就这样。相信你的直觉，你选择的朋友肯定有她的优点，你的判断力一直很强，别怀疑自己。没有人是完美的，对不对？"

"你说得对，哪有人是完美的。"时雨再次赞同，"小冯说的那些不管是真是假，都是邱漓的事，我无权干涉。她要是真的做错过事情，只要迷途知返，我也不能因为她犯过错就否定她的一切。如果只是误会，我更不能在这个时候听风就是雨，毫无根据地去声讨她。既然我现在什么都做不了，那就把一切都交给时间吧。"

时雨看了一眼手机，快到下班的点了。她晚上和邱同钧有约，得提前准备准备，还得把叶晓萌带回来的资料再核对一遍。

"感谢许博士答疑解惑，我心情好多了，可以继续工作了。"

"乐意效劳。"

"邱同钧过来了，晚上我跟他们吃个饭去。你呢，怎么解决晚饭？"

"付熔岩明天就回去了，我陪他去食堂吃个工作餐。"

"哇哦，只能吃食堂的人好可怜哦。"

许仲骞被她逗笑，一脸无奈。以前他从不曾发现时雨有这么多面。他对她的记忆还停留在近乎冷漠的理智那一面。

"小雨，有个事我觉得需要告诉你。但是你别多想，只是我个人的一点看法。"

时雨见他语气变了，意识到他要说的应该不是什么无关紧要的事，因为他轻易不会给出这种提示。她等着他往下说。

"还是关于邱漓。"

今天中饭时，邱漓闲聊起自己的原生家庭。她的老家在鹭城乡下，父母都是朴实的农人，家中还有一个正在上大学的弟弟。她为了让自己和家人过得好一些，这些年一直很努力地工作。

"我听邱同钧聊起过他们普通员工的薪资，邱漓的物质生活条件应该不算好，但她这次来珤曲住的酒店是云都。"

时雨大概听懂了，小心翼翼问了句："云都酒店一晚上的价格是多少？"

"一千以上。"许仲骞提醒，"而且现在是珶曲的温泉度假季，价格比以往还要高些。"

邱漓有十天年假，她说想趁这次机会在珶曲好好玩几天，所以连着订了七天的房间。这相当于她一个月的税后工资。

许仲骞看时雨的脸色不对，试图安抚："当然，也有可能她只是想在离职后好好放松一下。别让这种事成为你的负担，我告诉你这些是想让你有个心理准备，凡事总有万一。你不想伤害别人，也不要给任何人伤害你的机会。"

"我知道了。"

时雨非常明白，许仲骞的初心和小冯一样，不管这件事的真相到底是什么，他们都不希望她因此受伤。这本是个苦恼的事，她竟从中品出了一丝幸福的味道。

许仲骞走了许久，她才恢复心情，傻傻地对着门板说了声谢谢。谢谢他摒弃了那些不能和她在一起的理由，选择和她在一起。有他在，她遇到任何事都不会觉得孤独。

许仲骞的那番话对时雨来说很受用，她已经能做到不主动去想邱漓的事了。晚餐时，小冯委婉地暗示了几句，她不动声色地打了个太极，委婉地表示不想提这些。坐在她旁边的邱同钧显然是知情者，一副看好戏的表情。剩下邱易唯和叶晓萌一脸茫然。

时雨没打算告诉其他人，叶晓萌又是撒娇又是耍赖地问了几次，都被她挡回去了。不过第二天傍晚见到邱漓，她没按捺住好奇心，找机会问了云都酒店的事。

邱漓毫无心理负担，笑着承认："对啊，是有点贵。本来我挺舍不得的，不过我男朋友知道我出来旅游，特地叮嘱我住好点，别委屈自己。钱也是他给的。"

"你男朋友对你真好。"

邱漓害羞。

"你有问过他的家庭情况吗？我的意思是，如果你决定跟他一直走下去，他的人品、家庭等各方面条件都要了解清楚。"

邱漓仔细回想了一下："我没多问，只知道他老家在南方的一个小城，就是普通的小康家庭。他在恒洲念完本科和研究生就留下来了，有一份薪资不错的工作，这些年靠自己的努力买了车买了房。或许条件不算很出众，但我很喜欢他，我们相处得很好。"

"那就好。"时雨点点头。邱漓都说得这么清楚了，必然不是小冯说的那个吴经理。

"时雨你放心，我知道你关心我。我不是那种好高骛远的人，我不需要找一个多有钱的，只要是我喜欢的，我愿意跟他一起为生活努力。而且他在恒洲有房子，这点已经足够让我有安全感了。我们那么拼命，不就是想要个属于自己的家吗？"

邱漓这番话打动了时雨。时雨暗暗地埋怨自己，她不该怀疑自己的朋友。

"你这么说，我就放心了。"她说，"说点开心的吧。你的男朋友长得帅吗？"

问到这个，邱漓脸又红了，点点头："很帅，是我喜欢的类型。我给你看照片吧。"

她在手机相册翻了一会儿，"找到了，你看。"

时雨接过来一看，心里嘭的一声。这简直……还不如是吴经理呢！

"怎么了？"邱漓疑惑，时雨的反应大大超出了她的预料。就算不觉得帅，也不该是这个反应吧……

时雨耳边嗡嗡的，她不知道该不该跟邱漓说实话。邱漓的男朋友就是叶晓萌的未婚夫蒋铭韬！可是看她的样子，似乎并不知道蒋铭韬不是单身。难怪最近晓萌总说蒋铭韬不对劲，他是真的不对劲啊！

"时雨你怎么了？"

"没什么，就是突然想起我和许仲骞约了晚饭，我得回去了。明天我再找你吧，你好好休息。"

时雨找了个借口出门。到了没人的地方，她给小冯打了个电话。

第二天一早，时雨没去碧波谷上班，她请了假，去云都酒店找邱漓。

邱漓还在睡觉，来开门时眼睛都是惺忪的。她伸了个懒腰，哈欠连连："怎么这么早啊，今天不忙吗？"

"不忙。"

"那太好了，我准备去山里泡温泉，你要不要跟我一起去？"

"我很想跟你一起去，不过今天恐怕不行。你也应该去不了。"

"为什么？"

时雨拉着邱漓坐下："你听我说，这事可能比较严重，但是我觉得作为朋友，我不应该瞒你。你先回答我，你的男朋友是不是叫蒋铭韬？"

邱漓不明所以，茫然地点头。

"那就对了。我认识他，他不是单身，他有未婚妻，而且很快就要订婚了。"

邱漓脸色唰的一下就白了。她一下子站起来："不可能，他跟我说过他是单身的。我相信铭韬，他是不会骗我的。时雨你是不是弄错了？我见过他朋友，他朋友也说他单身。"

看她这反应，时雨反倒放心了——她是真的不知情，这种绝望是演不出来的。她嘴上说相信蒋铭韬，心里其实已经怀疑了，不然她不会反复说服自己。

"我没弄错，更没理由骗你。"时雨抚拍她的肩膀，为了不刺激她，语气尽量放柔和，"蒋铭韬的未婚妻不是别人，是我的助理叶晓萌。他们是大学校友，晓萌上大一就跟他在一起了，今年是第八年。"

"半年前，蒋铭韬向晓萌求婚了，等晓萌结束珙曲的工作回恒洲，他们就举办订婚仪式，酒店都选好了。这事我们研究院上上下下都知道。你若是不信，可以随便找个人问问。"

邱漓状似崩溃，一句话都不说，眼眶早就红了。她当然相信时雨不会骗她，可她不敢相信蒋铭韬会这样欺骗她的感情。

她蹲在地上，捂着脑袋无声地流眼泪，身子也开始发颤。

"邱漓你起来。"时雨去扶她，"现在不是哭的时候，你听我说完。"

邱漓摇头，眼泪不停地往外掉："我现在脑子很乱。我……我不知道该怎么办，你先别跟我说话……我想想，你让我想想。"

"你再哭也于事无补，我们必须得解决这件事！"时雨提高了声音，"知道为什么我昨晚不跟你说吗？因为晚上没有车回恒洲，我就是怕你像现在这样，情绪失控睡不着觉。打起精神，这事别人帮不了你，你得自己解决。"

被时雨这么一吼，邱漓总算清醒了些，颤颤巍巍地问她："怎么解决？"

"我问小邱总的助理要了你的身份证信息，昨晚就给你买好高铁票了，十点半的车。你快收拾一下，我送你去高铁站。回恒洲把蒋铭韬约出来，跟他当面说清楚，断干净，把对自己的伤害降到最低。"

"我……"她咬着嘴唇，挤出一句话，"你助理……叶晓萌知道吗？"

"这是你的隐私，你也是受害者，在你处理好之前我不会告诉别人的。"

"谢谢。"邱漓一说话，眼泪又开始掉。要不是时雨，她真不知道该怎么办。时雨说得对，现在不是哭的时候，她得解决问题。

时雨又说："等你和蒋铭韬摊完牌，我会把这一切都告诉晓萌。至于她怎么选择，那是她的事。"

"他们会分手吗？"

"不知道。"她是真的不知道。叶晓萌和蒋铭韬毕竟有八年感情，而且已经到谈婚论嫁的阶段了，不是说断就能断的。她作为朋友，能做的就是把她所知道的都告诉叶晓萌，让叶晓萌自己判断。

"不管他们分不分手，蒋铭韬欺骗你的感情是事实。你不能任他鱼肉，也别再对他抱有幻想了。"

"嗯。"邱漓低声啜泣，"我明白的。"

"还有个事，蒋铭韬之前带你去的那套房子不是他的，是晓萌的父母给她买的婚房。严格来说那是晓萌的婚前财产，跟蒋铭韬一点关系都没有。"

邱漓脸上的血色一点点淡去。在时雨的劝说下，她从崩溃的临界点找回了仅存的一点理智，收拾行李去了。她的年假算是彻底毁了。

时雨心里不是滋味，总觉得是她把邱漓的心戳成了筛子，可她根本无从选择。上帝就是这么爱给她出难题，先是夏蓝蓝和梁朱槿，现在又是邱漓和叶晓萌。她的生活好像也被戳成了筛子。

03.

下午的阳光温柔耀眼，给冬日里平添了一丝暖意。时雨的办公室朝西，此刻的太阳正一点点经过她的窗户，阳光的颜色越来越浓郁。

时雨打开抽屉，拿出一副塔罗牌摊在了桌上。从前时年教过她怎么玩这个，这副牌也是时年送给她的。也不知是出于什么心态，她到哪儿都习惯带着。

她从中抽出一张，缓缓翻开。牌面揭晓的同时，许仲骞进来了。

"怎么不关门？"许仲骞瞥了一眼桌上的塔罗牌，"你还会这个？"

"不关门是想透透气。至于塔罗牌，我不太会玩，但是会认牌。"

许仲骞拉了张椅子在她对面坐下。她刚抽到的牌上画了一栋西方塔楼建筑，建筑底下写着英文：The Tower。

"高塔。"时雨把牌拿起来，展示给许仲骞看，"果然啊，怪不得我老觉得我最近不顺利。"

"这张牌有什么特殊意义吗？"

"高塔的牌面意思是毁灭。一副塔罗牌有七十八张，其中大阿尔卡那牌二十二张，小阿尔卡那牌五十六张。其他牌都有正面和反面之别，代表相反的寓意，高塔是唯一一张正反面都代表不好的牌。"

解释完，时雨的心情也变得沉重起来。

她把牌重新整理好，问许仲骞："就不摆牌阵了，太麻烦。你抽一张试试？"

许仲骞摇头："我不信这些。"

"那你信什么？"

"信我自己。"

"可惜啊，我没办法信我自己。"时雨笑得玩味，"我这个人，活得太片面。"

"你可以选择信我。"

"是个不错的选择。我能问问为什么吗？"

许仲骞站起来，往窗边走了几步。打开窗户，他转身回到桌边，帮时雨把塔罗牌收好，放回抽屉。一边收牌，他一边开口："相比这些虚无的，我或许更能帮你分忧解难，不是吗？"

窗户被打开，阳光变得更亮了，映射在时雨的瞳孔中。她抬头，仰视着站在她面前的，她曾经爱而不得的心上人，她现在的男朋友。

　　她刚才没有把话说完。高塔这张牌意味着她的生活中将迎来许多困扰，甚至会有巨大的变动，感情上也会产生诸多不顺，甚至是痛苦。

　　可是许仲骞说，她可以信他。

　　她叹了口气，低声说："我答应过邱漓，在她解决这件事之前暂时不告诉别人。"

　　她苦恼："但我又仔细想了想，你又不算别人，对吧。"

　　"所以你是准备告诉我什么？"

　　"告诉你我如此这般烦恼的原因啊。事情是这样的，我前天……"

　　"等等。"许仲骞将食指放在她的唇上，阻止了她，"先别说。"

　　他从外套口袋里拿出一颗糖，撕开包装送到她面前："吃了再说吧。甜味会让人心情变好。"

　　时雨含着糖，笑他："你什么时候开始随身带糖了？"

　　"想戒烟。有烟瘾的时候吃。"

　　时雨这才想到，许仲骞的烟瘾确实挺重的。他的工作大多时候很枯燥，还有各种精细的要求，压力一大他就喜欢抽烟，一抽就再也停不下来了。认识他这两年多，他抽得最多的时候一天能消耗两包烟。

　　前几日他们一起用餐，许仲骞边想事情边抽烟，她在旁边被熏得直咳嗽。她埋怨了一句，让他以后少抽烟。不承想，她这么一句普通的劝诫，他完全放在心上了。

　　她含着糖，冲他灿烂一笑："那就从邱漓的男朋友开始吧。"

　　从她认识邱漓的时候，邱漓有一个暗恋的男人开始说起。这本来是挺复杂的一件事，她用最简短的话把这几个人的关系说清楚了。

　　"大概就是这样吧。邱漓回去三天了，这三天她没跟我联系，我也不方便主动问她。发生这种事她心里也不好受，我不想在她伤口上撒盐。"时雨揉揉太阳穴，语气慵懒且烦恼，"唉，晓萌要是知道真相，肯定会更难受。她跟了我快三年了，我太了解她，都能想象她会是什么反应。"

　　许仲骞没什么反应，像是听到了关系隔了十万八千里的某个人的故事。他俯下身，打开抽屉，从中抽出一张塔罗牌。

　　时雨瞥了一眼。他拿着的这张牌，上面画了个倒着的人。

　　"帮我解释一下吧，我抽到的这张牌是什么意思。"

　　"刚才还说不信的。"时雨笑他，接过牌，"你抽到的这张叫作倒吊人，代表自我牺牲。意思是，你会付出你该付出的，经历阵阵磨难之后，不好的事情终将过去。手气不错嘛，这张牌寓意很好。"

　　"也没很好，不是要自我牺牲吗？"

　　"人生怎么可能一帆风顺，总归是有坎坷的。不是说了吗，不好的事情终会过去。"

时雨把牌翻过来，对着他晃了晃，"不过话说回来，怎么又突然想抽牌了？"

"并非想抽牌，只是不想你被困扰，分散一下你的注意力。"

时雨捋了捋头发，朝他挤眼："那么恭喜你，你成功引起了我的注意。"

她这一小动作对许仲骞很受用，他被逗笑了："至于你刚说的事，我想，我可能要重复上次对你说过的话了。不是你的事，不要代入到你身上去思考，不要产生主观情绪。哪怕这事关系到你最亲密的人。"

"包括你吗？"

"包括我。"

时雨揶揄他："不愧是理科生，你这逻辑更胜我一筹。"

"时博士过奖。被你这一打岔，差点忘了说正事。"

"你来找我，还有正事？"

"我明天要回恒洲，有个很重要的项目会。把你家的钥匙给我。"

时雨以为自己听错了，眨眨眼："我家的钥匙？你要我的钥匙干吗？"

"有东西要送给你。等你回去就知道了。"

"这么神秘？"时雨心里甜腻，却假装满不在乎，"那好吧，给你一个机会，看能不能给我个惊喜。"

她在抽屉里摸索半天，没找到家里的钥匙。她蓦地想起，她平日里东西经常乱放，恒洲家里的钥匙一时用不到，她怕弄丢，就让叶晓萌帮忙保管了。

"差点忘了，钥匙在晓萌那儿。她和张锴在大会议室，你等我一下，我去找她拿。"时雨匆匆出门。

"不着急，晚上给我也行。"

"你等我一下，我去去就回。"声音越来越远。

许仲骞呆呆地看着没关严的门，嘴角上扬。

几分钟后，门外响起脚步声。许仲骞以为时雨回来了，正要开口，推门进来的竟然是时永忱。两个人同时愣住了。

"时院长。"

时永忱应了一声，又道："还叫我时院长？太生分了吧？"

"时叔叔。"许仲骞拉开椅子，"您坐。"

叶晓萌和张锴正在为珰曲项目总结书的某处表述争论，看到时雨进会议室，拉着她讨论了一会儿。时雨一聊工作就很投入，聊着聊着，忽然反应过来自己是来拿钥匙的。她一看墙上的挂钟，竟然过了二十分钟。

"先不说了，许仲骞找我有事。我回去了，你们继续。"

　　叶晓萌叫住她："时雨姐等一下，我和张锴今晚就……"

　　"我真有事儿，晚点说。"时雨挥挥手，走了。

　　张锴眼睁睁看着时雨走远了，他用手肘推了推叶晓萌："你怎么不把话说完，万一她晚上找你有事怎么办？"

　　"看她这归心似箭的，能听我说完？你赶紧收拾吧，一会儿走之前我跟她打个招呼。"

　　"行吧。"

　　张锴急匆匆收拾着铺满一桌子的资料。

　　一个小时前时永忱抵达珤曲，临时通知他们提前回恒洲，说是院里刚接了新项目，人手不太够。珤曲这边的工作已经接近尾声，只剩一些和文物局交接的事，时永忱会亲自负责。

　　想到今晚就能见到未婚夫，叶晓萌心情极好，一边收拾一边哼起了歌。她觉得自己被上天眷顾了，刚顺利升了职，马上又要订婚了，而且这次珤曲古石桥的修复项目出其不意的顺利，连带着发掘了彭冕墓，简直有如神助。

　　张锴看着叶晓萌哼歌的样子，也忍不住嘀咕了句，真是个不识愁滋味的小女生，令人羡慕。

　　"许仲骞，我刚有事耽搁了，钥匙我拿来啦。"时雨晃着钥匙进门，一对上时永忱的脸，差点趔趄，"爸，你怎么在这儿？"

　　也不知时永忱是什么时候来的，看他和许仲骞这阵势，像是聊了有一会儿了。

　　"珤曲项目告一段落了，我来处理收尾工作。"

　　时雨不信："多重要的工作能劳您亲自来？你分明是查我岗来的。"

　　"你和小许不声不响地在一起了，我还不能来看看？"

　　"叔叔您言重了，确实应该亲自来看看。"许仲骞应和。

　　时雨一听他这称谓，眉头一皱："叔叔？你什么时候改的口？干吗叫他叔叔，怪怪的……"

　　"你们既然在一起了，小许喊我一句叔叔过分吗？"

　　"爸，你这话才是言重了呢，"时雨发笑，"我什么都没说，你们就一唱一和了，还真显得我小心眼，好像我不让你来似的。"

　　"你不让我来我就不能来了？"时永忱看似严肃，语气却是轻松的。

　　时雨心想，她爸这可不太像以往听说她和许仲骞的事的反应。自从母亲离开，他们父女这些年相处的时间并不长，父亲的脾气她却是摸得透透的。他这态度，应该是不再反对了。

　　不过，就算他反对也没用。她早就打定主意了，好不容易才把许仲骞追到手，她是不会放弃的。谁都改变不了她的决心。

　　"爸，你这次来珜曲，准备待几天啊？今晚我要给邱同钧送行，明天带你去吃当地特色菜吧。"

　　"明天我要去见葛主任，下次吧。想吃什么就让小许陪你去。"

　　"他明天回恒洲。"

　　时永忱看向许仲骞。许仲骞点头："有点急事，大概回去三天。"

　　"嗯。"时永忱对时雨说，"石桥和墓葬的事都快处理完了，项目组很快会撤出珜曲。未来这段时间你一个人在珜曲，照顾好自己，有什么需要帮忙的找陆西城就行。"

　　"我一个人？不是还有晓萌吗？"

　　"院里刚进了新项目，人手不够。我想碧波谷项目你一个人应付得来，就让她和小张先回去了。"

　　时雨一听，急了："不行，她现在不能回去。"

　　时永忱不明白她为什么这么激动："为什么不行？"

　　"反正就是不行。"

　　"你说了没用。高铁票已经买好了，他们一会儿就走。"

　　"……"

　　时雨慌了，她没法向时永忱解释，只能干着急。

　　不知道邱漓和蒋铭韬谈得怎么样了，如果他们还是牵扯不清的状态，叶晓萌这时候回去岂不是让事情变得更复杂？万一被她撞破些什么，她该有多难过！

　　时雨看向许仲骞，眼神中充斥着求助信息。许仲骞朝她轻轻摇头，示意她别再说了。时永忱那么敏锐的人，再说他肯定会察觉。

　　"那好吧，我去送送晓萌。"时雨意兴阑珊，她从抽屉里拿出一卷图纸交给时永忱，"我画的彭冕墓室的结构图和剖面图，明天你顺便带给葛主任。这是打印版，电子版我已经发到文物局公共邮箱了。"

　　"嗯。"时永忱打开看了一眼，眼中露出赞赏。时雨画的图一向精细，比他当年有过之而无不及。

　　同一时间，邱易唯也在看图纸，他手上拿的是碧波谷的园区设计图。陆西城把时雨画的建筑草图和付熔岩画的景观草图合二为一，得出的效果图就是邱易唯拿着的这一张。

　　邱易唯交口称赞："看不出来时雨真有两把刷子，她和付熔岩这一波配合太绝了。西城，你怎么想到找他们俩的？"

"时雨是投资方聘请的，付熔岩是当地旅游局先联系的。以付熔岩如今的身价，他不轻易接外面的活。"

邱易唯心中的小算盘被按了下去。他之前就有想过，天鼎的下一个项目——玉合山温泉山庄，找时雨和付熔岩联合设计。

"总有机会的。时雨已经答应出任天鼎集团的顾问。"

"那恭喜你了。"

邱同钧正在一旁的沙发上吃水果，听了陆西城这句恭喜，哈哈大笑："陆总，你就别一语双关揶揄我小叔了。他对我学妹那点心思，别人不知道你还能不知道？可惜啊，我学妹不喜欢他这一款。"

邱易唯从果盘中拿起一个香梨朝邱同钧砸过去。邱同钧稳稳接住，摸着它叹息："唉，这是一个梨啊，梨不就是离吗？小叔，你爱的人会离你而去，注定你爱而不得啊。"

"能安静点吗？"邱易唯忍无可忍，"你怎么还不走？你爸让你来传话，话已经带到了，还赖在这儿干吗？"

"我今晚就走。本来准备下午走的，学妹约我吃晚饭，说给我送行。"邱同钧炫耀，"那我走了，我赴约去了哟。"

看着邱易唯一脸不爽，邱同钧心情好极了，这一趟详曲来得真值。从前只有邱易唯挤对他的份，这一次他可算是连本带利讨回来了，他得好好感谢他爸给他这个机会。

走到园子里，邱同钧碰见了正在打电话的时雨。他准备打招呼，时雨朝他摆摆手，指了指手机。她应该是有重要的电话会。邱同钧很识趣地避开了。

巧得很，邱同钧没走多远，看见许仲骞也在跟谁打电话。

呵，这两人！

邱同钧左看右看，只得往人少的湖边走去。湖边的凉亭中，叶晓萌正坐着发呆。

邱同钧喊她："叶晓萌，他们不是说你回恒洲了吗？"

"小邱总，这么巧！"叶晓萌起身打招呼，"时雨姐说还有事要交代我，她让我留下来吃晚饭，晚上坐你的车回去。"

"啊？"

"你不知道吗？我刚还跟冯巍说了呢。"

邱同钧："……"

有人要搭他的车，他作为车主居然是最后一个知道的。邱同钧感叹，他这个老板当得真是一点都不硬气啊，跟他小叔比差远了！人家想谈恋爱就谈恋爱，想传绯闻就传绯闻。

时雨来回踱步，眉头始终没舒展开。电话另一边，邱漓已经泣不成声。

"你别哭了邱漓，慢慢说，有什么委屈我都听着呢。"

"他说他和叶晓萌在一起太多年了，感情早就淡了，但是双方家长都见了面，箭在弦上，他只能和叶晓萌结婚。他不知道我认识你，以为是我自己发现的，他让我别因为恨他就去打扰叶晓萌。"邱漓吸了吸鼻子，"他还向我忏悔，说骗了我是他不对，他也是难以自持，第一次见我就控制不住对我的感情。"

"他是不是还跟你说，他原本是想跟叶晓萌分手，光明正大地跟你在一起，只是因为家里不同意？"

邱漓感到意外："你怎么知道？难道你……"

"我没找他，他不配。"时雨冷笑，"想想都知道他是怎么糊弄你的，男人不都这样吗，吃着碗里看着锅里，说辞都是一样的。这种烂大街的台词在电视剧里出现过多少回，他还好意思拿出来糊弄人？"

邱漓又开始啜泣。

"既然已经说清楚了，你就别难过了，分了是好事。"时雨安慰她，"你长得那么好看，又刚升职到总部，前途一片光明，不值得为这样一个骗你的人浪费任何一滴眼泪。"

邱漓带着哭腔，絮絮叨叨地说了很多。

"道理我都懂，但是我是付出了感情的，我现在过不去这个坎。

"我跟蒋铭韬在一起才一个月，连我都这么痛苦，我不敢想象叶晓萌知道了会怎样。时雨，我真的很抱歉，我对不起她。

"你放心，我会删除蒋铭韬的所有联系方式，以后不会再跟他联系了。我真的无意伤害叶晓萌，在你告诉我这件事之前，我根本不知道蒋铭韬有未婚妻。

"时雨，我是真心把你当朋友的。我很害怕，怕你因为这事看轻我，我不是那样的人，我也不想的……

"你打算怎么跟叶晓萌说？她会不会恨死我了？"

时雨把头发往后捋，她深吸了一口气："邱漓，帮我个忙吧。"

邱漓一时茫然，没想到时雨听完她的话，竟然如此平静地要求她帮忙。她都已经这样了，能帮上什么呢？

"晓萌今晚回恒洲，我不希望她继续被蒋铭韬骗，但是我不忍心对她开这个口。我想拜托你，拉黑蒋铭韬之前给他发个消息，告诉他，三天之内跟晓萌坦白，如果他不坦白，你会替他去说。"

"如果他不坦白，你会告诉叶晓萌？"

"他会说的。"时雨很肯定。她甚至能想象到蒋铭韬的心里在想什么，与其让外人添油加醋，不如自己花言巧语。如果她猜错了，蒋铭韬打死都不肯对叶晓萌坦白，那她只能做最坏的打算了，就由她来做这个坏人吧。她是不会让叶晓萌泥足深陷的，她珍惜每一个真心对她的人。

挂了电话，时雨半天没缓过来，心情极度恶劣。她看见许仲骞迎面走来，竟然也很难调整出好看的脸色。

许仲骞笑了出来："不是让你别代入情绪吗，怎么这么看着我？"

"入戏太深，想骂人。"时雨叹气，"现在想想，Karun 对时年实在太好了，真是没有对比就没有伤害。我当时不该不懂事，用那种态度对他，他一定很伤心。"

听到这两个名字，许仲骞略一转头，将眼中的异样掩饰了过去。

不过时雨没注意，依旧自说自话："邱漓刚从蒋铭韬家中离开，俩人又吵了一架。好在已经说清楚了，他们也分道扬镳了。想想真是后怕，得亏我拦下晓萌，不然她现在都到恒洲了，万一撞见……"

许仲骞把她揽进怀里："你已经做得够多了，这种事你作为局外人，干涉不了太多。"

"我是不是管得太多了？是不是根本就不该插手？"

"我也不知道你做得对不对。但你如果放任不管，晓萌可能会一直蒙在鼓里，糊里糊涂地嫁给不值得的人。"

"也许她更愿意就这么被骗下去呢？至少她看到的都是美好的。"

"没有人会愿意被骗一辈子。"许仲骞的声音有些飘忽。像是在回答时雨，也像是在对他自己说。

时雨没听出他的画外音，她看了湖对岸的凉亭一眼，心情沉重。

叶晓萌从小被父母呵护着长大，家世好、相貌好、成绩好，有如天之骄女一般，没受过半分委屈。她一向天真，就连风雨欲来的此刻，她还在跟邱同钧有说有笑。她在期待着，马上要见到许久未见的未婚夫了。

04.

夜晚的琼曲失去阳光的眷顾，温度骤然下降了好几度，隔着玻璃窗都能看到路上行人哈出的冷气。

餐厅包间里弥漫着食物的香味，一桌人却吃出了不同滋味。

时雨始终在担心，叶晓萌知道真相会怎样。叶晓萌和邱同钧却像孩子般无忧无虑，边聊天边哈哈大笑。直到出发回恒洲的前一刻，俩人还在聊邱易唯的八卦。

邱易唯和夏蓝蓝的绯闻后续，发酵得一点都不出人意料。有网友从夏蓝蓝去年的 Instagram 发现了她秀恩爱的蛛丝马迹。她和邱易唯有不少情侣款，帽子、鞋子、手表……

她家的马克杯上，还有她穿的几件潮牌 T 恤上，都有"YW"的字样——"YW"正是"易唯"两个字的拼音首字母。

还有人从夏蓝蓝的微博关注列表中找到了她表哥的账号，又从她表哥去年生日发的微博中找到了一张多人聚会合影照。那会儿夏蓝蓝和邱易唯还在热恋，夏蓝蓝也没红，她肆无忌惮地搂着邱易唯的脖子，对着镜头甜甜地笑。

看得出来，恋爱中的夏蓝蓝是真的很幸福。网友纷纷感叹，过期糖最为致命。

这些照片和截图一曝光，不少网友暗搓搓地期待夏蓝蓝和邱易唯能旧情复燃。不过天鼎的公关团队已经澄清了，邱易唯目前单身，被偷拍的照片是他和朋友聚会，大家关系好闹着玩而已，而且当天在场的也不止他们俩。既然邱易唯和夏蓝蓝都是单身，男才女貌，当然是有机会和好的。新时代的单身女青年可以和任何人谈恋爱，包括她的前男友！

网友如火如荼地从玻璃碴中找糖，好巧不巧，夏蓝蓝不知是吃瓜手滑还是切错账号，给某条夸她和邱易唯般配的微博点了赞。虽然她很快取消了点赞，但热搜又是妥妥的第一了。

有了正主的这一态度，网友们更是看热闹不嫌事大。几天下来，夏蓝蓝和邱易唯的 CP 粉纷纷冒头，还建了后援会，叫"夏秋夫妇"。

时雨好奇地搜了一下，短短几天，夏秋夫妇后援会的官博居然有七万多粉丝了。她玩了五六年微博，不过几百个粉丝……好气人啊！

"邱总真是了不起，了不起！"时雨啧啧赞叹。有热闹可看，她心中的忧虑也被冲散了不少。

许仲骞看着时雨这样，琢磨着要不这几天多找一些邱易唯的花边新闻给她解解闷算了。他打着这样的小算盘，又觉得不是很妥。但他还是说服了自己，让时雨开心比较重要。于是他也打开了各大论坛，开始查漏补缺。

时雨拍了一下邱同钧："快看评论，你叔叔这次是真的火了。"

邱同钧拿着手机傻笑："你们不说我都不知道，'夏秋夫妇'，什么鬼？！哈哈哈哈……我爸要是看到，又得气得血压飙升了。"

"我前天就发现了这个后援会，工作太忙没来得及分享而已。"叶晓萌很得意，"小邱总，我没想到你居然还会看你叔叔的热闹。"

"我看热闹不嫌事大，以后有他的花边新闻，请不要吝啬，全部分享给我，谢谢！"

"放心，看热闹吃瓜，我在我们研究院排第一！"叶晓萌举手，"以前我就经常吃时雨姐和许博士的瓜。"

突然被点名，时雨怕叶晓萌乱说话，敲了敲身后的车门提醒他们："别看手机了，该上去了，再不走你们半夜都到不了。"

"那好吧，我们恒洲见啦。"

"嗯，去吧。"

大家告了别，小冯一踩油门，车子很快消失在夜色里。

时雨久久凝视着夜幕，她做了个祈祷的手势："但愿事情顺利解决，但愿晓萌能少受点伤。"

一直安静地站在一旁当背景的许仲骞开口："会的。"

"虽然知道你是在安慰我，但我也只能选择相信了。"

"走吧，送你回公寓。"

"才七点多，回去也没什么事。"时雨指了指左手边一家书吧，"陪我去那儿喝点东西吧。"

时雨刚来珜曲就注意到这家店了。她平日里很少逛街，就连最热门的餐厅都不怎么光顾，可是这家书吧很特别，以至于她看了一眼就记住了。书吧的名字叫作"鸢尾的夏天"，从前童鸢在布鲁日开的花店，名字叫"鸢尾的花"——鸢尾是童鸢的外号。

每次路过这家"鸢尾的夏天"，时雨总会不由自主地想起童鸢。这美好的巧合让她沉醉，她忍不住想靠近。

书吧的外观是二十世纪欧洲的小镇建筑风格，砖红色的墙面，墨绿色的窗户，橙色的灯光从玻璃中透出来，给站在窗外观望的人无限暖意。一推开门，舒缓的音乐传来，把所有嘈杂都挡在了门外。

年轻的女店主见有客人进门，热情地问候，给他们挑了个视野最好的位置。

时雨托着腮，环顾了一圈。这间书吧不大，布置风格正好是她喜欢的，除了靠墙的几个大书架，剩下都是供客人阅读和茶歇的座位。墙角有一台留声机造型的音箱，音乐就是从里面传出来的。

许仲骞见她颇为中意这里，提议说："你要是喜欢，以后可以陪你常来这边坐坐。"

"常来？"时雨一笑，"你明天就走了，下次回来也就是处理剩下的工作，最多待三四天。你怎么陪我常来啊？"

"你爸爸说碧波谷项目结束前你会经常来珜曲出差，我若是有空，可以陪你一起。"

"等你有空？怕是比较难吧。"

许仲骞会心一笑，没有反驳。时雨说得没错，他的工作强度很难允许他有空。既然没办法做到，他也不想承诺得太满。他翻了下菜单，给时雨点了一杯热的蜂蜜柚子茶，给自己点了一杯伯爵红茶。

趁着时雨给人发微信，许仲骞去书架那边徘徊了一会儿，随便拿了几本书看。

书架展示台上有本书非常显眼，许仲骞只看到书名就拿了过来，《在卡萨布兰卡听海风》。卡萨布兰卡，那是一座令他永生难忘的城市。

　　他顺手翻到某一页，不过看了几段文字，表情却变得越来越奇怪，他觉得非常不可思议。翻到书的勒口，他仔细看了一遍作者的介绍。

　　"许仲骞，你的红茶上来了。"时雨在召唤他。

　　许仲骞把书带了回去。惊诧匆匆而去，他的眼神中已经没有任何异样。

　　"你看什么书呢？"时雨拿过书，"《在卡萨布兰卡听海风》……呀，我去过这里。这本是散文集？"

　　"嗯，散文集。"

　　仔细一看封底的作者介绍，时雨吃了一惊："不会这么巧吧，我认识这个作者！"

　　这本书的作者不是别人，正是时雨五年前在卡萨布兰卡海港遇见的那位女作家。时雨当年没问过她的名字，但她把她和船长丈夫的故事说给了时雨听。所以看到这段作品介绍，时雨瞬间就想起了她。

　　"我是一个向往全世界的人，我曾以为我不会结婚。直到有一天，我在卡萨布兰卡遇见了我的丈夫。我嫁给了他，为他驻足于此。他是一位船长，常年漂泊海上，而船员们的家眷是不能随行的，因此我每年都有好长时间见不到他。但是没关系，我可以在岸上等他回家。与他分别的每一天，我写下我在这座城市遇见的点点滴滴，等他回来说给他听，也分享给每一个看到这本书的人。"

　　轻轻念出这段文字，时雨像是回到了五年前，她最不堪的那段时光。那时候，她为了反对时年的婚姻，歇斯底里，不顾一切，每天把自己喝得烂醉如泥。

　　时雨翻开第一篇文章，才扫过几行，许仲骞就把书拿了回去。

　　"趁热喝了。"他把蜂蜜柚子茶推到时雨面前，"书可以买回去慢慢看。"

　　"好吧。"

　　这样的许仲骞，她无法拒绝。同时她捉摸不透，恋爱前后，许仲骞对她的态度就像是两个人。究竟是什么样的不能在一起的理由，才能让他那么狠，一次又一次主动伤害她？这是她一直以来不愿意去想的事，哪怕是现在，疑惑才冒头又被她强行摁了回去。

　　她把心思放回这本偶然发现的书上。书名太勾人，像是不经意打开了时光的缺口，她脑子里不停地浮现出那一年的种种。

　　倾诉欲一上来，她便说给了许仲骞听。她的记忆力实在太好了，轻易就能想起所有细节。细节到港口遇见的海军的衣服颜色、路边曼陀罗的形态，还有花坛里的不死鸟，她都能回忆得清清楚楚。

　　等等，她为什么会想到不死鸟？

　　时雨端着杯子的手抖了抖。她不是第一次回忆起卡萨布兰卡的旧事，两个月前她就跟陆西城聊过。可是在她从前的每一次回忆里，是没有不死鸟的。真是奇怪……

　　"两位好，打扰你们啦。"女店主甜美的声音打断了时雨的胡思乱想。

时雨抬头，见女店主端着一个托盘。她笑起来很甜，有两个小梨涡。她说："我在研究下午茶新品，二位不介意的话能帮我试吃一下吗？最好能提点建议。"

"当然可以。"时雨欣然同意。她求之不得，晚饭的时候她因为有心事，基本没吃什么。

女店主端给他们一人一小碗橙黄色的羹汤，还有一块糕点。她介绍："这是南瓜银耳羹，这是抹茶蔓越莓蛋糕，都是我自己做的。我最近在学烘焙。"

时雨喝了一口羹汤，又尝了一小块蛋糕。不得不说女店主的手艺很好，南瓜银耳羹甜而不腻，抹茶蛋糕香甜中透着微苦，如此搭配特别适合在一个阳光明媚的午后品尝。

时雨夸赞："你的店很有特色，每次白天路过都看到有很多客人。你还这么努力研究新品啊？果然生意好是有道理的 。"

"过奖了。"女店主很谦虚，"在珝曲这种旅游业日益旺盛的古镇，像我们这样的店会层出不穷的，没有一点特色很难维持下去，得不停地尝试新品，找新的商机。"

"甜品很好吃，我会推荐朋友来光顾的。"

"多谢。"女店员看了一眼许仲骞，笑着对时雨说，"男朋友很帅啊，二位看着很般配。"

时雨略羞涩。说她和许仲骞般配的人太多了，这样的话她听过无数次，可不知为什么，今晚再次从女店主这里听到，她觉得格外不同。

许仲骞拿起书，问女店主："这书还有新的吗？我想买一本。"

女店主看了一眼书名，摇摇头："《在卡萨布兰卡听海风》卖得特别好，我这里不是主营图书的大书店，进货不多，很快就卖完了。您拿的这本是样书，仅供阅读用。"

"没有新的也没关系，这本卖给我吧。"

"这不太好吧。"女店主犹豫，指了指破损的书角，"被很多人翻阅过，已经破损了。您可以去其他书店找找，这是畅销书，很好买的。"

"我女朋友喜欢看，她很懒，可能也不太想去别的书店找了。破损没关系，就卖给我们吧。"

女店主被许仲骞这番话打动，会心地笑道："先生您对您女朋友太好了，让我无法拒绝呢。这样吧，就当是帮忙试吃甜品的回报，这本书送给你们了。"

"感谢。"时雨仰起笑脸，"那么作为回报，我在珝曲出差的这段时间，有空一定带朋友来照顾生意。"

女店主笑着离开了。时雨看着她的背影，对许仲骞说："我挺羡慕她的。这样的生活我五年前就在畅想。"

许仲骞纳闷："为什么是五年前？"

"你还记得我跟你提过的童茑吗？我最好的朋友。"

"记得。"

"她爷爷是个植物学家，她大学修的也是植物学，天生热爱花花草草。她在布鲁塞尔上大学的时候，开了一家花店。那家花店叫鸢尾的花，不仅店名和这家书吧相似，营业风格也相似。除了卖花，还供应下午茶。我在布鲁日陪童鸢住过一段时间，那时候我就想，如果我也有一家这样的小店该多好。"

"不难实现，我们也可以开一个这样的店。"

时雨笑着摇头："我太忙啦，哪有时间开店。你比我更忙。"

"如果真的很想要，总会有机会的。"

"但愿吧。"时雨看了一下时间，已经九点多了，"不知不觉我们都在这儿坐了两个小时了。回去吧，别耽误人家打烊，明天你还要赶早上的高铁回恒洲呢。"

"嗯。我送你。"

05.

许仲骞离开祥曲后，时雨陷入了无休止的工作中。没了叶晓萌的帮衬，她事事亲力亲为，精力有限，也就没有那么多心思去琢磨他人的感情之事了。

奇怪的是，这两日平静得有些反常。邱漓那边没有任何消息，叶晓萌也只有普通的问候。好似她们从不曾有任何交集，生活一片安宁。

一切都很祥和，但又更像是暴风雨前的海面。

晚上，时雨照常加班到十点才回公寓，而后草草洗漱一番，倒头就睡。近日来的种种令她身心疲惫，以至于一沾枕头她就入梦了。

梦里，她又到了卡萨布兰卡的街头，见着了花坛中的奇怪植物。她以前从未见过这样的植物，叶子边缘长了密密麻麻的小叶子，小叶子下还长着根须。

一个男人走到她面前。他从花坛里掰下一片叶子，拉起她的手，放在了她的手心。他对她说："这是不死鸟，你把它带回去种在花坛里，它会长大，长出新叶子，落地生根，生生不息。"

她看着手上的叶子，又看了一眼她面前的男人。奇怪的是，梦里的他总是没有清晰的五官。她问他："你是谁？我以前就梦见过你。"

男人朝她笑了笑，转身离开。

"你别走——"

时雨惊坐而起。她深深吸了口气，又是这个梦，这是她第三次梦到他了。一个看不清脸，却经常出现在她梦里的男人。不，也不是经常，是这个月才开始的。

"我是不是在卡萨布兰卡见过什么人？"她满腹疑问，敲了敲自己的脑袋，自言自语，"怎么一点都想不起来了。我记性也不差，真见到了不应该不记得啊……"

她开了灯，去客厅找水喝。一看墙上的挂钟，才夜里三点。这个梦实在太长了，她还以为天马上就要亮了。可是被这样一个梦惊醒，她已然没有丝毫睡意。

客厅的茶几上，书吧女主人送的书吸引了时雨的目光。梦里是卡萨布兰卡，梦外是写卡萨布兰卡的书。她快步走了过去。反正睡不着了，不如看书解解闷。

这是女作家旅居卡萨布兰卡的见闻杂记，里面写了不少有趣的事，有时候是街头跟着她不肯离开的一只慵懒的流浪猫，有时候是在餐厅点菜却因文化差异引起的笑话。时雨随手翻了几篇，完全被吸引了。

寂静的深夜，手机铃声突然响起，吓得时雨身子一抖，书掉在了地上。她向来惧怕深夜的电话，因为通常不是什么好事。她记得上次半夜接到电话，是她姐夫 Karun 打来的。可是……他打电话是为了什么事？她竟然想不起来了。

急促的铃声没给时雨继续回忆的机会，她拿过来一看，屏幕显示的名字是叶晓萌。她的心咯噔一下，该来的还是来了。

电话通了，那边没人说话，只有轻微的呼吸声。

"晓萌。"时雨开口唤了一声。电话的另一端，叶晓萌猛地号啕大哭起来，时雨隔着手机屏幕仿佛都能感受到她眼泪的温度。她难得地没有制止，而是任由叶晓萌发泄。

叶晓萌哭了两三分钟，声音逐渐变小，但依旧没停。

"别哭了晓萌，你这样我也会跟着难受。到底发生什么事了，你跟我说说。"时雨如是说。至于发生了什么事，她自然是知道的。

和时雨所想的如出一辙，叶晓萌抽噎着说了一句话："蒋铭韬外面有人了。"

叶晓萌边抽泣边把事情原委说了一遍。

两边家长见面，定下订婚日期后，叶晓萌就和蒋铭韬一起搬进了婚房。只不过两人上班的地方相隔太远，工作日他们还住在原来的家，只有周末才回婚房住。偶尔蒋铭韬要加班，叶晓萌也会去他在公司附近租的公寓陪他。

这次从珲曲回去，叶晓萌发现婚房有些奇怪。蒋铭韬请了打扫阿姨，把房子里里外外全清理了一遍，连床单被套都换了。且不说这不符合他的一贯作风，家里东西摆放的位置也跟之前不一样了。浴室的护肤品，梳妆台的香水首饰，还有衣柜里的衣服，好像全被动过。这实在太反常了！

叶晓萌大胆猜测，蒋铭韬应该带什么人来过家里，而且很显然，他不希望让那个人知道她的存在，不然怎么会把她的东西全部收拾起来。她带着强烈的不安去问蒋铭韬，原以为他会给一个合理的解释，哪怕编一个都行。谁想到，他承认了。

蒋铭韬没说出邱漓的名字，只说是合作公司的一个女人，他在一次工作酒局上被灌醉了，鬼使神差地和那个女人发生了关系。那个女人十分迷恋他，对他展开了热烈的追求攻势。只因两人有过那一层亲密的关系，他心情很微妙，糊里糊涂地一步步沦陷。而他之所以愿意向叶晓萌坦白，是因为他爱的人自始至终只有叶晓萌一个。他不想骗她，所以他悬崖勒马，和那个女人一刀两断。他希望得到叶晓萌的原谅，和她重新开始。

时雨听完，嗤之以鼻，恨不得立刻撕开蒋铭韬的伪装。可是在叶晓萌的认知中她对这些事是不知情的，她也不敢在这个时候给叶晓萌更大的打击。

"你是怎么想的？"时雨问，"是原谅他，订婚照旧，还是？"

叶晓萌带着哭腔："我不知道。"

"一句不知道，不是解决问题的办法。这是个选择题，你总归是要给出答案的。"

"理智告诉我，我应该跟他分手。但我们毕竟有八年的感情，他是我的初恋，也是我至今唯一爱过的人，我舍不得。时雨姐，我该怎么办，我真的舍不得，我很为难……"叶晓萌又哭了起来。

时雨哀叹。听叶晓萌这话她已经猜到了答案，叶晓萌还是会选择原谅他的。一个跟了她三年的人，只要一句话，她能轻而易举猜透她的心思。

既然这是叶晓萌的选择，时雨并不想干涉太多。她不是叶晓萌，没办法感同身受。如果换作她处在叶晓萌的位置，她也不知道自己有没有勇气和蒋铭韬一刀两断。她唯一纠结的是，要不要把邱漓的事告诉叶晓萌。

"时雨姐？你在听吗……"

时雨回神："嗯，在听。我只是不知道该说什么，路是你自己的，不管你怎么选择，只要你需要我，我都在。"

"谢谢你，时雨姐。"

"傻瓜。"时雨无奈地笑了，"我们的关系，说什么谢不谢的。倒是将来有一天，如果你觉得我有什么做得不对的，不要生我的气才是。"

"你怎么可能会有做得不对的时候。从我进研究院第一天开始，我就认定你是我的目标，你是不会错的。"

"但愿吧。"

"时雨姐，我想请年假休息几天。"叶晓萌吞吞吐吐地说道，"我知道院里最近人手不够，而我刚升职，照理说不应该在这个节骨眼上请假。可是我……"

"好。"时雨允诺。

"真的可以吗？"

"你发工作邮件给我，抄送我爸，我给你批假。不过我有一个条件。"

"什么条件？"

"不许再哭了，放下手机去睡觉，天大的事天亮再说。你好好休息，养足精神再跟蒋铭韬谈吧。"

"嗯。"

翌日，叶晓萌一整天都没跟时雨联系。繁忙的工作让时雨经常被动地忽略很多事，比如叶晓萌这事，时雨理解为暂时告一段落了，因此她没有去回想。她今天的脑容量不太够用，除了跟许仲骞打了几个电话，占用她思维空间的基本都是设计图。

下了班，时雨又踌躇到了那家叫"鸢尾的夏天"的书吧。

女店主一见时雨就认出她来了，热情地上来打招呼："时小姐，你喜欢的那本书今天到货了。我见它卖得好，就让仓库的朋友先调了十几本过来。全新带塑封的，你还要吗？"

时雨摇头："不用了，你送我的那本就很好。我这次是来点你做的南瓜银耳羹，我喜欢那个味道。"

女店主被她逗笑了："看来我的手艺没让你失望，很荣幸。这边坐。"

时雨选了那天晚上她和许仲骞坐过的位置，点了同样的喝的，又加了一份南瓜银耳羹和一份水果沙拉。她安心享受着傍晚的清闲时光，不承想却碰到了邱易唯。

邱易唯推门进来就看见了时雨，他笑着挥挥手，径直朝她走过去。他刚要坐下，时雨一紧张，条件反射地站了起来。

"怎么，现在连跟我坐同一张桌子都不敢了？"邱易唯没生气，反而笑了，"我有那么可怕？"

"你和夏蓝蓝的后援会都有八万粉丝了，你说可不可怕？"

邱易唯哈哈大笑："所以说，这就是你最近躲着我的原因吧。"

"躲你？不至于。我单纯是怕惹麻烦。"时雨耸耸肩，"你懂的。"

女店主很快把时雨点的吃的端了上来，见到邱易唯，她很熟络地搭话："原来二位认识啊。邱先生今天喝点什么？"

"老样子。"

"好的。"

女店主一离开，时雨调侃："啧，果然啊，只要是个女的，就不会不认识邱总。"

"我哪有你说的那么有魅力，熟客而已。时雨你最近是不是很忙？"

"你说呢？我忙不忙你该问陆西城。"

"不用问也知道你很忙，你好像对外界发生的事一无所知。难得你还知道我和夏蓝蓝的后援会有八万粉丝，看来我在你眼里不是闲杂人等啊。荣幸之至。"

时雨一头雾水。她没明白邱易唯所谓的外界发生的事是什么事。这几日她除了工作，也就对叶晓萌和邱漓这段混乱的三角恋上过心。难不成还发生了其他大事？

邱易唯猜到她会是这样的反应，他打开手机微博，递到时雨面前。热搜第一：邱易唯澄清。

时雨："哈哈哈哈哈哈，我的天啦！"

邱易唯一愣："你都没点进去看，笑什么？"

"我只是觉得荣幸，有生之年我竟然能跟热搜榜单排第一的人同桌喝茶。"

邱易唯："……"

"难道不是吗？"

"就别取笑我了，你快看。"

时雨点进热搜词条。

邱易唯之前常年待在国外，不玩微博，为了澄清绯闻他特地去微博开了个新账号，叫作"邱易唯本人"。

邱易唯本人：1. 短暂交往过，去年已和平分手；2. 不会复合，辜负大家的期待了，抱歉；3. 请停止造谣，不要再伤害任何人，我也不是公众人物，也别再偷拍了；4. 只回应这一次，再发现任何人的任何越界行为，全权交由律师处理；5. 我司律师团队强大，胜诉率极高，倍感欣慰。

邱易唯这条微博前天晚上就发出去了，可惜他粉丝少得可怜，根本没人关注他的澄清。今天下午三点，天鼎集团的官博给他点了个赞，这才掀起全民同讨论。

"哈哈哈哈哈。"时雨笑得更欢乐了。

邱易唯："你又笑什么？"

"我在笑，国内知名建筑集团 CEO 的第一条微博竟然不是献给事业，而是献给花边新闻，哈哈哈哈。而且，天鼎官博的那个赞，是你自己点的吧？"

被时雨戳穿，邱易唯并不觉得尴尬，理直气壮道："你也说了，我是天鼎的现任 CEO，我使用官博不过分吧？而且我这么做也是为了公司好，他们这么无止境地闹下去，我还有什么私生活可言，同样也会影响公司声誉。我哥最近骂死我了，还打发邱同钧这小子来警告我！"

时雨仔细翻了一下评论，果然舆论是倒向邱易唯一边的，怎么说他也是受害者。他不是娱乐圈内的人，和夏蓝蓝的绯闻已经澄清了，那他也没有什么值得偷拍的了。

"现在你可以放心坐在我对面了吧，时博士？"

"时博士说她向你道歉，"时雨和颜悦色，"她真不是躲你，她就是被吓破胆了而已。"

简单的一个玩笑，二人算是冰释前嫌了。虽然那算不上嫌隙，顶多是扎在时雨心上的一根刺，不疼，但是让她不舒服。

一个窈窕的身影靠近，打断了刚缓和的气氛。

"邱总好，时博士好。"

时雨以为自己看错了，站在他们桌前的人是……梁朱槿？她怎么在这里！

好奇归好奇，时雨还是热情地问候了梁朱槿。由于先前偷拍事件的误伤，她对梁朱槿一直怀有愧疚。能在这儿遇见也好，总得让她做点什么补偿一下。

"梁小姐想喝什么？这家店的甜品都不错，"时雨把菜单推到梁朱槿面前，"你刚来珜曲，我来做半个东吧，今天我请客。噢，对，这附近有几家餐厅不错，晚饭也一起吧。"

梁朱槿被时雨的热情惊着了，明明上次见面她不是这样的，她们好像也没那么熟。她看了眼邱易唯，邱易唯抿嘴笑，他当然知道时雨为什么对梁朱槿如此特别。不可言说。

"你先点喝的，时博士今天心情好，晚上我们选个贵的。"

老板发话了，梁朱槿这才放下拘束，向时雨道了谢。才被全民网暴过的她已经很久没感受过这么明确的善意了，这段时间说是她人生中最灰暗的日子也不为过，连她身边的朋友都对她避之不及，生怕被牵连。时雨却好似完全不在乎。她对时雨的好感也增加了几分。

邱易唯对时雨解释："我在这边没车不方便，朱槿帮我把车开过来，顺便交代一些公司的事。"

"哦。"时雨想了想，"可你最近是话题人物，要是被人拍到你和梁小姐一起，会不会影响她？"

"我和夏蓝蓝的事都说清楚了，拍我也没价值了。还有，我说的天鼎律师团队至今没有败绩，不是吹牛的。"

邱易唯这么事不关己，时雨不觉得奇怪，梁朱槿好像也挺无所谓的。她点完单，对时雨笑了笑："谢谢时博士为我着想，我没关系的，反正被骂过一次了，不会更差了。在其位，谋其职。我来珜曲是工作，邱总是我的老板，老板让做什么我就做什么，这是我身为秘书的职责。"

"我的助理要是有这样的觉悟就好了。"时雨开了个玩笑，说完她就想到了叶晓萌，心情又低落了些许。

和梁朱槿加完微信，时雨去了趟洗手间。

梁朱槿趁着时雨不在，悄悄对邱易唯说："邱总眼光进步了，时博士比那位好多了啊。"

"别乱说，她有男朋友的。"

"是吗？那太可惜了。"

梁朱槿跟了邱易唯这么久，深度了解他的喜好和脾性。他对时雨是什么心思，她当然看得出来。

可惜了。

时雨今天很开心，她能感受到梁朱槿对她的善意。对于曾替她遭过罪的人，她心怀感恩，抱着与之结交的心思。一顿晚饭下来，她们关系拉近了不少，对彼此的称呼从梁小姐和时博士变成了时雨和朱槿。

时雨轻哼着歌回到公寓，包往沙发上一甩，人往沙发上一倒。心情好是真的，累也是真的，在珤曲的工作强度可比在研究院大多了。

包里的手机响了，她拿出一看，弹出了许仲骞的微信。

"还在忙吗？"

"没，刚吃完饭回来。怎么，想我啦？"

"嗯。我明天下午到珤曲，晚上想吃什么，带你去。"

"你回来了我心情好，吃什么都一样。"

"那我选一家餐厅。你早点休息。"

"好的，明天见。"

"明天见。"

放下手机，时雨发现镜子里的自己嘴角上扬，一脸甜蜜。看来塔罗牌也不太准，她抽中的不是什么好牌，可她最近运气好像挺好的。她扫了一眼沙发上的书。许仲骞让她早点休息，她决定听他的话，看会儿书就洗澡睡觉。

时雨忘了她昨晚看到哪里了，随便翻了一页。这一篇叫作《在港口遇见的漂亮女孩》，她看了几段，惊讶地发现文章的主人公是她。

看到女作家用那么美好的语言描述她们在港口的相遇、交谈、道别，时雨心底一片柔软。可是越往下看，她的表情越不对。直到看完最后一行字，她脸色惨白。

她的手是颤抖的。不只是手，她的身子也在发颤。她艰难地拿起手机，拨了陆西城的号码。

陆西城今天的工作量也很大，他或许是在加班，或许是在处理别的事，时雨打了三四个电话他都没接。

时雨放弃，又翻到邱易唯的号码。这次很快就通了。

"邱易唯，我想借你的车用一下。我有急事要回恒洲，这个点没有高铁了。"时雨自己都听到自己说话带着颤音。

不过邱易唯没听出来，他刚洗完澡，一边擦手一边歪着脑袋用肩膀夹着手机接电话。他以为自己听错了，从洗手台拿手表看了看，快十点了。都这个时候了，时雨要回恒洲？

"大小姐，这都几点了，什么天大的事非得现在回去？再说你一个女孩子大晚上不安全。"

"是天大的事。几句话说不清楚，我真的得回去一趟。拜托你了。"

邱易唯实在不放心，想了想说："这样吧，你先收拾一下，我开车去接你。"

"不用了，我自己回去就行。"

"你不担心你自己，我还担心我的车呢。"邱易唯很坚持，"快准备一下，我马上过去。"

时雨见他不像是说客气话，只得同意。挂了电话，她草草收拾了一下，把那本书也装进了包里。

06.

半夜一点，时雨站在秋舍的店门口，脚步沉重。她没跟邱易唯说她要来这里，邱易唯把她放在小区门口就回家去了，她自己打出租车过来的。

后半夜的秋舍，灯火依旧不熄。叶晓萌上次就跟时雨说过，秋舍白天是餐厅兼咖啡厅，晚上是酒吧，几乎二十四小时营业。这也是她如此坚定今晚就要赶回来的原因，以Gary的工作性质，他晚上肯定在这里。

时雨一步步往前，艰难地推开店门。

正对大门的舞台上，Gary闭着眼，深情地拉着一首曲子。他长得实在太帅了，混血感给他的外貌增加了不少优势，他那骨节分明的手仿佛是为小提琴而生的。看到这样的他，台下的女观众们似要疯狂，隔了老远时雨都能看到她们眼中的柔光。

不愧是秋舍的活招牌。时雨笑笑，朝着舞台走去。

Gary一睁眼就看到了时雨，他湛蓝的眼睛在那一秒突然失焦。台下熟悉音律的人都听出来了，他刚刚错了一个音符。这在Gary的职业生涯中是从未发生过的事，尽管他立刻调整好情绪，回到了失误前的状态。

察觉到Gary失误的几个观众纷纷回头朝时雨看去。美丽的女人他们见多了，可是像时雨这样成熟优雅、眼神却又带着纯真的风情美人，还真是稀缺。尤其是她那双细长的腿，说是职业模特也不过分。他们暗自思忖，这位突然闯入的美女和Gary是什么关系？为什么她一出现，Gary就犯了错？

尾音悠长，余音袅袅，这一深情的曲目结束了。台下掌声四起。Gary走到话筒前宣布，今夜的演奏到此为止，接下来是放松时间，客人若是想唱歌也可以上台一展歌喉。

从舞台下来，Gary径直走到时雨面前，上上下下打量了她好几遍，以确保自己没认错人。他一开口，时雨的心彻底沉了下去。

他说："Freya，你终于出现了。"

时雨泪如雨下。

　　Gary 慌了，他不知道自己说错了什么，赶紧从旁边桌上抽了几张纸巾递给时雨。时雨随便擦了擦，指着角落的位置："去那边坐着说吧。"

　　"我是不是唐突了？"Gary 问她。

　　时雨摇摇头。

　　"这么多年你去哪里了？当年你不告而别，Martin 每天凌晨都会去双桅船餐厅等你。"

　　"我知道。"这个故事，早在半年前她就听 Gary 说过。彼时的她全然不屑，还跟叶晓萌说那是 Gary 用来哄女孩子的把戏。她又怎会知道，她不以为意的那个故事，主角就是她自己。

　　"你是不是一直生活在这个城市？"Gary 仔细回忆，"我好像之前就见过你。"

　　"嗯，我见过你两次。"

　　"那你怎么不跟我打招呼？我以为是我看错了。"

　　她该怎么说呢？说她根本不记得那些事了？

　　"抱歉，我……"她的眼泪又溢出来了。

　　Gary 给她递纸巾："你别哭。该说抱歉的是我，我太唐突了。我当年就想，你不告而别肯定是有原因的，不然你不会舍下 Martin 离开。你是那么爱他。"

　　"谢谢你，Gary。"时雨哽咽，"真的谢谢你。"

　　"谢我什么？"

　　"谢谢你的答案。我今晚来找你，是想确认一件事情。"

　　"什么事情？"

　　"已经确认了，我得到了答案。"

　　Gary 一头雾水。他蓦地想起什么，在背包里翻找起来。

　　"这是 Martin 当年留下的。"在他的手掌心，一枚水晶发卡反射着灯光，熠熠生辉。他叹了口气，"Martin 说，如果碰到你，让我务必转交给你。我以为我们不会再见面了，看来上帝还是存在的，他在眷顾 Martin。"

　　时雨颤抖着接过："你一直把它带在身边？"

　　"受人之托，想碰碰运气。"Gary 笑了笑，"来到中国我就想，这是你们的国家，也许有一天我会遇见你呢？你看，我真的遇见了。"

　　"谢谢你。"时雨低下头，泣不成声。

　　和 Gary 道别后，时雨没有回她自己家，她打车回了父亲住的时家老宅。她家离许仲骞家太近了。

　　以前是为了能多遇见许仲骞，她巴巴地搬了过去和他当邻居。可现在她的心情太复杂了，离他越近她就越忐忑。他自始至终都是知情人，他又是怀着怎样的心思一次次接近她又推开她的？她不敢往细了想。

时雨拖着疲惫的身子上楼。走到楼梯口，书房的门从里面打开了，父女二人碰了个正着。

"爸，你还没睡？"

"你怎么回来了？"

两人异口同声。

时雨编了个借口："晓萌感情出了很大的问题，有可能订不了婚了。我很担心她，回来看看，明天一早我就走。"

时永忱想起叶晓萌那封请年假的邮件，怪不得她会在这个节骨眼上请假，时雨还批了假。他把眼镜拿下来擦了擦，戴了回去，"晓萌这孩子死心眼儿，你多照顾着她点。她要是出了什么事，我不好向她父母交代。"

"我知道，她情绪还算稳定。爸你早点睡吧，以后少熬夜，对身体不好。"

"嗯。"

时永忱下楼，才走了几步，时雨又叫住他："爸，我的病是不是一直就没好过？我是不是忘了一些事？"

时永忱身子僵硬，他发现自己竟然一小步都迈不出去。

他早就料到会有这么一天，可这一天来得比他想象的还要早。时雨所指的忘了的事，是她母亲，还是时年？无论是谁，他都无法回答她。这种时候坐实她心中的任何一个猜想，对她来说都是致命的打击。

"小雨，已经很晚了，你明早还要回祥曲。去睡吧。"这就是他的答案。

时雨盯着时永忱的背看。父亲老了。他结婚晚，三十三岁才生的她，今年他已经六十岁，满头灰发。他兢兢业业守了研究院几十年，以前她只当他是个嗜工作如命的铁人，却没意识到父亲是个老人了。

她不想再让父亲为她操心任何事，刚才看见父亲的反应，她其实猜到了答案——她的病从来就没痊愈过。父亲和时年为了安慰她，给了她一个美丽的谎言。

她没告诉过其他人，她有创伤后应激障碍。七岁那年，母亲抛弃了她和姐姐，当着她的面拎着行李箱离开。为了阻止母亲，她不小心摔下楼梯，醒来后就得了这个病。那以后，时年一直哄着她看精神科。时年努力说服她，看精神科并不代表她有精神病，她只是小时候受到创伤，心理上出现了一点小问题。她当然是相信姐姐的，所以她从来都很冷静地配合，没提出过任何异议。

事实证明，时年所言非虚，她和普通人没什么两样，甚至更聪慧。她从小就是全校最优秀的学生，跳级、拿奖、保研、考博，她的人生一帆风顺。认识她的人都说，她是天才。被赞颂是天才的她，怎么可能有精神问题？

大约六年前，时年告诉她，医生说她已经痊愈了，她也以为自己已经好了。再后来，她进了古建院，心安理得地出差加班，熬夜画图。

在她的认知中，她一直都是健康的。直到这一刻她才后知后觉地意识到，原来不是。不是这样的。

时雨翻到了时年的微信，想给她打个语音电话求证。可一想到时永忱刚才的反应，她又默默退出了时年的对话框。不出意外，时年的回答跟父亲差不多，顾左右而言他。如果肯说，他们早就说了。

然而除了时永忱和时年，知道这事的人少之又少，时雨无处求证。琢磨半天，她想起一个人——时年的前男友利文森。他是恒洲中心医院精神科的医生，也是时年的学长，俩人很早就在一起了，后来因为观念问题和平分手，维持着普通朋友关系。

利文森刚调到恒洲中心医院那年，时雨成了他的第一个病人，他们几乎每个月都会见面。被时年告知病愈后，时雨就没有继续跑医院了，跟利文森的联系也断了。毕竟是姐姐的前男友，关系略尴尬。她对利文森的印象其实挺好的，还一度期待过他成为自己的姐夫。

时雨从通讯录中翻出了利文森的号码，她庆幸，幸好没因为时年的关系把人家删了。她怀着忐忑的心情拨了过去。电话通了，嘟嘟嘟响了许久，无人接听。

时雨皱起眉头。等她意识到现在是夜里三点，她哑然失笑。她可真是瞎着急！这大半夜的，利医生肯定睡了。

窗帘没拉，月光洒在床上，时雨平躺着看窗外的月亮。上午十点她有个会，她跟邱易唯约了六点半在楼底下会和。就算现在睡着，她也只能睡三个小时，何况她根本睡不着。

此时的时雨，脑子里的复杂堪比一场星球大战。

在女作家的笔下，时雨被称作晚霞。女作家不知道她的名字，她们道别后，卡萨布兰卡的港口夕阳西下，漫天云霞，所以她用晚霞来代称时雨，以此纪念她们的相遇。

女作家写道，和时雨分别近三个月后，她在送丈夫远航的当晚去了卡萨布兰卡有名的双桅船餐厅。在那里，她遇见了一位长得跟时雨极为相像的摩洛哥女孩。她以为自己眼花了，一直盯着那个女孩看。摩洛哥女孩没觉得被冒犯，反而很友善地朝她微笑。似乎，女孩对她这种好奇的目光已经见怪不怪了。

餐厅演奏的小提琴手 Gary 见她这样的反应，过来跟她搭讪。他告诉她，那位摩洛哥女孩是双桅船餐厅的常客，她喜欢这儿的一位调酒师，不忙的夜晚她都会过来这儿坐坐。他还问了女作家，是不是见过一位跟摩洛哥女孩长得很像的中国女孩。女作家诧异，拼命点头。

Gary 告诉女作家，那个中国女孩的英文名叫 Freya。他给她讲了 Freya 和 Martin 的故事，提到了他们看日出的约定，提到了 Martin 每天凌晨的等候，提到了水晶发卡……

这一切，女作家都写进了书里。

所以昨晚看完女作家的文章，时雨立刻想到了秋舍餐厅的小提琴手 Gary，他也说过那个故事。原来他说的都是真的，他口中不告而别的女孩就是 Freya，是女作家笔下的晚霞，也是她。而那个每天凌晨在海边等女朋友的男人……是许仲骞。

时雨翻了个身。她的记忆力惊人，这点她一向引以为豪。可为什么她偏偏忘了和许仲骞有关的一切？时年曾经告诉过她，创伤后应激障碍不是什么特别严重的病，而她的病症是，在受到刺激的情况下会通过忘记一些事来自我保护。到头来，她忘记的只有许仲骞。

时雨想不明白，她忘记的那些事，许仲骞是记得的。为什么他不告诉她真相，反而装作若无其事，在科学院的聚会上就像初次见面一样跟她交换名片。

不对。时雨灵光一闪，科学院聚会的那次，也不是他们离开卡萨布兰卡的第一次见面！付熔岩说过，在宁城植物园竣工的庆功宴上，她和许仲骞就认识了，并且在一起了。现在想来，付熔岩没有弄错，那些都是真实发生过的。这就意味着，她再一次遗忘了许仲骞？

时雨从床上坐了起来。她抱着头，只觉得太阳穴疼得厉害。在碧波谷的食堂，她还特地问过付熔岩，付熔岩否认了。不用说，肯定是许仲骞的意思。

就这么胡思乱想着，时间一分一秒过去，转眼就到了六点。

时雨起来开灯，翻箱倒柜找工作资料。前几天葛主任跟她提起，市文物局准备把彭桥附近的那片寺庙废墟复原，寺名都取好了，叫普延寺。葛主任希望她参与到普延寺复原的项目中来，她答应了。普延寺被考证是魏晋时期的寺庙遗址，正好是她擅长的。

她在书柜里找到了这些年画的各地寺庙的结构草图，又从中整理出了魏晋寺庙的图纸。在古建筑学术界从业多年，她有个习惯，每次考察完一处古迹，她都会保留第一版的草图，避免出现纰漏。

她准备把这些草图都带回垟曲，作为重建普延寺的绘图参考资料。

六点半，邱易唯准时抵达。时雨听到了喇叭声，从阳台往下看，打着双闪的那辆果然是邱易唯的牧马人，她记得车牌号。

邱易唯移下车窗，朝时雨挥挥手，示意她可以下楼了。时雨也挥了挥手，比了个

OK 的手势。

洗漱完，时雨轻手轻脚地下楼。时永忱睡得浅，她不想吵醒他。

她背了个小挎包，手里拿了一沓图纸。挎包太小了，她不想把图纸折叠了装进去。这些都是她珍藏多年的手稿，不忍损伤。

距离大门口十几米的水泥路上，牧马人开着前灯。邱易唯不知何时从车上下来了，正在和一个女人争吵。

时雨停住了脚步，犹豫要不要过去。她觉得奇怪，邱易唯没跟她说这次返回珲曲要捎上谁，况且他的贴身秘书梁朱槿还在珲曲。她听不清这俩人在说什么，贸然过去又怕不合时宜。

天刚蒙蒙亮，路灯的光亮有限，时雨仔细分辨了一会儿才认出来，那个女人是夏蓝蓝。身份一确认，她和邱易唯吵架的内容也就不言而喻了。

时雨头疼。夏蓝蓝是当红流量，任何事只要一牵扯到她就会被无限放大，她已经吃过一次亏了，还连带着害了梁朱槿。这才过去几天，怎么又开始了？邱易唯昨天还信誓旦旦地说他和夏蓝蓝的事已经解决，不会再有下次了……

真是信了他的邪！

时雨吃了十几分钟瓜，这俩人一点要结束的意思都没有。既然如此，她只能打车去高铁站了。上午的会议很重要，她是万万不能缺席的。

可惜事情没有时雨想得那么简单，夏蓝蓝已经看见她了，心里好不容易平息的怒火再次燃烧。

"邱易唯你又骗我！你还说这事跟别人没关系，你大清早起来不就是为了来接她吗？！"夏蓝蓝指着时雨，咄咄逼人，"为什么又是她，你到底有几个女人？"

"你简直疯了。看看你自己，成什么样了？"邱易唯气急。

"是，我是疯了，那也是你逼的！你为了这个女人已经骗了我两次。凭什么啊，我夏蓝蓝要长相有长相，要名气有名气，哪里配不上你了？她到底哪里比我好！"

时雨实在看不下去了，她可不想白背这口锅。她走过去，尽量用礼貌的语气对夏蓝蓝说："夏小姐，我想你误会了。邱总和我只是工作关系，我们现在要赶去珲曲参加一个重要会议。我有男朋友的，你见过。你是公众人物，说话还是注意一些比较好。"

"你算什么东西，有什么资格叫我注意！"夏蓝蓝显然是把不敢对邱易唯撒的气全部转移到时雨身上了。她全然没了镜头前甜美小天后的模样，此刻的她近乎癫狂，歇斯底里地骂道："都当我是傻子吗！他那瓶香水是送给你的，你们肯定有什么不可告人的关系，不然他是不会这么狠心跟我一刀两断的。都是你，肯定是你怂恿的，你把邱易唯还给我！"

夏蓝蓝扑过来拉扯时雨。时雨没料到她会动手，忘了躲，手上的资料顿时被她扯了一半。她一撒手，纸片纷纷落下，散了一地。

"你有病吧！"时雨脱口而出。她急不可耐地蹲下来收拾图纸。她敢保证，如果有一张图纸缺失，她一定让夏蓝蓝好看。

夏蓝蓝被时雨这么强烈的反应吓到了，顿时不敢吱声。

邱易唯也吓到了。他认识时雨这么久以来，时雨从来都是温文尔雅的。可是刚才，她竟然说脏话！他马上意识到，时雨手里拿的这一沓恐怕不是普通的资料。

时雨懒得搭理他们，她已经够心烦的了。她把破损的图纸一张张捡起来，摊在地上拼凑。邱易唯也蹲下帮她一起捡。

借着灯光，夏蓝蓝就算再外行也看出来了，这是古建筑物的结构图，其中有几张还画了与房屋等高的佛像。她知道自己可能闯祸了，低头抠手心，刚才剑拔弩张的气焰也瞬间消失得一干二净。

时雨耐着性子把所有图纸拼凑完。万幸，它们只是被撕破了，没有损毁，粘一粘还能用。但她的脸色依旧很难看，夏蓝蓝刚才的行为已然触碰到她的底线。

邱易唯从时雨的表情中判断出了事情的严重性。他对夏蓝蓝说："你我之间的事，我早就说得很清楚了，何必牵扯别人。你跟时博士道歉吧。"

"不用。"时雨冷冷拒绝，她的语气让人不寒而栗。

她一步步逼近夏蓝蓝，冷笑："夏小姐，看来你是真的对我有误解啊。是不是我以前对你摆过笑脸，你就觉得我好说话了？收起你那些小脾气，我不是你的粉丝，也不是你的朋友，我可不会包容你。你知道自己刚才撕的是什么吗？"

夏蓝蓝自知理亏，不敢吱声。

时雨扬起手里的纸，一字一句："重新认识一下，我叫时雨，恒洲古建筑保护研究院高级研究员。我和邱易唯不一样，你可以对他无理取闹，他会因为你年轻不懂事就哄着你，但我是国家科研人员，我只对国家负责。你撕毁的是被纳入国家保护建筑的魏晋寺庙结构图手稿，你的行为属于故意毁坏国家公共财物，情节严重是会构成犯罪的。"

"忘了说了，这是我家。"时雨指了指身后，"看见那儿了吗，我家门口装了监控的。刚才你做的事监控都拍到了，如果你想更红一点，不妨试试看，我可以帮你。"

其实事情远没有时雨说得那么严重，但她实在咽不下这口气。她故意夸大其词糊弄夏蓝蓝，想借机敲打敲打夏蓝蓝，好让夏蓝蓝别再烦她了。她的生活已经一团乱了，夏蓝蓝和邱易唯的感情纠纷凭什么让她来买单！

果不其然，时雨这番话成功把夏蓝蓝吓蒙了，她哆嗦着不敢说话。她好不容易才有今天的地位，如果今天这件事曝光，她可能永远没有翻身之日了。

"对……对不起，时博士，我不是故意的，我……"她支支吾吾，眼眶开始泛红。

邱易唯叹气，问时雨图纸能不能修复。时雨没回答他，也没理夏蓝蓝。她淡淡开口：

"走吧。还得赶去开会。"

临上车前，时雨回头嘱咐了夏蓝蓝一句："夏小姐，珍惜你所拥有的，好自为之吧。我是个睚眦必报的人，最好别再惹我，以后看见我请躲远点。"

夏蓝蓝透过车窗看邱易唯。邱易唯一点要帮她说话的意思都没有，他目视前方，踩下了油门。

天一点点变亮，太阳就快升起了。车子也走远了。

夏蓝蓝站在空无一人的路中央，心沉到了谷底。她处心积虑打听到邱易唯的行程，跟踪他到这儿来，有什么意义？他心里没有她，就算她找人爆再多料，建再多后援会，都是没用的。失去了就是失去了，再也挽回不了了。

她有预感，这一次邱易唯是彻底跟她决裂了。今天的事也会成为她未来事业上的定时炸弹，她相信时雨不是说着玩的，她以后还是别跟时雨扯上关系比较好。

07.

几天没见，许仲骞发现时雨很不对劲。之前哪怕是分开半天，时雨看他的眼神都是充满期待的。就像是荡漾着星光的湖面，神采奕奕的。可是今天晚上，一顿饭下来时雨说过的话不超过十句。他试图诱导她说出原因，可无论他说什么，时雨始终微笑，不紧不慢地吃着饭。

至于她变成这样的原因……许仲骞想，她或许已经猜到了。

"小雨，我不在的这几天如果发生了什么让你不开心的事。你可以告诉我。"

"菜快凉了，吃完再说吧。"时雨的表情淡淡的。

"你这样我很担心。"

"没事。先吃吧。"

时雨不是个能在心里藏事的人，她越是这样佯装没事，越说明真的发生了什么。她的表情已经说明了一切。

许仲骞给她夹菜："你多吃点。"

时雨看着碗里堆成山尖尖的菜，又看了一眼许仲骞波澜不惊的表情。她又岂会不知，他是装的呢。她为什么会变成这样，他比谁都清楚。

她夹起一块肉，味同嚼蜡。可她今晚几乎没吃东西，她不能让自己饿着，身体最重要。她还有一堆工作要做，她不能因私废公。

她强迫自己一口一口吃下去，她的眼泪不自觉地往下掉，滴在了饭菜里。可她浑然不觉，继续往嘴里送。

许仲骞抽了张纸巾帮时雨擦眼泪，就要碰到她的时候，她伸手挡住了。

"Martin。"她叫他的名字。

许仲骞愣住，时雨从来不这么叫他的。也正是这一声，让他肯定了自己的猜测，时雨已经看了那篇文章，她都知道了。

果然，时雨从背包里拿出那本《在卡萨布兰卡听海风》，翻到了《在港口遇见的漂亮女孩》那一页。她问他："你那天是不是看到了这篇文章，所以你才故意拿过来给我的？"

"嗯。"许仲骞目光深沉。这一刻他准备了很久，可真正发生的时候，他却还是做不到坦然面对。

时雨没想到许仲骞这么轻易就承认了。又问："那付熔岩呢，也是你跟他说了什么，他才会对宁城植物园那晚发生的事矢口否认的吧？"

"是。"

"为什么不直接告诉我？"

"我不想伤害你。"许仲骞缓缓道，"如果非要强迫你去回忆那些根本不记得的事，对你并不是什么好事。"

时雨猜到他会这么说。他果然什么都知道，所以她抛出一个又一个问题的时候，他才会波澜不惊地面对她回答她，因为那些对他来说都是意料之中的。直到她拿出 Gary 给她的那枚水晶发夹，他的表情才有了变化。

"你遇到他了？"

"看来只有这个是你没预料到的。"时雨笑笑，"半年前我就见过 Gary，说来也巧，怎么偏偏就被我给遇见了呢？"

"看到这篇文章，我就猜到了。所以我连夜去找了 Gary，他已经把他知道的都告诉我了。我就是 Freya，我曾经遇见你两次，爱上你两次，忘记你两次。我什么都不记得了，可你是彻头彻尾的知情者，我怎么都想不明白，你为什么要骗我？

"你每次都假装不认识我，故意对我若即若离，看我像傻子一样一次次上钩，是不是很有满足感？"

说着说着，时雨的情绪上来了，像是压抑了很久突然就要爆发。

许仲骞无奈地看着她。早在把书拿给她的那一刻，他就预料到了她会有这样的反应。可这是他无从解释的事，他想要的不过是她能想起曾经的一切，但这一切绝不能是他主动告知的。

"小雨，有些事是说不明白的。"他说，"如果能说明白，我们也不会走到这一步了。"

时雨冷笑，勾起嘴角道："怎么就说不明白了？还是你觉得把我玩弄于股掌之中很有趣？"

"我只是不希望你再次忘了我！"许仲骞脱口而出。说完他立刻后悔了，他隐忍了这么久，就是不希望时雨猜到他知道了她的病情。可是话已经说了，他没办法收回。

他双手揽过时雨的肩："对不起，是我不好，我应该早点跟你坦白。"

时雨还在纠结他的上一句话，追问："我为什么要忘了你？"

"我……"

"等等。"时雨打断了他。他刚才说的是，不希望她再次忘了他？再次？

原来如此。她猜测过各种答案，却万万没想到，许仲骞已经知道了她的病史。可他是怎么知道的？她明明没告诉过任何人，除了父亲和时年，还有她的医生，没有人知道这件事。她也不允许别人知道！

"小雨……"

"算了，我有些累了。"时雨想要逃避这个话题，"送我回家好不好，我还有工作要忙。明天再说吧。"

"也好。你先回去休息吧。"

二人起身，一路无言。

时雨靠在沙发上，不紧不慢地喝着一杯热豆浆，豆浆是房东阿姨刚送来给她的。房东阿姨并没看出她有什么不对，两人还愉快地交谈了一会儿。然而，隐藏在她云淡风轻的外表下的，是波涛狂涌的内心。

她是个有虚荣心的人。多年来她在业内一直被当作标杆人物，她享受这种被人赞颂的感觉，因为她是那么热爱她的工作。她不希望因为她的病史，那些曾经赞扬她崇拜她的人反过来质疑她，尤其是同样被当作业界标杆的许仲骞。

在她现有的记忆中，她和许仲骞的第一次相遇就是相互平等的。他确实优秀，可她也很优秀，那样的她才配跟他比肩而立，认识他们的人都会交口称赞一句：真般配！

她不知道许仲骞知道了她的病史会怎么想，这是她一直回避的问题。但他知道了也不奇怪，毕竟没有哪个正常人会一次又一次忘记自己深爱的人。他又是那么严谨的人，稍微调查一下就能知道所有。

时雨放下空杯子，手心全是汗。她现在特别需要依靠的感觉，于是她坐到了墙角。背部一接触坚实的东西，她就觉得好多了。

窗户没关严，冷空气直逼而入。风吹动窗帘，帘子下面的流苏在时雨脚边乱晃，刮得她小腿痒痒的。她盯着自己的小腿看。

大家都说她的腿好看，笔直纤细，她还从未认真审视过。从前她的目光只停留在建筑图纸和许仲骞身上。现在这么看，这双腿确实挺好看的。只可惜，这么好看的腿，偏偏脚踝处有道三厘米长的疤痕。

时雨伸手摸了摸伤疤。她只记得她在布鲁日坐马车，下车的时候不小心蹭到路边护栏，留下了这处伤口。童鸢当时还取笑她，哪来的闲情逸致去坐马车。现在她知道答案了，因为陪她坐马车的人是许仲骞啊！她是在布鲁日第一次遇见许仲骞的。

许仲骞说，他对她一见钟情。她从桥上走过，他在河边拍照，看到她的第一眼他就知道自己会爱上她。

伤疤、一见钟情桥，还有夹在书里的那片红色的爬山虎叶子……她只知道她爱许仲骞，却不知，她过去的种种早已刻下了他的印记。

"这种时候真该来杯酒助兴啊。"她自言自语，嘴角挂着浅笑。

她酒量很不好，平日里几乎滴酒不沾，这个公寓里也没有酒。她起身拍拍衣服上的灰尘。只能下楼去买了。

急促的手机铃声中断了时雨的酒瘾。打电话来的是她意料之外的一个人，利文森。

"利医生？"

"是我。"利文森的声音和时雨记忆中的一样好听，是那种略低沉的烟嗓。

他说："你最近还好吗？昨晚我睡得早，今天又忙了一天，到现在才想起给你回电话，抱歉。"

"没关系。"

"你那么晚找我，是有什么要紧事？"

"没事了。"时雨语气飘忽。她想问的事已经有了答案，却没想好怎么面对自己的病情。

利文森猜到了她的心思，问她："是不是关于你的病？"

"嗯。"

"能具体说说是什么情况吗？时年生前跟我说你已经康复了，我以为……"

"生前？"时雨打断他，"什么生前？"

利文森："？？？"

时雨拿着手机的手开始颤抖。她脑子里好像有什么东西快速闪过，很快，她根本抓不住。

"小雨，你不记得了？"利文森试探，"时年的事你也不记得了吗？"

轰——

时雨心里炸起一个惊雷。刚才闪过的画面在她脑海中有了定格，是时年的遗嘱。

"小雨，小雨？"利文森不知道那边发生什么事了，喊了她几声，电话那头传来一阵忙音。她挂了。

作为时年的前男友和时雨曾经的医生，利文森对她们姐妹俩很熟悉，自然也很清楚时雨的病情。时雨刚才那样的反应，他马上明白了是怎么回事。诚如时年所说，时雨当年确实康复了。可是，时年的死给了她一个巨大的打击，她再一次被拽下深渊。

"创伤后应激障碍。"利文森咀嚼着这几个字，喃喃自语，"看来时雨是个特殊病例，她这是连续性创伤啊。"

他决定明天先去研究院找时永忱了解一下时雨的具体情况，然后找他老师商量商量。他老师是这方面的专家，接触的病例多，说不定能给他一些建议。

时年去非洲之前嘱托过他，如果时雨再有发病迹象，务必请他帮帮忙。如今时年已经不在了，就算是为了时年，他也没法做到对时雨不管不顾。

便利店是二十四小时营业的，离公寓不远，走几分钟就能到。时雨穿着棉拖鞋就下来了，手里也只拿了手机和钥匙。她站在酒水货架前发呆，拿了一瓶看上面的英文，看完放下，又换了一瓶。

她上次主动喝红酒，还是在卡萨布兰卡的酒店里。那时候时年打来电话告诉她，她准备和 Karun 结婚了，希望得到她的祝福。她没有祝福，送去的只有断绝姐妹关系的威胁。挂了电话，她就把自己灌醉了。

她很后悔，没有在时年的生命中留下足够多的美好的记忆。现在，时年在天上看着她，会不会埋怨她？

刚从利文森那儿得知时年已经去世的消息，她没有想象中那么崩溃，或许是因为这不是她第一次听说吧。当年 Karun 告诉过她，她还为此发了狂。她选择逃避，选择将这段不堪的记忆埋入心里的深渊，泛黄也好，腐烂也好，她再也不想看到了。

原来她从不曾真正遗忘，她只是不敢记起而已。关于时年的种种，就在从公寓到便利店步行的几分钟内，她全部想起来了。

时年远赴非洲当志愿者，不幸感染了疟疾。起初她的病情并没有那么严重，疟疾也不是不可救治的疾病。只是上帝对她太过于残忍，她所处的地区远离城市，药品短缺，交通也非常不便……她的病越拖越厉害。Karun 赶到的时候，时年已经离世了。

带回时年去世消息的同时，Karun 把时年生前立的遗嘱也交给了时雨——时年的工作有一定危险性，所以年纪轻轻就立下了遗嘱。

"她走得很突然，是我没照顾好她。我会好好照顾你和父亲的，这也是她希望的。"Karun 这样对她说。

她接过遗嘱，崩溃大哭，再后来她忘记了时年身上发生的不幸。

细想来，大概是为了弥补心中的缺失吧，所以她这些年才会把 Karun 当成时年来对待的吧！对于 Karun，她又何尝没有歉意呢？

便利店开门的音乐声响了。时雨从回忆跳跃到了现实，她手里还拿着一瓶酒。这瓶是澳大利亚产的红酒，她以前没喝过，也不知道味道怎么样。

时雨走到收银台，她感觉刚进门时那两个男人的目光一直在她身上来回。她马上警惕起来。之前镇上发生了几起抢劫案，至今还未告破。

"您好，一共是一百三十六，怎么支付？"收营员问。

"微信支付。"

她打开支付页面，扫了码，迅速离开。不出她所料，那两个男人也跟了出来。

时雨慌了，这条路晚上没什么人，根本没法求救。她一咬牙，拔腿就跑。

风呼呼地刮在脸上，她一走神，脚底踩了个什么东西，狠狠地摔了出去。咣当一声，红酒瓶摔碎了，液体流了一地。

时雨趴在地上，麻麻的感觉从膝盖蔓延至整条腿。几秒钟后，麻木感变成了刺骨的疼。

"你，你没事吧。"那两个男人追了上来，吓傻了。其中一个哆哆嗦嗦的，"你跑什么啊，我们不是坏人，你钥匙落在货架上了，我们想还给你……"

时雨："……"

"你能起来吗？"另一个男人问她。

"起不来，我可能骨折了，帮我打一下120吧。"时雨努力保持最后一丝清醒。

她刚才踩到东西，脚底打滑，膝盖正好磕在了路缘石上。那一重重的响声，光听着都觉得伤势严重。

那俩人很快打电话叫了救护车。他们蹲在地上看时雨，又无奈又痛心疾首："姑娘，我们真不是故意的。你说你跑那么快，喊你呢你也不理人，我们也没料到会出这事，唉……"

"不怪你们，你们走吧，我自己等救护车。"

"这哪成呢，大晚上我们怎么能把你一个伤员扔在路上。你再忍忍，医院离这儿不远，救护车很快就到了。"

"谢谢。"

时雨低头看了眼右腿膝盖，伤口一片瘀青，没流血，但是以肉眼可见的速度肿成了一个大包。她不敢伸手去碰，她腿伸不直，使不出半点力气，没判断错的话应该就是骨折了。

真是太倒霉了！

那两个男人跟着救护车一起把时雨送到医院，并未马上离开。他们陪她照完X光，非得让她找亲戚朋友来，不然不肯离开。时雨没办法，只好给陆西城打电话。她刚和许仲骞吵完架，不是很想见他。

四十多分钟后，陆西城到了，跟他一起出现的还有邱易唯和许仲骞。

时雨："？？？"

"你打电话来的时候，邱易唯也在。"陆西城做出解释。他从时雨的反应中判断出来，她不太想让其他人知道她受伤的事。她在电话里也叮嘱过，他一个人来就行。

"那他呢？"时雨拿眼神瞟了瞟许仲骞。

陆西城指了指邱易唯："他通知的。"

时雨："……"

医生拿着 X 光片进来，敲了敲门板："谁是时雨的家属？"

"我是。"许仲骞脱口回答。

医生："麻烦跟我来一下。"

许仲骞一走，邱易唯凑上前观察时雨的膝盖。他面露惊恐："都肿这么高了！你怎么搞的，怎么就摔成这样了？"

"不小心摔的。"时雨还沉浸在许仲骞那句"我是"当中。他都自认为是她家属了？嘁！

"再不小心也不至于这么严重吧，摔哪儿了？"

时雨把摔跤的过程描述了一遍，陆西城和邱易唯都很无语。邱易唯说："你一个几句话就能把顶流小花夏蓝蓝吓得一个字不敢说的人，被两个追着你还钥匙的男人吓得摔成这样？这不太像你啊！你是不是跟 Martin 吵架了，情绪不稳定，所以才……"

联想到她刚才看许仲骞的眼神，邱易唯肯定了自己的猜测。一定是这样的！

时雨懒得解释。换作平时，她肯定不会这么没有理智。可时年去世的消息被翻了出来，她的心乱作一团。反过来想，也正是因为她把腿摔了，疼痛感让她崩溃的心情得到了缓解。

"疼得厉害吗？想哭就哭出来吧，别忍着。"邱易唯心想，都肿成馒头了，应该非常疼吧。

时雨摇头："没想象中那么疼，至少不足以让我哭出来。"

许仲骞过了十几分钟才回来。医生跟他说明了情况，他手里拿了张诊断报告。

"怎么样？医生怎么说？"邱易唯很紧张。

许仲骞把报告递给他。他一看，脸色变了。

时雨猜到了是不好的结果，伸手："给我看看。"

她接过来，仔细审视每一行字。伤情跟她猜测的差不多，右腿髌骨骨折，医生建议尽快做内固定手术。

　　医生跟许仲骞说的是，明天上午就能约手术，得尽快安排术前体检。但是许仲骞坚持要带时雨回恒洲中心医院做手术。且不说恒洲的医疗资源更加优质，在那儿他也更方便照顾她——他后天就得回恒洲，他不放心时雨一个人在珃曲养伤。

　　许仲骞把跟医生商量的结果转达给了时雨，时雨没有反对。腿是她自己的，没必要因为跟许仲骞置气就拿身体开玩笑。

　　"一会儿护士推着轮椅过来，带你去打个石膏。明天我们坐最早一班高铁回恒洲，我已经让朋友帮忙挂号了，从高铁站直接去中心医院办理住院手续。我会帮你约最好的医生，顺利的话两天后就能手术。"

　　时雨安静地听他说完。他应该是回病房前就把事情都安排好了。

　　邱易唯提出异议："为什么要坐高铁？高铁多不方便啊，车厢里那么多人。我开车送你们吧。"

　　"开车容易颠簸。她伤势比较严重，颠了会疼。"

　　"哦——"邱易唯恍然大悟，"还是你想得周到，男朋友就是跟旁人不一样。"

　　时雨拿眼瞪他。

　　陆西城安慰时雨："你先安心手术，碧波谷这边的事我会重新安排一下。"

　　"嗯。给你们添麻烦了。"时雨有些愧疚。要是因为她受伤的事耽误了工程进展，那她罪过大了。回了恒洲她得跟她爸商量看看，能不能安排个同事先过来顶替她一阵。

　　"Martin，你还记不记得几天前我抽到的那张塔罗牌。"

　　许仲骞愣了一下。他不太习惯时雨这么叫他，她以前都喊他全名。但是她是 Freya 的那段日子，她一直是这么喊他的。

　　"是什么牌？"

　　"高塔。寓意最差的一张牌。"她说，"看来运势一说不可不信啊。"

　　许仲骞上前，握住她的双手："那你肯定也记得我抽到的牌，倒吊人。你说过，倒吊人的寓意是'经历种种磨难之后，不好的事情终将过去'，对吗？"

　　"那是你抽的牌，不是我抽的。"

　　"没有区别。我说过，你可以选择信我。"

　　时雨当然记得他说过这句话。她当时没有正面回复他，但是她心里做出了回答：好的。

　　经历阵阵磨难之后，不好的事情终将过去。就好比现在。

Chapter 7

权　杖

01.

时永忱拎着保温桶走进恒洲中心医院的大门。时雨想喝牛肉粥，他特地开车去她最喜欢的那家买的，希望她能多吃几口。住院这几天她心情不太好，加上腿上有伤，看上去很憔悴。

走到电梯口，有人叫住了他："时院长？真的是您啊。"

时永忱很快就认出了站在他对面的人，利文森——他曾经最看好的女婿人选。利文森不仅长得好，还是中心医院出了名的青年才俊，前途无量。只可惜那时候时年任性，说什么跟利文森不适合当恋人更适合当亲人，眼睛都不眨一下就跟人家分了。为此，时永忱还惋惜了很久。

几年没见了，此时利文森突然出现在他面前，时永忱心情明朗了不少："是文森啊，好巧。"

"院长您怎么在这儿，是哪里不舒服吗？"利文森说，"前几天我还去研究院找您了，他们说您出差去了。"

"嗯，刚回来。时雨摔伤住院了，我来看看她。"

一听是时雨住院，利文森诧异："她什么时候摔伤的？"三天前他还跟她通过电话，怎么突然就受伤了？

"不小心摔的，骨折了，过两天就要手术。"

"她住哪个病房，我一会儿去看看她。"

简单交谈了几句，时永忱想起利文森说去找过他，直觉告诉他这事跟时雨有关，利文森曾经是时雨的医生。他问："你特地去研究院找我，有什么事吗？"

"是关于时雨的病情。您现在方便吗，去我办公室聊？"

时永忱低头看了一眼手里的保温桶。时雨这时候应该还没睡醒，耽误一会儿也没事。

"好。"

病房中，时雨悠悠转醒。刚醒来的她，睡眼惺忪，眼前模糊一片，只能依稀分辨出窗边有个人影。

"爸，你来了啊。"时雨慵懒地喊了一声，嗓子还是沙哑的。

那人转过身来："看清楚再叫人。"

"……"时雨僵住，"许仲骞？"

许仲骞走到病床前："要帮你把床摇起来吗？"

"嗯。"

时雨接过许仲骞给她倒的水，略有些不自在。她摔伤第二天，许仲骞把她送到医院就回珲曲了，他好像有一堆工作没忙完。没想到他这么快就回来了。

这两天她大部分时间都是一个人待着，她不希望太多人知道她受伤的事，就没对外说。许仲骞给她安排的是 VIP 病房，清静，她正好趁现在好好休息。

许仲骞在床头坐下："我听时院长说了，你术前体检有几项指数没符合标准，医生建议吃两天药再手术。有定手术时间吗？"

"后天上午。"

"有几拨人来看你，看你在睡觉就没打扰。"许仲骞眼神示意了一下桌子上的鲜花和果篮，他把放在花束中的贺卡拿给了时雨。

时雨一看，是研究院的几个同事，还有邱漓。

"他们怎么都知道了？我没跟人说我住院啊……奇怪。"

"这几天晚上我在这儿陪你，有什么想吃的跟我说。"

"你上班不是一向都很忙吗？"

"请年假了。"

"呃……我真的没事，不用专程陪我的……"

"医生说你手术前后两天都需要有人陪夜。你是想让时院长在这儿看护你？"

时雨没话说了。父亲年纪大了，工作也忙，她当然不忍心让他在这儿陪夜。

许仲骞一提起时永忱，时雨才想起，他说去帮她买粥的，怎么到现在还没回来……

看时雨的表情，许仲骞觉得好笑，问她："还在生我的气？"

"也不算生气，一时没调整好心态罢了。"她反问他，"你呢，知道我有这个病，怎么想的？"

"人都是会生病的。"他说，"不过有一点我一直想不通。你生病后，连吃东西的口味都变了。"

"没有啊，你给我买的那些甜品，我都很喜欢。"

"那芥末章鱼呢？"

她想起来了，那次在居酒屋，她说她不喜欢味道冲的东西。她很确定："芥末章鱼我是真的不爱吃。"

"当年我们在宁城遇上，你说过你很爱吃的。"

时雨恍然大悟。怪不得他特地为她点了那道菜，还借口说记错了，是罗轻轻爱吃的。还真把罗轻轻当工具人了……

"你当时是不是跟我说过，你喜欢吃芥末章鱼？"时雨不太确定。

没想到，许仲骞给出了肯定的答案。

她扑哧一笑："那难怪了，因为那是你爱吃的啊！我那时对你有意思，为了拉近和你的关系，想跟你有共同爱好，才随口胡诌的。应该是这样。"她太了解她自己了，这像是她会做的事。

许仲骞哑然。他怎么都不会想到，芥末章鱼竟然是个大乌龙。

"那你又是什么时候知道我生病的事的？"

"从你在我面前接时年电话的时候。我有个发小是医生，和时年同一批援非，他跟我说起过时年去世的事。"

时雨想起来了，许仲骞说过这事。他还特地在她面前提到了疟疾，提到了时年被当地人称作无人区玫瑰。原来他从那个时候就开始试探她了。

"难怪你会送我那瓶香水，无人区玫瑰。原来是这个意思。"

"我只是抱有期待，你能想起什么。"

时雨低下头，眼中的情绪难以掩饰："难为你了，这么多年假装不认识我，对我若即若离的。还有罗轻轻，也就是看人家小姑娘喜欢你，你就利用人家。"

"轻轻的心思，我是真不知道。"

这一点时雨倒是相信。许仲骞在感情方面是个很迟钝的人，他和时永忱差不多，眼里只有工作。别说罗轻轻的爱慕之意那么含蓄了，多少女孩明目张胆对他示爱，他都浑然不觉。

"抽一张吧。"

"什么？"

时雨一看，许仲骞手里拿了副塔罗牌。他把塔罗牌摊在床上："我从珲曲回来之前，特地去你办公室拿的。你不是说运势可信吗，抽一张。"

"摆个牌阵吧，你帮我算算。"

"我不会算塔罗牌。随便抽一张吧，就当测运势了。"

"好吧。"

时雨抽了一张，打开。是权杖国王。这张牌的寓意是"一个诚挚的男人"。她扑哧一声笑了出来。

"怎么了？"

"没什么。"

"这张牌有特殊含义？"

"没有没有。"时雨继续笑。

时永忱敲了敲门板。门没关严实，他在那儿站了有一会儿了，没好意思打扰。

"叔叔，您来了。"许仲骞把座位让给他，"您坐。"

"你坐吧，我待一会儿就得走了。院里事情多。"

"爸，你怎么这么久才到？"

"店里生意好，多等了一会儿。"

时永忱没准备当着时雨的面，提他遇到利文森的事。他把保温桶放在桌上，叮嘱时雨趁热吃。

许仲骞接过碗筷，帮时雨盛了粥。时雨还没吃几口，叶晓萌来了，和她一起进病房的是以前只在照片和视频里见过的蒋铭韬。

时雨一看见蒋铭韬，脸色立刻变了。

叶晓萌看出了时雨脸上写着的不欢迎，不过她没打算说服时雨对蒋铭韬和颜悦色。别说是时雨了，换她也做不到。她轻声打招呼："时雨姐，我们来看看你。"

他们和时永忱打了招呼。时永忱正好找到和许仲骞单独说话的借口，他若无其事地开口："你们先聊吧，小许你陪我去找一下医生。"

时永忱和许仲骞一离开，时雨就更不想掩饰她的情绪了，脸一垮，连她最爱的牛肉粥都不香了。

叶晓萌这几天在休年假，没跟时雨联系。时雨猜到她和蒋铭韬会和好，但没想到这么快。她颇有"怒其不争哀其不幸"的心情，才几天啊，就跟渣男出双入对了。这姑娘也是不长记性！

她瞥了叶晓萌一眼。叶晓萌接收到提示，赶紧问："听说你伤得厉害，还疼吗？"

"好多了。就是打了石膏晚上睡觉不舒服。你呢，还好吗？"

叶晓萌知道她指的是什么，点头："我下周订婚，你手术后如果方便，就过来吧。我还是很想得到你的祝福的。"

"好，我去。"

"谢谢你，时雨姐。"

"这是你的选择，我尊重。无论如何我都希望你能幸福。"

"我会的。"

时雨又问："你怎么知道我住院了？我没对外说。"

"小邱总说的，院里上上下下都知道了。我在群里看见的，有几个同事已经来看过你了。"

"嗯。送来了很多东西，卡片都在这儿呢。"

床头的柜子上放了几张卡片，时雨看完没收起来。卡片都打开着，上面写的字一目了然。她是故意提醒他们看的。

果然，蒋铭韬看见其中那张卡片上写了邱漓的名字，大惊失色。叶晓萌背对着他，没看见他的表情，但是时雨连细节都捕捉得一清二楚。她给了蒋铭韬一个意味深长的笑，警告的意思很明显。

蒋铭韬局促，他清了清嗓子："对了，晓萌啊，你车里的蜂蜜礼盒是给时博士的，我忘了拿了。我去拿一下。"

"还是我去吧，你方向感没我好，万一找不到停车位。"

"也行。"

叶晓萌前脚一出门，时雨就懒得装了。她扬扬嘴唇："不愧是在一起八年了啊，你很了解晓萌，知道怎么才能支开她。看来你也是一早就料到，就算晓萌发现你出轨还是会原谅你，所以才这么有恃无恐？"

"您言重了时博士，我真的是一时糊涂。"蒋铭韬很尴尬，"我也没想到你会认识邱漓。是不是她对你说了什么？事情不是她说的那样，我其实……"

"你都不知道她对我说了什么，就知道不是她说的那样？"

蒋铭韬："……"

"邱漓没跟我说什么，我只知道她事先对你和晓萌的事并不知情，她一直以为你是单身。不过呢，我对你们三个人的感情纠纷一点兴趣都没有。晓萌跟了我快三年了，我拿她当妹妹看。她既然明知你出轨还愿意跟你走下去，那是她傻，但我尊重她，绝不掺和。"

"谢谢。那邱漓的事……"

"那是你的事，你自己看着办吧。别在伤了一个人之后再去伤害另一个人。邱漓不是小三，她是受害者。"

"我明白。邱漓很好，不然我也不会情不自禁。但是我心里的那个人一直都是晓萌，我不会再辜负她了。"

"啧啧，"时雨嘲讽，"总结得真好！对感情不忠贞，从你嘴里说出来就是情不自禁？"

"是我的错。你骂得对，我不否认，我一定改。"

时雨见蒋铭韬认错态度跟孙子似的，一下子没了兴致，不知道的还以为她欺负人家呢。她想，蒋铭韬来医院之前一定事先做好了准备，就等着接受她的冷嘲热讽吧。

算了，没意思，她也懒得说了。

谁知这时候，叶晓萌推门进来了。她的脸色刷白，怔怔地看着蒋铭韬。

时雨心里咯噔一下。完了，怕是都听到了。

如时雨所料，他们的对话叶晓萌一字不漏都听见了。她呆呆地问蒋铭韬："那个女人是邱漓？"

蒋铭韬状如化石。他完全没料到叶晓萌会在外面偷听，更没料到叶晓萌也认识邱漓。他试图解释："晓萌，这件事我回家再跟你细说，一开始我并没有……"

叶晓萌懒得听他解释，扭头就走。

蒋铭韬顾不得跟时雨打招呼，赶紧追上去："晓萌，你等等我，你听我说啊晓萌！不是你想的那样，晓萌……"

叶晓萌一路没回头，直奔地库。蒋铭韬追上她的时候，她已经关上了车门。

"晓萌，你听我说完好不好？"蒋铭韬敲车门，叶晓萌不理他。

他干脆拦在了车前："你开开门，我就耽误你一小会儿。"

叶晓萌坐在驾驶室，一言不发。她正在情绪崩溃的边缘，不想听蒋铭韬说的任何一句话，而且她也听不清楚。

蒋铭韬喊了半天，嗓子都快哑了，见叶晓萌不为所动，他只好打她的电话。叶晓萌接了。

"让开，别挡路。"

"你听我说几句话我就让开，"他把姿态放得很低，"晓萌，求你了。"

叶晓萌也想听听他还能怎么编，冷笑："行，那你解释吧。"

"我和邱漓已经说清楚了，我们真的分开了，不信你可以问时雨，她应该知道。晓萌，就让那些事都过去好不好，我们重新开始。我以后一定会加倍对你好的！"

叶晓萌的表情始终没什么变化。她没想过刚才蒋铭韬是想支开她，她只是怕时雨为难他，就在门口悄悄听了一会儿。亏她还信了蒋铭韬，以为他真的是被人灌醉才犯了错。

"你之前说的都是骗我的对吧，没有喝醉酒，没有故意勾引，反而是你在套路人家邱漓。我都听到了，她和我一样都是受害者，都被你骗了！"

蒋铭韬百口莫辩，只能求饶："我是一时糊涂，晓萌你原谅我这一次好不好。咱爸咱妈都在期待我们的订婚，他们年纪都大了，就当看在他们的面子上，你给我一次机会。我保证，下不为例！不，不会再有下次了！"

叶晓萌踩下油门，汽车动了起来。

蒋铭韬见她来真的，灰溜溜地躲一边去了。他看着车子扬长而去，在柱子上狠狠踹了一脚，结果疼得大叫。

　　他一瘸一拐走到医院大门口，准备叫个车去叶晓萌爸妈家。叶晓萌一向孝顺，这个时候也只有搬救兵才能挽留她。他在恒洲没什么根基，要是叶晓萌真的跟他一刀两断，他以后的路就更难走了。他是不会放弃叶晓萌的。

　　过了好久，蒋铭韬约的车还没到。医院附近路况不好，室外又冷，他抱着胳膊，时不时搓搓手。一回头，他看见了时永忧和许仲骞，两人好像在说什么重要的事，时永忧神色凝重。他赶紧躲开了。据他所知，时永忧和叶晓萌的父母是老交情，要是被时永忧知道他和叶晓萌闹翻了，回去再找时雨一问，怕是纸包不住火，迟早传到两位老人那儿去。

　　五分钟后，车总算来了，蒋铭韬哆嗦着钻进车里。他回头看了一眼，时永忧还在跟许仲骞交谈。外面天寒地冻的，他们竟然一点都不觉得冷。

　　时永忧说完，叮嘱了许仲骞一句：“利文森找我的事，先别让小雨知道。等她做完手术再说吧。”

　　“嗯。我什么时候去找利医生比较方便？”

　　“我把他微信推给你了，你跟他约一下时间。”时永忧叹气，“我竟然不知你和小雨之前发生了那么多事。当年医生诊断说小雨痊愈了，我和时年也一直这么认为。唉，怪不得……”

　　他想起了三年以前，他第一次见许仲骞就是在这恒洲中心医院。那时候时年去世，时雨病发，许仲骞向他追问过时雨失忆的原因，他因为不想太多人知道时雨的病情而隐瞒了事实。他确实不知道许仲骞和时雨五年前就认识，并且时雨还把他给忘了。

　　“小许，我欠你一个道歉。当年我如果问清楚是怎么回事，你和小雨也许就没有后来那么多误会了。”

　　“叔叔您言重了。有些事的发生不是我们能主观预测到的，而且这是你们的家事，不足为外人道。您上次能告诉我时雨的病因，我已经很感激了。”

　　时永忧点头，他拍拍许仲骞的肩膀：“我把时雨交给你了。这孩子挺不容易的，希望你能好好待她。”

　　“我会的，叔叔。”

　　“她的主治医师跟我说，她骨折的部位在关节，手术后还得做很长时间的康复练习。我准备给她办一年停薪留职，她也能趁机休息一阵。这些年她把精力都耗在工作上，太累了。女孩子这样不好，我也不想她步我的后尘。”

　　想到他当年因为工作而忽略家庭，成为曲晓曼离世和时雨患病的导火索，时永忧很是愧疚。这些年时雨活在痛苦当中，他又何尝不是。这样的悲剧一次就够了。

许仲骞没再说什么，他没法安慰时永忱。他们父女的这个心结，最终只能靠他们自己去解开。作为局外人，他说再多都是徒劳。他能做的只有陪在他们身边，做他力所能及的事。没有人比他更希望时雨过得好。

聊完这些，气氛有些沉重。时永忱赶着去处理院里的工作，先一步离开了。

许仲骞回到病房，见邱易唯、邱同钧还有梁朱槿都来了。邱易唯跟时雨聊天，时雨看上去心情不错，脸上也有了笑容。

"嗨，Martin，"邱易唯跟他打招呼，"刚还问起你呢，我就说你不应该不在这里的。"

"有什么好消息？"

"啥？"

许仲骞看了看时雨，意思是时雨这么开心，应该是有好消息。邱易唯语塞，应该算是好消息吧，但为什么他有点难以启齿呢？

时雨把手机给许仲骞看："对邱总来说，这肯定是个好消息。你看！"

许仲骞一看，忍俊不禁。邱易唯又上热搜了，热搜标题是《夏蓝蓝点赞邱易唯澄清说明》。

邱易唯前几天发的那条澄清说明被夏蓝蓝点了个赞。这也就意味着，夏蓝蓝承认了邱易唯说的都是事实。

许仲骞："恭喜邱总。"

邱易唯："……"

梁朱槿皱眉："确实是好消息，但是很奇怪呢。夏蓝蓝那么蛮横的一个人，怎么就突然妥协了？"她作为邱易唯的随身秘书，见过夏蓝蓝几次，对他们之间的事也一清二楚。夏蓝蓝不像是那么好说话的人，而且她对邱易唯一向是抱着不到黄河心不死的态度的。怎么就突然放弃了？

邱同钧也一脸看热闹的表情。对于邱易唯的花边新闻，他比邱易唯本人还感兴趣。

邱易唯摊手："不是我。这得感谢时雨，她现在应该是夏蓝蓝不敢惹的人排名榜上的第一名。"

梁朱槿和许仲骞不明所以，扭头看向时雨。

时雨笑道："他瞎说，没那么夸张。"

她不过就是夸大事实吓唬了夏蓝蓝几句。但是这也不是什么光彩的事，不值一提。

邱易唯这时候才想起他这次来的目的，对许仲骞说："时雨住院这段时间，就让朱槿在这儿照顾她吧。"

"不用麻烦，我请了年假，这几天我都在。"

"你毕竟是个男人，有些事不方便，还得有女同胞在。"

邱同钧嗤之以鼻："人家许博士是我学妹的正牌男朋友，有什么不方便的！"

许仲骞："……"

时雨的脸红到了脖子根。邱同钧真是哪壶不开提哪壶！

邱易唯干咳两声："那好吧。不过朱槿你白天还是过来帮忙照看一下吧。"

"好的，邱总。"

时雨婉拒："你就别麻烦朱槿了，我骨折而已，又不是得了什么绝症。"

"学妹，你就收下我小叔这份好意吧，这也是我爸的意思。"邱同钧难得为邱易唯说话。

"你爸？邱董？"没记错的话，她还没见过邱易诚呢，邱易诚怎么还关心起她来了？

"你忘了？你跟我们已经签合同了，你现在是天鼎的正式顾问，也是鼎峰的股东之一。你受伤住院，于情于理我们也该有所表示。出门前我爸特地叮嘱我，一定要代他问候一声。等你伤好了，我们要麻烦你的地方还多着呢。"

"噢……"时雨勉强接受，"那行吧。"

恰好来照顾她的人是梁朱槿，合她心意。那她就给邱易唯这个面子吧。

02.

两天一晃而过，转眼间就到了时雨手术的日子。

上午十点，时雨靠在枕头上，内心忐忑地等着护士来接她去手术。她身体底子向来不错，除了那个她以为早就康复了的创伤后应激障碍，还有普通的感冒伤风，基本没跟医院结过缘。谁知这次一摔就中了个"大奖"，非手术不能康复。

她昨天亲自签了手术同意书，上面的描述让她不得不多想。她想起几年前看过的新闻，说是某某医院发生手术事故，医生弄错了两个伤患的病症，把要打钢板固定的一个伤患的腿给截肢了；还有一个事故，患者要截左腿，医生给截成了右腿……

时雨不寒而栗，手不自觉地攥紧了被子。

梁朱槿正在床头倒水喝，看到她这样，疑惑："怎么了？"

时雨把心中所想说了一遍。正在看新闻的许仲骞笑得干咳起来，笑话她："你看的是什么假新闻，我怎么没听说过？"

"你没听说过就是假新闻了？万一他们真的把我腿切了怎么办？"

梁朱槿也觉得这种情况着实荒谬："不会的，都什么年代了，如今医院的流程非常清晰明确。你说的这种事情，发生的概率肯定比中彩票还小。"

时雨还是忐忑："那万一中'彩票'的倒霉鬼就是我呢？"

"你伤的是腿，不是脑子。"许仲骞很无语，"别胡思乱想。"

时雨看了看时间，又说："护士怎么还不来接我去手术室啊，不是说今天上午吗，都快中午了。等待的时间每一分每一秒都是煎熬，还不如赶紧给我一刀来得痛快。"

"我刚去问过了，"梁朱槿说，"医生说他们先给年纪大的患者做手术，再做年轻人的，这是医院不成文的规定。老人家身体底子没那么好，早做完早休息。"

"行吧。但是等得快崩溃了，好煎熬，啊啊啊……"

看到时雨这样，梁朱槿又担心又有点想笑。她早几年前就听邱易诚提过时雨，知道她是业内有名的古建筑学专家，女博士，没想到相熟之后见到了这样的她。果然女孩子都一样，无论年纪多大，从事什么职业，内心永远都会有少女的一面。

近十二点，手术室那边才推了车来接时雨。时雨咬咬牙，心想反正伸头一刀缩头也是一刀，就这样吧。她无比悲壮地换上了手术服，在护士的帮助下躺在了推车上。

恒洲中心医院的手术室单独在一层楼，且有专门的电梯。医院有规定，其他科室不能占用手术电梯，任何无关人员不能陪同。许仲骞送时雨到电梯口，分别前又握着她的手安抚了几句。

"别害怕，打了麻药不会疼的，很快就好。"

"嗯。"

护士正要推时雨进电梯，时雨突然喊了句："等一下，等一下，我还有话要交代他。"

护士很无奈："手术时间不能耽搁，你们小情侣有什么话晚点说也一样。"

"就几句话，你等我一下。"时雨回头，冲许仲骞勾了勾手。

趁许仲骞弯腰，她把他的头抱了过来，凑到他耳边低声说："我那天不是存心跟你吵架的，确实很不爽，但是没有生你的气。我只是害怕我又会忘了你。"

说完，时雨放开他，朝他挥了挥手。护士得到了对话结束的信息，赶紧推她进电梯。

电梯门关了，许仲骞怔在原地。他回忆了许久才确认，时雨说的是她得知自己就是Freya，跟他摊牌的那一天。

他嘴角上扬，忘了往回走。

利文森从走廊另一边走来。许仲骞昨天就跟他打过照面，不陌生："利医生，好巧。"

"不是巧合，我专程来看看时雨的，她已经进去了？"

"嗯。"

"这两天病人太多，我一直没抽出时间。本来想现在跟你聊聊，不过我想，这个时候你应该也没什么心情。下午有空吗，等时雨手术完，去我办公室坐坐？"

"好。"

看许仲骞神情有些紧张，利文森拍拍他的肩膀："时雨的伤听着吓人，但也就是个小手术。像这样的内固定手术，我们医院副主任级别的骨科医生每天都会做，他们有经验，你放心吧。"

"我明白，多谢。"

邱漓吃完中饭就来医院了。她不知道这个手术要做这么久，在病房一直等到时雨从手术室出来。一看时间，已经是下午三点了。

由于术前必须空腹，时雨一天没吃东西。梁朱槿特地去买了小米粥和豆腐脑，她估计以时雨的状况，只能吃点流食。结果时雨只喝了几口水就睡了。她的下半身打了麻药，没有知觉，脑子也昏昏沉沉的。睡前她只对许仲骞说了一句话：快看看，我的腿还在不在，我感觉不到腿的存在……

许仲骞说了句"还在"，她心中石头落地，立刻睡过去了。

梁朱槿劝许仲骞："许博士你去吃点东西吧，你也累了一天了。这里有我和邱漓看着就行。"

"朱槿说得对，许博士你去休息吧，晚上还得守夜呢。"邱漓附和。

许仲骞正好要去找利文森，道了个谢就走了。

病房里就剩梁朱槿和邱漓，十分安静。她们闲来无事，小声聊起天来。

邱漓在天鼎上班有段时间了，她人缘好，和梁朱槿很快成了朋友。梁朱槿对她蛮有好感的——她是除了时雨之外，又一个没有因为网上的传闻而看轻她的人。

"你心情好点了吗？"梁朱槿问邱漓。前几天邱漓工作状态不好，开会时经常走神，她出于关心问过一嘴。邱漓告诉她，她失恋了。

"就那样吧。放不下是肯定的，但是也没办法。"

"你和他为什么分手啊？如果不是原则性问题，你又那么放不下，可以考虑继续这段感情的。"

邱漓摇摇头："没法继续，这中间的事太多了。我之前并不知道，他其实是有未婚妻的，双方家长都见过面了，下周就订婚。"

梁朱槿："？？？"

"就是你想的那样。我被小三了。"

"什么情况？怎么会这样？"

邱漓没想瞒她，把事情经过一五一十说了。梁朱槿大惊："那他也太过分了吧！分了好，幸亏你跟他断了。"

"其实没断彻底。"邱漓的声音渐渐变弱，"前天晚上他喝醉酒，在我家门口一直敲门。我怕他醉醺醺地回去不安全，就收留他在沙发上住了一晚。他抱着我哭，说舍不得我，不想跟我分开。朱槿，我知道我这样不对，但是看到他一个大男人哭成那样，我心里很乱，实在是狠不下心来。你快把我骂醒吧。"

梁朱槿无法用言语形容内心的惊愕。她劝了好久，让邱漓务必尽快跟蒋铭韬断干净，不然受伤的只有她自己。

邱漓点头。她说："我本来只想安静地结束，他和叶晓萌如果能继续走下去，我也祝福。但是没想到，他和她吵架了又回来找我……他这样不仅轻贱了我，也对不起叶晓萌。朱槿，等时雨恢复些了，我想让她帮着劝劝叶晓萌，别再被他骗了。你觉得呢？"

梁朱槿赞同："叶晓萌是时雨的助理，时雨的话她能听进去。你这样做是对的，别到时候你们两个女孩子都受伤。"

时雨半梦半醒，她们的对话内容她迷迷糊糊听见了些许。

利文森办公室内，他和许仲骞面对面坐着，杯中的茶不停地在冒热气。

"我先说吧。"利文森喝了一口茶水，缓缓道，"时雨是我来中心医院接手的第一个病人，那时候我经验不够，只是辅助治疗，她的主治医生是我们主任。她的病因，我想时院长应该跟你说过。她从小就这样，直到七年前治疗有显著效果，那时候她已经能记起她母亲的死因了。我们都认为，她是决定放下过去，与自己、与她的母亲和解了。"

"时雨痊愈没多久，我和时年因为一些问题分手了，她和我的联系也就变少了。时年去非洲前拜托过我，她接下来长期不在国内，如果时雨有什么情况，让我务必帮忙。但是后来我们主任，也就是时雨的主治医生退休了，时雨没再来找过我，我也没听说她有什么不对劲，也就理所当然地认为她是真的康复了。

"要不是她出事那天晚上给我打电话，我都不知道她对时年的死没有记忆。时院长跟我说，她这几年一直把她姐夫当成是时年，还有就是，你和她五年前就认识？"

许仲骞听完，默默喝了一口水，差点被茶水烫到。他显然有些心不在焉。

"没事吧，许博士？"

"没事。"许仲骞顿了顿，"我和小雨的事很复杂，一时不知道该从哪里说起。"

该从哪里说起呢？从布鲁日的初遇？

五年以前，许仲骞在比利时的童话小镇布鲁日第一次遇见时雨。他拿着单反到处拍照，时雨从桥上走过，偶然入了他的镜头。咔嚓一声，她便留在了照片中。

时雨看见许仲骞拍了她，没有生气，而是走过来询问，能不能让她看看照片。许仲骞欣然应允。

照片里的她穿了一身玫瑰红的长裙，长及腰间的栗色卷发，手里还拿了一束洋甘菊——是甜品店的女老板在童鸢的花店里订的，她帮忙送过去。

"拍得很好看，你是摄影师吗？"

"不是。"

"那你是做什么工作的？"

"算是做研究的吧。"

时雨笑着掏出手机："你把我留在你的照片里了，我也不能吃亏。不如我们来合个影？"

"好。"

两人对着镜头，时雨笑得很甜，许仲骞有些拘谨。自拍结束，时雨跟他道别："我还有工作，有缘再见。祝你在比利时玩得开心。"

"等等——"

"还有事？"

许仲骞犹豫了会儿，开口："你在这儿工作？"

"不是，我过来玩的。我朋友在附近开了家花店，我帮她送一束花去给客人。"

"看来你对布鲁日很熟悉。"许仲骞请求，"能帮个忙吗？带我在这里转一圈。我第一次来。"

"当然可以，乐意为帅哥效劳。"时雨指了指河边一家咖啡厅，"你可以去那儿坐坐，等我会儿。我把花送过去，再去跟我朋友打个招呼，之后就来找你。"

"好的，谢谢你。晚些见。"

"一会儿见。"

许仲骞在咖啡厅等了时雨半个小时。秋季的布鲁日潮湿，他坐下没一会儿就下起了小雨。时雨进门时，手里拿了两把伞。

她兴致很好，扬了扬雨伞："我看天色暗了下来，刚回去拿了伞。这把给你，我们走吧。"

许仲骞接过雨伞，并道谢。

"走吧，趁雨没下大。"

"我还不知道你名字呢。"许仲骞伸手，"你好，我叫许仲骞，你可以叫我Martin。"

时雨沉默了几秒。她不想让许仲骞知道她的名字，这是她最本能的想法。她扫视一圈，看见墙上挂了一幅女神 Freya 的油画像——Freya 是北欧神话中爱与美的女神。

"你好，叫我 Freya 吧。"

布鲁日很小，他们用了不到两小时就把整个小镇逛完了。临分别之际，徘徊在他们心里的是同一种情绪，他们不舍得和彼此分开。

走到市政厅前的广场，他们面前停了许多供游客参观用的马车。时雨来布鲁日有段日子了，经常看见有人乘坐马车穿街走巷。她心中划过一个想法："Martin，你想不想体验一下童话小镇的马车？"不管做什么，只要能和他多待一会儿就行。

许仲骞欣然接受："看上去不错。"

于是他们又乘着马车逛了一遍布鲁日。时雨第一次觉得，布鲁日是真的很美。怪不得童鸢对这里恋恋不舍，怪不得她说这儿是最适合恋人来的地方。

半小时后，马车回到了起点。

雨渐渐下大了，时雨打着伞，下车时脚底一滑，右腿蹭到了栏杆上。她疼得叫出声来，立即把伞一扔，蹲下来捂住脚踝——那儿多了一道三四厘米的伤口。

许仲骞紧张起来，拿了帕子给她："先擦擦雨水，我带你去医院吧。"

"不用，皮外伤而已，我回我朋友店里擦点药就行。"

伤口不深，她蹲了一小会儿，疼痛感很快就消失了。在时雨的坚持下，许仲骞只好放弃陪她去医院的想法。

天色越来越暗。这次是真的到告别的时候了，时雨心想。

"我得回去了。Martin。很高兴认识你。"

"我也是。能留个联系方式吗？或许回国后我们还有机会再见。"

时雨笑着摇头："不必啦，如果真的有缘，一定会再见的。"

"好。"许仲骞没有强求。他从包里拿出一本书，书页中夹了一片红叶。他把红叶送给时雨，"在遇见你的桥边捡到的。以前我竟不知道，爬山虎的叶子也可以变得这么红，很好看。送给你了。"

"谢谢。我会好好收藏的。"

时雨转身离开，身影很快消失在巷子口。她始终没有回头看他一眼。

后来许仲骞才知道，他遇见时雨的那座石桥叫作一见钟情桥。传说，踏上一见钟情桥，就会和遇见的第一位异性一见钟情。

原来是真的。

03.

从桥上的一眼万年，到分别时送的红叶，这样的邂逅的确很浪漫，但时雨还是觉得许仲骞是她生命中一闪而过的人。就像流星一样灿烂，但很快就会离开她的世界。因此，即便再有好感，她也没有选择留下可供联系的信息，毕竟她连名字都是假的。

一周后，时雨在卡萨布兰卡的街头再次遇见许仲骞。

她在街上漫无目的地闲逛，看到花坛中的不死鸟，心生好奇，停下脚步观察——她从未见过这么奇怪的植物。

"这是不死鸟。"

"为什么叫不死鸟？"时雨回头。当她看清来人的长相，手一松，拎包掉在了地上。

许仲骞替她捡起拎包，又从花坛里掰下一片不死鸟的叶子，一起放在了她的手上。他说："因为生命力顽强。看似不起眼的一小片，你把它带回去，随意丢在花盆里它也能长出新叶子，落地生根，生生不息。"

时雨看着手里的叶子，嗓子干涩，迟迟没接话。她以为他是流星，可他更像是流星坠落变成的陨石，离她更近了。

"Freya 小姐，好巧。又见面了。"

"好巧。"时雨艰难地蹦出这两个字。

时雨决定听从命运的安排，命运让他们重逢，她又如何有勇气再一次推开喜欢的人。就像所有迅速陷入爱情的男女一样，他们相恋了。那几日他们如胶似漆，一起走遍了卡萨布兰卡的每一个角落。他们在一株巨大的曼陀罗花树下相约，永远只爱彼此。

但是时雨和许仲骞想象中的不太一样，她看似对爱情有着炙热的追求，却比绝大多数女性理智得多。

"Martin，如果有一天你不喜欢我了，或者是喜欢上别人了，一定要告诉我。我一定会头也不回地走掉。"

"路上的爱情，谁知道会不会是一场焰火。我们还是珍惜当下吧，等到要分开的时候，如果我们还是舍不下彼此，那就再约下一次相见。"

许仲骞以为，她只是没有安全感才会说出这几句话。可是几天后，她真的消失在他的生命中。他没有喜欢上别人，她却真的头也不回地走掉了，除了 Freya 这个名字，她没留下任何信息。

许仲骞回比利时找她，但是她提到的那家叫"鸢尾的夏天"的花店也关着门。隔壁的店主说，花店主人的亲人去世，她回中国了，不知道什么时候回来。

消息就此中断。

之后的两年，许仲骞没有找到关于时雨的任何信息。就在他快要放弃的时候，他又遇见了她。在宁城植物园竣工的宴会上，她和宇林集团的高级景观设计师付熔岩侃侃而谈，语笑嫣然。他从露台往下看，灯光打在她精致的侧脸上，她成熟了不少，比两年前更迷人了。

他难以形容自己当时的心情，他就那样盯着她看，毫不掩饰对她的渴望。她察觉到有人在看她，一抬头，对上他的眼睛。那一刻他几乎就要脱口而出她的名字，可是他发现，她的眼神很陌生。别说是重逢的惊喜了，连熟悉感都没有。

付熔岩问时雨认不认识许仲骞。时雨摇头，神色茫然，不像是假装。

"地理科学资源研究所的许仲骞许博士，业界名人。"付熔岩为她介绍许仲骞。

时雨这才开口，笑脸盈盈地问许仲骞："我们是不是在哪里见过？许博士看着很面善呢。"

"你认识我？"

"付总刚跟我介绍过。你好，我是时雨，恒洲古建筑研究院的研究员。"

直到那一刻，许仲骞才知道她的真实姓名。她叫时雨，好雨知时节，真是个好听的名字。

有了第一次的感情铺垫，即便是忘记了过往，时雨还是很快爱上了许仲骞。他们再次成为恋人。

那时候许仲骞在宁城出差，时雨也在宁城做一个古建筑修复的项目，两人处了足有一个月的时间。其间，许仲骞试图找寻过原因——为什么时雨当年会不告而别，继而又忘了跟他有关的一切。然而一无所获，他只能说服自己，不要再去探究过去了，过好当下就行。他岂会料到，一个多月后她又离开了。

他去恒洲古建院找过时雨，她同事说她身体不舒服，被送去医院了。他赶到恒洲中心医院，她正昏迷着，还在打吊针，守在她身边的是她的父亲时永忧。

这种场合似乎不太适合提感情的事，因此许仲骞介绍自己是时雨的朋友，过来看看她。他询问时雨的病情，时永忧只字未提，只说她状态很不好，需要静养。

许仲骞等了两天，时雨终于醒了。但是他担心的事也发生了，时雨又把他给忘了。

旁人不了解时雨的情况，时永忧是唯一的知情者，可他不愿意透露更多。许仲骞追问了好几次，得到的答案都是一样：时雨身体状态很不好，如果是为她好，就不要打扰她，否则她的病情只会更严重。

为了时雨的健康着想，许仲骞只好作罢。

地研所事务繁多，许仲骞很快接到了新的工作安排。他被派遣到了云南，负责一个梯田生态发展项目。之后他给时永忧打过几次电话，得知时雨被送到太湖边的疗养院休养了。

时雨在无锡住了不到十天就腻了，她不觉得自己有病，她身体一向很好，又有健身的习惯，比院里很多男同事都矫健。她不顾时永忧的反对，主动请缨跟谭教授去了西北，协助谭教授做当地新挖掘的古墓葬群测绘工作。

她在西北一待，就是小半年。在那期间，她去西藏看了南迦巴瓦雪山，去可可西里看了藏羚羊迁徙。

这一切，许仲骞都清楚。他去西北看过时雨。他不敢贸然打扰，只远远地看了她几次，知道她第一次尝试画墓室的结构图，每天熬夜到很晚；知道她喜欢去附近村口的水果摊买西瓜……他偷偷给摆摊的夫妻塞了钱，让他们摘了新鲜的西瓜就给时雨他们送去，但不能提是他给的钱。时雨误以为是摊主夫妻送的，久而久之便和他们成了好朋友。

时雨从西北回来后，许仲骞一直在找合适的机会，准备不露痕迹地再认识她一次。他打听到时雨会跟时永忱一起参加科学院主持的一次聚会，心里有了主意。

在那次聚会上，他们打了照面，交换了名片。那也是时雨记忆中，她和许仲骞的"第一次"见面。

和之前两次不一样，许仲骞不敢再靠近时雨。他非常精细地测算着他们之间的距离，多一分不行，少一分也不行。他需要她记住他，又不能远离他。几个月后，他小姨的外甥女罗轻轻去了古建院实习，成了他最完美的挡箭牌。

时雨被许仲骞的若即若离弄得几乎崩溃，叶晓萌一提到许仲骞就义愤填膺，恨不能把他摁在地上摩擦。从此，许仲骞成了古建院工作人员心目中脚踏两只船的花心萝卜，也成了被时雨当作时年的 Karun 心目中的渣男。

在充满回忆的交谈中，时间过得很快。茶凉了，也见底了。许仲骞抬腕看了眼手表，他和利文森不知不觉聊了三个小时。

交谈中，利文森拿笔记录着什么，还画出了时间轴。他对许仲骞总结道："我算了下，时雨在卡萨布兰卡不告而别，正好是时年婚礼前。她应该是在那时候收到时年的婚讯，受到了很严重的刺激，从而导致忘了跟你的一切。而她第二次遗忘，则是因为时年的离世。"

时年去世给时雨带来心理上的刺激，许仲骞能理解。但是……

"她收到时年的婚讯，为什么会变成那样？"

"这得从她母亲曲晓曼抛弃她说起，"利文森强调，"也是她在布鲁日遇见你选择用假名字的原因。因为在时雨心里，国外邂逅的爱情是原罪，那是不应该存在的。她根本不相信这样的爱情。"

许仲骞明白了。时雨说过，她母亲就是在国外度假时遇见了一位匈牙利富商，为了那个匈牙利人她和时永忱离了婚，抛弃家庭，远赴国外。偏偏那么巧，时年也是在国外遇见了 Karun，她不顾家人的反对嫁给了他，从此定居尼日利亚。

利文森接下来的话肯定了他的猜测。

"也就是说，时年的婚讯掀开了时雨幼年的第一道伤口，曲晓曼抛弃她、在她面前摔下楼梯的那一幕重演了。那是足以让时雨崩溃的一段记忆，毕竟那时候她还小。有些病人的童年的阴影甚至一辈子都治愈不了。

"前几日时院长跟我说了很多事，再加上你刚才说的，我想我大概能明白时雨的逻辑了。遇见你之后，她潜意识把自己代入了她最不能接受的国外爱情原罪论。她觉得曲晓曼和时年的行为都很自私，她不想变成那么自私的人。

"从医学角度分析，时雨的情况属于创伤后应激障碍中的躲避反应。她会故意不去回忆与创伤事件相关的人和物，会把原本非常在意的人或者事件埋藏起来，造成主动性遗忘。她对你、对时年，都是如此。"

许仲骞咀嚼着利文森这段话，思考了许久。他问了他最关心的问题："那她会再一次主动性遗忘吗？"

"目前来看应该不会，她的病情好转了很多。"利文森似乎很有把握，"那天我无意中告诉她时年三年前去世了，她并没有很强烈的反应，而且她马上就想起来了。我想，她其实已经接受了失去时年的事实。就是不知道，如果我们再告诉她她母亲的死，她会怎样。"

"她是为什么好转了？"

利文森摇头，笑了笑："我也不知道。或许是因为她也遇到了像时年那样的，可以让她奋不顾身的感情吧。她理解了时年，也就能从心底里跟过去的自己和解了。"

"我明白了。谢谢你利医生，你的帮忙对我和时雨都很重要。我知道该怎么做了。"

"不客气，我应该做的。这是我欠时年的。"

许仲骞离开利文森的办公室。出了门，他忍不住回头看了一眼门牌，上面写着：精神科副主任利文森。

利文森仅仅通过他和时永忱的叙述就能明白时雨的想法，他应该也是局中人吧？他对时年又该是怎样一段奋不顾身的感情，许仲骞不得而知。

从利文森办公室出来，许仲骞没有回时雨的病房，而是回家洗了个澡。这两天时雨准备手术，他几乎寸步不离，没顾上洗澡。

收拾了一番后，许仲骞猜时雨醒来会饿，特地开车去买了些吃食。时雨状态不好的时候胃口也不好，为了让她多吃点，他买的东西也很杂，就看时大小姐愿意吃什么了。

许仲骞回到病房，时雨已经醒了。梁朱槿和邱漓都没走，叶晓萌也来了。四个人都没说话，邱漓低着头，叶晓萌眼神飘忽。出于研究人员的直觉，他感受到这间房的气氛十分微妙。

时雨的病床被摇高了一些，她斜倚着，看见许仲骞进来，原本惨淡的脸上有了一抹笑："你来啦。"

许仲骞扫了一眼四周，问："我来得好像不太是时候？我出去待会儿？"

"不用。"时雨看见许仲骞手上拎着的各种吃的，眼前一亮，"正好我饿了，你帮我把餐桌推过来，我吃点。"

趁着许仲骞整理吃的，时雨扭头对邱漓说："许博士不是外人，我一般都不瞒他。你继续吧。"

邱漓声音很弱："你麻药还没退，要不再休息会儿吧。我明天再来看你。"

时雨坚持："我没事，脑子已经清醒了。你们还是把事情说清楚再走吧。"

"我想说的都说了，就是这么个情况。"邱漓眼睛红红的，低着头，"我错在太信任蒋铭韬，错在分手后还跟他见面。但是以后不会了，我也不是故意伤害你的，晓萌。抱歉。"

叶晓萌看了邱漓一眼，张了张嘴，话却没说出口。

邱漓这番话是对叶晓萌个人说的，叶晓萌不开口，其他人也不好说什么。房间出奇的安静，只能听见许仲骞拆外卖包装的声音。他给时雨拿了一块蜂蜜蛋糕、一碗山药排骨汤、一碗粥，还有几个小笼包。时雨看见吃的，心情立刻恢复了不少。

时雨慢悠悠地吃完两个小笼包，叶晓萌总算说话了。她声音不大，语气却很坚定："明白了，无论如何谢谢你告诉我这些。其实就算没有这次的事，我可能也会临时反悔的。因为这是原则问题，错了就是错了，粉饰太平，没用。"

时雨听出她话中的意思，意外却又觉得是情理之中。按照原计划，她和蒋铭韬还有四天就订婚了。

"决定了？"

"嗯，我回去就跟他说清楚，我爸妈那边我也会解释的。时雨姐你好好养伤，不用担心我。我先回去了，改天再来看你。"

时雨叮嘱她："路上注意安全，开车慢点。"

"没事，我打车来的。时雨姐、许博士，再见。"

"再见。"

医院探视时间截止到晚上九点，很快就到点了。叶晓萌前脚离开，邱漓和梁朱槿也都走了。

时雨跟许仲骞简单说了下情况："下午没完全睡着，听到邱漓和梁朱槿聊天，蒋铭韬竟然又去纠缠邱漓了。我想了很久，这事我不能瞒着晓萌。她有选择权，但是作为朋友，我有告知权。"

"你做得很对。你能做的都做了，看她自己吧。"许仲骞揉揉时雨的头发，"睡乱了，我帮你重新绑一下。"

时雨以为他会手忙脚乱，没想到他真的给她编了一个麻花辫。时雨很意外："说，你以前给哪个女孩子编过头发？什么时候学会的？"

许仲骞哂笑："你觉得呢？在卡萨布兰卡的时候，某人强行逼我学的。"

时雨脸一红，低头喝汤。

许仲骞去拉窗帘。透过玻璃，他看见叶晓萌坐在花坛边擦眼泪。寒冬腊月，她穿得并不多。他回头看了一眼时雨。眼下她麻药未退，坐着都吃力，他斟酌之后选择沉默，拉上了窗帘。

　　叶晓萌在花坛边坐了很久才起身。她听完邱漓说的那些，本想马上回婚房把蒋铭韬的东西收拾出来。可她现在每走一步都觉得艰难，她一点都不想回到那个家，那里有太多他们共同的回忆了。

　　她还没来得及吃晚饭，下班前接到时雨的电话，她马上赶过来了，此刻饿得肚子咕咕直叫。她打开订餐网站看了一圈，没什么能激起她胃口的东西，最后她打车去了秋舍。那是她最常去的餐厅，最近她和店长、服务员，还有小提琴手 Gary 慢慢混熟了。

　　Gary 和叶晓萌几乎同时到店，他今天夜班。看到叶晓萌他有些意外："嗨，晓萌，还是第一次这么晚见你来店里。一个人？"

　　"嗯。没吃晚饭，过来随便吃点。"叶晓萌低落地说道。

　　Gary 跟客人打交道打得多，一眼就看出她心情不好。他笑着哄她："来都来了，就别随便了，我们店里来了新厨师，手艺很不错哦。今晚我请你吧，就当是谢谢你来给我捧场了，我猜你应该是专程来听我拉琴的。"

　　饶是心情极度糟糕，叶晓萌还是被 Gary 逗得扬起了嘴角。能把主动请人吃饭说得这么好听，不愧是秋舍的揽客王牌。

　　和 Gary 聊了会儿天，叶晓萌勉强找回了状态，Gary 给她点的蛋包饭她也吃了大半。至于她为什么心情不好，她只字未提，Gary 也没问。

　　"你不去演出吗？"

　　"还没到时间。倒是你，怎么这么晚才吃饭？"

　　"我领导骨折住院了，我刚从医院回来。就是我之前跟你提过的时雨姐。"

　　时雨就是 Freya，Gary 上次跟她见完面就知道了。不过一周没见，她怎么住院了？

　　"噢，那我抽空去看看她。她严重吗？"

　　叶晓萌不解："你去看她？你认识她？"

　　"五年前就认识了。"Gary 笑笑，"这是个挺长的故事，你还是让她给你讲吧。"

　　叶晓萌虽然好奇，时雨既然五年前就认识 Gary，为什么之前见了他却没认出来？但她现在心里很乱，无暇再顾及别人的事了。

　　Gary 跟叶晓萌又聊了几句，工作人员催他上台。他对叶晓萌挤挤眼："下面这首曲子是送给你的，好好听着。开心点，这是给你的福利。"

　　灯光暗了下来，曲声悠扬响起——他演奏的是《爱之喜悦》。他好几年没拉过这首曲子了，上一次拉还是五年前，许仲骞离开卡萨布兰卡的那一夜。

　　餐厅的气氛很轻松，不知不觉，几个小时过去了。

　　她一直坐到 Gary 下班才从座位上起来。起初，她一遍又一遍地说服自己，她只是答应了 Gary 要给他捧场，并不是不想回去面对着蒋铭韬影子的家——他们的婚房。

到后来，不知是夜晚太过美好，还是 Gary 的曲子太吸引人，她竟然渐渐释怀了。

一生那么长，每个人都会遇见坎坷，不可能永远都顺顺利利。她自小没受过苦，在父母的庇佑下长到现在这个年纪，平安喜乐，自由恣意。然而今天，她走到了岔路口。

时雨对她说过，已然发生的一切自有发生的道理，这是成长给予的最宝贵的馈赠。

"今晚谢谢你，Gary。我该回家了。"

Gary 看了一眼空无一人的街道，不太放心："太晚了，你一个女孩子不安全。我开车送你。"

"那我就不客气了。改天再来给你捧场，就当是感谢。"

Gary 问了地址，叶晓萌报的是他和蒋铭韬婚房所在的小区。今晚蒋铭韬值班，不会回去，她要趁他明天下班之前把他的东西整理出来。是时候告别了。

成长送给她的这份馈赠好沉重啊。她想。

04.

手术之后，时雨在医院又住了三天。医生说手术第二天她就可以借助工具下地行走了，还给她发了一份术后锻炼的参照视频。她不敢回家练，赖在医院不肯走。在医院出了任何情况，好歹有医生和护士在，她比较有安全感。

这几天，她借着工具在房间内颤颤巍巍地走了几个来回，感觉右腿很陌生，不太像是她原来的腿了。

"我不会就此变成瘸子了吧？"她问许仲骞，"我怎么觉得这条腿不属于我了，我完全驾驭不了它。"

许仲骞正在削水果，抬头瞪了她一眼："只要你不偷懒，老老实实跟着视频练习，就不会变成瘸子。"

时雨无语，他果然不会安慰人。她本想揶揄几句，看着许仲骞手腕上的牙印，把准备好的话又咽了回去。那个牙印是她咬的，术后第二天凌晨麻药退了，她疼得锥心刺骨，一失去理智就冲许仲骞的胳膊咬了下去。许仲骞强忍着没叫出声，等她松开，被咬的地方已经渗血了。他没有责备她，而是立刻去叫了医生给她打止疼针。

时永忱知道这事还把时雨说了一顿，姑娘家家的，竟然这么不注意！时雨很后悔，但是没有觉得愧疚，因为许仲骞自己说的，她对他可以肆无忌惮，他是不会怪她的。

"你大胆些，脚一定要着地。"许仲骞过来扶她，"集中精神，别再摔着了。"

时雨尝试让右腿受力，一点一点往前走。她还记挂着珏曲的工作，早知道会伤成这样，当时就应该小心点。也不知道陆西城他们怎么样了，碧波谷顺不顺利……

护士来通知时雨，下午饭后还有两瓶吊针，挂完她就可以出院了。

许仲骞说："我下午有个会议，可能没法送你回家。要不你在这儿多住一天？"

"不用，邱易唯说下午来看我，他和朱瑾送我就行。你忙你的吧，别因为我这些小事耽误了工作。如果我没记错的话，许博士可是出了名的工作狂。"

"如果我没记错的话，时博士好像也是出了名的工作狂。"

时雨笑着拿起一个橘子砸他。许仲骞一躲，橘子往门口飞去，差点砸到了刚进门的Gary。

"这是什么欢迎仪式？"Gary拍了拍胸口，看了一眼时雨，"你能下地了？"

"Gary，你怎么来了？"

"晓萌说你住院了，我来看看你。"Gary扬了扬手里的花束。

"你见过晓萌？"

叶晓萌这两天跟失踪了一样，时雨没得到她的半点消息。

"见过，前几天晚上她来秋舍吃饭了。心情不太好。"

"哎呀，你站门口干吗，快进来啊。"时雨招呼Gary，"这边坐，谢谢你的花。"

许仲骞刚才背对着Gary，Gary一进门，对上他的脸，惊着了。刚坐下的他立刻弹了起来，不可思议："你……你是Martin？"

"又见面了，Gary。"许仲骞伸手。

Gary呆若木鸡地跟他握了握手，转头问时雨："你们怎么遇见的？"

时雨莞尔一笑："这是个很长的故事，下次再说给你听吧。吃点水果。"

许仲骞把切好的水果端到Gary面前，他拿了一块，边吃边打量旁边的两人。虽然他一肚子好奇心，但无论如何，他曾经见证过的故事得到了圆满的结局，这才是最重要的。

Gary和许仲骞闲聊的时候，时雨接到了叶晓萌打来的电话。

叶晓萌比时雨想象中的要冷静，电话里，她声音柔软而平淡："时雨姐，没什么事，就是想告诉你一声，我和蒋铭韬说清楚了，他已经从婚房搬出去了。我父母知道了事情的原委，非常支持我。你不用再担心我啦，好好养伤。我会很快振作起来的。"

"晓萌，你很勇敢，真的。"时雨笑了，她由衷地为叶晓萌感到开心。

时雨难以想象，叶晓萌那样一个有颗恋爱脑的女孩，竟然如此雷厉风行地处理完了她当前人生中最灰暗的一件事。她也庆幸自己选择了告诉叶晓萌，她不过二十几岁，外面的世界天宽地阔，她真正的人生才刚开始。

Gary坐了半小时，告辞准备离开。他晚上有演出，今晚有一对新婚夫妇在秋舍包场办答谢宴，他作为店里的王牌，毫无意外地被客人钦点现场演奏。

听到 Gary 要走，时雨让许仲骞送送他，顺便去医院门口的小吃店给她带个煎饼果子回来。许仲骞应允，和 Gary 一同走了。他还纳闷，时雨骨折住院后怎么变得这么能吃了，每天变着花样让他带各种吃的……

其实时雨并没有那么想吃煎饼果子，她是想支开许仲骞，给陆西城打电话询问一下碧波谷的情况。这个项目她从初建就在跟了，像她亲生的孩子一样，她做不到因为伤情就放任不管。但许仲骞几次三番叮嘱她要好好休息，暂时把工作放一放。昨天她把电脑放在腿上看图纸，许仲骞还生气了。认识他以来，这还是他第一次对她发脾气。

电话响了几声，陆西城接了。他难得这么快接电话，先是问候了时雨的伤势，然后两人聊了会儿工作。陆西城让时雨不用担心碧波谷，目前进展非常顺利。他还说，时永忱已经调了一个时雨的同事过去帮忙。

听到这些，时雨稍稍放心了。挂电话前，陆西城又说："下周你助理会过来，你伤好之前，她替代你在这里看着。"

"哈？"时雨惊着了，"叶晓萌？"

"时院长说，叶晓萌和你一起在碧波谷待过，整个研究院属她最了解项目情况。而且她已经升职为初级研究员了，可以独立跟项目。"

"……"

不对啊，前不久他急着把叶晓萌和张锴调回恒洲，说是院里新工作缺人手，怎么又……

"有问题？"

"没问题，先这样。有什么需要我做的随时跟我说，我身体好多了，线上可以处理的。"

"好。"

通话结束，时雨慢慢挪到沙发上，在床上躺太久太累了。她想给时永忱打电话问问是什么情况，不过思忖了会儿，她相通了，八成是叶晓萌父母的意思。感情出了问题，订婚取消，任何人遇到这样的事都会备受打击——他们不想叶晓萌天天面对熟悉的环境，触景生情。

也好，等叶晓萌去了洋曲，让她跟着陆西城多学着点。这是她独立跟的第一个项目，如果这次她表现好，慢慢地，就能独当一面了。塞翁失马，焉知非福。

许仲骞买好煎饼果子，又去超市买了些饮料。时雨的病房就在护士台斜对面，平日里护士们对她都挺照顾的，她提醒了许仲骞好几次，让他给护士小姐姐们买点喝的，也算是一份心意。

这种事，时雨若是不提醒，许仲骞是不会主动想到的。他拎着袋子去了护士台，值班护士以为他有什么急事，结果他说他是来送饮料的，女孩们受宠若惊，纷纷表示感谢。自打时雨入院，护士台的姑娘们经常闲聊她和许仲骞，夸他们长得好看、般配、郎才女貌。

这个话题在这一层楼的热力值从昨天开始又涨了，因为这层 VIP 套房住进了一位女明星。办手续的时候，那女明星帽子口罩武装得严严实实，生怕被认出。后来值班护士去查房，回来说，那个女明星长得是还不错，但是跟九号病房比差远了。九号病房住的就是时雨。

既然提到了时雨，每天寸步不离守着她的许仲骞肯定要被拿出来夸奖一番的。口口相传后，时雨和许仲骞成了大家心目中住院楼的颜值天花板。

一看到颜值天花板的男主角给她们送饮料，众人对他展开了一波彩虹式吹捧。一口一个许博士不仅长得帅，对女朋友也真是好得没话说。

大概是听到护士们喊许博士，有人从后面喊了一声许仲骞的名字。口音有点怪，不像是正儿八经的普通话。

许仲骞回头，对上的是一张满是怒气的脸。那是一个年轻男人，高大、英俊，有着均匀的古铜色的皮肤。在他的印象中，他没有见过这张脸。

"你是……"许仲骞突然想起来了，"时雨的姐夫？"

见许仲骞回应，Karun 知道自己没认错人。他二话没说，冲上去对许仲骞抡起了拳头。护士们吓坏了，惊叫声四起。

时雨在病房听到了动静，还听到了许仲骞的名字。她暗道不妙，一瘸一拐挪到了门口。看到有人打许仲骞，她又生气又着急，拿起手机就要报警。可是下一秒，她认出了打人的男人。

"姐夫？"

Karun 还没发泄够，许仲骞似乎不想还手，但他并没有因此就手软。等到他再次动手，时雨一声"姐夫"令他僵化。他停止了动作。

"快，快报警啊！愣着干吗！"护士长吩咐。

"别报警——"许仲骞阻止，"是我朋友，一场误会。抱歉。"

值班护士正在拨号的手也停住了。她看了眼许仲骞的脸，脸颊已经淤青了，嘴角还挂了红。这下手程度，能是误会？

小护士们窃窃私语。她们刚听到时雨叫那个打人的男人姐夫，看来是家庭矛盾了。

Karun 脑子还没转过弯来，他惊讶："小雨，你刚才叫我什么？"

"姐夫。"时雨粲然一笑。

karun 不可置信，上上下下打量了时雨好几遍，确定自己没认错人，真的是时雨。这么说来，时雨康复了？

"别站着了，进去说吧。"许仲骞提醒。被这么多人围着看热闹，可不是什么光彩的事。

Karun 没好气地斜视了许仲骞一眼，扶时雨进屋了。

许仲骞也准备进去，护士长拦住了他："许博士，你脸上还有伤，我带你去处理一下吧，不然明天会肿得很厉害。"

"谢谢。"

05.

时雨见许仲骞半天没进来，问了值班护士，听说护士长带他去处理伤口了，她才放心。

Karun 言语不善："你还是那么在意他。小雨，这么久了你一点都没变，我都不知道该怎么说你。"

时雨不解释，低头笑。

Karun 看她包着纱布的膝盖，眉头皱了皱："还疼吗？"

"好多了。这几天在练习下地走，拆了线还得做复健。你呢，怎么突然回来了？"

"爸爸告诉我你腿伤了，我马上买了机票。倒是你，能想起来我是谁了也不告诉我一声。什么时候恢复的？还有，你怎么摔骨折的？不会又是因为许仲骞那小子吧！"

面对 Karun 一连串的问题，时雨不知道先回答哪个，只说和许仲骞无关，是自己摔的。Karun 对许仲骞成见太深，她受到任何伤害，Karun 第一个想到的人肯定是许仲骞。这也怪她，以前她误把 Karun 当成时年，说了太多她和许仲骞的事，而那些话偏偏是带着她主观看法的。Karun 那么关心她，自然不会对许仲骞有什么好感。

时雨觉得有必要跟 Karun 好好解释一下了，要不然未来她和许仲骞结了婚，许仲骞在他这个姐夫面前永远会矮一截。

等等，为什么她会想到跟许仲骞结婚……

时雨瞬间面红耳赤。

Karun："你脸怎么这么红？是暖气太足了吗？"

"不是不是不是……"真是太丢人了，时雨赶紧转移话题，"姐夫，你不是问我是怎么回事吗，我简单跟你说一下吧。"

处理完伤口，许仲骞没有回来，他给时雨打了个电话，说要赶去单位开会。时雨电话里跟他聊了几句，又替 Karun 道了歉。她知道，许仲骞之所以提前回单位，是不想跟 Karun 再起冲突。

不过时雨跟 Karun 解释清楚后，Karun 便抛开了对许仲骞的偏见，还很抱歉他对许仲骞动了手。两人第一次见面就打架，确实很尴尬。他对时雨说，改天一定要跟许仲骞当面道歉，不然他心里过意不去。

这次来中国，Karun 准备小住一段时间，陪陪时雨和时永忱。他在尼日利亚的生意繁忙，难得抽时间来一趟，下次再见他们不知道又是什么时候了。

聊到时年，他们都伤感起来。时雨看得出来，Karun 是真的很想念时年。为此她感到惭愧，以前她那么排斥他们的感情，甚至从未叫过 Karun 姐夫。她对他的第一声称呼，还是刚才在病房门口。

"再过不久就是春节了。姐夫既然来了，留下来跟我们一起过完春节再回去吧。"

"好。"

Karun 心头一热。以前，他和时年的婚姻并未得到家人最好的祝福，他也没有机会在国内过春节。如今他等到了这一天，时年却永远离开了他。他想，如果时年在天上看到时雨从心底接受他当她的姐夫，也会欣慰的吧。

半小时后，邱漓和梁朱槿到了。

邱漓昨晚就主动请缨要来接时雨出院，时雨婉拒了几次，但她还是跟梁朱槿一起来了。医院离天鼎总部不远，开车十几分钟就能到。

时雨向她们介绍了 Karun，她们都很惊讶，之前她们听时雨说过，她姐夫是尼日利亚人。可现在一看，Karun 分明是中国人的长相，除了皮肤比普通华人偏黑一些。

大家坐在一起闲聊了会儿，时雨又接到了叶晓萌的来电。叶晓萌说她刚接到院里通知，明天她就要去垟曲了，接手时雨留下来的碧波谷项目的后续。

"设计图上新加的线稿部分，还有一些决策性工作，院长说让你来主导，我负责现场统筹，到时候发邮件确认就行。"叶晓萌说。

"好的。你照顾好自己，有什么问题不懂的可以找陆西城。心情不好也可以随时给我打电话。"

正在跟 Karun 交谈非洲风情的邱漓听到时雨说的这句话，立刻猜到了电话那边的人是叶晓萌，她的表情有些许变化。

时雨问叶晓萌："晓萌，你自己愿意出差吗？如果你有什么想法……"

"当然愿意，这是个好机会。"叶晓萌说，"我知道是我父母的意思，但说实话我挺感激的。感谢他们，也感谢时院长愿意理解我，给我这一份包容。我一定会好好表现的，不会给你丢人。工作超人时雨博士带出来的人，当然不会差。"

时雨被她逗笑了，又嘱咐了几句。等到她挂电话，邱漓问她："是晓萌？"

"嗯。"

　　"她要去哪里？我……"

　　"邱漓，你不用再对这事感到内疚了，跟你没关系。做错事的是蒋铭韬，分手是晓萌自己的决定。"时雨怕邱漓想多，安慰她，"晓萌这次出的是正常的工作差。她很坚强，我相信她会很快好起来的。"

　　邱漓点点头，放心了。

　　没过多久，邱易唯也到了。邱漓事先不知道他会来，忙起身问好。

　　邱易唯想了一会儿，没记起来她是谁。梁朱槿介绍之后，他才问了句："现在是上班时间，你怎么在这儿？"

　　"时雨是我好朋友，她今天出院，我特地提前请假了的。"

　　邱易唯"哦"了一声，看了时雨一眼，漫不经心地说："最近公司事情多，你刚到总部，少请假对你比较好。"他是好意提醒。天鼎的人事制度严格，新员工如果请假太多，会有一定影响，何况时雨出院已经有人接了。

　　不过这话听在邱漓耳朵里，她总觉得邱易唯不是很高兴。因此，邱易唯跟时雨聊天的时候，她全程大气都不敢出。她能看出来，邱易唯对时雨不像是对普通朋友的关心。

　　邱易唯发现许仲骞没在，问时雨："Martin 呢，怎么没见他？"

　　"回单位开会了。我出个院而已，真没必要这么多人一起来，不知道的还以为我残疾了呢。"

　　"这你就不懂了吧，这是在彰显我们公司对你的诚意啊。走吧，我给你推轮椅。"

　　邱易唯把轮椅推到时雨面前。时雨差点忘了，医生让她最近出门得坐轮椅。没想到她这辈子还有机会坐轮椅……

　　一行人送时雨到小区门口，邱漓暗暗看了眼邱易唯，对时雨说："有邱总他们陪你，我也放心了。那我先回去了。"

　　时雨看出邱漓其实是怕跟邱易唯相处，就没留她。

　　临走前，邱漓特意提醒："那天你说缺发票，我刚开了几张电子版，全发你邮箱了。记得查收。"

　　"好的，谢啦。"

　　邱易唯问："你缺发票？怎么不问我，我可以帮你开呀。"

　　"不用，就几千而已，应该凑够了。"她在珜曲出差的费用，有部分需要用发票来抵扣，她那天也是无意中提起，没想到邱漓这么快开好了。

　　邱易唯接到一个工作电话，Karun 顺手接过轮椅，边走边对时雨说："你们家小区挺漂亮的。"

时雨笑着赞同。心想，那必须啊，园景规划可是付熔岩团队做的。在景观设计这一块，她觉得国内年轻一代中没人比得上他了。而她加入天鼎的第一个项目——玉合山温泉，邱易唯就铆足劲想拉付熔岩入伙。此时此刻，邱易唯电话里正在跟人商议的就是玉合山温泉项目。

几个人有说有笑地进了时雨家。Karun 又夸了一番她的品位。她家的装修虽然简单，但用的家具和瓷砖都是荷兰设计师的作品，一看就价格不菲。

这一点邱易唯也看出来了，他调侃："你租的这房子，房东装修没少花钱啊。"

"是我自己掏钱装的……"时雨瞥他，"因为我已经把这房子买下来了。"

邱易唯笑得意味深长："为了离 Martin 近一点？"

"没错，就是想每天都能看见他，有借口去找他。"

时雨的坦然令梁朱槿惊叹，邱易唯和 Karun 却都习以为常了。自打他们认识时雨，时雨就没少把自己对许仲骞的喜欢挂在嘴上。嗯，真是一点都不符合她天才女博士的身份呐。

"你先休息一下，我叫了晚餐送这儿来，庆祝你出院。"邱易唯边往洗手间走边说，"借用一下洗手间，我洗个手。"

"邱总您随意。"

时雨在梁朱槿和 Karun 的帮助下刚坐上沙发，就听洗手间里传来一声"哇哦"。

"怎么了？"

"这是什么花纹？"

"啊？"时雨不明所以，让梁朱槿扶她过去看看。结果一看，她也惊呆了。

浅灰主色调的洗手间内，比原来多了一条五彩的分割线——那是由一排边长约十厘米的方形彩色瓷砖组成的，每一块瓷砖的花纹都不一样。时雨忘了腿上还有伤，加快步子走了过去，一一审视。

她摸着其中一块瓷砖，对邱易唯说："这是藻井花。"

"藻井花？那是什么花？"

"上次我送了你一本介绍国内古建筑的书，你看了就知道了。藻井是用于最尊贵的建筑物的装饰，比如佛像的顶部。在寺庙和供奉佛像的石窟内，藻井是很常见的，其中又以敦煌藻井为最。每一处藻井都会有不同的装饰花纹。"时雨耐心给他解释，"像这些，基本都是敦煌石窟的藻井花纹图案。"

这排藻井花瓷砖跟洗手间原本的装修风格并不一致，但奇妙地融合在了一起，非常精美。

梁朱槿感叹："你在哪儿买到的这些瓷砖，真好看！"

"不是我买的。这里面有些花纹很罕见，不像是市面上有的产品。没猜错的话，应该是许仲骞亲手绘画并找人烧制的。"时雨嘴角扬起，"原来他说要送我的礼物就是这个。"

她想起来了，上个月在垟曲，许仲骞问她要了家里的钥匙，说有东西要送给她。他当时那神神秘秘的样子，怎么都不肯透露礼物是什么。没想到他这么个高冷大直男，竟然如此有心。

邱易唯也说："没想到 Martin 这么懂你的心思，他这份礼物完美地戳中了你的审美点啊。"

时雨不置可否。她扫视了一圈，发现除了藻井花瓷砖，置物架上还多出了一盒用玻璃罩住的永生花，应该也是许仲骞买的。她的眼神变得非常温柔，盯着永生花看了一会儿，一瘸一拐地往厨房走去。厨房的装修风格跟洗手间相似，她猜测，许仲骞在那边也镶嵌了藻井花瓷砖。

"慢点。"Karun 去扶她。梁朱槿也跟了过去。

邱易唯见时雨刚才一直盯着永生花看，猜测那也是许仲骞的手笔。他拿下来，打开玻璃罩看了看，表情有了明显的变化。

"这家伙，还挺会的。"邱易唯轻笑。

正在开会的许仲骞耳朵忽然嗡嗡的，估计又有人在背后议论他了。

Chapter 8

世　界

01.

三个月后，恒洲进入暮春时节。时家老宅旁开满了杏花。

经过长时间的复健，时雨已经能脱拐走路了。医生让她每天饭后散散步，适应正常的行走。恰好时永忱今天休息，他陪着时雨在门口的公路上散步。

这是以前的老公路，自从附近建了高架就很少有车从这儿经过了。道路不宽，两边种满了杏树。每年暮春之际，整条路落英缤纷，成了恒洲的网红拍照点。最近有不少博主特地赶来拍视频。

时雨伸手接住飘下来的一片花瓣，回头对时永忱说："到落花的季节了，时间过得好快。我什么时候能回院里上班啊？"

"你的腿还没好利索，康复医生让你每周去两次。你还是先休息吧。"

"你又不是不知道我，不让我工作我心里不踏实。晓萌昨天给我打电话说她马上就要结束详曲的工作了。等她回来，你就让我回院里吧，赶紧把我那个什么停薪留职取消了。"

"对，晓萌后天回来，我差点忘了。"时永忱故意忽略时雨话里的重点，"等她回来，叫她来家里吃个饭吧。我听说她最近表现很好，其中有你一份功劳啊。"

这几个月叶晓萌每天忙忙碌碌，就连春节也只回家待了五天就走了。眼看碧波谷的设计工作已经全部完成，剩下的都是建筑师的事了。其间，时雨多次听陆西城夸奖叶晓萌，说她表现得很不错，比时雨本人在的时候能担当多了。

只是不知道，时间过去这么久了，她心里的伤口有没有被抚平。一想到这些，时雨叹了口气。

"爸，给我找个新助理吧，我亲自面试选人。晓萌升了研究员，我这边的工作需要有人接手。"

时永忱意外："你愿意带新人？实习生怎么样呢？"

"只要是踏实肯学的，我都愿意带，实习生也行。那你是同意给我招人了？"

"等你腿伤彻底好了再说。"

时雨闭嘴了。她爸是个死脑筋，他一旦决定一件事，很难让他变通。她早就觉得自己恢复得差不多了，偏偏他就是不放心。

"这也是小许的意思。"时永忱补充。时雨一向听许仲骞的话，也只有他的意见能让她心安理得接受。

果然，一说是许仲骞的意思，时雨的表情就变了。

时永忱又说："你和小许的事，你考虑得怎么样了？有计划什么时候结婚吗？"

"爸，你真是……我以前怎么没觉得你是这样的人？严谨老教授的人设崩塌了啊！"

时雨假装摇头叹气，取笑他。

春节的时候，许仲骞的父母来恒洲了。时雨以前见过他们，不过以许仲骞女朋友的身份见他们，还是头一次。两家人一起过了春节，Karun 也在场。

那是时雨长这么大过得最开心的一个春节。自从母亲离开，她已经很久没有感受过这么浓的亲情了。在饭桌上，许仲骞父母旁敲侧击地提他们结婚的事。这也是为什么时永忱一有机会就催时雨结婚。儿女们大了，做父母的心里想的都差不多。

时雨不是不想结婚。眼下她腿伤没有痊愈，天鼎那边玉合山温泉的项目又如火如荼地进行着，并且她还想早点回古建院工作。这么多事掺杂在一起，她没时间仔细考虑个人问题。

想到许仲骞的父母，时雨很欣慰。都说女人结婚最大的障碍就是与公婆相处的问题，但许仲骞的家人完全不会让她有这个顾虑。许仲骞的父亲是研究运载火箭的，母亲也是发射基地的工作人员，许家算得上是科研世家了。基于这种家庭的特殊性，许家父母乐此不疲地沉浸在自己的学术研究中，根本没有心思干涉他们的事，除了想早点看到他们结婚。

时永忱和许仲骞的父母很投缘，第一次见面就颇有相见恨晚之感。于是饭桌上，他们一拍即合，觉得孩子们是时候该把人生大事办了。

那天时雨回家，父女俩一起散步，时永忱又说起了这事。

刚提这事的时候，时雨没有反对，时永忱便趁热打铁："你要是不想那么早结婚，也可以先订婚。"

"你什么时候给我招新助理，让我回院里上班，我就考虑这事。"

"我就是一个提议，具体怎么样你们自己商量。"时永忱的语气忽然变得伤感起来，"小雨，别怪爸爸多管闲事，我只是希望能有个人能照顾你。从小到大，我和你妈对你的关注太少了。你姐姐那么早离开我们，我怕你有心理负担。"

时雨沉默了。她吸了吸鼻子，问："爸，有个问题我一直不敢问你。你恨我妈吗？"

"我有什么资格恨她呢？她的确不是一个合格的母亲，但我也不是一个合格的父亲。我自以为这辈子有所成就，一门心思扑在古建筑研究上。我对咱们研究院的贡献有目共睹，外人都夸我、敬我，可他们不知道，我有多么对不起我的家庭。到了我这把年纪，现在后悔也没什么用了。"

时雨没料到时永忱会说出这样一番话。她以前很少跟父亲谈心，也不知道他的真实想法。她一直以为，在古建筑领域有所建树是他一生最大的荣耀，他应该为此感到骄傲。

"我最近总是做梦，梦见时年和你妈妈。她们问我，如果生命再来一次，我会怎么选择。我也时常想，如果当年我多放一点心思在家里，你妈妈是不是就不会埋怨我，不会一有机会就跟我吵架，不会对你们姐妹俩不管不顾，也不会……离开。"

"这么多年了，我从没怨过她。也希望你能够放下，不要再恨她了。她毕竟是给了你生命的人，一个母亲怀胎十月有多不容易，你以后会明白的。她比我对你们付出的要多得多，她其实很爱你。"

时雨一直没说话，她已经满脸泪水了。

"怎么哭了，来，快擦擦。"

时雨接过时永忱给她拿的纸巾，擦了擦眼角。她一个字一个字，很认真地说："爸爸，我其实早就知道了。她已经去世了，因为我的过失。"

时永忱手里的纸巾掉在地上。他弯腰去捡，腰一酸，他一个趔趄，差点摔倒。时雨及时扶住了他，弯腰捡起了纸巾。她努力挤出一个微笑："看，我就说我的腿已经好了吧。作为一个伤员，我可是比你还利索呢，时院长。"

"你什么时候想起来的？"

"很早了。想起时年的那些事，我就连着都想起来了。只是不想承认罢了。"

"那你……"

"你说得对，我不应该恨她。她有权选择自己的人生。"时雨仰起头，看了一眼远处的夕阳，"很快就到清明了，今年我陪你一起去看看她吧。"

时永忱点头，眼睛热热的："好。"

他们又走了几步，时雨听到背后有声音。她转身，见利文森和许仲骞正朝着他们走来。

利文森对时雨挥挥手，笑了："祝贺你。我一直在猜你什么时候能迈过这道坎，比我想象中快呢。"

"你们怎么在这儿？"

"这你得问许博士。"

时雨看许仲骞。许仲骞伸手揉揉她的碎发："抱歉，没事先通知你。是我找利医生来的，也是我让叔叔跟你提你母亲的事的。"

时雨明白了。他的腿伤痊愈了，心里的伤口却还在。许仲骞故意让父亲旧事重提，想看看她的反应。就算她自己不开这个口，父亲也会告诉她母亲去世的事实。他找利文森来是以防万一，怕她情绪再度崩溃。

她反握住许仲骞的手，冲他温柔一笑："不用为我操那么多心，我真的没事，有什么事我肯定会第一时间告诉你的。你还记不记得那张塔罗牌？"

许仲骞会意，点头："倒吊人。"

"经历种种磨难之后，不好的事情终将过去。"她说，"是你抽中的牌。而且我觉得，我已经习惯依赖你了。"

听到她说这话，许仲骞这才彻底放心。他最担心的是她对自己的病仍然耿耿于怀，有问题一个人扛着。

利文森向时雨解释："其实这事是我先跟许博士提的。从你的病情来看，我觉得是时候告诉你这些了。人不可能一辈子活在逃避中的，如果不勇敢地直面过去，你的病就永远不会康复。现在看来是我多虑了。"

"谢谢你，利医生。"

"医者之心罢了。之前没听你提过你母亲，我们以为你还没记起来。"

许仲骞问她："那我们以前的事呢，你记得吗？"

时雨摇摇头，看利文森。

利文森解释："也正常。你母亲和时年的死，你一直是有记忆的，只因为这些是不好的记忆，你想逃避，潜意识埋藏了它们。但你和许博士的过往，对你来说是美好的回忆，你在痛苦之上又自责，觉得自己不配拥有这份感情。"

"那我以后有可能想起来吗？"

"不知道，也许吧。"

许仲骞安慰她："没事的，能不能想起来不重要。对我们来说，重要的从来都不是过去，是未来。"

时雨眼中有东西在闪烁，她点了点头。

"既然事情都解决了，我就先回去了。"利文森跟他们告别，"好事近了，记得通知我，我一定到场。"

时雨这才想起时永忱催她结婚的事。她瞪许仲骞："都是你安排的？所以我爸催我们结婚也是？"

"这个真不是。"许仲骞笑了笑，表示自己很无辜，"我如果这样想，肯定直接告诉你。"

时永忱听到这里，怕时雨怪他心急，借口回复工作邮件，赶紧走了。

许仲骞看了一眼时永忱的背影，问时雨："我们要不要在这里陪叔叔吃完晚饭再走？"

"不用，我爸说要调理身体，最近晚上只吃蔬菜水果。"时雨挽上他的胳膊，"走吧，我们回家。"

时雨和许仲骞回到他们住的小区，天已经黑了。时雨提议散散步再上楼，她要在这儿等梁朱槿过来。下午邱易唯跟她说，玉合山温泉项目有一份补充协议需要她签字，他让梁朱槿送一趟。

许仲骞听说梁朱槿要来，顺口问了句："最近怎么没见你和邱漓见面？"

时雨受伤后，不管去哪里都会告知许仲骞，许仲骞不忙的时候会陪她去。可是这两个月以来，时雨甚少提到邱漓，更别说见面了。要知道以前她几乎每周都和她们约见。

时雨叹了口气："不太想提这事，我怀疑邱漓和蒋铭韬和好了。"

"哦？"

"几个月前我让她帮我凑发票，她可能没注意，购物的发票上会有明细。我在其中一张发票上发现，明细居然是男士内衣和袜子。你觉得是什么样的关系，才会给异性买贴身衣物？"

"别这样看我，没人给我买过。"许仲骞干咳，"你可以考虑。"

时雨打了过去："不是这个意思！你真烦。"

打闹之间，车灯照了过来。梁朱槿移下车窗，朝时雨挥了挥手。

梁朱槿找了个临时停车位。她从副驾驶座拿了档案袋给时雨："公司有点事，来晚了。这四份合同都盖过章的，你留一份，其他的签了字，我带回去。"

"有笔吗？"

"在车上，我去拿。"

"不用了，我有。"许仲骞从口袋里拿出钢笔。

梁朱槿啧啧称奇。这年头，随身带钢笔的男人还真是不多了。

时雨迅速签完字，问她："公司出什么事了？邱易唯下午也给我发微信说他要开紧急会议，让你来送合同。"

梁朱槿面露难色。她组织了一下语言，把事情经过大致说了下。

天鼎集团最近在准备季度考核，邱同钧也被叫去了总部。今天午饭后，邱同钧想去天台透透气，正好邱易诚找他有事，父子俩就一起上去了。他们刚一推开天台的门就看见吴经理和邱漓拉拉扯扯，邱漓好像很生气，在哭。

这本来只是一个小事，看着像是有私情而已，邱易诚并未在意。但是邱同钧突然想起小冯跟他提过，大半年前莎莎就在会议室撞见过这两人亲热，关系非比寻常，邱漓也因此得到了晋升总部的机会。他当笑话一样说给邱易诚听了，没想到邱易诚却生了很大的气，把莎莎和小冯都叫去问了情况。

邱易诚尤为重视员工的能力，在他的理念中，能到天鼎总部工作的人必须是层层筛选的精英，因此天鼎的薪资也远远高于大部分同行公司。他不关心吴经理和邱漓是否有私情，但他绝不允许邱漓是因为跟吴经理的私情而被提拔上来的。

在邱易诚的追问下，邱同钧如实回复，邱漓在鼎峰的时候工作能力还不错，不过不是最优秀的，能这么快升到总部的确是吴经理的缘故。吴经理从天鼎成立初期就跟着邱易诚了，是公司的骨干员工，邱同钧觉得没必要因为这点小事打人家的小报告，也就睁一只眼闭一只眼了。

邱易诚狠狠教育了邱同钧，连带着罚了莎莎和小冯。为了引起警惕，他让邱易唯召集高管们开了会议。他没特意提吴经理的事，只强调了要收紧员工入职的审核制度。

梁朱槿作为邱易唯的贴身秘书，这种事她必然第一时间知情。也因为涉及邱漓，她才往心里去了。她和邱漓关系一直不错，若不是董事长亲自提起，她都不敢相信这事会跟邱漓有关。

时雨听她说完，目瞪口呆。小冯之前信誓旦旦跟她说过这些事，还说邱漓接近她目的不纯，让她别跟邱漓走得太近。可她当时的注意力全被邱漓和蒋铭韬吸引去了，没往吴经理身上想。再者就是，因为她和邱易唯一张被裁剪过的照片，梁朱槿无端成了被网暴的对象，她潜意识相信，邱漓和吴经理的事或许也是一场误会。

"我还以为是误会。"时雨头疼。

许仲骞一脸赞同："邱董这样做是对的，千里之堤毁于蚁穴，若不严格审查员工入职制度，以后会发生更多滥竽充数的事。"

时雨："……"

梁朱槿："……"

男人的思维果然跟女人不一样。许仲骞的关注点跟她们完全不同，她们想的是邱漓和吴经理的绯闻，许仲骞想到的是公司制度问题。

梁朱槿问时雨："我离开公司前碰到邱漓了，她心情很差，说晚上想约我们一起吃饭。你……去吗？"

"去啊。正好我也想跟她聊聊。你等我一下，我上楼拿个东西。"

"好。"

02.

邱漓约的地方是天鼎集团附近的夜市。那家烧烤店不大，却异常火爆，吃夜宵都得等位。她们约的时间是七点，还没到夜市的黄金时间，店里还算安静。

"你们来啦。"邱漓看见时雨和梁朱槿进门，赶紧起身给她们拉椅子。

她问时雨："你腿伤怎么样了？"

"差不多痊愈了。再过一年把内固定的钢板取出来就行。"

时雨看了眼邱漓，邱漓的状态比她想象的还差，眼睛红肿，里面还有红血丝。在来夜市的路上，梁朱槿跟她说过，邱漓还不知道自己触发了一场紧急高管会议。

"朱槿，你是不是都知道了？"邱漓低着头，嗓子沙哑。

梁朱槿知道她指的是邱易诚在天台撞见她和吴经理的事，点点头。

"事情不是你们想的那样。吴经理的确对我有意思，他是有妇之夫，我拒绝过他好几次了。可他是我的领导，我又不敢跟他正面起冲突……我也不知道该怎么办。"

梁朱槿不知道莎莎半年前在会议室撞见的细节，单从今天天台的情况来看，邱漓说得不无道理。她只是个普通员工，吴经理想对她干什么，她不敢声张也很正常。

"你别太着急，如果真的是吴经理胁迫你，你应该想办法跟他说清楚。"

"我懂，可我不知道该怎么说，"邱漓开始啜泣，"朱槿、时雨，你们能不能帮帮我？你们都是邱总信任的人，能不能让邱总出面帮我跟吴经理说说，让他以后不要缠着我了。我很珍惜天鼎的这份工作，我也不希望因为他的关系，让我在天鼎抬不起头来。"

时雨露出一个意味深长的笑："其实，事情也不难办。"

"真的？"

"邱漓你跟我说实话，你是不是有男朋友了？"

邱漓大惊失色，刚哭过的脸上立刻换上了一种不同的神情。她不敢承认，也不好否认，低着头抠手心。

"你的男朋友……是蒋铭韬吧？"

"什么？"听了时雨这话，反应最大的人是梁朱槿，她一副完全不信的样子，"不可能吧，是谁也不能是蒋铭韬啊！"

蒋铭韬和邱漓、叶晓萌三人之间的情感纠纷，梁朱槿一清二楚。像蒋铭韬这样的渣男，邱漓会跟他复合？

孰料，邱漓承认了："是。对不起，我不是故意瞒你们的，我只是没脸跟你们开口。"

梁朱槿骂她："你傻啊，那么多男人你不找，偏偏找蒋铭韬？"

"我知道我傻，我该骂。你们不理解我也罢，看不起我也罢，我都认了。我只是个普通的女人，容易被爱情迷了心窍。蒋铭韬和叶晓萌分开后，一直对我穷追不舍，我本来就放不下这段感情，我……"

"你们是什么时候在一起的？"

"没多久前。"邱漓再次道歉，"我应该早点跟你们说的，对不起。"

时雨叹了口气，摇摇头："你太糊涂了。我这个人不怎么会交朋友，所以我很珍惜交到的每一个朋友，尤其是你，邱漓。你是我在最需要人倾诉的时候来到我身边的，我真的很希望能跟你有一段纯粹的友情。对你和对晓萌我都是那句话，感情是你们自己的，你们有选择权，但是不要骗我，更不要利用我。"

听到"利用"两个字，梁朱槿一抬头，邱漓也惊着了，连忙解释："我没有……"

"你看这个。"时雨从包里拿出一张纸，伸到邱漓面前。邱漓仔细一看，话卡在喉咙里，半天说不出来。

"来，姑娘们，烧烤来啦！"老板娘热情地端上一份烧烤，"慢慢吃，不够再点。"

时雨不再看邱漓，拿起一串牛肉就吃。

梁朱槿被硌硬得没什么胃口，她凑过去看时雨给邱漓的纸，那是一张打印出来的电子发票。她去接时雨的时候，时雨说上楼拿东西，应该就是这个了。发票下面有一排购物明细，都是些男士贴身衣物。开发票的日期是去年十二月中旬，那会儿蒋铭韬才和叶晓萌分手没多久。

梁朱槿懂了。怪不得时雨不相信邱漓，蒋铭韬刚分手他们就在一起了。可她刚才却说，在一起没多久……

时雨懒得再继续戳穿邱漓，看到这张发票，她应该心里有数了。

"我无话可说。是我对不起你们。"邱漓哭着忏悔，"我遇人不淑，可我真的是情不自禁。"

时雨忍不住笑出来："你和蒋铭韬还真是天生一对，做错事的借口都是情不自禁。邱漓，我刚刚就说过，怎么选择那是你的事，但是你不该利用我。你知道以蒋铭韬和晓萌的感情基础，他们没那么容易分开。你故意告诉我和朱槿，蒋铭韬喝醉酒上门纠缠你，让我们帮你劝叶晓萌离开蒋铭韬。是，你成功了，他们分手了。如果我没猜错的话，蒋铭韬才从叶晓萌的房子里搬出来，你就搬进蒋铭韬家了吧。"

梁朱槿震惊了！这是什么操作？手里的烤串，突然不香了。

时雨之所以这么猜测，是因为他们如果没有住在一起，是不会发展到买贴身衣物这一步的。

果不其然，邱漓没有否认。她擦了眼泪："既然你都这么说了，我也不隐瞒了。是，你猜得没错，我跟蒋铭韬已经住在一起了。"

"哦，那怪不得呢。"时雨真想拍手叫好，"上次是利用我们劝叶晓萌和蒋铭韬分手，这次是利用我们找邱易唯帮忙敲打吴经理，好让他不要再纠缠你。这招过河拆桥不错啊，利用完人家吴经理，这么快就翻脸不认人啦？"

邱漓听得心慌，她料定时雨没有证据，抵死不承认和吴经理之间的事。她继续把话题绕到了叶晓萌身上，企图博取同情。她知道时雨心软。

"时雨，你对我就不能公平点吗？叶晓萌是你朋友，我也是啊！我一开始的确不知道蒋铭韬和叶晓萌在一起，你告诉我之后我马上跟他分开了，我没觉得我做错了。既然叶晓萌已经跟蒋铭韬分手，我为什么不能跟他在一起？"

时雨冷哼了一声，继续吃烤串。她倒是想听听，邱漓还能说出什么让她惊讶的话出来。

"你以为我如愿跟蒋铭韬在一起了，心里很得意？我没有。其实我也不快乐。我感觉我搬进的不是我和他的家，是他和叶晓萌的家。那个家是叶晓萌布置的，床品、家具是按照她的品位买的，阳台上的花也是她种的。收拾东西的时候，我还在抽屉里发现了他们大学时期交往的手写情书。我明知道看了会难受，却还是忍不住一封一封看完了。那是属于他们的回忆，对我来说就像刀子。爱上这样一个男人，我也难受。"

"这条路是你自己选的。难受也是你自找的，"时雨冷冷地看着她，一字一字道，"我不同情你。"

邱漓泪眼汪汪地看向时雨："我没奢求你们能理解我，我只是不想失去你们，我真心拿你们当朋友。就当是我的赎罪吧，我本来想扔掉那些信的，但我没扔。我想，对晓萌来说，这些可能都是珍贵的回忆。你帮我问问晓萌，那些信她想不想要？她如果想要的话，我收拾好给你，你帮我转交给她，代我向她说一句对不起。"

时雨以为自己听错了，和梁朱槿对视一眼，梁朱槿也是同样的一脸震惊。邱漓这波操作，简直让她们无力吐槽。

"你真是无可救药。信你自己留着慢慢欣赏吧，别当赎罪了，就当是你的战利品。你和吴经理那点事，你真以为凭你一张嘴就能颠倒黑白？世界上没有不透风的墙，你保重吧。"时雨起身准备走，想了想，又说，"蒋铭韬能因为你伤害晓萌，以后肯定也会因为别的女人伤害你。男人偷吃是惯性，不信你等着看。"

邱漓像是被踩到了痛脚，脸色惨白。她确实没把握能永远留住蒋铭韬的心。他和叶晓萌有这么多年的感情基础，叶晓萌家庭条件好，对他事业有帮助。她有什么呢？

"谢谢你请的烤串，很好吃。"时雨扔下这句话，头也不回地走了。

眼看着时雨走远，梁朱槿很为难。她和邱漓相处的时间不短，关系也很好，就这么走了，会不会不太好……

她的手机适时响了，她一看，是邱易唯。

"邱总，您说……好的，我马上过来。"梁朱槿挂了电话，对邱漓说，"邱总找我有事，我先走了。你别太难过了，早点回去吧。再见。"

梁朱槿没想到，她火急火燎赶回公司，邱易唯正悠闲地坐在沙发上喝咖啡。他慵懒地抬眼："没事，时雨让我给你打的电话。你可以回家休息了。"

梁朱槿："……"

"你们刚才去哪儿了？有什么事吗？"

"没有没有。谢谢邱总关心，我先回家了。邱总再见。"

邱易唯低头喝了一口咖啡。心想，女人怎么都这么奇怪？他刚才电话里问时雨，时雨也说没事，让他照办就行。

哦，原来他是个工具人啊？

03.

一周后，时雨见到了叶晓萌。她瘦了不少，但看上去干练了，不再是以前那个只知道跟在她身后问东问西的小姑娘了。果然放她出去锻炼一阵子是对的。

时雨没有跟叶晓萌提邱漓和蒋铭韬的事，怕她心里不舒服，谁知她却主动提起了。她回恒洲的第三天，陪她妈妈逛街，在商场碰见他们俩了。他们在逛家居用品店，一副新婚夫妇布置爱巢的模样。

提起这些，叶晓萌云淡风轻的，似乎并未往心里去。时雨这才彻底放心，叶晓萌内心比她强大，她是真的放下了。

自从上次在夜市跟邱漓摊牌，时雨心里的石头也放下了。那之后，她虽然出门的次数不多，但每天工作量都满满的，不仅要对接玉合山温泉项目，还得熟悉古建院目前的工作事宜。她迫不及待地想回古建院上班了，可惜一直没招到合心意的助理，时永忱也没松口让她回去。

就这么焦头烂额地忙了一个月，时雨再次见到一众朋友，是在许仲骞的生日宴上。

许仲骞不怎么过生日，往年大多是跟父母吃个饭，今年时雨说什么也要亲自给他张罗生日宴，人多热闹。许仲骞依了她，在秋舍订了包间。除了他的几个朋友，他还邀请了邱易唯、邱同钧、梁朱槿、Gary，还有叶晓萌。

许仲骞觉得，今天虽然是他的生日宴，但时雨跟他的朋友们不算熟，为了照顾时雨，他特地邀请了她比较在意的几个朋友。

许仲骞和大家约的是晚上七点，不过时雨从医院复健完就直接去了秋舍，提前到了一小时。好巧不巧，邱易唯和梁朱槿也早到了，理由是邱易诚在公司训人，他怕他哥又找机会教育他，赶紧提前溜。

一说到邱易诚，邱易唯开启了吐槽模式。原来邱易诚私下还训了吴经理。

"我哥让吴经理在公司注意行为作风，还说，吴经理的风流韵事他管不着，但是希望他在排解个人欲望之前考虑一下公司利益。哈哈哈，排解个人欲望，这措辞我服气！"

时雨也被逗笑了。邱易诚这几句话虽然没点破是什么事，但吴经理心里肯定跟明镜似的。

"那吴经理和邱漓的事，邱董怎么处理的？"

邱易唯看了眼梁朱槿，示意梁朱槿说。

梁朱槿清了清嗓子："吴经理因为私情给公司塞人的事，高管们都很不满。邱董正好想借着这事整顿人事，他把邱漓，还有之前另一个高管塞进来的亲戚，全都处理了。邱漓是鼎峰升上来的人，就还是让她回了鼎峰。邱董对小邱总说，他不会把大家一棍子都打死，既然邱漓能力还行，就让她凭自己的本事考进总部吧。至于吴经理，邱董让他去东北分公司任职，处理好那边的业务再回来。估计怎么也得一年半载。"

时雨对邱易诚无比佩服，他的心胸、眼界，还有处理事情的方式，配得上天鼎在业界的地位。如果许仲骞在，一定又要花式夸赞了，他一向敬佩有能力的人。

三人聊了半小时，邱同钧到了。他往包间看了看，疑惑："许博士怎么还没到？他是今天的主人公，不早点到不太对得起我们呀。"

邱易唯揶揄他："人家许博士是大忙人，每天一堆工作，跟你似的，那么空闲？"

"还好意思说我呢，你不也是吗！"邱同钧不服气，说道，"身为天鼎集团的CEO，你现在难道不应该在办公室埋头办公？我爸就在埋头办公！"

时雨头疼。这叔侄俩真是奇葩，每次见面就拌嘴不停，哪里像一家人啊！

过了一会儿，Gary 拎着蛋糕进来了。他跟大家打完招呼，马上问时雨："晓萌呢，怎么还没到？"

"你怎么只关注晓萌啊，我们不是人吗？"邱同钧调侃他。

"因为我喜欢晓萌啊。"

众人："……"

Gary："我没说过吗？我很喜欢晓萌，我想追求她。"

"你们外国人都这么直接吗？"

"这跟是不是外国人没关系，跟喜不喜欢有关系。"Gary 很坦诚，"再说了，我也是半个中国人。"

"那就祝你成功啦。晓萌是个颜控，你很有优势哦！"时雨朝他挤挤眼，她从包里拿出一个包装袋给他，"有份礼物上次就想送给你了，一直忘了带。"

Gary 打开一看，是一本书——《在卡萨布兰卡听海风》。他没懂时雨为什么送他这个，一脸疑惑。

时雨说："回去慢慢看，有惊喜哦。"

"可是我看不懂中文。"

众人："……"

刚才还说自己是半个中国人呢，好意思吗？

"你们在说什么呢？这么开心。"叶晓萌推门进来。

"没什么没什么，哈哈，没什么。"

叶晓萌觉得大家莫名其妙的，猜测大家有事瞒着他。她把礼物交给时雨："一份心意，你替许博士收下吧，别嫌弃哈。还有个事忘了跟你说了，碧波谷主体建筑下个月竣工，陆西城让我通知你，到时候去剪彩。"

"我？剪彩？"

"对啊，你是主设计师之一。付总作为园林总设计师也会去的。"

"好，回头我问问他具体时间。"

叶晓萌入座后。陆陆续续地，许仲骞的几个朋友也到了，就差寿星本人。Gary 喊服务员给大家上了餐前点心，给每个人斟了茶水，倒了红酒。

时雨给许仲骞发了好几个消息，他都没回复。她站起来："不好意思，我出去给许仲骞打个电话，你们先聊。"

时雨走到餐厅门口，一对男女从出租车上下来。那两个人她很熟悉，正是蒋铭韬和邱漓。时雨心里发毛，这冤家路窄……

邱漓看见时雨，仿佛没事的人一样，笑着跟她打招呼。反倒是蒋铭韬一脸菜色，眼神躲闪，他不知道时雨已经知道了他和邱漓的事。邱漓让他进去等她，她要跟时雨说几句话，他求之不得，赶紧走了。

"这么巧，最近还好吗？"邱漓看了一眼时雨的膝盖，"疤痕已经淡了很多啊。"

时雨不太懂她的意思，但也不想粉饰太平，直说："我们现在应该不是能笑着叙旧的关系了吧？我这人不太会装，既然都说清楚了，以后桥归桥，路归路，见面就当不认识吧。"

邱漓的脸色立刻就变了，她提高了声音："时雨，我是真的不明白，为什么你对我前后态度变化那么大？因为我不如叶晓萌优秀，不配跟你做朋友吗？我现在也受到了应有的惩罚，天鼎总部没有我的位置了，我只能回鼎峰。总部的薪资是鼎峰的三倍，这对我来说意味着什么，你可能不懂。"

"我确实不懂。"

"叶晓萌只是出身比我好而已。我如果生在她那样的家庭，我也能有一番成就，我也不需要处心积虑地留住蒋铭韬了。我没觉得我做错，你也没资格讨厌我。"

时雨笑了："确实，我从来都不认为我有站在道德制高点甚至较高点的资格，我也经常狭隘地偏袒我在乎的人。但至少我不会像你那么不堪，为了自己那点见不得人的欲望就去伤害别人。"

"还有，你可能想错了，晓萌是自己考进研究院的，跟她的出生没有任何关系。我不否认你的努力，但你也没资格否认别人的努力，全天下不是只有你不容易！真是，我在这儿跟你扯这些干吗！"

"哦，对了，"时雨补充，"出生好也是实力的一种，可惜你没有。你加油。"

邱漓被说得哑口无言，眼看时雨转身离开，她气不过，对着她的背影喊："是，你说得对，你的确没有站在道德制高点的资格！你以为我们不知道你和邱易唯的关系吗？和邱易唯吃饭被拍的人是你，根本不是朱槿。作为朱槿的朋友，你对得起她吗？你成为天鼎的顾问和鼎峰的股东，你敢说和邱易唯没一丁点关系？"

时雨快被她气笑了，她觉得今晚她的耐心一定是被充了值，不然她哪有闲工夫站在这里跟她废话。她转过身，坦然面向邱漓："我和朱槿的事跟你没关系，多谢操心。你什么时候做到能让人拱手给你送股份的程度，再来讨伐我吧。"

邱漓怔怔地看向时雨身后。时雨回头，梁朱槿不知什么时候站在了餐厅门口。刚才她们的对话，也不知梁朱槿听到了多少。

"朱槿……"

"邱总让我来喊你。许博士已经到了，他的车停在后巷，从侧门进去的。"

"好的。那我们进去吧。"

梁朱槿冲时雨笑了笑，然后非常冷静地对邱漓说："你误会了，照片上的人是时雨，这事我第一时间就知道了，邱总根本没有瞒我。天鼎集团和时雨的合作是商业性质的，不能有负面传闻，所以我们才没对外解释。我是邱总的秘书，我拿着天鼎给我的丰厚的工资，为老板分忧是我分内的事。食君之禄忠君之事，我想你应该懂。"

"以及，时雨成为天鼎的顾问，这事是邱董亲自促成，小邱总牵的线，股份也是小邱总给出的合作条件。这些跟邱总没有任何关系！邱总喜不喜欢时雨，那是他的私事，我们管不着，你更管不着。看在曾经是朋友的分儿上，我也奉劝你一句，以后别再造谣了，不然这些话传出去，你在鼎峰都会待不安生。你有把握蒋铭韬会养你？"

邱漓被她说得脸青一阵白一阵的。

"好自为之吧。"梁朱槿拉着时雨走了。

时雨完全没料到，刚才这番话出自温柔安静的梁朱槿之口。她也没料到，原来梁朱槿早就知道照片里的人是她。

时雨莞尔一笑。知道邱漓那些事后，她总是自责，觉得自己不会交朋友。其实不尽然，她交朋友的眼光并不差。毕竟，谁都不会永远只遇见善良的人，狭隘的人也不会把欲望写在脸上。

时雨和梁朱槿进了包间，许仲骞正要出去找她。

"怎么才来？"许仲骞问。

"没事，遇到个小插曲。"时雨朝梁朱槿笑笑，又对许仲骞说，"不过已经圆满解决啦。"

叶晓萌招呼她："时雨姐，你快坐下，就等你了。我们该唱生日歌啦。"

时雨一看，桌上摆了个两层的大蛋糕。她纳闷道："不先吃饭？"

"先切蛋糕再上菜，不然一会儿吃饱了没肚子吃蛋糕。许博士的生日喜气可不是轻易能沾的，我要吃一大块。"叶晓萌喜滋滋地说。

生日蜡烛被点燃，大家给许仲骞唱了生日歌。许仲骞许完愿，被大家起哄，问他许的什么愿，是不是早日娶时雨回家。时雨被说得面红耳赤。

邱易唯端起红酒："Martin，生日快乐。"

"谢谢。"许仲骞也端起酒，二人碰了下杯。

邱易唯又说："时雨是我很欣赏的人，也是我的好朋友。我以前在碧波谷见过她为你哭，那时候我就想，她需要的不是有人在她哭的时候给她一个肩膀，而是永远不会把她弄哭的人。希望你不会辜负大家的期待，好好对她。祝福你们。"

他这番话原本是很合时宜的，可联想到刚才邱漓那番歇斯底里的控诉，时雨莫名的有些发愣。幸好梁朱槿看出了她的不踏实，赶紧握住她的手，给了她一个心理安慰。

邱同钧也端起了杯子："大家愣着干吗，喝酒呀，来，一起喝。"

众人起身，举杯。包间里其乐融融，欢声笑语，连空气都沾染了蛋糕的味道，甜丝丝的。

喝完酒，许仲骞收了一轮礼物。时雨笑话他："现在是不是感受到过生日的好处了？"

Gary 看见大家都送了礼物，赶紧站起来："Martin，我临时受邀参加你的生日会，没来得及准备礼物，要不我给你拉一首曲子吧。"

"好啊。"

小提琴曲声响起，时雨听了个开头就猜到了，许仲骞也猜到了——是《爱之喜悦》。他们在双桅船餐厅第一次见到 Gary 的时候，他就是在演奏这首曲子。

兜兜转转五年，许仲骞仿佛又回到了那一天。那天凌晨，他在卡萨布兰卡的海港等了她好几个小时，太阳已经老高了，她却始终没出现。

他悄悄凑到她耳边，告诉她，他刚才许的愿望是，未来的每一天，她都能随时陪他看日出。

　　时雨微笑，点点头。她就这样看着他，心底是从未有过的柔软。这就是她爱的男人，她在一见钟情桥对他一见钟情，离开的时候，她却忘了他。虽然她不再记得跟他的初见，但是没关系，未来的每一天，他们都会并肩走在同一条路上。

　　旁人都说她很不容易，为了能离他近一点，她一直朝着他的方向在努力。只有她知道不是的，她并没有刻意追随他的脚步，只不过他们的方向自始至终都是一样的。

【正文完】

番外一

卧佛寺

　　九月，时雨终于如愿以偿进了新的项目组，这还是她向时永忱软磨硬泡求了半年的结果。按照时永忱的意思，时雨至少得休息满一年才能回研究院报到。

　　可是，众人眼中的工作狂时博士怎么可能让自己长时间闲下来？这对她而言，简直比骨折还难受！

　　时雨新跟的是一个古寺庙翻修项目。这是一座始建于隋朝的庙宇，位于西北地区的安西县。因寺庙主殿供奉着一座巨型卧佛，又被当地人称为卧佛寺。

　　时隔四年，时雨再度踏足西北，感觉又熟悉又新鲜。不知是不是因为心态变了，即便遇见漫天风沙的恶劣天气，她也觉得甚是壮观。若放在从前，这是她最避之不及的。

　　叶晓萌升职后，时雨身边一直缺个助理，新助理还没招上，旁人她用不顺手，事事亲力亲为。此刻，她正蹲在高处的架子上测量斗拱数据，全然忘了出门前时永忱的嘱咐。

　　几分钟后，时雨腰酸背痛。她坐在架子上小憩，拧开了一瓶矿泉水。

　　张锴从内殿出来，东张西望地找时雨。他看见时雨爬上了架子，惊了："时雨姐你怎么上去了？你快下来，晓萌知道了得把我的腿也打断不可。"

　　"别让她知道不就行了。我腿早就好了，用不着大惊小怪。"时雨不以为意。这个架子并不高，对她来说难度系数并不大，她以前可是爬过比这高几倍的。作为一个古建筑行业的资深从业者，爬不了架子怎么行！

　　张锴怕说多了惹她不快，反而失了身体平衡，再万一磕了碰了……他想想就头疼，不敢继续往下想了。

　　没几分钟，时雨放下矿泉水瓶，继续工作去了。张锴眼巴巴地看着，走也不是，不走也不是，在院子里来回踱步。他远远地看见走进寺庙大门的许仲骞，一个激灵，居然来了个救星！

"许博士，这里！"张锴拼命挥手。

许仲骞进门就看见张锴了，点头笑笑，眼神还在四处观望。张锴知道他是在找时雨，指了指屋顶。

时雨正聚精会神地测量数据。从主殿到寺庙正门口有段不小的距离，她听不见张锴和许仲骞的对话，更没发现有人进来了。

张锴以为许仲骞知道时雨在屋顶，一定会急坏的。令他意外的是，许仲骞没有出声打扰时雨，只是静静地站在架子下等她。

时雨干完手头第一个活，从屋顶爬回架子，这才看见正笑眯眯看着她的许仲骞。

"慢点。"许仲骞上前一步，伸手去扶她。看她双脚稳稳落地，他才缓了缓心头的那口气。

张锴的揣测不全然对，他不是不着急，只是怕出声惊着她。何况他那么了解她，她既然放开胆子做了，说明那是在她能力范围内的。他愿意支持她做自己喜欢的事。

时雨花了几秒钟去消化许仲骞突然出现的事，然后调侃道："昨天刮了一阵大风。这儿临近沙漠，漫天飞沙，出门都看不清路。我还寻思着怎么突然起风了，原来是为了把许博士刮来啊。"

她今天忙了一天，灰头土脸的，以这样的形象出现在许仲骞面前似乎不太合适。但是她也没得选了，就这样吧。

许仲骞拿纸巾给她擦汗，尽管知道她会考虑安全问题，还是没忍住抱怨了一句："腿刚好利索点，就把自己当蜘蛛侠了？爬得还挺高。"

"蜘蛛侠哪有我好看！我怎么也得是个神奇女侠啊。"

许仲骞被她逗笑，问她："忙到现在，饿了吧？"

时雨看了眼时间，不知不觉她竟然忙到了六点半。唔，是该饿了。

许仲骞看出了她的意思，又问："这边我不太熟悉，你有什么想吃的？"

"我知道哪儿有好吃的，走吧，我带你去。"

车就在寺庙外面的停车场，走过去不过几分钟。时雨本想叫着张锴一起，张锴死活不愿意当电灯泡，自觉地回酒店找同事吃工作餐去了。

时雨很自觉地坐上了副驾驶位。她有些累，一放松下来就不想再干任何需要动脑子的活了。许仲骞看她瘫在座位上，眉眼间流露出戏谑的笑。他很少见她这么不在意仪态，看得出她是真的累坏了。

"你笑什么？"

"别动。"他凑过去，帮她系上了安全带。

"哟，动作很娴熟啊，"时雨揶揄他，"以前帮谁系过吧？"

没想到许仲骞大方地承认："是啊，当年在宁城出差的时候帮女朋友系过，被嫌弃笨手笨脚，不得不下苦功夫练个百八十次。"

时雨不知道说啥好，这人真是……他绝对是在内涵她！

见她语塞的样子，许仲骞眼中的笑意更浓了，拍了下她的脑门："坐好，出发了。"

油门一踩，车子很快驶出了停车场。

安西是个很小的县城，曾经只靠农业维持经济，近十年来，这一代旅游业飞速发展，安西也凭借着几座新发掘的石窟成为西北旅游线路上的新星。也正因为如此，卧佛寺才被纳入今年翻修的重点古建筑名录。

从卧佛寺出来，不到十分钟时雨就提醒许仲骞，马上就到目的地了。安西县城很小，开车绕一圈估计还用不了一小时。

闻见食物的香味，时雨心情极好，指了前方某处给许仲骞看："看见那家红色招牌的店了吗，就那儿，是当地特色，特别好吃！你先找地方停车，我去点菜等你。"一边说着，时雨开始咽口水了。这是她来安西后，来得最勤的一家餐馆。餐馆不大，但做出的菜都是她的爱，比如焖饼、驴肉黄面凉皮……

点完菜，许仲骞却迟迟没进来。时雨以为他找不到地方，起身出去迎他。

许仲骞从停车场往餐馆走，在拐弯处见着两张熟面孔，是时雨几年前认识的那对卖水果的夫妻，他记得丈夫好像姓刘。他们在停车场出口旁边支了个移动水果摊，眼下正是石榴和柿子成熟的季节，小摊的生意很好。

刘氏夫妇也看到了许仲骞，妻子碰了碰丈夫的手臂，让他看许仲骞。三人目光一对上，表情都很微妙——他们认出彼此了。

时雨就是在这个时候走过来的。她看到了刘氏夫妇，不过他们没看见她。丈夫正盯着许仲骞，讷讷地："你是……你是几年前给我钱，让我们每天给时雨送水果的那位先生？"

许仲骞点头。

丈夫笑了笑，妻子的脸红一阵白一阵，神色复杂。

时雨没听清他们说什么，往前走了几步。刘氏夫妇看见时雨，一怔，表情更奇怪了。

"你们认识？"时雨非常意外，她对这事的好奇程度已经盖过了闹掰的昔日好友见面的尴尬了。

许仲骞怕时雨心情不好，握住她的手，低声说："嗯，几年前见过。"

妻子率先反应过来，她对时雨淡淡一笑："这不是时博士吗，没想到还有机会再见到。"

　　这语气……时雨知道，他们还在为当年催他们还钱一事生气。她虽然心里不怎么舒服，一时之间却也没脾气，只是不知该用什么心情面对他们。她随意打了个招呼："好久不见，你们来安西了啊。"

　　几年前，刘氏夫妇在隶属于安西县的菩水镇生活，那也是他们第一次遇见时雨的地方。后来他们的经济条件得到了改善，便在安西县城买了房，举家搬了过来。他们在小区门口开了一家小卖部，平日里家中老人负责看店，他们继续干老本行，在县城人多的地方摆移动水果摊。

　　和几年前相比，他们收入稳定，有车有房，在同村人里属于混得特别好的。然而他们心里始终有一道坎，如果当年时雨没有急着催他们还钱，他们或许早就把小卖部对面的水果店盘下来了——这是他们奋斗的新目标。

　　因此，一见到时雨，妻子心中的不忿又浮了上来，忍不住摆起脸色："托您的福，过得还凑合。只是前些年急着还你钱，到现在还欠着好几万带利息的外债。"

　　时雨心口一紧，说不出话来。这件事又何尝不是她心里的一道坎，自从被他们拉黑，她耿耿于怀好多年，总是问自己，她是不是真的做错了？

　　妻子见时雨不说话，上下打量了她几圈，眼神落在她的挎包上，看似不经意说了句："这个包真好看。挺贵的吧？"

　　"是挺贵的。"

　　令刘氏夫妇意外的是，接话的人是许仲骞。他语气平和："像这样的包，她家里还有十几个。不止包，她还有车、有房，还有很多钱。"

　　时雨迷惑，回头看许仲骞。她以前可不知道，原来他这么会数落人！

　　许仲骞下意识握住时雨的手，给了她一个让她安心的眼神。他回头，继续对刘氏夫妇道："不过这些都是她自己努力得来的，从未假手于人。当年她借给你们钱的事，我有所耳闻。我倒是觉得她完全有理由不借给你们，这不是她的义务。哪怕是关系再好的朋友，也没有资格用道德绑架另一方。何况你们这个朋友关系，本身就是个美丽的误会，不是吗？"

　　妻子的脸色顿时垮了，像是生着气又不知道该怎么宣泄。

　　许仲骞揽过时雨，微笑："忘了介绍，我是时雨的男朋友。祝你们生意兴隆。"

　　吃完饭回到卧佛寺，时雨还未从旧友相见的尴尬中缓过来。她后知后觉，问许仲骞："你和他们是怎么认识的？什么美丽的误会？"

　　"当年你离开太湖疗养院去菩水镇出差，我偷偷去看过你。"许仲骞如实回答，"那对夫妻也不是发善心才给你们送水果，我花了好几倍的钱让他们送的。"

　　时雨："……"

所以说，她当年因为感激而跟人家交朋友，是交了个寂寞？

午后的卧佛寺温柔、安静。阳光从主殿后面照射进来，将整个寺庙包裹其中。

时雨和许仲骞坐在院子里的石桌上休息，他用同事留下的茶具泡了一壶正山小种。她觉得，她现在需要多喝点茶，冷静冷静。

鸽子从他们头顶飞过，发出咕咕的叫声。恰好起了阵轻风，屋檐下古老的铃铛发出一声声厚重的声响，给寺庙平添了一分安逸。

两人喝着茶，时雨给许仲骞介绍了她工作的这个地方。法安寺的历史十分悠久，始建于隋文帝时期，而且是由百姓捐钱建造的。因靠近西域，安西县的百姓普遍都信佛。寺庙主殿那尊卧佛是空心的，里面放满了当时的百姓们亲手抄写的经书。几百年来，法安寺有历史记载的修缮共三次，这是第四次。

"而这第四次，就是由许博士美丽的女朋友，时雨博士主持修缮的啦。"时雨挤挤眼，骄傲一笑。

许仲骞被她逗笑了。他想着时雨刚才对寺庙历史的介绍，又望了一眼慈眉善目的卧佛，心中宁静祥和。

"忘了问，你怎么来这儿了？出差？"

"不是。就是来看看你。"

时雨不信："你有假？"

"没假。用周末加班换来的。"许仲骞碰了下她的鼻子，"你腿伤刚好就跑这么远，不亲眼看看我不放心。"

时雨心里暖暖的，没想到许仲骞也有这么会哄人的那一天，这着实令她意外。她不禁想象，在卡萨布兰卡的那段时间，他是不是也像这般，轻言细语地哄着她、让着她？

她注意到，许仲骞刚才说话的时候，右手好几次放衣服兜里，拿出来，又放进去……她猜，他应该是有礼物要给她。

"想送礼物还不好意思拿出来呢？"她调侃他，"这不像你啊。"

许仲骞笑了。被时雨说中了，他居然真的有些不好意思："那我拿出来了？"

"嗯。"时雨朝他伸手。

他拿出个蓝色的小盒子，打开。原来是一枚戒指。戒圈上的钻石映照着阳光，明亮、闪耀。

这枚戒指，许仲骞已经准备很久了。去年在时雨家贴藻井花瓷砖，他就放在浴室的永生花盒里。如果时雨没摔骨折，按照原计划，他是要在她回恒洲的时候向她求婚的。

时雨受伤后，求婚这事暂时搁置，他又找了个机会偷偷把戒指取了出来。

光阴如梭，眼看时雨的腿伤一天比一天好，心病也基本痊愈，许仲骞没放下的，只剩这最后一件事了。这一次他是特地为这事来的。

时雨盯着钻戒看了几秒，抬头，和许仲骞对视了一眼。这本该十分煽情的一幕，他俩竟然都忍不住笑场了。

不过没关系，有些话不用说出来，只需一个眼神，他们都能明白其中的深意。

"既然你千里迢迢地带来了，那我就勉为其难地收下吧。"她说。

许仲骞把戒指戴在时雨的无名指上。他看着她，看着阳光，心想，午后的卧佛寺真美。

番外二

他们的故事

　　时雨靠在办公室的转椅上悠闲地喝茶。从西北出差回来后，她小病了一场，消化不良，经常吃不下饭。前天她去看了医生，医生说是上火引起的肠胃不适，让她多喝热水。于是她每天雷打不动的咖啡被许仲骞强制换成了菊花茶……

　　不过，比起肠胃的消化不良，她更消化不了的是程子峰告诉她的一件事：陆西城要结婚了。收到信息的时雨一脸蒙，脑子里缓缓打出一排问号。这也太快了吧？

　　以陆西城的家庭背景，她原以为是家里给他安排的结婚对象，门当户对强强联姻什么的。如果真是这样，那他闪婚也不稀奇。但是程子峰告诉她，陆西城娶的是他喜欢了很多年的那个女孩。

　　时雨这才想起之前在居酒屋，她问陆西城的那个问题：难道你没爱过人？

　　陆西城没有正面回答她。她了解陆西城，他沉默，说明他是爱过的，尽管他后面否认了。

　　后来，程子峰的话肯定了时雨的猜测。他说，陆西城唯一喜欢过的是一个很特别的女孩，只可惜那个女孩并不在乎他，她喜欢的另有其人。

　　"不是说喜欢的另有其人吗，怎么这么快就结婚了……"

　　叶晓萌推门进来，看见时雨皱着眉嘀咕，以为她又在愁缺助理的事。她兴奋地告诉时雨："我刚帮你面试完第一轮了，有两个很不错哦。你看，帮你约哪天的复试？"

　　时雨抬头，这才想起今天是新助理初试的日子。她身体刚恢复，就让叶晓萌代劳了。叶晓萌跟了她三年，比她自己更了解她对助理的要求。

　　她想了想："别改天了，你安排他们休息几分钟，我一会儿去会议室挨个见见。"

　　"这么急？"

　　"缺人啊，你又不是不知道我忙。"

　　"好吧。帮你安排好我先走啦，下午我去寰宇集团核对资料，晚上有约会，就不陪你啦。”

时雨非常敏锐地捕捉到了她说的三个字，有约会。

“你和 Gary？”

叶晓萌神采飞扬，脸上挂着得意的笑。

果然，她猜对了。

“啧啧，不错嘛你。”

“一般，一般啦。我是颜控，长得好看的人在我这里有特权。”

“你爸妈答应吗？”这一点时雨很担心，“你们这样的家庭，长辈估计都希望你找一个有份稳定工作的人。”

“他们答不答应不重要，是我找男朋友又不是他们。再说了，蒋铭韬工作好吧？还不是渣得体无完肤！Gary 凭本事当餐厅的头牌歌手，赚得盆满钵满，工作怎么就不好了？”

时雨赞同：“也对，你自己喜欢就行。Gary 挺好的，关键是长得帅。”

“就是，颜值即正义。”

“没错！”

两个颜控在这一点上，意见达到了空前的一致。

出门前，叶晓萌提醒时雨：“别忘了下周碧波谷的庆功宴。”

“知道了，知道了。”时雨莞尔一笑。叶晓萌越是贴心，她越是舍不得，对新助理的期待值和挑剔度也会越高。再次感叹，由奢入俭难啊！

十几分钟后，时雨去了会议室。她拿到面试的资料没仔细看，让张锴帮她唤第一个面试的人进来。

那人敲门进来，时雨惊了，是罗轻轻！

罗轻轻朝她粲然微笑：“时雨姐，好久不见，我来面试你的助理了。”

一周后，碧波谷。

罗轻轻第一次以时雨助理的身份跟着她参加活动，不免有点紧张。但是和一年前那个唯唯诺诺的她相比，如今的她足够自信。这也是为什么时雨面试完她之后，立刻决定录用她。

时雨给罗轻轻引荐了很多圈内有名望的人，她端着酒杯，毫不怯场。见她如此，时雨总算放心了。

而此时此刻，时雨的前助理叶晓萌同学正在跟邱同钧埋头聊八卦，聊得那叫不亦乐乎。

时雨嗤之以鼻，这两人真是……

鄙视完，她也凑了上去，想看看他们在聊什么，聊得这么起劲。

"你居然不知道？"叶晓萌非常纳闷，"不应该啊，我以为你会是最早知道的。"

时雨不解："什么事啊？为什么我要最早知道？"

"夏蓝蓝的事啊，她现在都快糊穿地心了。"

时雨更纳闷了，是她断网了吗？夏蓝蓝不是当红流量小花吗，上周电视上还在连番播她代言的各种广告，怎么一眨眼就糊穿地心了？

"什么情况？"

"有人把她扇助理耳光的视频发到了网上，昨晚就炸开锅了。网友们都在议论，人前纯真可爱、美丽动人的偶像剧小天后，私底下居然是这样的人！然后夏蓝蓝的人设就崩了呗，她现在是墙倒众人推，路过的都来踩一脚。估计她以前没少得罪人。"叶晓萌说完，朝时雨递了个眼神，"之前她不是也找过你麻烦吗？我以为你会喜闻乐见。"

"我哪有你这么有空，而且我对她的事也不感兴趣。"

话虽这么说，时雨还是问了一嘴，这视频怎么突然就曝光了呢？夏蓝蓝那臭脾气，时雨早就领教过，她这样也不是一天两天了，怎么偏偏在这个时候被曝光了……

"我知道内幕！这事吧，就要从……"邱同钧刚开了个口，叶晓萌急匆匆地打断了他。

"我来说，我来说！让我来说！"

论八卦，她叶晓萌怎么能落后于人！她兴致勃勃地给时雨说了一遍事情的经过。

夏蓝蓝心里还是没能放下邱易唯。前不久她从她表哥的一个朋友那儿听说，他们设计圈有个女孩对邱易唯有意思，于是找人组了个饭局，撮合撮合。这种饭局上，人多好起哄，夏蓝蓝的表哥作为邱易唯的好朋友也被邀请了。

听了这事，夏蓝蓝心里很不痛快。她认为，既然邱易唯没能追到时雨，那她就还有机会，她是不会让其他人得逞的。她软磨硬泡，她表哥带她一起去了那个饭局。

夏蓝蓝毕竟是当红炸子鸡，她一去，那个聚会瞬间高大上多了，焦点也自然到了她身上。她非常得意，饭没吃几口，却明里暗里给了那个据说对邱易唯有意思的女孩很多难堪。那个女孩叫苏琰琰，长得挺好看，不过夏蓝蓝很坚定地认为，跟她比差远了！

如她所愿，苏琰琰全程冷脸，看上去心情很不好。饭局一结束，她就离开了，没跟邱易唯多说一个字。夏蓝蓝非常得意，觉得自己真是人美且聪明，轻而易举就击退了一个潜在情敌。

可惜，夏蓝蓝没高兴几分钟，邱易唯就给她泼冷水了。他告诉她，她今晚得罪错人了——苏琰琰的家世很不一般，比她能想象的还要显赫得多。

夏蓝蓝的心情有些微妙，找她表哥一打听，才发现自己被人摆了一道。根本不是苏琰琰对邱易唯有意思，而是今日在座的某位大集团少东对苏琰琰有意思，他组这个饭局就是想跟苏琰琰拉近关系的。谁承想，人算不如天算，一切都被夏蓝蓝搞砸了。

夏蓝蓝云里雾里，她完全想不通那个朋友为什么要骗她。她自然不会想到，她仗着自己是大明星，平时没少给人脸色，无意中得罪了人也不自知。她被捧惯了，也理所当然认为，大家都应该要向着她。

时雨听完，啧啧称奇。问："所以，是苏琰琰整了她？"

"苏琰琰才懒得理她呢，是黎少，就是想追苏琰琰的那位富二代。他气不过自己喜欢的人被夏蓝蓝这么欺负，想给她点颜色看看，管她是不是大明星呢！然后他高价买了夏蓝蓝公司化妆间的监控录像，没想到真被他找到了把柄，啧啧。"叶晓萌一副吃瓜不嫌多的样子，坏笑道，"这就叫苍天饶过谁。这都怪她自己啊，她但凡会做人一点，也不会落到这步田地。"

时雨瞥了瞥她："你怎么永远奔跑在吃瓜第一线？既然是内幕，你是怎么知道的？"

"哈，那就巧了。"叶晓萌勾勾手，让时雨凑过去。

她低声说："苏琰琰的弟弟是秋舍的常客，他带女朋友去那儿吃饭，饭桌上说起这事，碰巧被我听到了。我当时就坐他们隔壁吃饭。"

"出息！"时雨表示无语。果然哪里有瓜吃，哪里就有叶晓萌。

晚宴快结束的时候，陆西城领了个女孩进来。那个女孩穿着厚外套，显然是刚到碧波谷。她长得实在太漂亮了，笑起来就像冬日里最灿烂的阳光，很难让人不去注意。以至于她刚一进来，很多人的目光都被她吸引了去。

邱同钧对时雨说："那个是陆西城的未婚妻，姓廖，叫什么名字我忘了。哦，对了，刚才晓萌提到的苏琰琰，就是那位廖小姐的表姐。"

叶晓萌接话："怪不得陆西城这么快就要结婚了，原来未婚妻的家世这么显赫。看来，十有八九是家族联姻。"

"不是。"时雨很肯定。

陆西城看那个女孩的时候，眼睛里有着不一样的神采。她认识陆西城这么久，从未见他用这种眼神看过人。她又想起了程子峰那句话，陆西城这辈子唯一喜欢过的，是一个很特别的女孩。

那位廖小姐，应该是个有趣的人吧。

时雨远远地看着那对璧人，端起酒杯抿了一口。而今，是她见证他们的故事了。

【全文完】

后　记

其实，本来不打算写番外的。

我一直觉得，正文的故事足够圆满，不需要再交代什么了。但是我从头到尾把这二十多万字仔细阅读了一遍，又觉得好像还是可以加一些有趣的小片段的。再加上近来读者们在微博留言，强烈呼吁在番外里见到廖馨馨（我另一部作品的女主），想看两位女主的跨故事同框。于是我努力敲了上一篇。

顺便，想跟大家分享一下这本书的灵感来源。

大约是在 2016 年，我和朋友去柬埔寨旅行。第一次站在吴哥窟前的我被震撼了，我见过形形色色的佛寺，却从未见过这样的地方——隐藏在热带密林中的、高大的、神圣的庙宇。

那次旅行在我心里埋下了一颗种子。回来后我看了很多和古建筑有关的纪录片，我迫切地想写一个以之为背景的故事。虽然我能写出来的，或许只是我内心对这份职业的渴望的丁点儿皮毛。

再后来，我跟曾经合作过的一位编辑朋友在恩和的小木屋喝茶。她问我，最近在写什么作品。我把当时有构思的两个故事都说给了她听，一是《你看雨时很近》，一是我前年出版的《十二月风雪客》。她说，她个人更喜欢《你看雨时很近》，让我赶紧写出来。可惜我那时候脑子里的片段有限，这个故事就一直被搁置了。

大概在 2018 年的下半年，我终于做好了充足的准备，开始写时雨的故事。为了跟读者有互动，我曾经在网上贴过前五万字。读者问我，大概什么时候能写完？我信誓旦旦回道：不出意外的话，2019 年中我就能写完全文。

然后意外发生了。2019 年春天，我在大理参加活动的时候，不小心把右手鹰嘴骨摔折了。去医院拍了片子，被证实是粉碎性骨折，做了手术，打了七个钉子。康复医生跟我说，我受伤的部位比较特殊，如果不每天坚持复健，右手有落下残疾的风险。我被吓坏了，丢下手头所有事情，每周一到周五雷打不动地去医院报到。就这么坚持到今年的春节前，手臂才彻底恢复。

身边的朋友都调侃我，说我经历了这么惨烈的一个过程，不把素材利用起来都对不起自己。我觉得很有道理，于是在故事的后半段，时雨就不小心把腿摔骨折了……忽然觉得有点对不起她。

2020 年春节前后，全球爆发了新冠疫情。从一月到五月，我基本没出门，在家埋头整理剧情。要不怎么说写作是一鼓作气的事？拖得越久越没有灵感，写出来的文字就越枯燥。为了找回感觉，我前前后后把已经写完的十万字看了好几遍，又经编辑提了一些建议，这才慢慢找回信心。

总之，这应该是我写得最坎坷的一本书了吧。从下笔到完稿，中间经历了我的恋爱、骨折、结婚、辞职，还有闭门不出的疫情期……如今它总算来到这个世界，欣慰之余多了几分好笑。对我来说，这样的经历有一次就够了，同时这也给了我一个前车之鉴，以后写新稿的时间跨度决不能超过一年。

非常感谢对这本书有所期待的每一个人。希望没辜负你们的等候。

云葭 于北京

2020 年 10 月 13 日

图书在版编目（CIP）数据

你看雨时很近 / 云葭著.
—武汉：长江出版社，2021.8
ISBN 978-7-5492-7872-5

I.①你… II.①云…②郑… III.①长篇小说—中国—当代 IV.①I247.5

中国版本图书馆 CIP 数据核字（2021）第 166677 号

你看雨时很近 / 云葭 著

出　　版	长江出版社
	（武汉市解放大道 1863 号）
选题策划	林 璧
市场发行	长江出版社发行部
网　　址	http://www.cjpress.com.cn
责任编辑	江 南
特约编辑	林 璧 苏 安
印　　刷	三河市嘉科万达彩色印刷有限公司
版　　次	2021 年 8 月第 1 版
印　　次	2021 年 9 月第 1 次印刷
开　　本	700mm×1000mm 1/16
印　　张	17
字　　数	357 千字
书　　号	ISBN 978-7-5492-7872-5
定　　价	42.00 元